오직 시인일 뿐
그저 바보일 뿐

– 김진수 평론집 –

오직 시인일 뿐 그저 바보일 뿐

초판 1쇄 인쇄 2019년 1월 18일
초판 1쇄 발행 2019년 1월 25일
지은이 김진수
펴낸이 김진수
펴낸곳 사문난적

출판등록 2008년 2월 29일 제313-2008-00041호
주소 경기도 성남시 분당구 판교로 210번길 14
전화, 팩스 031-707-5344

ISBN 978-89-94122-49-6 03800

오직 시인일 뿐
그저 바보일 뿐

– 김진수 평론집 –

사문난적

차례

2 욕망과 환각의 불가능성

'머리말'을 대신하며

시, 혹은 에로티즘과 아름다움

에로티즘의 사전적 의미는 성적 욕망 혹은 성적 사랑이라고 정의된다. 이 용어를 둘러싼 모든 담론들은 결국 성과 사랑은 어떻게 관계하고 있는가라는 문제와 성이 지니고 있는 육체적, 정신적 의미, 그리고 성에 대한 사회적, 도덕적, 종교적 금기와 위반의 문제 등이 연계되어 있는 대단히 복잡한 논의의 장을 마련할 것이다. 에로티즘을 말하기 위해서 우리는 유한과 무한, 삶과 죽음, 결핍과 충족, 영혼과 사랑, 고뇌와 쾌락, 추함과 아름다움, 육체와 정신, 필연과 자유, 지옥과 천국, 폭력과 성스러움, 금기와 위반 등 우리 삶의 직접적인 관심을 이루는 그 모든 대립 쌍들의 경계에 서지 않으면 안 된다. 말하자면, 우리는 이제 그 대립 쌍들이 대치하고 있는 하나의 거대한 심연과 마주하고 있다는 말이다. 심연! 그렇다, 그것은 정말로 삶의 신비하고도 거대한 심연이다.

우리의 논의는 저 고대 그리스 민족으로부터 유래된 하나의 신화에서부터 출발한다. 신화의 이미지들은 세계에 대한 인류의 집단적 표상이 응축되어 있는 삶의 원형적 이미지들이기 때문이다. 우리의 신화는 영혼(프시케)과 사랑(에로스)의 결혼에 관한 얘기이다. 그 얘기에서 우리가 주목하고자 하는 모티프들은 다음의 몇 가지들이다. 첫째, 에로스는 미의 여신인 아프로디테의 아들이라는 것이다. 즉, 사랑은 미의 자식이고 미는 사랑의 어머니이다. 둘째, 프시케 역시 아프로디테 못지않은 아름다움을 소유하고 있는 존재라는 것이다. 그러나 인간의 딸인 프시케의 '그토록 부당한 아름다움'은 사멸할 수밖에 없는 유한한 아름다움이다. 셋째, 에로스와 프시케는 부부 사이라는 것이다. 프시케 없는 에로스는 상처받아 고통을 앓게 되고, 에로스 없는 프시케는 눈물과 방황의 세월을 지낸다. 넷째, 프시케와 에로스의 결합은 쾌락이라는 딸을 낳는다는 것이다. 영혼과 사랑의 조화가 즐거움을 낳는다. 다섯째, 유한한 아름다움의 소유자인 프시케는 에로스에 의해서 불멸성을 얻게 된다는 것이다. 에로스는 자신의 신부인 프시케를 천상으로 이끄는 안내자이다. 에로스의 날개가 없다면 프시케는 이 지상의 소멸하는 아름다움의 한계를 벗어날 수 없다. 여섯째, 프시케가 불멸의 아름다움을 얻기까지에는 시련을, 그것도 하데스와 페르세포네의 땅인 죽음의 명부를 다녀올 정도로 격심한 고통을 겪어야 한다는 것이다. 그 죽음의 시련이야말로 바로 프시케의 불멸성을 보장해주는 징표로 작용한다.

이러한 신화 이외에도 우리는 저 '이데아'의 철학자로부터 에로스의 출생에 관한 조금 다른 정보를 얻을 수가 있다. 그 철학자에 따르면, 에로스는 궁색의 여신he penia과 풍요의 신ho poros 사이에서 탄생한 자식이라는 것이다. 궁색과 풍요의 간격을 잇는 에로스는 결핍을 충족시키려는 욕망의 다른 이름이다. 자신의 대상에 대한 욕망으로서의 에로스는 따라서 자신이 욕구하는 대상을 아직 소유하지 못하고 있다. 이 채움에의 욕망은 유한자인 인간에게는 운명의 신ananke이 지배하는 필연으로부터 벗어나고자 하는 자율적 행위의 가능 근거이기도 하다는 것이다. 그것이 필연으로부터 벗어나 소유하고자 추구하는 것은 아름다움이자 불멸성이다. 신과 인간의 세계는 분리되어 있지만, 에로스를 통해서 불멸의 신과 가사의 인간 사이에는 다리가 놓여진다는 것이다. 즉, 에로스는 불멸의 아름다움을 추구하는 열정 자체이다. 이 열정은 아름다움을 낳는 출산을 가져오는데, 육신적이건 정신적이건 "이 출산은 신성한 일이며, 잉태와 낳음은 사멸적인 존재에 있어서 불사적인 것"이라고 한다. 말하자면, 그것은 신과 인간 사이에 놓인 중간자methexis로서 위대한 신령daimon megas인 셈이다. 그 신령은 바로 창조의 원동력이요 생명력으로서, 동일성으로부터 외화된 인간 존재의 자기동일성을 추구하는 존재의 운동원리가 된다.

그 출생에 관한 상이한 설에도 불구하고, 우리가 에로스에 대한 인류의 집단적 표상들에서 공통적으로 추출해낼 수 있는 것은 아름다움과 쾌락과 불멸에 대한 욕망이라는 점이다. 그것은 예술과 종교, 신비주의와 형이상학의 영역에까지 스며드는 광대한 테마이다. 그러나 여기에서 우리의 관심사는 일차적으로는 에로티즘의 고유한 본질적 국면을 더듬는 것이지만, 나아가 에로티즘과 예술/시의 관계를 향해 있다. 에로티즘과 예술은 발생론적인 친연성을 가지고 있는 것으로 보인다. 이 말은, 예술적 생산의 시초 이래로 에로티즘이 주제로 등장하기 때문만이 아니라, 또 다른 신화인 피그말리온의 모티프에서 암시되고 있는 바와 같이, 에로티즘과 예술은 내적인 연관성을 맺고 있기 때문이라는 전제를 함축하고 있다. 물론 그러한 내적 연관성은 프로이드S. Freud 식의 리비도적 충동의 승화라는 예술 생산적 측면에서가 아니라, 그것들의 발생론적 측면에서 논의될 것이다. 또한 예술이 아름다움을 추구하는 인간의 행위인 한, 아름다움을 둘러싼 에로티즘과 예술의 관계는 보다 밀접하게 연관될 수 있을 것으로 보인다. 에로티즘과 예술의 관계는 미학적 이론구성의 주요한 한 성분이다. 에로티즘 속에서의 자아의 한계이탈 체험은 예술에 있어서 미적 유토피아의 대상이 된다. 그렇다면 에로티즘의 내적 체험은 포괄적인 인간의 경험지평 속에서 보다 폭넓게 이해되어야 할 필요가 있을 것이다.

에로티즘은 상대를 몸으로 느끼려는 생물학적인 충동으로서, 그것은 행복을 추구하려는 인간의 욕망과 관계되어 있다. 그러므로 우리는 여기에서 에로티즘이 무엇보다도 인간의 욕망이라는 점을 확인하고 넘어가자. 즉, 에로티즘은 물론 행위도 포함하지만 우선적으로는 인간의 내면적 체험과 관계된다는 것이다. 동물들도 생식을 하지만, 인간은 동물과는 달리 내면적 체험의 삶을 문제로 삼는다. 그러한 점에서 동물들에게는 에로티즘이라고 할 만한 것이 존재하지 않는다고 말할 수 있다. 에로티즘은 사물이 아니라 인간과의, 인간의 정신과의 관계에서 비롯되는 것이다. 또한 에로티즘은 전체적으로 금기와 그 금기의 위반이라는 점에서 인간적 욕망이자 행위라고 말힐 수 있다. 왜냐하면, 예를 들어 동물들에게는 일반적으로 근친상간과 같은 금기가 존재하지 않기 때문이다. 물론 에로티즘은 인간의 동물성에 기초를 두고 있지만, 그 동물성이 끝나는 데에서 시작한다고《에로티즘》의 저자는 말한다.

우리는 에로티즘에 관한 바따이유G. Bataille의 견해를 따라가기로 한다. 그에 의하면, 에로티즘은 무엇보다 금기와 위반이라는 두 축을 중심으로 전개된다. 그러나 그 둘은 서로를 짝패로 하여 서로를 보완한다. 에로티즘에 있어서 "금기란 인간의 어떤 근본적인 감정의 결과들이다. 금기는 인간의 태도를 이해하는 데 없어서는 안 되는 결정적인 열쇠이다". 그것은 외부에서부터 주어진 것이 아니라 인간의 내부에서 솟아나온 충동인 것이다. 따라서 우리는 "에로티즘을 사물화하거나 외적 대상으로 간주하는 일을 삼가"해야 한다. 에로티즘에 있어서 금기와 위반이라는 두 축은 마치 한 뿌리의 두 가지와 같은 양상을 보이고 있다. 여기에서 위반이란 금기를 제거하는 것이 아니라, 단지 그것을 일시적인 혼란과 동요 속으로 몰아넣는 행위로 이해된다. "우리의 의식은 그 위반을 즐기기 위해서 금기를 지속시킨다. (…중략…) 장애물을 제거하고 금기를 우롱하면서 위반을 자행해도 금기는 여전히 남는다". 말하자면, 금기란 위반의 쾌락을 환기하면서도 동시에 그것을 금지하는 것이다.

"위반은 금기를 부정하는 것이 아니라 오히려 금기를 초월하고 완성시킨다. 금기는 위반당하기 위해 거기에 있다. 위반에 제한이 없다면, 그 위반은 동물적 폭력과 다를 것이 없는 폭력이 되고 말 것이다. 금기의 위반도 금기처럼 규칙을 지닌다. 그러나 위반의 규칙도 금기의 규칙만큼 잘 지켜지지 않는다. 어떤 경우에든 금기는 폭력에 의해 무너지곤 한다. 인간의 위반은 동물의 무절제와는 다르다. 인간은 일상적으로 지켜지던 금칙에 한번 도전할 뿐, 그 너머에는 이르지 않는다는 말이다. 인간의 위반은 세속을 파괴하지 않은 채 저 너머 신성의 세계에 한번 뛰어드는 행위이다. 세속이 금기의 세계라면 신성은 무한한 위반의 세계이다". 그렇게 에로티즘은 세속의 금기와 신성의 위반, 그 두 영역의 긴장지대에 자리하고 있음을 바따이유는 알려준다.

생물학적인 충동으로서 에로티즘의 절정에는 극단적인 쾌락이 존재하는데, 이 쾌락의 순간에 '나'는 극도의 동요와 혼란 속에서 자기 존재의 망각을 체험하게 된다. 상대와 거리를 두고 지키던 '나'의 개체성의 단단한 껍질은 그 순간에 부서지고 파괴되는 것이다. 의식의 차원에서 이성적으로 억제할 수 있었던 '나'의 존재는 에로티즘의 순간에 갑자기 파열되어 타자의 몸속으로 흘러든다. 그렇게 에로티즘의 절정에 있어서 주체는 대상과 융합되는데, 그러한 융합 속에서 '나'는 '나'를 상실하는 것이다. 그 순간에 '나'는 '나'를 잃고 대상과 합일, 융합된다. 상대를 몸으로 느끼려던 '나'는 오히려 '나'의 존재를 상대에게 탈취당하는 것이다. 그렇다면 죽음과 에로티즘의 체험은 별로 달라 보이지 않을 것이다. 자신의 존재가 빠져 달아나는 그러한 자기 상실의 체험은 곧 공포의 체험이자 일종의 죽음의 체험이라고 말할 수 있기 때문이다. "에로티즘의 막바지에 이르러 겪는 경련은 하나의 조그만 죽음이다". 이러한 죽음의 공포감이 에로티즘이 지닌 금기의 영역이라고 말할 수 있겠다. 삶의 땅 위에 존재하는 인간의 세계는 수용 가능한 죽음의 체험만이 가능한데, 그것이 바로 에로티즘의 체험이라는 것이다.

에로티즘의 체험 중의 상대방은 '나'라는 개별적인 존재의 한계를 넘어설 수 있는 하나의 가능성으로서 제시된다. 그 상대방은 개체의 폐쇄적인 웅크림 속에 갇혀 있는 '나'의 존재를 파고들어 마침내는 '나'를 해체시킨다. 그러나 역설적으로 말해서, 우리는 그러한 대타적 존재에 의한 '나'의 찢김과 넘침, 합일과 융합의 순간에만 비로소 '나'의 존재를 느낄 수 있다고도 할 수 있다. 왜냐하면 그 순간의 '나'야말로 의식에 의한 주객의 분리 이전의 근원적인 '나'라고 말할 수 있기 때문이다. 말하자면, 존재의 찢김과 넘침만이 존재를 거기에 있게 한다는 것이다. 그렇다면 에로티즘은 존재의 자기동일성을 확보하려는 충동인 동시에 존재의 운동원리라고 말할 수가 있는 것이다.

우리는 에로티즘의 절정에서 이르게 되는 그 쾌락이 바로 죽음의 공포감이며, 그 공포감이 삶의 쾌락이라는 모순적인 결론에 도달하게 된다. 그러나 찢김의 고통과 넘침의 희열이 교차하는 바로 그 지점에 에로티즘이 지니고 있는 신비이자 매혹이 자리하고 있는 것이다. 개체의 존속을 열망하는 죽음에 대한 거부, 행복을 발견하려는 추구가 바로 죽음의 문을 연다. "금기는 공포감을 느끼게 하는 것이 사실이지만, 우리로 하여금 반드시 그것을 준수하게 하지는 않는다. 그 반대로 오히려 우리를 충동질할 수도 있다는 것이다. 장애물을 뒤집어엎는 일은 그 자체에 매력이 있"기 때문이다. 따라서 에로티즘에 있어 인간은 두 가지 충동에 동시에 복종하는 것이다. 하나는 금기의 두려움에 대한 거부의 충동이고, 다른 하나는 위반의 쾌락에 대한 숭배의 충동이다. 이러한 에로티즘의 두 가지 양상의 충동은 동시에 하나의 매혹으로 존재한다.

예술/시 역시 세계와 사물에 대한 매혹의 체험과 다르지 않다. 그렇다고 예술의 충동이 곧바로 에로티즘의 충동과 동일시되는 것은 아니지만, 그 둘 사이에는 무시하지 못할 친연성이 존재하는 것처럼 보인다. 블랑쇼M. Blanchot를 빌린다면, 예술은 "존재와의 접촉, 이 접촉에 의한 자기 자신의 개혁"의 경험을 의미한다. 에로티즘에서와 마찬가지로 예술의 탄생 순간에는, 블랑쇼가 '생생한 접근'이라고 명명했던, 그런 대상과의 직접적인 융합, 일체의 경험이 자리하고 있는 것이다. 예술은 그 매혹의 체험을 우리의 정신적 현재 속에 각인지음으로써 그것을 영원화한다. 에로티즘의 매혹과 비교한다면, 예술의 매혹은 그 대상의 영역이 훨씬 넓다는 점일 것이다. 즉, 에로티즘에서의 매혹의 대상은 구체적인 인간으로 한정되지만, 예술에 있어서 매혹의 대상은 인간을 포함한 저 사물의 전체 세계와 표상들 모두를 포괄한다고 할 수 있다.

예술적 언어가 직조해내는 이미지들은 대상과의 합일의 순간이 만들어낸 충만한 쾌락과 자아의 한계이탈의 공포감으로 심하게 동요하는 풍경을 보여준다. 예술의 언어는 우리의 의식이 내면화한 체계와 문법의 언어가 아닌 것이다. 그것은 의식에 의한 주객의 분리 이전의, '나'의 존재가 '나'라는 한정된 개체성의 껍질을 벗고 세계와 직접적으로 대면하는 순간의 어떤 불가능한 기호들이다. 그 기호들은 의식의 구조화된 문법체계와 언어화되기 이전의 이미지의 물질성 사이의 틈에서 위태롭게 흔들리는 언어 이전의 언어이다. 단적으로 말하자면, 예술은 자아가 세계와 직접적으로 대면하는 순간의 존재의 한계이탈의 흔적을 보여준다는 것이다. 그것은 에로티즘의 절정의 순간에 겪는 죽음의 체험과 다를 바 없는 자아의 죽음을, 자아와 타자의 융합을 드러낸다. 예술에서의 '나'는 '나' 바깥의 '나', 절대적인 '나'를 표상한다. 그 절대적인 '나'는 불연속적인 개체성을 탈각시킨 채 세계와의 일체성 속에 존재하는 '나', 타자와 합일된 '나'이다. 예술 속에서 우리는 두 세계에 걸쳐 살고 있는 존재임을 느낀다. 예술 속에서 우리는 현실과 유토피아를 동시에 살아내는 것이다.

언어는 무엇보다도 세계에 대한 인간적 표상의 주관화된 체계이다. 언어의 체계는 사물의 존재의 체계가 아니라, 사물의 존재에 대한 인간의 내면화된 표현의 체계이다. 거기에서 사물의 세계는 인간에 의한 소유 가능한 세계로 왜곡된다. 예술의 언어가 만들어내는 이미지들은 그러한 소유의 언어체계를 파괴한 자리에서 그 체계의 바깥을 향해 촉수를 더듬는다. 말하자면, 예술은 살아숨쉬는 무한히 다양한 개체들의 비동일성을 인간의 의식 속에서 동일화하지 않고,

역으로 의식 속에서 내면화되기 이전의, 언어구조의 저 너머에 존재하는 세계 속으로 자아를 풀어놓는다. 그것은 내면화된 언어의 개별적인 주관성의 한계를 무너뜨리고 개별화의 원리를 무효화함으로써 그 한계의 너머에 닿으려는 불가능한 욕망의 기호들이다. 예술은 세계와 몸으로 만나는 저 빛나는 최초의 떨림 속에서 결국엔 자기의 개체성을 유지할 수 없는 '나' 밖의 '나', 다른 '나'로 변형된 근원적인 '나'로부터 터져 나오는 소리이다. 그렇게 예술의 탄생의 자리는 자아의 개별성을 벗어난 세계와 타자를 향한 존재의 터짐의 자리인 것이다. 그것은 의식에 의한 합리적 사고를 초월하는 신화적인 원리가 작용하는 자리에 다름 아니다. 예술은 개체적 불연속성을 벗어나서 세계의 연속성 속으로 이행하게 한다. 즉, '나'는 존재의 폐쇄성으로부터 세계의 흐름 속으로 '나'를 방류하는 것이다. 그것은 폐쇄된 존재의 찢김의 순간에 계시되는 그런 세계로의 넘침이다. 그 찢김과 넘침은 에로티즘의 두려움과 쾌락과 평행한다.

에로티즘과 마찬가지로 예술의 체험 역시도 일종의 죽음의 체험이다. 그것은 황홀한 체험인 동시에 공포의 체험이다. 에로티즘과 예술은 찢김과 파열에 의지하여 세계의 연속성 속으로 흘러들고 싶은 충동과 자아의 개체적인 웅크림 속에 머물고 싶은 의지의 길항 속에서 존재한다. 존재하는 모든 것에 경계선은 주어지게 마련이다. 존재는 그 한계를 바로 자신의 존재라고 인식하면서 그 경계선이 사라질까 두려워한다. 그러나 에로티즘과 예술에 있어서 "경계란 벗어나기 위해 부과되는 것에 다름이 아니다. 경계선은 두려움을 주는 데 그치지 않는다. 그것은 오히려 그 경계선을 뛰어넘어 보라고 유혹한다". 자신의 개체성을, 자아의 두꺼운 껍질을 파괴하는 죽음의 극단까지 밀고나가서 욕망의 아름다운 대상과 합일하는 쾌락을 향유하기 위하여 에로티즘과 예술은 기꺼이 그 황홀한 죽음을 살아내는 것이다. 아름다움과 즐거움을 추구하는 예술의 행위는 대상과의 그러한 연속성에 이르기 위한 노력이다. 아름다운 것에 대한 욕망은 아름다움 자체를 위해서가 아니라, 그 아름다움 속에서 개체성의 파괴를 가져오는 그런 폭력적인 쾌락을 맛보기 위한 욕망이다.

에로티즘과 예술의 체험은 공통적으로 존재의 사로잡힘과 파열의 체험이며 매혹 당함의 체험이라고 할 수 있다. 매혹이란 무엇보다도 대상에 대한 감각적이거나 감정적인 몰입과는 구분되는, '어찌할 수 없음'이라는 정신의 수동적 특성을 갖는 체험의 형식이다. 우리는 그것을 개인 심리학적으로는 황홀경으로서, 집단 심리학적으로는 열광으로서 경험할 수 있다. 그러나 그 두 경우 모두 아름다운 대상에 대한 자아의 투입이라는 공통성을 지니고 있다. 에로티즘에 있어서나 예술에 있어서 그 행위들은 또한 아주 비밀스럽고도 은밀한 곳에서 이루어진다는 공통점을 덧붙이지 않으면 안 되겠다. 예술과 에로티즘은 그 은밀한 곳에서 삶이면서 죽음인, 죽음이면서 삶인 그러한 순간을 동시에 살아낸다. 그것들에게 있어서 쾌락의 대가는 죽음의 공포이며, 공포의 대가는 삶의 환희이다. 그 둘은 동시에 존재한다.

그 욕망의 기원에 대해서 우리가 알 수 있는 바는 없지만, 유한자로서의 인간 개체는 자신의 생물학적인 존속을 욕망한다. 말하자면, 아무도 죽기를 원하는 인간은 없다는 것이다. 그러나 인간이라는 개체 자체는 곧 파멸하여 죽지 않을 수 없는 운명을 지니고 있다. 인간은 유한자이기 때문에 무한할 수가 없는 것이다. 따라서 인간의 존속욕망은 결국 무한에의 욕망과 다르지 않다. 즉, 개체 자신의 존속욕망은 불멸에의 욕망이 되는 셈인데, 그것은 유한한 자아의 개체성을 탈피하여 무한의 물결에다 스스로를 풀어놓을 것을 요구한다. 개체의 보존욕망이 개체의 파멸욕망과 동일시된다는 것이다. 이러한 모순은 결국 삶에의 욕망이 죽음을 부르게 된다는 뜻을 함축하고 있다. 그것이 바로 에로티즘의, 예술의 매혹인 것이고, 그러한 매혹이 바로 에로티즘과 예술의 신비가 들어서는 자리이다.

단적으로 말하자면, "삶이란 죽음을 부정"하고 거부하는 것이다. 생명은 죽음과 동거할 수가 없는 법이다. 죽음이란 살아있는 존재의 소멸을 의미한다. 그러한 삶에의 충동, 죽음에 대한 부정과 거부는 의식적 존재인 인간에게서 가장 두드러지게 드러난다. 그렇다면 죽음에 대한 공포가 삶의 욕망의 뿌리인 것이다. 우리는 그러한 공포가 없는 에로티즘을 생각할 수 없다. 삶의 실존과 무한에의 욕망 사이의 긴장의 영역에 에로티시즘과 예술은 자리하고 있다. 그것들은 존재의 찢김과 넘침, 즉 개체의 불연속성의 파멸이라는 죽음의 체험을 각인하고 있다. 우리의 일상은 의식과 이성에 의한 균형을 취하면서 이루어진다. 그러나 에로티즘과 예술의 순간은 존재의 불균형의 상황, 즉 극단적인 동요와 혼란의 상황을 만들어낸다. 예술의 가장 중요한 기능 중의 하나는 인간의 일상생활을 지배하는 이성의 질서를 뒤흔들면서, 인간이 세계와 직접적으로 대면하는 그 순간의 황홀함을 삶의 영역에 투사시키는 것이다. 예술은 그러한 죽음의 체험을 통해서 삶은 더욱 살 만한 것이 되지 않으면 안 됨을 보여준다.

개체의 웅크림 속에 똬리 틀고 있는 우리 존재의 불연속성은 분리된 섬으로 존재하는 세계이다. 찢김과 넘침은 필연적으로 고통을 불러오는데, 그렇다면 "존재의 불연속성을 유지시켜 주는 것은 침체뿐이다. 개체 간의 경계를 지워 없애려는 충동과 불연속성을 유지시키려는 침체는 숙명적인 대립관계에 있다". 자아의 밖으로 자아를 뿜어내려는 에로티즘과 예술의 내적 충동은 그러한 침체에 활기를 불어넣으려는 생명력의 발로이다. 에로티즘과 예술의 본질은 그러한 분리의 틈 사이로 넘쳐흐르면서 자아를 세계의 연속성 속에 풀어놓으려는 불멸의 생명력인 것이다. 에로티즘과 예술의 최종적인 의미는 분리되어 있는 경계의 제거와 상호융합에 있다. 다시 말하면, 에로티즘과 예술은 대상에게 스스로를 헌신하는 행위이다. 이러한 헌신은 물론 고통을 수반한다는 의미를 가지고 있다. 에로티즘이나 예술에 있어서 대상에 대한 욕망 자체는 고통, 진정하게 살아있음의 고통이라고 할 수 있을 것이다. 아름다운 대상과의 합일에서 느끼는 충족감과 극단적인 희열은 개체의 불연속성 속에 웅크리고 있던 오랜 동안의 고통이 진정되었다는 뜻에 다름 아니다. 행복은 고통 뒤에야, 고통의 대가로서 오는 법이다. 그러나 융C. G. Jung의 말대로, "영혼은 그 짝을 찾지 않고는 평화를 얻을 수 없다". 프시케는 에로스 없이는 안식이 없는 법이다. 또한 에로스 역시도 프시케의 안식을 위해 노력하지 않으면 그 육체와 정신은 곧 시들어버릴 것이다. 에로티즘과 예술이 상대에게 헌신한다는 것은 그것과 상대가 이루고 있는 그 관계에 대해 헌신한다는 뜻이다. 그러한 관계는 서로의 개별성을, 인간적 한계를 무너뜨리는 일이다. 그것들은 현실에서는 불가능한 융합과 일치의 유토피아를 추구한다. 그러나 역설적으로 그 유토피아는 현실을 토대로 해서만이 실현 가능한 그런 유토피아이다.

* 글의 원 출처는 《리뷰REVIEW》(1996, 봄호)의 '특집' 란에 실렸던 〈에로티시즘, 예술, 아름다움의 매혹〉이다.

1

서정과
감각의 가능성

직조술로서의 시학
— 나희덕의 시세계

누에고치가 꿈꾸던
바다도 이러했을까
가까운 뽕잎부터
한 물결씩 베어먹고
하루하루 자라 마침내
메마른 나무상자에 다다른 누에처럼,
바다를 삼켜 섬이 된 것처럼,
싯구 한 줄기 베어 먹었다
—〈詩〉 전문, 《뿌리에게》

나희덕에게 있어서 시 쓰기는 가령, 누에나 거미가 실을 자아 고치를 짓거나 거미줄을 짜는 일과 꼭 마찬가지로 일종의 직조술로 인식된다. 하기야 모든 텍스트Text가 이미 그 자체로 하나의 직물Texture이긴 하지만, 이 시인에게 있어서 시쓰기는 이러한 표면적 사실을 넘어서 시의 존재론적 숙명이라는 보다 더 근원적인 맥락Kontext 속에 위치해 있는 듯하다. 우화羽化를 꿈꾸는 누에에게 있어서의 실잣기와 거미의 직물 짜기가 이 벌레들의 근원적인 생존의 조건이자 운명에 속하는 것처럼 말이다. 아시다시피 누에는 아직 환골탈태하지 못한 나비의 애벌레이다. 나비의 신화적 이미지는 미의 여신 아프로디테Aphrodite의 아름다움에 버금가는, 신화

기술자의 표현을 빌리자면, '인간의 딸 가운데서는 가장 아름다운 여성'인 프시케Psyche라는 인물을 통해서 생명의 숨결이자 영혼의 자유로운 비상을 상징하는 것으로 각인되어 있다. 또한 거미의 신화적 상징은 공예의 신 아테나Athena와 그 기예를 견줄 만큼 뛰어난 직조술의 장인이었던 아라크네Arachne라는 여성을 통해서 주조된 바 있다. 물론 이 두 신화적 여성의 실잣기와 직물 짜기의 상징에는 근원적인 차원에서 현격한 차이가 존재한다. 프시케의 실잣기에 있어서는 영혼의 자유라는 정신적 측면의 아름다움이 강조되는 반면, 아라크네의 직물 짜기는 아름다운 제작술 그 자체에 초점이 주어져 있는 듯하기 때문이다. 영혼의 자유와 아름다운 제작술이라는, 인간의 예술적 활동의 본질을 둘러싼 이 양 측면은 시Poesie에 대한 전승된 오랜 관념들의 양 입장을 대변하는 것들이기도 하다. 이렇듯 직조술로서의 시학은 예술의 '영혼'과 '형식' 양 측면을 동시에 아우르는 관점으로 이해되어야 한다. 나희덕의 시 쓰기는 바로 이러한 의미에서 직조술의 시학 속에 자리한다.

그러니, 우선 누에 이미지로부터 나희덕의 시 세계로 들어가는 실마리를 삼는 것이 마냥 부자연스러운 일은 아닐 터이다(거미 이미지와 시 쓰기의 관련은 드물게 나타난다. 내가 보기에 그것은 시인의 네 번째 시집에 이르러서야 잠깐 등장하는 듯싶다). 제사題詞의 자리에 인용된 시의 제목이 〈詩〉라는 사실에 주목하면, 이 시인의 시 쓰기가 누에의 실잣기나 고치 짓기와 동일한 작업임을 어렵지 않게 이해할 수 있다. 여기에서 우리가 확인할 수 있는 것은 이 누에가 '바다'를 꿈꾼다는 사실이며 또한 저 바다를 삼켜 '섬'이 되었다는 사실이다. 그렇다면 바다를 꿈꾸며 "한 물결씩 베어먹는" 이 누에의 허기와 갈증이야말로 바로 시 쓰기인 셈이다. 물론 시의 이념은 저 바다로 상징되는 어떤 것이거나 상태일 테지만, 시의 현실은 아직 "메마른 나무상자에 다다른 누에"나 '바다를 삼킨' 섬의 상태에 불과한 것이다. 그렇기에 시인의 시 쓰기는 저 이념과 현실 사이에서의 꿈꾸기 작업에 해당하는 것이기도 하다. 모든 꿈이 또한 언제나 누추하고도 고단한 현실을 전제한다는 점을 염두에 두어야겠지만 말이다. 그렇다, 나희덕에게 있어서 시 쓰기는 저 꿈의 바다를 향한 누에의 고통스런 실잣기와 고치 짜기라는 힘든 노동의 과정 자체이기도 하다. 시 쓰기가 고통스런 노동의 과정임을 말해주는 단서 역시 첫 시집 《뿌리에게》(1991)에 실린 〈필경사〉라는 제목의 시에서 암시적으로 드러나고 있지만, 이 '필경'의 과정이 또한 누에의 실잣기 작업, 그러니까 시 쓰기와 동일한 과정임을 알기 위해서는 시인의 세 번째 시집 《그곳이 멀지 않다》(1997, 재출간 2004)로 건너뛸 필요가 있다. 제목이 〈누에의 방〉인 아래의 시 속에 등장하는, "고치 속에서 뽑아낸 실로 / 세상을 향해 긴 글을 쓰고 계"신 이 필경사 아버지의 이미지야말로 시 쓰기가 바로 누에의 실잣기 작업과 동일한 것임을 말해주고 있다.

> 글을 쓰고 싶어하셨지만
> 글자만을 한 자 한 자 철필로 새겨넣던 아버지,
> 그러나 고치 속에서 뽑아낸 실로
> 세상을 향해 긴 글을 쓰고 계셨다는 걸 깨달은 것은
> 그후로도 오랜 뒤였다
>
> 오늘 밤,
> 내 마음의 형광등 모두 꺼지고 식구들도 잠들고
> 백열등 하나 오롯하게 빛나는 밤

아버지가 뽑아내던 실끝이 어느새 내 입에 물려 있어
내 속의 아버지가 나 대신 글을 쓰는 밤
나는 아버지라는 생을 옮겨 쓰는 필경사가 되어
뜨거운 고치 속에 돌아와 앉는다

— 〈누에의 방〉 부분

이러한 사실은 이어지는 네 번째 시집 《어두워진다는 것》(2001)에 이르러 다음과 같은 거미 이미지를 통해서 한층 구체화된다. 이 아라크네의 베 짜기 역시 프시케의 명주실 잣기와 꼭 마찬가지로 시인에게 있어서는 시 쓰기의 알레고리로 자리한다. 〈거미에 씌다〉라는 제목의 시이다.

낮은 허공에 걸려 있던 거미줄이
얼굴을 확 덮치던 그날부터
내 울음은 허공에 닿아 거미줄이 되었다
버둥거리며 거미줄을 떼어냈지만
내 얼굴에선 한없이 거미줄이 뽑혀나왔다
울음으로 질겨진 거미줄 위에서
때로는 흰 꽃잎을
때로는 부서진 나비 날개나 모기 다리를
건져 올리며 까맣게 늙어가는 동안
울음도 함께 늙어 말수가 줄어드는 것일까
나는 내 울음이 누구에게도 들리지 않게 되었다는 걸 안다

— 〈거미에 씌다〉 부분

"내 얼굴에선 한없이 거미줄이 뽑혀나왔다"라는 구절에 주목하

기로 하자. 이는 물론 저 거미줄이 내 몸 바깥으로부터 부가된 것이라는 사실을 전제하고 있긴 하지만, 또한 시인으로서 '울음 우는' 내 자신이 이미 저 거미줄을 자아내는 거미와 같은 존재라는 해석 역시 가능하게 해준다. 왜냐하면 그 앞에 놓여 있는 "내 울음은 허공에 닿아 거미줄이 되었다"는 구절이나 "울음으로 질겨진 거미줄", 혹은 "까맣게 늙어가는 동안" 같은 구절들을 통해서 시인 자신이 사실상 거미와 같은 존재임을 말해주고 있기 때문이다. 위의 인용에서는 빠졌지만, 이 시의 마지막 행 "조금은 거미인 나를 향해 이렇게 말하곤 하는 것이다"라는 구절에 이르면 이러한 사실은 한층 확고해진다. 시인 자신이 이미 '조금은 거미'인 것이다! 그렇기에 시인의 "울음으로 질겨진 거미줄"이란 시인이 토해내는 시의 노래 이외에 다른 것일 수는 없을 터이다. 나희덕의 시 세계에서 누에의 실잣기와 거미의 베 짜기는 이렇게 시 쓰기 자체의 알레고리로 기능하고 있음은 의심의 여지가 없어 보인다. 프시케의 명주실 잣기와 아라크네의 베 짜기는 누추하고도 초라한 현실(누에)에서의 지난한 노동의 과정이지만, 이 작업은 또한 꿈(나비)을 현실화하는 작업이기도 한 것이다. 시집 《어두워진다는 것》에 실려 있는 〈오래된 수틀〉은 이 같은 직조술로서의 시학을 아주 분명하게 드러내고 있다.

> 녹슨 바늘을 집어라 실을 꿰어라
> 서른세 개의 압정에 박혀 나는 아직 팽팽하다
>
> 나를 처음으로 뚫고 지나갔던 바늘 끝,
> 이 씨앗과 꽃잎과 물결과 구름은

그 통증을 지금도 기억하고 있다 기다리고 있다
헝겊의 이편과 저편, 건너가면
다시 돌아올 수 없는 언어들로 나를 완성해다오
오래 전 나를 수놓다가 사라진 이여

—〈오래된 수틀〉 부분

아시다시피 《사라진 손바닥》은 나희덕의 다섯 번째 시집이다. 이전 시집들을 함께 아울러서 말하자면, 내가 보기에 나희덕 시 세계의 진정한 장점은 구체적인 감각적 이미지의 현실성에 기초한 간명하고도 절제된 언어적 형식에 있는 듯싶다. 이 시인에게 있어서 세계의 모든 존재는 무엇보다도 소리/말로 구성되어 있고(네 번째 시집이 특히 그렇다) 이 소리/말은 또한 손으로 만질 수 있는 어떤 촉각적인 것으로 보인다. 달리 말하자면 나희덕의 시에서 세계는 말하는 존재들(소리)의 집합이고, 말/소리는 또한 손/촉각을 가지고 있다는 뜻이다. 시인에게 있어서 시의 언어는 촉각을 통해 만져지는 어떤 세계의 속살 같은 것이라고 말해야 하리라. 그런 의미에서 나희덕 시의 언어는 어쩌면 '손 달린 말'이라고나 해야 할지도 모르겠다. 가령, "한 번도 만져보지 못한 말"(〈한 삽의 흙〉)이라거나 "말을 건네는 손", "갑자기 등 뒤에서 어떤 손이 내 어깨를 감싸쥐었다 / 나는 그 말을 알아들었다"(〈초생달〉) 같은 구절들을 보라. 모든 존재와 언어를 촉각적인 것으로 파악하는 이러한 감각은 우리 시 세계에서는 드문, 아주 독특한 풍경을 구성해낸다. 말의 관념성을 감각적 이미지의 현실성으로 극복하고 있는 이러한 측면이 나희덕 시의 분명한 장점을 보여주는 한 부분일 터이다. 하기야 시 쓰기를 직조술로 인식하는 시인에게 있어서 시의 언어가 손으로 만질 수 있는 어떤 촉각적인 것이라는 사실은 어쩌면 당연한 것일지도 모른다. 이번 시집의 표제작 〈사라진 손바닥〉을 보기로 하자. 아마도 전남 무안의 회산 백련지를 소재로 하여 쓰였을 이 시에서 우선 두 번째 연의 2행과 3행의 구절 "말 건네려 해도"와 "손 잡으려 해도"에 주목하기로 하자. 여기에서 '말'과 '손'은 동일한 이미지의 변주, 다시 말해 반복으로 읽힌다. 말과 손을 동일한 것으로 간주하는 이 같은 발상법은 이번 시집의 도처에서 빈번하게 발견된다.

처음엔 흰 연꽃 열어 보이더니
다음엔 빈 손바닥만 푸르게 흔들더니
그 다음엔 더운 연밥 한 그릇 들고 서 있더니
이제는 마른 손목마저 꺾인 채
거꾸로 처박히고 말았네
수많은 槍을 가슴에 꽂고 연못은
거대한 폐선처럼 가라앉고 있네

바닥에 처박혀 그는 무엇을 하나
말 건네려 해도
손 잡으려 해도 보이지 않네
발 밑에 떨어진 밥알들 주워서
진흙 속에 심고 있는지 고개 들지 않네

백 년쯤 지나 다시 오면
그가 지은 연밥 한 그릇 얻어먹을 수 있으려나
그보다 일찍 오면 빈 손이라도 잡으려나
그보다 일찍 오면 흰 꽃도 볼 수 있으려나
회산에 회산에 다시 온다면

— 〈사라진 손바닥〉 전문

이러한 감각적 이미지의 언어적 현실성을 토대로 나희덕 시의 간명하고도 절제된 형식-구조적 측면이 오롯이 두드러진다. 나희덕의 시 세계는 주로 '내 안의 어둠'과 '내 밖의 밝음'이라고 할 수 있을 대립된 이미지들의 단순 대위법에 의해 이루어져 있다. 가령, "그동안 내가 받아들이지 못한 사랑의 잔뼈들이 / 멀리서 햇살이 되어 박히는 가을"(〈빛은 얼마나 멀리서〉) 같은 구절이나 "저 순연한 벼포기들 / 그런데 내 안은 왜 이리 어두운가"(〈연두에 울다〉) 같은 구절을 보라. 나희덕의 시들이 비교적 잘 읽히는 장점을 갖는 이유도 바로 이러한 간략한 대위법적 구성 때문이라고 나는 생각하는 편이다. 시인의 시 세계에서 저 '내 안의 어둠'은 대개 그림자, 그늘, 아궁이 등의 이미지 계열체에 의해 조형되고 있다. 그 어둠은 대개 상처와 울음과 고통으로 뒤섞여 있으나 이 곡진한 풍경들이 직설적이거나 직접적으로 드러나는 경우는 거의 없어 보인다. 다시 말해 저 깊은 어둠 속은 아직 베일에 가려져 있는 셈이다. 이러한 사정은 어쩌면 감정의 과잉을 지극히 경계하는 시인의 타고난 절제심과 관련이 있을지도 모르겠다. 반면, '내 안의 어둠'과 대비되는 '내 밖의 밝음'은 대개 꽃이나 햇빛의 이미지로 주조되어 있다. 이번 시집에 그늘 이미지와 더불어 얼마나 많은 꽃 이미지가 배치되어 있는가를 확인해보시라. 시인에게 있어서 빛과 꽃은 절대적으로 밝은 것의 상징이다. 그러므로 나희덕의 시 세계는 이 대립된 두 세계의 긴장 속에 자리하는 셈이다. 그러나 이 대위법적 긴장은 대개의 경우 시인의 따스한 시선에 의해 대립하기는커녕 서로 길항의 관계 속에서 적절히 조응하고 있다. 대립하는 것들을 싸안고자 하는 노력의 결정이 바로 나희덕 시 세계의 정신적 풍경의 깊이를 만든다. 다음과 같은 〈땅 속의 꽃〉의 이미지는 사실상 나희덕 시 세계의 너른 품과 깊이를 보여주는 전형적인 예에 속한다고 하겠다.

> 땅 속에서만 꽃을 피우는 난초가 있다
> 땅 위로 모습을 드러내는 일이 없기 때문에
> 본 사람이 드물다 한다
>
> (…중략…)
>
> 현상되지 않은 필름처럼 끝내 지상으로 떠오르지 않는
> 온몸이 뿌리로만 이루어진
> 꽃조차 숨은 뿌리인
>
> —〈땅 속의 꽃〉 부분

시집의 맨 마지막 자리에 배치되어 있는 시이다. 시인이 이번 시집을 구성하는 데 있어서 얼마나 꼼꼼한 배려를 했는지 느끼게 해주는 대목이다. 시집의 첫 자리에 배치되어 있는 시가 연꽃이 진 못의 풍경을 노래했던 표제시 〈사라진 손바닥〉임을 기억하기로 하자. 시인은 그 첫 시에서 손바닥('연꽃' 혹은 '연잎'의 은유이리라!)이 사라졌다고 노래했다. 그러나 시집의 마지막에 배치된 이 시를 보면, 저 손바닥은 사라진 것이 아니라 오히려 '땅 속의 꽃'으로 새로 피어난 것이라는 점을 어렵지 않게 짐작할 수 있게 된다. '온몸이 뿌리로만 이루어진 / 꽃조차 숨은 뿌리'인 그런 꽃으로 말이다. 이렇게 그늘(혹은 뿌리)와 빛(혹은 꽃)은 이제 한 몸을 이루게 된다. 그런 의미에서 이 '땅 속의 꽃' 이미지는 '모순형용'(〈행복재활원 지나 배고픈 다리 지나〉)의 삶 그 자체의 상징이자 또한 저 빛과 어둠을 모두 감싸 안으려는 시인의 따

스한 시선 그 자체가 된다. 이 같은 어둠과 빛의 조합으로 이루어진 이미지 역시 이번 시집의 도처에서 발견되는 터이다. 가령 〈聖 느티나무〉 같은 시에서는 "번개가 가슴을 쪼개고 지나간 흔적을 안고도 / 저렇게 눈부신 잎을 피어내다니"라고 노래한다. 그렇기에 나희덕의 시 세계에서는 어둠과 빛이 병렬적으로 존재한다기보다는 차라리 어둠이 빛을 만들어낸다고 말하는 편이 옳을지도 모른다. 과연, 시인은 "버려지지 않고는 피어날 수 없는 꽃들"(〈담배꽃을 본 것은〉)이라고 노래한다. 버려져야만, 다시 말해 상처와 고통과 울음이 뒤섞인 저 어둠과 그늘과 그림자 속에서만 빛과 꽃은 제 의미를 갖는다는 뜻이리라. 이 같은 시적 태도가 시인으로 하여금 "나는 햇빛 속으로도 그늘 속으로도 들어갈 수 없었다" (〈그 섬의 햇빛 속에는〉)고 노래하도록 했을 것이다. 왜냐하면 시인에게 있어서 저 '햇빛'과 '그늘'은 분리되어 있는 두 존재가 아니라 하나의 몸통을 이루고 있는 것이기 때문이다. 빛이면서 어둠인 어떤 '그늘' 같은 것이 나희덕에게는 이 모순형용의 삶 그 자체이다.

무엇보다도 나희덕의 시 세계는 서정시의 순연한 영역에 깊이 뿌리박고 있는 것으로 널리 알려져 있다. 서정시는 무엇보다도 뮤즈Muse 여신이 관장하는 득의의 영역이지만, 우리는 이 여신의 어머니가 또한 기억의 여신 므네모시네Mnemosyne임을 알고 있다. 기억은 이미 사라져간 것들을 그 망각의 무덤에서 불러내어 새로운 생명을 부여하는 역할을 한다. 기억한다는 것은 사물화되거나 이미 죽은 것에 새로운 생명을 부여하고자 했던 저 신화 속의 예술가들인 오르페우스Orpheus나 피그말리온Pygmalion의 작업으로부터 그 예술적 의의를 확보하고 있다. 시인은 〈여, 라는 말〉이라는 시에서 기억을 모태로 삼고 있는 이러한 서정시의 한 특징적인 면

모를 다음과 같은 절창으로 노래하고 있다.

잊혀진 것들은 모두 여가 되었다
망각의 물결 속으로 잠겼다
스르르 다시 드러나는 바위, 사람들은
그것을 섬이라고도 할 수 없어 여라 불렀다
울여, 새여, 대천어멈여, 시린여, 검은여…
이 이름들에는 여를 오래 휘돌며 지나간
파도의 울음 같은 게 스며 있다
물에 영영 잠겨버렸을지도 모를 기억을
햇빛에 널어 말리는 동안
사람들은 그 얼굴에 이름을 붙여주려 하지만
어느새 사라져 버리는 바위,
썰물 때가 되어도 돌아오지 않는
그 바위를 향해서도 여, 라 불렀을 것이다
그러니 여가 드러난 것은
썰물 때가 되어서만은 아니다
며칠 전부터 물에 잠긴 여 주변을 낮게 맴돌며
날개를 퍼덕이던 새들 때문이다
그 젖은 날개에서 여, 라는 소리가 들렸다

—〈여, 라는 말〉 전문

나희덕의 시들은 이처럼 망각되어 잊혀져간 것들을 기억 속으로 소환함으로써 그것들에게 재생의 삶을 부여하고자 한다. 그러니 그 시의 언어 속에 사라져간 것들에 대한 애달픔과 연민의 감정들이 절실하게 스며들어 있음은 자명한 사실이 될 터이다. 나희덕의 시 세계에서는 자식의 주검을 앞에 둔 어미의 심정 같은 이 크나큰 슬픔과 사랑의 감정이 이미 사라져버린 것들을 망각의 무덤 속에서 불러내어 새로운 생명을 부여하는 동력으로 작용한다. 그러므로 '섬'조차 될 수 없어 '여'로 머물게 된 그 모든 왜소하고 비천한 사물과 존재들을 빛 속으로 호명해들이는, 저 "날개를 퍼덕이던 새들"이야말로 나희덕 시의 '손 달린 말'인 셈이다. "그러니 여가 드러난 것은 / 썰물 때가 되어서만은 아니다". 그것은 "며칠 전부터 물에 잠긴 여 주변을 낮게 맴돌며 / 날개를 퍼덕이던 새들 때문"이었던 것이다. 그리고 이 새들의 '날개'가 바로 저 바다를 꿈꾸며 섬을 만들었던 누에고치의 우화 상태일 것이고, 이렇게 날개를 단 새/나비의 이미지는 또한 이 시인의 직조술로서의 시학이 꿈꾸는 시 쓰기의 한 완성의 형태일 터이다.

이미 우리는 서두에서 나희덕의 시 세계에서 누에 이미지가 갖는 역할과 중요성에 대해 살펴본 바 있다. 환골탈태의 혁명적인 힘을 내장하고 있는 이 벌레 이미지의 장래는 물론 프시케라는 신화적 인물의 운명을 따르게 될 것임은 자명한 것처럼 보인다. 그런데 이 우화한 나비의 날개는 프시케의 영혼처럼 마냥 자유롭거나 찬란한 것만은 아닌, 오히려 더 한층 깊은 슬픔과 격렬함을 간직한 채 그것을 힘겹게 껴안고 넘어가는 자의 고통을 닮아 있는 것처럼 보인다. 이 나비의 "고요한 날개짓 속에" 들어있는 저 "보이지 않는 격렬함"을 보라.

> 흰나비가 소매도 걷지 않고
> 봄비를 건너간다
> 비를 맞으며 맞지 않으며
>
> 그 고요한 날개짓 속에는
> 보이지 않는 격렬함이 깃들어 있어

날개를 둘러싼 고운 가루가
천 배나 무거운 빗방울을 튕겨내고 있다
모든 날개는 몸을 태우고 남은 재이니

마음에 무거운 돌덩이를 굴려 올리면서도
걸음이 가볍고 가벼운 저 사람
슬픔을 물리치는 힘 고요해
봄비 건너는 나비처럼 고요해

비를 건너가면서 마른 발자국을 남기는
그는 남몰래 가졌을까
옷 한 벌, 흰 재로 지어진

—〈재로 지어진 옷〉 전문

"모든 날개는 몸을 태우고 남은 재"라는 이 처연한 인식이 아마도 나희덕의 시 시계가 이번 시집을 통해서 다다른 새로운 입구의 표지판이 될 것으로 보인다. 그러므로 "흰 재로 지어진" 날개를 단 이 나비의 상징은 이번 시집을 관통하는 하나의 핵심적 이미지를 구성한다. 저 날개는, "비를 맞으며 맞지 않으며"라는 모순어법의 구절이 암시하는 바와 같이, 한편으로는 누에의 눈물겨운 노동으로서의 직조술의 산물인 동시에(그렇기에 물질적일 터이다), 다른 한편으로는 아름다움을 향한 영혼의 비상(따라서 영적일 터이다)이라는 양 측면을 동시에 상징하는 것으로 내게는 읽힌다. 사실상 이 같은 영혼과 육체, 빛과 어둠, 삶과 죽음의 동시성을 갖는 모순형용의 시적 긴장 속에 나희덕 시의 언어적 특성이 똬리 틀고 있는 것이다. "죽음의 소식을 듣고 가장 먼저 느낀 것이 시장기"(〈국밥 한 그릇

》라는 이 처절한 모순 속에 존재들의 삶은 자리하고 있다. 그러나 나희덕 시의 진정한 면모는 그 자체로 빛이자 어둠인 이 모순형용의 삶을 통째로 부둥켜 안고 등을 다독이는 어미의 시선과 손길 같은 그 시적 태도 속에 자리한다고 해야 하리라. 이러한 시적 태도는 '이것이냐 저것이냐' 혹은 '전부 아니면 전무'라는 단순한 이분법적 도식 속에 삶의 복합성을 구겨 넣음으로써 그 어느 한쪽의 억압과 희생을 전제로 다른 한쪽의 손을 들어주는 태도와는 정면으로 배치된다. 나희덕 시의 모성적 따뜻함은 바로 이러한 복합적인 삶의 실상을 있는 그대로 받아들이고 껴안으려는 눈물겨운 노력에서 기원하는 것이다. 그리고 이 눈물겨운 노력의 과정이 바로 프시케와 아라크네의 직조술로서의 시학을 구성한다. 아래의 짧은 시는 나희덕의 시학이 내장하고 있는 저 모순형용의 삶 자체를 읽어내는 웅숭깊은 시선을 보여주는 한 예가 될 것이다. 그 시선은 '비의 그림자' 속에서도 '고슬고슬한 땅 한 조각'과 '마른 하늘 한 조각'을 동시에 읽어내는 따뜻함을 지니고 있다.

소나기 한 차례 지나고
과일 파는 할머니가 비를 맞은 채 앉아 있던 자리
사과궤짝으로 만든 의자 모양의
고슬고슬한 땅 한 조각
젖은 과일을 닦느라 수그린 할머니의 둥근 몸 아래
남몰래 숨어든 비의 그림자
자두 몇 알 사면서 훔쳐본 마른 하늘 한 조각

— 〈비에도 그림자가〉 전문

시인은 이번 시집에 실린 또 다른 시에서 "끝내 섶에 올라 羽化도 못하고 / 한 올의 명주실도 풀어낼 수 없게 된 그들이 / 어린 내 눈에는 왜 / 蠶室의 누에들보다 더 오래 머물렀을까"(〈검은 점이 있는 누에〉)라고 노래한 적이 있다. 나는 이 의문 속에 시인의 분명한 시적 지향이 존재한다고 생각한다. 섶에 올라 우화를 기다리고 있는 누에보다는 "네 번의 잠을 채우지 못하고 / 쫓겨난 누에"에 눈길이 더 오래 머무는 그러한 시적 태도 말이다. 그리고 이러한 태도가 "뿌리 뽑히지 않으려고, 끝내 초월하지 않으려고 / 제 몸을 부싯돌처럼 켜대고 있는 / 나무 한 그루가 창밖에 있다 / 내 안의 나무 한 그루 검게 일어선다"(〈누가 우는가〉) 같은 완강하고도 장엄한 구절을 낳는 것이리라. 사실상 시인은 이미 《어두워진다는 것》에서 "날개란 신기 위해 있는 것이니 / 내가 너를 신겠다, 나비야"(〈나비를 신고 오다니〉)라고 노래한 적이 있었던 터이다. 누추하고 고단한 삶 바깥으로의 외재적 초월이 아니라 이러한 삶 속으로의 내재적 초월을 지시하는 말로서 나는 사랑이라는 이름 외에는 달리 아는 게 없다. 그러니 시인의 노래는 사랑의 노래 외에는 다른 것일 수가 없겠다. 하기야 프시케의 날개를 돋게 해 천상으로 인도하는 힘이 바로 에로스가 아니었던가?

마음의 무늬와 뿌리
— 박후기의 시세계

오늘날의 현대 자본주의 세계를 지배하는 유일한 법칙이 존재한다면, 그것은 아마도 '경제 원리principle of economy'라고 불리는 어떤 상대적 효율성의 법칙일 듯하다. 그리고 이 자본주의적 경제 원리는 곧 시간의 압축과 절약을 전제하고 있음도 분명하다. 다시 말해서 현대 자본주의 사회는 속도를 지고의 가치이자 제일의 실천덕목으로 삼고 있다는 뜻이겠다. 이러한 속도 지상주의 사회에서는 그러므로 시간의 반추, 즉 과거의 삶이나 역사에 대한 기억과 정신의 자기성찰이라는 인문학적 미덕은 최우선적인 악덕의 목록을 장식하게 될 것이다. 왜냐하면 이 모든 기억과 성찰이라는 정신의 근원적 행위는 불가역적인 시간을 되돌려 삶의 행로와 보폭을 재조정하는 일로 보이기 때문이다. 시는 인간 정신으로 하여금 저 역전 불가능한 카이로스의 시간을 되돌리거나 겹으로 만듦으로써 폭력적인 단선적 시간에 맞선 새로운 창조의 질서와 미래의 기획을 가능케 하는 것이다. 보다 정확히 말하자면, 시는 삶을 과거와는 다른 방식으로 다시 살게끔 한다는 것이다. '반성되지 않은 삶은 살만한 가치가 없다'는 한 철인의 통찰이 빛을 발하는 이유도 바로 여기에 있을 터이다. 결국 시간의 압축과 절약에 의한 속도를 그 생명의 원천으로 삼는 자본주의적 효율성의 법칙은 반인간적이고도 반문학적인 가치와 질서를 생산할 수밖에 없다는 뜻이다. 시의 존재론적, 미적 차원이 자본주의의 정치경제적, 기능적 차원과는 근원적인 불화의 관계에 있다는 사실은 이 같은 측면에서도 충분히 입증될 수 있으리라.

자본주의적 효율성의 신화는 또 다른 한편으로 우리의 인식과 관심을 현재 진행 중인 사태의 원인이나 과정보다는 그 결과로 돌리게 하는 부작용을 낳는다. 거기에서는 오로지 '좋은 결과'만이 원인이나 과정을 정당화하고 합리화할 뿐이다. 어떤 좋은 의도나 성실한 노력의 과정도 그 결과-더구나 그 결과라는 것도 거의 전적으로 정치경제적 효용성의 관점에서만 고려된-가 좋지 않다면, 불필요한 것이거나 심지어 무의미한 것으로 치부되기 때문이다. 달리 말해서 자본주의적 효율성의 신화는 역설적으로 그 결과가 원인을 조작하거나 새롭게 만들어낸다고 할 수 있다. '끝이 좋으면 모든 것이 좋다'는 이 같은 역-운명론적 사고는 현재적 삶의 실재성과 진정성을 휘발시킨다. 거기에서 발언권을 갖는 것은 언제나 힘의 논리와 기회주의적 현실 논리일 뿐이다. 현재적 삶의 순간은 언제나 미래의 '좋은 결과'를 위해 유보될 것이기 때문이다. 자본주의적 잉여와 축적의 논리는 이처럼 실존적 현재의 순간과 삶을 부재하는 미래의 가상을 위한 제물로 삼는다. 이 같은 기능주의적 효율성의 법칙에 의해 구축된 현대 자본주의 체제의 구조적 틀에서 벗어나거나 비켜난 삶은 아마도 다음 시가 노래하고 있듯이 어떤 '움직이는 별'의 행로를 따르게 되리라.

이삿짐을 꾸린다
좀 더 넓은 집을 원했으므로,
나는 차갑고 어두운
우주 저편의 저밀도지대를 향해
짐 실은 트럭을 몰고 간다
도시가 팽창을 멈추는 날은
오지 않을 것이다
불러오는 풍선의 표면에 들러붙은 티끌처럼
우리는 점점 서로에게서 멀어져 가고,
변두리의 버스 종점이 시(市) 경계를 넘어
어디론가 자취를 감추듯
젖은 눈망울 반짝이는 어린것들을 이끌고
더욱 깊숙한 어둠 속으로
나는 달려간다

— 〈움직이는 별〉 부분

시적 소재나 제재 혹은 그 내용의 측면에서든 아니면 창작의 원리나 미적 형식의 측면에서든 박후기의 시세계는 철저히 반자본주의적이라고 말할 수 있다. 시인의 첫 시집이 될《종이는 나무의 유전자를 갖고 있다》(실천문학사, 2006)에 실린 시들은 무엇보다도 먼저 과거의 삶이나 역사에 대한 기억과 정신의 자기성찰이라는 오랜 '시간의 반추'에 의해 직조되고 있기 때문이다. 그리고 이 기억과 성찰의 그물망에 의해 포획된 존재와 삶의 풍경 속에는 속도전을 방불케 하는 현대 자본주의 사회의 폭력적인 질서에 의해 뿌리뽑힌 채 떠도는 가난하고 소외받은 이웃들의 초상이 음울한 배경으로 자리하고 있다. 그러므로 이 시집을 관류하는 핵심적인 이미지가 시간의 흐름에 따라 마치 가속도를 지니고 있는 것처럼 더욱 더 깊어져가는 어떤 '깊숙한 어둠'의 흔적이라는 사실은 우연이 아니다. 시인은 이 같은 정황을 인용 시에서처럼 "더욱 깊숙한 어둠 속으로 / 나는 달려간다"거나 "어둠 속, 보이지 않는 손들이 / 코뚜레를 잡아당긴다"(〈새벽 우시장〉)고 노래하고 있는 터이다. 독자들은 시집의 도처에서 "그 기원을 알 수 없는 우리들의 사랑"(〈새끼발가락〉)과도 같은 저 깊은 어둠의 흔적이 대개는 "6번 기타줄 같은 비"(〈버섯 키우는 사내〉)에 젖은 채 출현하고 있음을 드물지 않게 목격할 수 있다. 거기에서 우리는 과거 삶의 반추를 통해 삶의 근원적인 어둠의 상태와 맞닥뜨린 한 예민한 영혼의 촉수가 그 어둠 속에서 모든 가시적인 존재와 사물들의 뿌리가 될 어떤 비가시적인 존재의 심연을 보듬고 있음을 발견하게 된다.

박후기 시세계의 핵심적 모티프로서 이 같은 어둠의 이미지는 그 하위 계열체로서 가난과 허기와 유랑과 죽음의 이미지들을 수반한다. 그리고 이 동류항의 이미지들은 시집에서 거의 예외 없이 과거의 삶과 역사에 대한 짙은 우수와 비애의 정조로써, 혹은 "열정 뒤에 숨겨진 우울"(〈우울한 탱고〉)로써 무겁게 착색되어 있다. 물론 이 같은 정조는 필연적으로 되돌아보고 싶지 않은 과거의 삶과 역사에 대한 기억이 환기시키는 일종의 그리움이나 회한의 감정을 동반하게 될 터인데, 그것은 마치 타고난 듯이 보이는 시인의 자연친화적 기질로 인해 서정적 공명이 풍부한 맑은 애가哀歌를 만들어낸다. 시집의 시적 화자가 '검은 장화 속 같은 날들'(〈검은 장화 속의 날들〉)이라고 명명했던 저 유년기의 가난과 "폐타이어 화단의 봉숭아 씨앗들"처럼 "나도 팍, 터지고 싶었"(〈내 가슴의 무늬〉)던 청춘기의 방랑에 대한 어두운 기억은 시인의 섬세하고도 맑은 감성의 필터를 통과하면서 어떤 애조 띈 투명한 서정의 풍경으로 전환된다는 것이다. 박후기의 시에서 유년기의 가난과 청춘기의 유랑은 접속관계이거나 혹은 근친관계에 있다. 왜냐하면 "힘줄은 꿈틀거렸고 / 물려받은 가난은 호적에 그어진 붉은 줄만큼이나 불편했"(〈청년들〉)던 청춘에게는 유랑의 삶 외에는 달리 어떠한 선택의 여지도 없었을 것이기 때문이다. 그런데 이러한 가난과 유랑의 삶이 오히려 시인의 시세계를, 다음의 시가 노래하고 있듯이, 어떤 그리움과 근원에 대한 탐색의 자리로 만드는 것은 일종의 아이러니라면 아이러니일 수도 있을 터이다.

나는
뒤돌아보지 못하는 한 마리 사과벌레,
청춘을 갉아먹으며
산 속에 좁고 긴 굴을 뚫었네
굵은 망치와 뭉툭한 끌로
멀쩡한 바위의 심장을 쪼았네

(…중략…)

굴이 깊을수록 어둠이 깊어갔고
그리움이 깊을수록 상처가 깊어갔네
헤어진 애인이 보내준 화집(畵集)의 장정은
길들여지지 않은 군화처럼 딱딱해서
그리움의 첫 장을 넘기던 두 눈가에
몽글몽글 물집이 잡혔네

— 〈스무 살〉 부분

물론 이 같은 그리움이나 회한의 정서를 이해하기 위해서 독자들은 저 시적 화자의 기억 속으로 동행할 필요가 있다. 박후기의 시가 펼쳐 보이는 삶의 풍경 속에는 우선 자신의 근원으로부터 뿌리 뽑힌 자의 우수나 비애와 더불어 유랑하는 삶의 궤적이 아주 또렷하게 각인되어 있다. "들판까지 읍의 영역에 편입된 후 / 사람들의 주소지는 옛집을 버리고 / 안개 속 공중의 성(城)으로 옮겨갔다"(〈안개 마을〉)거나 "마음속에 품은 지도 한 장 / 내가 가진 것의 전부였다네 / 발 디디면 어디나 길이 되었고 / 가지 못할 길은 없었으므로"(〈스무 살〉) 같은 구절들은 모두 이 같은 비애감을 동반한 유랑의 이미지를 드러내고 있다 할 것이다. 시인의 시세계를 구성하는 과거 기억 속의 주된 공간적 배경이 미군부대의 기지촌이나 도심으로부터 밀려난 철거민촌 혹은 "바람은 기름 냄새를 풍기"(〈공단 서정〉)는 공단 지대나 난민촌 등이라는 사실에 주목하면 이 같은 사태는 훨씬 더 잘 납득될 수 있으리라. 그리고 이 비애감과 회한 속에는 언제나 또한 저 뿌리 뽑힌 근원에 대한 그리움이 자리한다. "이방인들이 모여 사는 / 도시의 외곽"(〈공단 서정〉)으로 상징되는 이 자본주의 사회의 부유하는 삶 속에서 이방인 혹은 유랑민들은 자신이 떠나온 고향이라고 할 수 있을 어떤 근원에 대해 항상 그리움을 갖고 있다는 뜻이겠다. 제 근원으로부터 뿌리 뽑힌 자들의 다양한 초상의 목록은 이 시집에서 도시빈민이라고 할 수 있는 일용노동자나 신축빌딩의 인부로부터 미군부대나 그 주변에서 근무하는 잡직 근로자와 기지촌 여성, 철거민, 소농을 거쳐 심지어 팔레스타인 난민에까지 이른다. 그러므로 이 유랑의 삶에 대한 시인의 노래는 자신의 근원으로부터 격리당한 자의 비가인 동시에, 제 뿌리로 되돌아가기 위한 애절한 사모思慕의 노래라고 해야겠다.

박후기의 시세계에서 이러한 '삶의 주변화' 경향은 돌이킬 수 없을 정도로 점점 더 가속화되고 있는 것처럼 보인다. 먼저 이 같은 유랑의 삶을 불러온 가난과 슬픔의 눈물겹도록 곡진한 풍경을 제시하고 있는 다음과 같은 비가를 들어보자.

> 비가 내렸고, 아궁에 물이 스몄다. 아버지, 삭정이 같은 팔을 뻗어 눅눅한 신문지 모서리에 성냥을 그어댔다. 아버지의 손가락이 불이 붙어 타들어갈 것만 같았다. 짙은 연기가 뱀처럼 부엌바닥을 기어 다녔다. 가쁜 숨을 몰아쉬며 훅, 바람을 일으키던 아버지 입에서도 하얀 연기가 흘러나왔다. 물 위에서 불꽃이 타올랐다. 아직 어린 누이가 어두운 방안에 누워 열꽃을 피웠고, 나무 몇 토막 살 밖으로 끓는 수액을 밀어내며 타들어갔다. 검은 솥단지가 칙칙거리며 눈물을 흘렸고, 굴뚝의 인후부를 간질이며 피어 오른 연기가 쓰러진 나무처럼, 하늘 바닥에 엎드린 채 비에 젖고 있었다.
>
> — 〈슬픈 온기〉 전문

《종이는 나무의 유전자를 갖고 있다》에서 유랑의 삶은 무엇보다도 이 같은 원초적 가난에 의해 직접적으로 구속되어 있는 것처럼 보인다. 그리고 박후기의 시세계에서 이러한 가난은 주로 '허기'의 이미지를 통해 구체적인 실감을 획득하고 있다. "아무리 허리띠를 졸라매도 / 바지를 흘러내리게 하는 생의 허기"(〈행복의 나라로〉)라거나 "채워지지 않는 허기가 시간의 빈 뱃가죽을 두드린다"(〈노인과 바다〉) 같은 표현, 혹은 "한쪽으로 기운 살림은 중심을 잡지 못하고" 같은 표현에서 드러나고 있듯이 중심으로부터 주변으로 내몰리게 되는 저 유랑의 삶 역시 모두 이러한 가난과 허기로부터 연유한다고 말할 수 있기 때문이다. 시집에서 이 같은 유랑의 삶(주로 시집의 1부에 집중적으로 배치되어 있다)은 '미군부대' 혹은 '기지촌'으로 상징되는 공간적 배경과 무관하지 않은 것처럼 보인다. 아니, 오히려 이 공간적 배경이야말로 바로 저 비극적인 유랑의 삶 자체의 상징이라고 해야 할지도 모르겠다. 〈도두리〉〈애자의 슬픔〉〈옆집에 사는 엘리스〉 등 많은 작품들에서 미군부대는 유랑하는 삶의 그림자와도 같은 어두운 배경을 형성한다. 그러나 박후기의 시세계에서 이 '미군부대'가 상징하는 바는 다소 복합적이라고 할 수 있다. 그것은 분단체제 아래 있는 이 땅의 비극을 지시하기 위한 상징일 수도 있고, 미국적 자본주의가 지배하는 세계질서에 의해 포획된 오늘날의 자본주의적 현실을 지시하기 위한 수사일 수도 있으며, 또 강압적인 군사문화가 지배하고 있던 지난 시대의 역사적 질곡을 드러내기 위한 배경 장치일 수도 있다. 어쨌든 미군부대로 상징되는 이 비극적 현실이 시인의 시세계를 지배하는 주된 심리적 배경으로 작용하고 있음은 의심할 바 없는 사실이다.

> 전신주 위의 애자가 몸을 떨고 있네
> 기지촌에 비는 내리고
> 먼 데서 달려온 뜨거운 전기가
> 쉴 새 없이 애자의 몸을 핥고 지나갔네
>
> 철조망에 매달린 물방울이 보이네
> 전선을 타고 흐르는 애자의 눈물이 보이네
> 고통은 길지만 지나가는 것이고,
> 생(生)은
> 애자의 몸을 시커멓게 더럽히며 사라진
> 찰나의 스파크 같은 것이라네

깨진 애자의 젖은 몸이 길 위에 뒹굴고
미제 험비가 마지막으로 한 번 더
불에 그을린 애자의 몸을 밟고 지나갔네

— 〈애자의 슬픔〉 전문

이 처연한 삶의 실상에 대해서 어떠한 설명도 부가하지 않은 채 오로지 저 곤핍했을 여성의 삶과 죽음을 하나의 풍경으로만 제시하고 있는 이 시에서 저 전신주 위의 '애자'는 필경 미군부대 주변에 위치하고 있는 어떤 기지촌의 접대부였을 한 젊은 처자의 이름을 지시하는 중의법으로 사용되고 있을 터이다(내게는 앞서 인용된 〈슬픈 온기〉에 등장하던 '어린 누이'의 모습이 연상된다). '깨진 애자'와 '그을린 애자'는 가난으로 인한 이 젊은 여성의 삶에 난 균열과 상처를, "그을린 애자의 몸을 밟고 지나"가는 미제 군용차량('험비')의 이미지는 아마도 이 여성의 비극적인 죽음을 상징할 것이다. 다시 말해서 '애자의 슬픔'은 원초적인 가난과 외세에 의해 짓밟히고 있는 이 땅의 자본주의적 현실이라는 이중의 상처와 고통을 환기시키고 있다는 것이다. 그러나 박후기의 시세계에서 저 미군부대로 상징되는 현실의 상처와 고통을 가장 극명하게 대변하는 것은 아마도 '아버지'의 이미지일 것이다. 시집에서 이 아버지는 서울 도심 외곽의 한 도시(시집에 등장하는 '도두리'라는 지명으로 보아 평택시쯤일 듯하다. 사실상 최근엔 미군부대 이전과 확장을 두고 많은 사회적 논란을 불러일으키고 있는 곳이기도 하다)에 위치하고 있는 미군부대의 근로자로 일하다가 마침내는 거기에서 죽은 것으로 보고되고 있다. "미군부대 철조망 사이로 남몰래 / 펩시콜라를 건네주던 아버지"(〈도두리〉)나 "미군부대 격납고 지붕 위에서 / 땅 위로 내리꽂힌 아버지"(〈뒤란의 봄〉)

의 이미지가 바로 이러한 사실을 말해준다.

어떠한 과장된 수사나 현란한 문체도 사양한 채 오로지 정직하고도 성실하게 하나의 실존적 삶의 풍경을 제시하고자 하는 박후기의 시세계에 그래도 어떤 수사가 존재한다면, 그것은 아마도 역설paradox 정도가 아닐까 싶다. 박후기의 시에서 유랑하는 삶은 기의에 닿지 못하는 기표의 운명을 닮아 있다. "나는 / 옷의 이미지만 입고 다닌다 / 우울한 뒤통수만 달고 다닌다"(〈이미지를 입다〉)라고 시인이 노래할 때, 이 '이미지'는 곧 유랑하는 삶 자체의 상징으로 자리할 수도 있다. 박후기 시의 역설은 삶의 실재와 부유하는 삶의 이미지 사이에 난 이러한 간극을 지시하기 위한 시적 전략일지도 모른다. 왜냐하면 역설이란 근본적으로 표시하는 것과 표시된 것 사이의 불일치에 대한 아이러니한 정신의 표현이기 때문이다. 그러므로 이 역설은 뿌리 뽑힌 채 유랑하는 저 가난하고도 곤핍한 삶의 실상을 더욱 극명하게 드러내는 역할을 하게 된다고 할 수 있다. "광야는 넓어요 하늘은 또 푸르러요 / 다들 행복의 나라로 갑시다"(〈행복의 나라로〉)라는 어느 대중가요의 노랫말을 인용하고 있는 한 시에서 이 '행복의 나라'는 현존하는 '불행의 현실'을 더욱 또렷하게 부각시키는 역할을 하기 때문이다. 또한 "낙원 간다 / 밥값이 싸서"(〈탄력에 대하여〉) 같은 표현에서 드러나는 '낙원'('낙원상가'가 있는 낙원동을 일컫는 듯하다)이라는 기표 역시 가난한 현실에 대한 중의적 표현으로써 시인의 역설적 의식을 보여준다고 할 수 있다. "울어라, 기타줄 / 낙원에 매인 몸이여!"(〈낙원의 애수〉) 같은 선명한 감각적 이미지를 통해 제시되고 있는 현실과 삶 역시 '낙원'이라는 중의법을 통해 드러난 역설적 현실의 모습일 터이다.

박후기의 시세계는 이처럼 가난과 유랑의 삶을 그 현실적 배경으로 하고 있으면서도 거기에는 또한 뿌리 뽑힌 자들이 지닐 수밖에 없는 어떤 삶의 근원에 대한 그리움이 존재한다. "철봉 대신 연봉에 매달리며 살아가고, / 바닥에 떨어지지 않기 위해 안간힘을 쓰며"(〈철봉은 힘이 세다〉) 이 유랑하는 자본주의적 현실을 살고 있는 삶의 풍경 속에서 이제는 망각 속에 묻혀버린 저 근원의 뿌리는 이 첫 시집에서 불변의 중심으로 자리하고 있는 듯하다. 시인은 같은 시에서 "눈발은 해마다 폐교를 찾아오지만 / 세상의 모든 졸업생들은 과거로 돌아가는 길을 잊었느니"라고 노래한 바 있다. 그러나 고통스럽게도 시인의 기억의 촉수는 망각 속으로 사라져버린 듯한 저 근원의 뿌리를 향해 뻗어간다. 물론 이 같은 '기억하기'의 행위가 고통스러운 이유는 저 과거의 가난과 유랑의 상처와 슬픔이 필연적으로 동반하기 때문일 터이다. 시집에서 이 같은 삶의 근원과 존재의 뿌리에 대한 그리움 속에는 역설적이게도 저 미군부대로 상징되는 현실의 상처와 고통을 가장 극명하게 대변하고 있는 '뿌리 뽑힌' 삶을 산 아비의 이미지가 '뿌리 깊게' 자리하고 있는 것처럼 보인다. 시인의 기억 속에서 이 아비의 이미지는 또한 "낡고 상처받은 것들의 아늑한 정원"(〈뒤란의 봄〉)으로 자리하게 되면서 곧 자신의 삶의 근원이자 뿌리에 대한 '추억의 힘'으로 작용하기 때문이다. 이 아비의 이미지는 이제 '거머리' 같은 자식들에게 피를 빨아 먹히면서도 그들을 보듬어 안고 키우는 뿌리나 지지대 역할을 하게 된다.

장맛비 그치고
비바람에 쓰러진 벼를 일으켜 세운다
쓰러진 벼를 묶어세우듯

아버지 굽은 등 곧추세워 주고 싶은 나는
그러나 아버지 종아리에 달라붙어
피를 빨아먹는 한 마리 통통한 거머리
피 같은 비가 내 가슴을 적시고

(…중략…)

자식들에게 피를 빨린 아버지도 언젠가
저 벼 포기들처럼 힘없이 쓰러질 것을
나는 안다

—〈거머리〉 부분

시인은 먼저 "아버지는 / 집이라는, 식량과 돈과 희망을 제물로 받는, / 가장 더럽고도 아름다운 신전을 떠받치던 / 기둥 속 강철 혈관이었다"(〈강철 혈관〉)고 추억한다. 여기에서 추억이란 말은 곧 자신의 삶의 이력과 존재의 역사가 흔적으로 아로새겨진 어떤 '마음의 무늬'를 의미하는 것이어야 할 터이다. 이러한 삶의 이력과 존재의 역사는 시집에서 흔히 '나이테'라는 식물적 이미지를 통해 구체화된다. 시인은 이 나이테를 일러 "나무들 / 딱딱한 가슴 속 섬세한 울림으로 새겨지는 / 둥그런 생의 기록"(〈내 가슴의 무늬〉)이라고 노래한 바 있다. 그러므로 추억이란 이 같은 생의 기록으로 새겨진 '내 가슴의 무늬', 즉 마음의 무늬일 수밖에 없기 때문이다. 박후기의 시는 이처럼 생의 우수와 비애를 담고 있으면서도, 다른 한편으로는 되돌아보고 싶지 않은 저 과거의 가난과 유랑의 상처와 고통을 정직하게 응시하면서 그 속에서 삶의 근원과 중심을 저울질해낸다. 시인은 이제 "아버지가 이 생에서 부른 마지막 노래,

울고 넘는 박달재. 나는 천둥산 박달재를 한 번도 가보진 않았지만, 지금도 가끔 천둥산 박달재를 울고 넘는다"(〈검은 장화 속의 날들〉)며 저 가난과 허기의 삶 속에 똬리 틀고 있는 아비의 이미지를 새롭게 삶의 근원과 중심의 자리에 놓는다. 생의 덧없음과 쓸쓸함, 혹은 허기의 삶과 유랑의 세월은 이제 근원과 뿌리에 대한 그리움을 통해 긍정적인 면모를 지니게 되는 것이다. 그러므로 시인의 시 세계에서는 어둠을 더욱 어둡게, 혹은 더욱 환하게 밝혀주는 대립적 이미지가 또한 존재한다고 말해야 한다. 시집에 간혹 출현하는 '목련' 혹은 '백목련'의 이미지가 바로 그렇다.

몇 겹 어둠으로 덧칠해진 철문을 열면
보인다
알몸으로 떨고 있는
백목련 한 그루

봉긋이 부풀어 오른 꽃봉오리가
가난에 찌든 구옥의 내막을 희미하게 밝히고,

어둠은 사월의 담벼락에 검은 천을 깔고
목필(木筆)은 달빛을 찍어
그 위에 편지를 쓴다

아버지 위독하시다
뿌리가 깊어 옮겨 갈 수도 없고,
무허가로 꽃 피운 죄밖에 없는데
지는 것도 마음대로 안 되는구나

담장 밖 어둔 길 내다보며
초조하게 피고 지는 어머니,
재개발지구 목련꽃

— 〈목련 편지〉 전문

재개발로 인한 철거와 이로 인해 부유하는 도시 빈민의 누추한 삶을 봄밤의 짙은 어둠과 겹쳐서 표현하고 있는 이 시에서 '백목련'의 이미지는 메마르고 척박한 도시의 산업자본주의적 질서에 의해 훼손되어가는, 또는 역설적으로 더욱 더 그 가치가 빛나게 되는 어떤 공동체적 사회와 문화에 대한 안타까움과 그리움의 상징으로 자리하고 있는 것처럼 보인다. 시인은 또 다른 〈목련〉이라는 시에서 "알전구 같은 / 백목련 꽃봉오리에 내려앉은 햇살이 / 필라멘트처럼 떨고 있다 / 필름 속 세상은 깊고도 어두워 / 오히려 상처가 환하게 빛난다"고 노래했다. 이 같은 어두운 현실의 삶 속에서도 빛나는 과거의 뿌리와 근원을 그리워하고 탐색하고자 하는 박후기의 시세계에서 백목련의 이미지는 상징적인 위치를 점하고 있는 것이다. 〈과녁〉 같은 시에 등장하는 백목련의 이미지 역시 '어둠 속에서 빛나는 삶'의 어떤 본질을 드러내고 있다 할 것이다. 그러므로 이러한 백목련의 이미지가 인용 시에서처럼 "초조하게 피고 지는 어머니"의 모습과 자주 겹치는 것은 우연이 아닌 셈이다. 그것은 어둠 속에서도 빛을 잃지 않는 어떤 근원이자 뿌리에 대한 상징으로 자리하기 때문이다.

이 같은 삶의 근원과 존재의 뿌리에 대한 관심과 탐색은 이 시집의 표제 시이기도 한 〈종이는 나무의 유전자를 갖고 있다〉라는 제목을 통해서도 이미 분명하게 드러난다. 비록 '종이'로 변화된 현실의 삶을 살고 있지만, 이 변화하는 삶 속에는 분명 변화하지 않는 '나무의 유전자'가 각인되어 있다는 뜻일 터이다. 또한 다음과 같은 구절, 즉 "새끼발가락, 삼백만 년을 내 몸과 함께 걸어왔을 / 그 뭉툭하고 못생긴 직립의 징표"(〈새끼발가락〉) 같은 표현 속에도 오랜 세월을 거쳐서도 지속되는 어떤 삶의 근원과 존재의 뿌리에 대한 시인의 관심이 단적으로 드러나고 있는 것이다. 이러한 뿌리와 근원에 대한 오랜 탐색을 거쳐서 시인은 마침내 표제 시의 한 구절이 말해주고 있는 것처럼 "바위의 안부를 묻는 빗방울처럼 / 쉬지 않고 내세를 두드리는 / 희망이라는 유전자"를 발견해낸 것처럼 보인다. 다시 말해서 끊임없는 변화의 삶 속에서도 변화하지 않는 저 근원과 뿌리의 상징으로서 이 유전자의 특성이 곧 희망이라는 뜻이겠다. 이 같은 관점의 대표적인 표현이 "그대 / 57억 년 후의 미륵처럼, / 아직도 거기 서 계신지요?"(〈완행〉) 같은 구절일 터이다. "해가 지지 않는다고 생각해 보세요 / 그것은 내일이 없다는 말과 같아요"(〈양계장의 밤〉)라는 역설적인 삶의 진실은 바로 이러한 관점에서 등장하는 것이다. 박후기의 시세계에서 나무의 나이테라거나 유전자라는 생물학적 이미지들은 공통적으로 생의 이력과 기원을 지시한다. "물방울이 화석을 남기듯 / 나무의 떨림도 물결무늬 화석이 되어 / 돌 속에 얼룩질 것"(〈주산지〉)이라고 믿는 시인에게는 이처럼 삶과 존재의 역사성에 대한 성찰이 동반하고 있는 것이다. 변화하는 존재와 사물의 표면을 관류하고 있는 불변의 내적 동력의 기원과 연혁을 살핀다는 점에서 박후기 시세계의 '근원에 대한 탐색'은 이제 '존재의 역사성에 대한 탐색'과 어깨동무하고 있다고 말해야 한다. 불변하는 존재의 근원과 변화하는 존재의 역사성을 함께 성찰하는 작업이 이 시인의 시세계를 특징짓는 가장 뚜렷한 징표라는 뜻이겠다.

비 온 뒤 대숲에 들어가면
보인다
빗물 받아먹고 통통하게 젖살 오른,
땅을 뚫고 쑥쑥 솟아오른 속 찬 죽순들

온몸 골다공증 걸린 어미 대[竹]의 몸은
금 그어진 자[尺]와 같아서,
일각이 다르게 커가는 죽순의 키를
제 마디에 대보며 흐뭇해하지만

때때로 죽순은
사막 같은 고비를 만날 것이며
고비를 지나칠 때마다
나이테처럼
몸에는 딱딱하게 마디가 질 것이다

속을 비워야
바람에 흔들려도 부러지지 않고
한 세상 꼿꼿하게 견딜 수 있다고,
마디마디
유배지에서의 각오가
시퍼렇게 물들 것이다

— 〈마디〉 전문

제 속에다 시간과 세월의 흔적을 새기지 못한 속 빈 대나무에게는 그 마디가 곧 나이테일 터이다. 그리고 이 나이테는 그 자체로 변화하는 세월의 흔적이자 존재의 역사를 표현할 것이다. 나이테로서의 이 마디는 대나무라는 존재가 '사막 같은 고비'를 만나고 지나칠 때마다 그의 몸에 새겨진 두터운 세월의 흔적인 셈이다. 시인의 표현을 빌려 말하자면, "제 몸에 박히는 세월의 일격을 / 부드럽게 받아들이는"(〈탄력에 대하여〉) 어떤 '탄력' 같은 것이 바로 이 나이테라는 것이다. '나무의 유전자'라는 불변의 기원은 이처럼 변화하는 삶과 세월 속에서 존재의 역사성을 통해 발현되는 것처럼 보인다. 역으로 말하자면, 존재의 역사성 역시 저 불변의 기원이 시간의 흐름 속에서 자신을 일시적으로 정립한 존재의 단면이라는 뜻이겠다. 이렇듯 불변하는 존재의 근원과 가변적인 존재의 역사성은 박후기의 시에서 나무의 유전자와 나이테의 이미지를 통해 포개져 있다. 시인은 이미 "틈, / 자세히 들여다보면 / 하나가 아닌 둘이다 / 하나같은 둘이다"(〈우울한 탱고〉)라고 노래한 바 있다. 이처럼 서정적인 울림이 풍부한 박후기의 시들은 삶과 존재의 기원과 역사성을 아우르는 폭넓은 역사-존재론적 지평 속에서 운동한다고 할 수 있다. 이 지평 속에서 한편으로는 "한번 가슴을 떠난 신음처럼, / 지나간 시간은 / 다시 돌아오지 않"(〈지하철 정거장에서〉)지만, 다른 한편으로는 또한 "바람에 흔들려도 부러지지 않고 / 한 세상 꼿꼿하게 견딜 수 있"는 어떤 불변의 근원을 탐색하려는 박후기 시의 매력은 무엇보다도 공명이 풍부한 맑은 서정적 가락의 운용에 있다. "기타처럼, / 오래 묵은 사랑일수록 / 팽팽하게 긴장을 당겨야 / 제 소리를 내는"(〈낙원의 애수〉) 것임을 아는 이 시인의 노래들 역시 팽팽한 긴장으로 빛나는 저 '오래 묵은 사랑'의 노래에 지나지 않을 터이다. 그리고 이 오랜 사랑의 노래를 탄주해내는 과거 삶에 대한 기억과 정신의 자기성찰이 유난히 소중한 이유도 우리가 이 측량불가능한 자본주의적 속도의 현실을 살고 있기 때문이고, 게다가 사랑 속에서는 속도가 아니라 오로지 시간의 두께와 존재의 깊이만이 문제가 될 뿐이기 때문이리라.

'목련화 그늘 아래서'의 추억

— 함성호의 어떤 시들

추억을 버렸으니
어떻게 저 강을 건널 수 있을까?
— 〈나비의 집〉 부분

나는 산개해 있다.
나는 무수한 길 위에서
있었고, 맥락 없이
존재했다 나는 이끌렸고
소금처럼 굳어버렸다
결정의 빛은
언제나
아름다웠다
— 《聖 타즈마할》, 〈상상의 몸〉 전문

만 2년 전, 그러니까 그 전 해 늦겨울의 찬 기운이 채 가시기도 전이어서 아직 초봄이라기에도 너무 이른 1998년 2월말, 시인은 자신의 두 번째 시집 《聖 타즈마할》을 상자하면서 이 정신적 귀향의 여행 시집을 마감하는 결시結詩 〈상상의 몸〉에서 스스로의 운명을 이처럼 길 위에서 소금처럼 굳어버린 아름다운 결정으로 묘사해 놓은 적이 있다. 아마도 그것은 예민한 시인의 촉수가 미리 감지한, 그러나 당시로서는 아직 '상상의 몸'에 불과한 시인 자신의 운명이 이르게 될 종착지의 풍경이었을 것이다. "끝없는 떠돎의 물소리같"은 '당사주'(《56억 7천만 년의 고독》, 〈모든 죽음은 바람의 모습으로 불어간다〉)를 운명으로 타고난 이 시인의 여정은, 그러니, 저 신화 속의 '오디세우스'의 운명의 여정과 겹쳐질 법하다. 〈상상의 몸〉에 대한 시인 자신의 주석에 따르자면 저 영웅은 "마녀 사이렌의 유혹으로부터, 무엇보다도 자신의 여행을 지켜내기 위해 (…중략…) 스스로를 돛대에 결박한 채 사이렌의 유혹을 들으며, 견디"는 '결박당한 시인'의 초상이라는 것이다. "무수한 길 위에" "산개해" "맥락 없이 존재했"던 이 '길의 시인'이 보기에 저 신화 속의 오디세우스의 여정은 '고통의 기억'과 '몰입의 기록'이라는 점에서 시인 자신의 여정과 다르지 않은 것 같다. 시인은 저 길 위에서 소금처럼 결정화될 자신의 미래의 운명에 대해 오디세우스의 여정을 빌려 다음과 같이 말했던 것이다. "이 여행은 욕망을 끊기보다는 새벽 안개처럼 일어나고 있는 욕망을 지켜보며 가는 여행이고, 궁극적으로 금지된 지식에 관한 여행이다". 그렇다면 시인의 노래는 저 길이 이끄는 욕망에 부대끼며 그것을 껴안고 가는 '고통의 기억'이자 동시에 그 욕망의 여정에 이끌리며 탐닉하는 '몰입의 기록'인 셈이다. 그런 의미에서 이 길의 시인의 정신적 구도의 여정은 고통이자 몰입이며, 그의 노래는 저 여정의 기억이자 기록인 셈이다. 이 정처 없는 길의 편력에 대해서 우리는 이미 다음과 같은 정보를 가지고 있는 터이다.

> 나는 정처 없이 떠돌았지요 칼바람 속의 시베리아 설원을 지나 중앙아시아의 초원을 저공으로 비행하며 모래 바람 이는 티베트의 고원에서 고행하는 라마승의 행렬을 따라 헤매었지요 내가 상상하던 것들을 찾아

카스피 해 동쪽 천산산맥 서쪽에서 히말라야를 넘어 천축의 강가까지,
나는 산란기의 연어처럼 죽음을 찾아 피크닉 갔지요

—《聖 타즈마할》, 〈죽음의 피크닉〉 부분

과연 함성호의 시 세계는 '여행의 길들'과 '길들의 풍경'으로 이루어져 있는 것처럼 보인다. 이미 첫 시집《56억 7천만 년의 고독》을 통해서도 드러났던 이 '길'과 '여행'의 모티프는 두 번째 시집《聖 타즈마할》에 이르러서는 더욱 뚜렷하고도 독자적인 세계를 구축해 놓은 터였다. 시인은 첫 시집의 헌사에서 "저 황도를 홀로 가는 / 태양의 지루한 여행을 위해" 자신의 시집을 바친다고 밝힌 바 있다. 또한 두 번째 시집에서도 '모든 길들이 나를 부른다'며, 길이 "이끌어가는 힘"과 길에 "이끌려가는 힘"에 대한 경사를 토로했던 것이다. 그리고 저 여행의 길에서 마주치는 '비와 바람'의 풍경이 그의 시 세계를 반문명적인 귀향의 여정이자 정신적인 구도의 도정으로 만들어주었다. 그렇다, 함성호의 시 세계는 귀향의 노래이자 구도의 노래로 자리한다. 시인은 저 귀향과 구도의 길 위에서 "바람과 같이 걷는다"(〈모든 길들이 나를 부른다〉). 이러한 '비와 바람 속에서'의 편력은, 시인의 말씀을 빌리자면, "더 이상" "오지 않"을 "모든 것들"을 향한 고행과 기다림의 과정이었던 것이다. 이 기다림이 얼마나 지극하고도 지난한지는 '56억 7천만 년의 고독'이라는 세월의 무게가 말해주고 있는 터이다. 저 쓸쓸한 기다림 속에서 시인의 고독은 다음과 같이 깊어만 간다.

이제는 더 이상 부를 노래도 없고
어느 누구도 나의 기다림을 알지 못하네
오지 않네, 모든 것들
강을 넘어가는 길은 멀고
날은 춥고, 나는 어둡네

—《聖 타즈마할》, 〈오지 않네, 모든 것들〉 부분

최근의 시에서 보이는 시인의 내면 풍경은 아직도 저 길의 고통과 몰입으로부터 시인이 멀어져 있지 않음을 증명하고 있다. 그러나 저 고통은 이제 너무나 참혹하여 차라리 고통처럼 느껴지지 않을 정도로 시인의 일상적인 삶 속에 체화되어 있는 것 같다. 그리고 저 몰입은 이제 길 안으로 들어가는 운동이 아니라 차라리 그 안쪽에서 정지해버린 어떤 결정의 상태를 보여준다는 점에서 최근 시가 지니는 변모의 일단을 엿볼 수 있게 한다. 그것은 고통과 몰입이라기보다는 차라리 고통 속에서의 해탈과 몰입 속에서의 관조처럼 보이기도 한다. 이러한 내면 풍경을 보여주는 〈나비의 집〉이라는 최근 시에서 시인은 "바람은 저렇게 거센데 / 흔들리는 숲-풍경은 고요하다"고 노래한다. "참을 수 없는 식욕"처럼 "산 위에는 눈 / 난지도에는 꽃"이 분분한데, "바람은 이렇게 온몸을 치며 불어오는네 / 내 흔들림은 너무나 고요"하다는 것이다. 태풍 속의 정적과도 같은 이러한 상태는 이 시에서 "서늘한 기압골 속에 집 한 채"로 비유되어 시인의 내면 상태를 풍경화하고 있다. 그러한 마음의 상태는 '느림보 달팽이'의 노래처럼 한가롭게 보이지만, 그러나 시인 자신이 저 태풍의 한 가운데를 벗어나 있는 것은 아니라는 사실을 반증해준다. 시인은 저 '태풍의 눈' 속에서 이제 지난날의 추억을 반추하고 있다. "죽음의 집들이 겹쳐 살아나는 생"을 고요하게 바라보고 있는 이 시인은 그러한 추억의 관조를 통해서 이제 어떤 '투명한' 마음의 풍경을 거느리게 된 것 같다.

돌아가자
너의 아름다운 병을
검은 아스팔트까지 바래다주러 간다
가면, 오래 오래 흐린 강 마을에서
집의 창을 만지는 먼지들과 살 너와
돌아서면 까맣게 잊고
이미 죽은 나무에 물을 뿌릴 나는
저리 위 –, 독주에 취해 더 깊은 병을 볼 거면서

— 〈너무 아름다운 병〉 부분

너를 떠나보내고 "오랫동안 속으로 노래를 불러 / 네가 없는 허무를 메웠던" 시인은 이제 저 과거의 추억을 향해 안부를 묻고 있다. "아프니?"라고 묻는 현재의 나는 저 추억 속에서 빛나고 있는 '눈동자'를 회상하며 들여다본다. 그 눈동자 속에는 아픈 사연을 간직한 '은빛 그림자'가 드리워져 있다. 그 눈동자를 향해 시인은 짐짓 모른 채 "안녕"이라고 인사를 건넨다. 그러나 그 눈동자는 대답이 없지만, 시인은 그것마저도 자신 못지 않게 오래도록 허무를 메워왔음을, 다시 말해 '아름다운 병'을 앓았음을 알고 있다. 그러한 너의 눈동자로 인해 시인은 가슴이 무너질 것 같은 아픔을, 저 과거의 추억으로부터 "한 발자국도 내딛을 수 없는 압력"을 느낀다. 시인은 그러한 사정을 "휘청, 발목이 잘려나간 것처럼 / 한없이 무너지고 싶다"고 노래한다. 그러나 간신히 그러한 아픔을 추스르면서 저 눈동자를 향해 말을 건넨다. "밥 먹어"라고. 그러나 이러한 추억 속의 아픔이 현재의 나에게는 감당할 수 없을 만큼 너무나 크기에 시인은 이제 저 추억의 눈동자로부터 돌아서기를 스스로에게 재촉한다. 그리하여 "오래 오래 흐린 강 마을에서 / 집의 창을 만지는 먼지들과 살 너"를 '검은 아스팔트까지 바래다' 준다. 시인은 이 고통스런 이별의 시간이 지나면 저 눈동자는 스스로 말라서 바스라질 '먼지들과 살' 것임을, 시인 자신 역시 "돌아서면 까맣게 잊고 / 이미 죽은 나무에 물을 뿌릴" 것임을 알고 있다. 그러나, 돌아서면 까맣게 잊을 수 있다는 것은 시인 자신의 바람일 뿐이지 실제로는 너를 잊을 수 없다는 것을 바로 뒤 구절이 말해주고 있다. 시인은 저 눈동자를 보내고 와서도 여전히 스스로 "이미 죽은 나무에 물을 뿌릴" 것임을 잘 알고 있다. 그리하여 이 이별의 시간을 조금이라도 더 오래 간직하기 위해 "먼길로, / 일부러 먼길로 / 너의 아름다운 병을 / 오래 오래 배웅한다"고 말한다.

시인이 전해주는 바에 의하면 저 추억 속의 사랑은 "목련화 그늘 아래서"(〈꽃들은 세상을 버리고〉) 익어갔던 것 같다. "술잔에 붉은 입술을 찍어 / 어린애 손바닥만한 꽃의 육질을 열어 / 좋은 안주로 삼았던" 저 꽃과 '장미의 계절'은, 그러나, 이미 과거 속으로 사라져버렸다. 술잔, 붉은 입술, 꽃, 열다 같은 에로틱한 이 어휘들에서 우리는 지 사랑의 강도를 짐작할 수 있다. 그 시절은 마침 "꽃잎처럼 흐르던 穀雨" 때였다고 시인은 말한다. 이 비의 계절 역시도 그러한 에로티즘의 연장선에 있다. 그러나 그러한 사랑의 계절은 저 봄의 꽃잎과 함께 사라져버리고 청명도 우수도 모두 지나 이윽고 동지, 소설, 대설의 길고 추운 겨울을 시인은 다만 저 뜨거웠던 사랑의 추억 속에서만 살아가는 것이다. 그 긴 겨울 동안 시인은 "잠든 나무의 이름을 찾아 헤매었"다고 말한다. "잠든 나무는 뭐지?"

그것은 아마도 새로운 소생의 봄을 기다리며 인동의 겨울을 묵묵히 지내고 있는 시인 자신의 초상일지도 모른다. 그러나 새로운 봄과 여름이 다시 돌아왔지만 그것은 이미 저 장미의 계절은 아닌 것이다. "바람이 꽃잎을 날리던 입하와 소만 사이 / 백로와 상강의 햇빛도 / 소용없이 빈 마당에 떨어지는" 이 쓸쓸한 계절은 저 사랑의 추억이 강한 만큼 그 이별의 슬픔도 강렬하게 되살려낸다. "꽃들은 세상을 버리고 / 봄을 잊은 나무"는 그러한 이별의 상처와 추억에 휩싸여 세월의 흐름을 잊고 있는 현재의 사정을 말해주고 있다.

시인의 추억 속을 환하게 밝히는 것은 저 사랑의 추억, 다시 말하자면 '목련화 그늘 아래서' 빛나던 '은빛 그림자'(《너무 아름다운 병》)이다. 그러나 시인은 너와의 헤어짐이라는 고통이 너무나 크기에 저 추억을 버리고자 한다. 이러한 심리적 구도 속에서 시인은 "추억을 버렸으니 어떻게 저 강을 건널 수 있을까?"라는 화두를 자신에게 던져놓고 있는 것이다. 그러니 저 추억은 욕망이 들끓던 젊음의 풍경을 보일 것이고, 추억을 버린 자리에서는 저 욕망을 고요하게 바라보는 어떤 혜안의 풍경이 보일 법하다. 그 추억의 풍경은 무엇보다도 사랑이라는 이름의 욕망의 풍경이었다. 그러나 저 거센 욕망으로부터 빠져 나와 그것을 과거의 시제로 관조하고 있는 현재의 시인은 "바람은 저렇게 거센데 / 흔들리는 숲－풍경은 고요하다"고 말한다. 그것은 스스로의 절대적인 고독에 파묻힌 시인의 현재의 마음의 상태를 보여준다. 그리하여 그는 "서늘한 기압골 속에 집 한 채 / 어느 나무로부터 이 막막함을 위로 받을 수 있을까?"라고 노래한다. 그런데 왜 하필이면 저 막막한 고독을 나무로부터 위로 받고 싶을까? 왜냐하면 그 나무는 추억 속의 사랑이 익어가던 나무였기 때문이다.

그러나 앞서 말했듯이 봄은 가고 목련화는 이미 떨어져 내렸다. 아니, 더 나아가 어쩌면 저 목련 나무는 이미 말라죽은 것인지도 모른다. "어차피 내 청춘의 실패는 이십세기와 같이 가버렸다"는 것이다. 그렇다면 세상은 이미 끝난 것이 아닌가? 그러나, 시인은 "망했는데도 왜, 끝은 보이지 않는 것일까?"(〈대포항 방파제〉)라고 자문한다. 왜 사랑은 끝났는데도 그 끝은 보이지 않는 것일까? 시인은 바다를 찾아 떠났던 여행길에서도 바다는 보지 못하고 별만 보인다고 고백한다. "알렉산더가 인도에서 세계의 끝을 보았을 때 / 그는 죽었다"고 시인은 노래했다. 그러니, 이 망한 것이 아직은 끝이 아니었던 모양이다. 그리하여 "기껏해야 몇 개의 별빛을 쥐고 / 돌아온 길을 다시 가야하는 이 / 되풀이되는 생의 곡조를", 즉 삶의 관성을 시인은 이미 알고 있다. 이 관성은 "어디 한 걸음이라도 헛딛을 수조차 없"게 만든다. 그리하여 시인은 이 삶의 관성에 대해 "나는 언제나 헛된 희망만을 가지고 / 이 별빛 많은 바다를 돌아섰단 말인가?"라고 자문한다. 시인은 저러한 삶의 관성은 헛된 희망의 부산물임을 안다. 그러나 동시에 시인은 그러한 삶의 관성이 자신을 다시 삶 속으로 끌어들일 것임을 이미 알고 있다.

별이여, 파두여
언제나 그랬듯이
돌아가는 길은 또 처음 걷는 길처럼
쇠미역에 밥을 싸먹고
헤헤, 거리며

— 〈대포항 방파제〉 부분

저 사랑의 추억이 시인을 〈옛그늘〉로 끌어들였다. 그러나 저 꽃나무 그늘 아래의 풍경은 이제 "꽃은 예전에 지고 잎은 떨어져" "비어있"는 모습만을 보여줄 뿐이다. 시인은 헛되이 저 정열의 불꽃을 다시 일으켜 세우려 하지만, 꽃나무는 이미 죽은 것이다. "나는 성냥을 그어 죽은 나무를 태웠다 / 상한 가지들은 괴로워하며 발화를 꿈꾸었으나" 이미 저 꽃나무는 가버린 봄날과 더불어 사라져버렸고 저 꽃그늘은 이제 '죽음의 옷'을 걸치고 있다. 그리하여 시인은 "옛그늘에서 나무를 붙잡고 운다". 이미 "화르르 뜨거운 불덩이가 길을 건너간" 후인 것이다. 저 불덩이가 사그라진 자리는 바로 "해일이 깍아놓은 절벽 위" 같을 것이다. 시인은 이제 모든 것이 "곧 무너지리라"는 것을 안다. 저 "불의 그늘도 / 이, 한 시절도". 사랑은 가고 꽃은 이미 떨어져버린 것이다.

> 상한 가지들은 괴로워하며 발화를 꿈꾸었으나
> 새들은 날아가지 않았고, 나무 위의 사람도 도망가지 않았다
> 다른 나무들이 손을 뻗어 옛그늘을 훔쳤다
> 그건 죽음의 옷이야, 나는 수화로 얘기했다
>
> — 〈옛그늘〉 부분

시인에게 있어서 꽃은 생명과 불의 화신이며, 불은 욕망과 사랑의 상징이며, 사랑은 어머니와 누이를 향한 고향 회귀의 은유인 것처럼 보인다. 말하자면 저 연어의 모천 회귀와 같은 시인의 길의 여행에서 저 꽃은 고향의 이미지와 관련되어 있다는 것이다. 왜냐하면 시인의 저 사랑은 어머니의 세계에 대한 그리움과 사모의 정에 지나지 않았기 때문이다. 시인은 다음과 같이 노래했던 것이다. "젖꼭지가 아름다운 여자는 / 모두 다 엄마 같다"고. 그러니, 시인

의 저 사랑은 모성에 대한 그리움과 사모의 다른 이름이었던 것이다. 이 사모의 정이 시인에게 욕망을 불러낸다. 시인이 "엄마, 이 참혹한 나비들아"라고 노래할 때, 저 '엄마'야말로 '참혹한 욕망'의 대상이었던 것이다. 사실상 이 길의 시인이 그토록 험난한 여행과 길을 통해서 당도하고자 했던 것은 바로 저 어머니로 표상되는 유년의 고향과 풍요로운 자연의 세계였던 터이다. 왜냐하면 저 어머니는 '젖'으로 상징되는 풍요의 상징이기도 하기 때문이다. 그러나 그 대상은 이제 부재의 상태로 시인의 추억 속에만 남아있다. 말하자면 저 '목련화 그늘'은 이제 '비어있'다는 것이다. 저 비어버린 그늘에 드리우는 "칼부림처럼 가지의 그늘들이 얼굴을 난자하"는 풍경 속에서 시인은 이제 '죽음의 옷'을 느끼는 것이다.

불은 꽃의 줄기를 지나
어떻게 얼음 속에서도
자신을 타오를 수 있을까요?

—《聖 타즈마할》, 〈봄편지〉 부분

그렇다면 이제 다시 물어야겠다. 시인은 과연 저 추억을 버리긴 버렸단 말인가? 내게는 이 추억을 버린 상태가 유년의 고향과 모성의 자연을 상실한 현대 문명에 대한 조시로 읽힌다. 저 고향에 닿고 싶은데 어쩔 수 없이 점점 멀어져만 가는 현실의 삶에 대한 이 슬픈 통찰, 거기에서 함성호의 시는 거대한 심연을 만난다. 그 자리에서 시인에게는 "추억을 버렸으니 어떻게 저 강을 건널 수 있을까?"라는 선문답의 화두 같은 난제가 던져진다. 지난 20세기의 문명은 과연 돌아올 수 없는 다리를 이미 건넌 것이 아닐까? 그렇다면 저 어머니와 고향과 애인과 자연이 사라진 자리에는 어떤 길이 남아있을까? 나는 알지 못한다. 시인 역시 그 지점에서 망설이고 있는 것 같다. 어쩌겠는가? 저 길이 끊어진 자리에서 '소금처럼' 결정이 되어버리는 것 외엔 달리 무슨 답이 있겠는가? 그런 의미에서 함성호의 시는 지난 20세기 문명의 죽음을 결정화하고 있는 것처럼 보인다. 저 끊어진 길 위에서 소금처럼 굳어버릴 시인의 운명과, 그리고 저 한 시대의 운명 속에서 나는 전율을 느낀다. 함성호의 시는 현대 문명에 대한 가열찬 조사이며 욕망의 흐름에 대한 냉철한 비판적 시선이 건져 올린 결과이다. 그렇다면 과연 "어떻게 저 강을 건널 수 있을까?" 그것은 이제 시인과 더불어 오늘을 사는 우리가 함께 풀어야 할 숙제로 남는다. "너무 멀어져버린 처음"을 기다리며 그리워하는 오늘의 우리에게 과연 어떤 길이 남아있을까?

> 쉬어갈 그늘 하나 없는 이 길
> 물에 대한 그리움과는 상관없이 사막이여,
> 불의 갈증이여
> 너무 멀어져버린 처음이여
> 독자적으로 떨어져 있는 꼬리여
> 때로는 落果－, 모든 추락하는 의지는 한 세계를 버린다
>
> —《聖 타즈마할》, 〈모든 길들이 나를 부른다〉 부분

두 번째 시집에서 가장 아름답고 빛나는 시 중의 하나인 위의 시에서 시인은 "모든 추락하는 의지는 한 세계를 버린다"고 말했다. 그는 이제 저 '추억'이라는 한 세계를 버렸다고 노래한다. 그렇다면 시인은 이제 더 이상 어디로 회귀할 것인가? 저 모천의 기억을 상실한 연어가 돌아갈 강은 어디에 있을까? 이 연어는 "어떻게

저 강을 건널 수 있을까?" 아, 길을 집으로 삼은, 정처 없음을 정처로 삼은 시인이여! 저 길 위에서 "소금처럼" 굳어 '결정'이 되어버린 이 시대의 오디세우스여! 길 위에서 길 자체가 된 시인이여! 나는 지난 세기말의 '길 찾기'가 이 시인으로 인하여 하나의 당대적 형식을 마련했다고 믿는다. 현대 문명의 희망 없음을 이토록 처절하도록 아름답게 그려낸 경우를 일찍이 나는 알지 못한다. 이 참혹한 비가는 시인이 자신의 당대에 바치는 조사로 읽힌다.

침묵으로 소리치는 입술
— 송종규의 시세계

한때 나였던 불씨,
한때 나였던 빵,
한때 나였던 진눈깨비들이
이 작은 방 안에 옹기종기 모여 산다.
가장 정직하고 아름다운 방식으로
모든 풍경의 배후에 새겨지는
시간의 상처들을
역사와 접합시키고 싶었다.
용서하라 이미지여,
시간이며 상처인 몸이여.
—《고요한 입술》, 自序

1. 존재, 혹은 시간의 상처

송종규의 시들이 끊임없이 천착하는 모티프는 저 희랍 신화에 등장하는 제우스의 아비이자 모든 사물과 존재의 생성 및 소멸을 주관하는 신 크로노스 Kronos, 즉 시간의 이미지이다. 독자들은 시간의 은유로 등장하는 다양한 유형의 이미지들의 변주를 그의 시집에서 어렵지 않게 발견할 것이다. 시인은 자신의 두 번째 시집 《고요한 입술》의 '서문自序'에서 다음과 같이 적은 바 있다. "가장 정직하고 아름다운 방식으로 모든 풍경의 배후에 새겨지는 시간의 상처들을 역사와 접합시키고 싶었다". 여기에서 '가장 정직하고 아름다운 방식으로'라는 구절을 나는 '시로써'라고 이해한다. 그리고 '모든 풍경의 배후에 새겨지는 시간의 상처'를 존재의 다양한 풍경들이 만들어내는 삶의 흔적으로 읽는다. 그렇다, 무릇 사물과 존재의 모든 풍경들 속에는 시간의 켜들로 직조된 세월의 무늬가 아로새겨져 있는 법이다. 그 무늬가 없다면 아마도 사물과 존재는 존재로서 현존할 수 없을 것이다. 저 세월의 무늬야말로 어쩌면 한 존재를 존재로서 현존케 하는 유일한 지표가 될지도 모른다. 그 무늬는, 대개는, 저 사물과 존재가 앓아왔던 지난 상처의 흔적들이 만들어낸 것이리라. 말하자면, 존재란 시간의 상처가 만들어낸 흔적들인 셈이다. 존재의 몸이란 시간이 통과해가는 하나의 길이며 저 시간의 길이 바로 존재의 몸이라는 말이다. 우리는 모든 사물과 존재들의 몸에 아로새겨진 저 시간의 길, 또는 상처의 흔적을 역사라고 부를 수 있다. 존재의 현존은 그 존재의 역사에 다름 아니다. 그렇게 사물과 존재의 현존은 과거의 상처들과 맞닿아 있고, 또 그만큼 미래와 연관되어 있는 것이다. 왜냐하면 미래란 과거화된 현재의 축적에 지나지 않기 때문이다. 저 존재들의 몸을 구성하는 시간의 길이 어딘가에서 멈춘다면, 거기에서 우리는 이끼나 곰팡이가 핀 어떤 죽음과 폐허의 풍경만을 목도하게 될 것이다. 그러나 존재의 삶의 흔적들은 대개의 경우 너무 개별적이거나 일상적이어서 저 거대한 국가나 영웅들의 '역사Historie'에는 속할 수 없는 것일 터이다. 그러나, 그럼에도 불구하고, 시인은 이 개별적이고 일상적인 존재들의 삶의 흔적을 '역사'와 접합시키고 싶다고 적었다. 그러니, 이 역사는 저 영웅들의 역사와는 구별되는 개별 존재들의 삶의 흔적으로서 구성된 이야기로서의 역사, 또는 '사건으로서의 역사Geschichte'라고 이해되어야 할 것이다. 결국 시인은 서문의 한 구절로써 자신의 시작법의 비밀을 공공연히 밝혀 놓고 있는 셈인데, 그 뼈대를 추리자면 다음과 같은 것이리라. 시인은 시를 통해서 존재들의 삶의 흔적 내지는 존재들의 풍경 속에 각인되어 있는 시간의 상처, 즉 존재들의 역사를 보듬어 안고 싶었다는 것이다.

인용된 서문의 구절 다음은 행을 바꾸어 이렇게 이어진다. "용서하라 이미지여, 시간이며 상처인 몸이여." 여기에서 이미지란 곧바로 존재와 풍경의 시간이자 상처가 시화되는 매개체의 역할을 담당하고 있음을 알게 된다. 그러나 아무런 맥락도 없이 등장하고 있는 '용서하라'라는 구절은 무슨 뜻일까? 두 가지의 해석이 가능할 것 같다. 첫째는 시인 자신의 시가 그러한 사물과 존재들의 몸에 새겨진 시간의 상처를 완벽하게 보듬어 안는 데에 실패했을 수도 있음을 속죄하는 뜻일 수가 있다. 둘째는, 첫 번째의 해석을 포괄하는 좀 더 근원적인 것으로서, 언어의 테두리를 벗어날 수 없는 모든 시가 지닐 수밖에 없는 한계, 즉 이미지의 언어화라는 성취불가능한 시의 운명과 관계하는 것으로 이해될 수 있다. 말하자면, 언어란 사물과 존재를 추상화 내지는 개념화함으로써 존재하는 기호의 체계이다. 그러나 시인이 저 사물과 존재의 역사들로부터 읽어낸 것은 이 개념화를 통해서 이미 죽어버린 기호들의 체계가 아니라 생동하는 사물의 숨결이 살아 숨쉬는 이미지의 편린들이다. 시란 이 살아있는 사물과 존재의 이미지들의 연쇄를 언어화하지 않고서는 존재할 수 없다. 그러니, 다시 말하자면, 시란 언어를 통해서 언어를 넘어서야만 하는 불가능한 과제를 숙명적으로 떠맡고 있는 셈이다. 그러므로 '용서하라 이미지여'라는 구절은 시의 언어가 지닌 가능성과 한계에 대한 시인의 자각에서 나온 것임을 이해할 수 있겠다. 과연, 독자들은 송종규의 시에서 드러나는 언어에 대한 예민한 자의식의 두드러짐을 확인할 수 있을 것이다. 언어의 한계의 가장자리에서 움직이는 시의 운명, 그것이 송종규의 시세계가 독자들에게 열어주는 한 풍경이다. 이번 자선시自選詩에는 포함되어 있지 않지만, 《고요한 입술》에 실려 있는 〈흑백필름〉이라는 대단히 아름다운 시는 이러한 시인의 시세계를 함축적으로 보여주는 노래가 될 성싶다.

마른 나뭇잎 한 장에서는
아, 하고 바스러지는 한 컷의 시간이 만져진다
수만 개의 나뭇잎을 매달고 있는 가문비나무 숲속에 들어가면
아, 하고 바스러지는
수만 컷의 시간이 겹쳐져 있다
明暗과, 정신의 높낮이로 읽어야 하는
사람의 아픈 몸 어디에도
아! 아! 으, 으, 소리치지 않는 곳이 없다

마음의 모든 현을 끊어버린다
다시는 바이올린을 듣지 않으리라

— 〈흑백 필름〉 전문

2. 폐쇄와 파열의 긴장

송종규의 시들이 선택하여 취급하고 있는 소재나 제재는 우리의 일상적인 삶 아주 가까이에 존재하고 있는 사물이나 사건들이다. 이를테면 TV나 승용차, 엘리베이터, 컴퓨터, 벽시계, 빵, 북어, 망치, 떡집 여자, 다양한 종류의 나무들이 그렇고 독서나 기차 여

행, 박물관이나 전람회 관람 등의 일들이 또한 그렇다. 이러한 일상의 오밀조밀한 소재들을 정밀하게 배치하여 하나의 통일된 이미저리와 모티프 속에서 서정시의 단아한 아름다움을 만들어내는 시인의 시들은, 대개의 서정시가 그렇듯이, 눈으로 읽을 때보다는 크게 소리 내어 읽을 때 훨씬 더 정갈한 맛과 묘미를 느낄 수 있다. 그만큼 시인은 언어의 리듬과 운율에 지대한 관심을 기울인다는 뜻일 텐데, 이러한 사실은 시인이 '노래로서의 시'라는 시 본래의 고향에 거주하고 있는 주민임을 말해주는 것이리라. 가령, 다음의 시를 소리 내어 읽어보라.

> 푸르스름한 밤이었다
> 비비새가 창가에 와서 휘파람을 불고 갔다
> 그날은 보름이었고
> 그날은 창문 가득 아름드리 소나무가 차오르는
> 밤이었다, 그날은
> 먼데서 누가 팍, 자지러지는 밤이었고
> 땅 속 깊은 데서 누가
> 두레박을 퍼 올리는 밤이었다

— 〈서기 2010년, 봄〉 부분

이 시의 배경은 다양한 시청각적인 소재들로 이루어진 상상 속의 어느 보름밤이다. 소재들의 감각적 이미지의 연관성 속에서 시의 운율은 ㅍ/ㅂ음의 오밀조밀한 겹침과 긴장 속에서 이루어지고 있음을 알 수 있다. 푸르스름한 밤, 휘파람 부는 비비새, 두레박 퍼 올리는 밤은 음운학적인 유사와 대비의 조합 속에 구성됨으로써 리듬감과 긴장감을 동시에 유지하게 된다. 밤-비비새-보름-두레박으로 이어지는 계열과 푸르스름-휘파람-팍-펴 올림으로 이어지는 계열의 이 유려한 음성학적인 조합이 시의 긴장을 절정으로 몰아가는 구절은 '팍, 자지러지는 밤'이라는 구절이다. 음성학적으로 '밤'은 폐쇄적인 소리 울림을 갖는데, 이 폐쇄성을 깨는 긴장과 파격이 '팍'이라는 파열음으로 표현되고 있는 것이다. 이러한 음성학적인 파열음이 '밤'이라는 폐쇄의 이미지와 길항하고 적대한다. 이 길항과 적대의 긴장이 송종규의 서정시들을 단아함에만 머물게 하지 않고 파격을 불러들임으로써 시 전체에 활력을 불어넣는 요인이 된다. 파격과 파열의 이미지들은 그의 시집 도처에서 등장한다.

> 모든 不在 속에서만 살아 펄럭이던 희망이 비닐 봉지처럼 찍-, 찢어졌다
>
> —〈고요한 입술〉 부분

> 그 좁고 더러운 유리창 안 동력기 벨트가
> 툭, 끊어질 때
>
> —〈떡집 여자〉 부분

> 엘리베이터 앞에서 띵! 하고 문이 열리기를
> 기다리고 있을 때, 오직 느낌이나 암시만이 띵! 하고 나를
> 지배하고 있을 때
>
> —〈지하 4층 下 코끼리 18번〉 부분

송종규의 시작법의 방법론적인 한 패턴을 보여주는 이러한 언어적 배치는 시인의 시세계를 해명하는 하나의 중요한 단서가 된다. 말하자면, 송종규의 시세계는 폐쇄 이미지와 파열 이미지의 대

립과 긴장 속에 존재한다는 것이다. 〈고요한 입술〉이나 〈피 묻은 입〉 같은 시들에서 '입'의 이미지는 이러한 폐쇄 이미지와 파열 이미지가 공존하는 모티프가 된다. 입이란 닫혀 있거나 열려 있는, 말하자면 폐쇄와 파열이 길항하는 공간이다. 송종규의 시들에서 폐쇄 이미지의 계열체를 이끄는 주된 모티프는 방이나 밤의 이미지이고, 파열 이미지의 계열체가 수렴하는 곳은 별빛, 꽃, 피 등의 이미지들이다. 전자의 세계에는 잘 질서 지워진 평온함이 있지만 그 평온함 자체가 이미 저 질서의 폐쇄성과 답답함을 동시에 말해준다. 반면, 후자의 세계는 혼돈과 격정이 있지만 이 혼돈 자체가 하나의 생명력이며 개방성인 것이다. 시인의 시적 자아가 향해 있는 것은 물론 후자의 세계이다. 그러나 후자의 세계를 상정한다는 것 자체가 역설적으로 저 시적 자아가 이미 일상의 질서 속에 있음을 반증한다. 이 폐쇄와 파열, 질서와 혼돈, 평온과 격정의 긴장과 길항이 송종규의 시가 지니는 독특한 매력을 선사한다. 시인의 전체 시세계는 대체적으로 단아한 서정시의 전통에 굳건히 뿌리내리고 있지만, 그 단아함은 그냥 단아함으로만 머물지 않고 활력과 파격을 동반하는 데에까지 나아간다. 이를테면, 송종규의 시에 빈번하게 등장하는 폭포나 해일, 폭풍 등의 이미지는 일상의 폐쇄된 질서를 흔들어 파열의 혼돈을 야기하게 한다. 이 파열이 내용상으로 긍정적인가 부정적인가 하는 문제는 중요하지 않다. 문제는 저 파열의 순간에 언뜻 드러나는 존재의 흘러넘침과 개방성이 중요한 것이다. 다음의 시들을 보자.

종일 비가 내리고 머리통 속은 빗물로 가득찼다 불어난 물이 플라스틱 바가지 밖으로 흘러넘쳤다 바가지 위에 둥둥 꽃잎이 떠다녔다 꽃잎은 상처, 꽃잎은 겨울, 꽃잎은 어머니, 우우우 꽃잎은 흘러간 내 사랑 너무 큰 그림자 하나가 머리통 속으로 다 들어오지 못한다

— 〈종이 울리는 연못〉 부분

해일일까요, 아니면
내가 잠근 방문의 열쇠구멍 속으로 누가, 전력으로, 젖은 몸 밀어 넣고 있는 것일까요
나는 자주 내 몸 가득 차오르는 정체 모를 물살의 두근거림에서 헤어나지 못합니다 숫자나 문자 안에 새겨 넣던 희망이나 번뇌는 결국 그 바다에 이르러 일만 개의 빛깔로 깊어집니다 멀리서,

돌멩이 하나가 소리 없이 제 몸에 세월의 무늬를 새겨 넣는다

범람하는 방

— 〈나는 범람한다〉 부분

아래의 시에서 '잠긴 방'으로 상징되는 공간은 일상이 지배하는 폐쇄된 세계이다. 송종규의 시들에서 일상이란 두 가지의 의미 차원을 지니고 있다. 첫 번째 의미 차원은 질서 잡힌 평온함이요, 두 번째 의미 차원은 현실이다. 그런데, 인용된 구절의 앞 단락에서 시인은 저 일상이 지배하는 질서와 현실을 "절뚝거리는 문장들과 결제되지 못한 자동이체통장의 숫자들, 전해지지 않는 안부"로 상징되는 불완전한 세계로서 표현했다. 그 세계는 언어와 숫자의 질서로 이루어진 세계임을 알겠는데, 문제는 그러한 것들로 이루어진 세계가 그리 완전한 세계가 아니라는 것이다. 절뚝거리는, 결제되지 못한, 전해지지 않은 등과 같은 어사들이 이 세계의 불완

전성을 말해주고 있다. 그러니 폐쇄성으로 상징되는 저 일상의 질서란 오히려 혼돈의 한 양태에 지나지 않음을 알 수 있게 된다. 시인은 또 다른 시에서 "놀라워라, 그 검은 미궁의 시간이 내 육체의 집이었다니"(〈지하 4층 下 코끼리 18번〉)라며 놀라워한다. 그러나 어느 순간 이 미궁의 시간으로서의 일상의 공간 속으로 갑자기 '정체 모를 물살'이 들이닥친다. 어쩌면 저 일상의 (무)질서를 깨는 해일의 범람이 시인이 추구하는 세계인지도 모른다. 이러한 추구가 시인의 시세계를 '고고학'이나 '박물관', 또는 '인도'로까지 이끌어가는 것 같다. 그 세계들은 일상의 세계를 넘어서 있는, 아니면 일상의 세계가 뒤집혀진 세계들이다. 일상이 뒤집혔다는 의미에서 그것은 질서와 현실에 대비되는 혼돈과 허구의 세계이지만, 역설적으로 일상의 질서가 오히려 불완전한 혼돈이었듯이 이 허구의 세계야말로 완전한 질서의 세계일지도 모른다. 시인은 저 고고학이나 박물관, 또는 인도라는 공간을 "습기 찬 세월이나 역사의 두께로 읽지 않는"다고 말한다. 정확히 말하자면, 그러한 세계란 박제화된 '허구'의 세계만이 아니라는 것이다. 서정시의 뛰어난 한 경지를 보여주는 다음의 시도 이 질서와 혼돈, 현실과 허구의 긴장 사이에서 빚어진 작품이다. 거기에서 현실과 허구는 서로를 감싸며 포개진다.

> 전라남도 담양읍 竹物박물관에서 한 남자를 만났다 1820년에서 1990년 부근까지 갈쿠리와 망태기와 화살촉과 대금으로 이어진 긴 회랑을 그 남자는 나와 함께 걸었다 그와 함께 걸었던 긴 회랑을 나는 습기찬 세월이나 역사의 두께로 읽지 않는다, 단 하나의 소리를 꿈 꾸었던 어떤 삶의 입구이거나 출구일 뿐. 지금은 대금의 작은 구멍을 통과해 나오는 소리의 오랜 여운이나 바람에 쓸리는 대숲의 서걱임만으로 세상을 읽어내야

한다
이미 오래 전에, 한 남자가
대금의 작은 구멍을 거쳐서 나오는 소리의 높이와 부피에 전 생애를 바쳤던 것. 햇살이 못물의 두께를 거치고서야 뻘에 닿듯이, 끊어질 듯 가파르고 고요한 저 대금 소리는 이제 그의 전 생애를 통과하고 나서야 들을 수 있으리라

그 남자와 함께 민속 음식을 시켜 먹고
그 남자와 함께 20세기 말의 맥주 하이트를 마셨다
차단된, 유리벽 이 쪽과 저 쪽에서 목례를 나누고 헤어진
그 남자, 진열장 속의 남자.
그의 텅 빈 몸에서 나는
천 개의 폭포와 천 개의 고요를 만져 보았다

— 〈그 남자〉 전문

차단된 유리벽 저 쪽 '진열장 속의 남자'로 상징되는 저 허구의 세계와 현실의 '나' 사이에는 170년의 세월이라는 간격이 놓여 있다. 그러나 그 간격은 실증적인 시간의 간격이지 심정 상의 간격은 아니다. 그렇기 때문에 저 박물관은 시간과 세월의 화석으로만 남는 것이 아니라 '어떤 삶의 입구이거나 출구'가 되는 것이다. 시간은 화석화되지 않고 '대금의 작은 구멍'을 통과해 20세기말의 나에게까지 이어진다. 작은 구멍을 통과한 '끊어질 듯 가파르고 고요한 저 대금 소리'는 현재까지 살아있는 역사의 흔적이다. 그것은 고요한 소리인 동시에 폭포 같은 우뢰 소리가 된다. 이처럼 시인의 시에서 역사의 시간은 응고되지 않고 한 순간의 파열로 인해 현재에까지 흘러든다. 그러므로 '천 개의 폭포와 천 개의 고요'는 서로

를 배척하는 것이 아니다. 엄격히 말하자면, 송종규의 시에서 완벽한 폐쇄란 존재하지 않는다고 말하는 편이 옳다. 그것은 언제나 현재와 미래를 향해 열려 있는 파열의 모티프로만 존재할 뿐이다. 그러니, '고요한 입술'은 침묵하고 있는 입술이 아니라 침묵으로 고함치는 입술인 셈이다. 언어의 몸을 지닐 수 없는 저 허구와 혼돈의 세계는 이 침묵의 고함 소리를 통해서만 드러날 수 있는 그런 세계이리라. 아래의 시에서 보게 되듯이, 인도 역시도 '말을 통해서는 도달할 수 없는 해안'으로 상징되는 어떤 허구와 혼돈의 세계이다. 그러나 저 허구와 혼돈이야말로 시인이 도달하고자 한 진정한 현실과 질서를 상징하는 것일지도 모른다.

> 사람의 시체를 뜯어 먹은 개들이 피 묻은 입을 씻는
> 갠지스강 하류에서부터 컹컹, 개들의 울음이 얼비치는 인도양까지
> 긴 물길을 걸어 내려온다 말을 통해서
> 도달할 수 있는 해안은 어디에도 없다
> 세상은 모래 덩어리… 모래의 들판…
> 문자 안에 한 번도 기록되어 본 적 없는 사람들의 해안이
> 지금, 모든 풍경의 배후에 닿아 있다
> 피 묻은 개들의 울음소리가 얼비치기도 하는 바다,
> 불 타는 모래의 바다,
>
> — 〈피 묻은 입〉 부분

3. 피와 빛의 시학

송종규의 시들에서 저 허구와 혼돈의 세계를 향해 사물과 존재를 열어놓는 파열의 결정체는 꽃과 빛(가령, 장미나 촛불)의 이미지들로 등장한다. 이 꽃과 빛의 세계에서 말은 더 이상 말로서 존재하

는 것이 아니라 자신의 언어적 질서를 넘어선다. 왜냐하면 그 세계는 "문자 안에 한 번도 기록되어 본 적 없는" 그런 세계이기 때문이다. 이렇게 꽃과 빛은 그 세계를 열어보이는 상징의 이미지들로 자리한다. 그러한 아름다움의 세계 속에서 시인은 "한 주검을 / 소리 없는 경전으로 읽는다"고 노래했다. 주검조차도 삶의 경전이 되는 저 세계는 불완전한 일상의 시간이 파열된 혼돈의 질서와 허구의 아름다움이 구축한 세계일 것이다. 물론 저 일상의 세계를 깨는 파열의 순간이 자주 있는 것은 아닐 터이다. 이 파열의 순간을 영원화하고자 하는 바람 속에 어쩌면 송종규의 시세계가 존재하는 것일지도 모른다. 저 파열의 체험을 일상의 활력으로 전환시키고자 하는 노력, 그것이 바로 시인이 노래하는 꽃과 빛의 세계를 향한 그리움일 것이다.

> 죽음의 냄새조차 향기로운
> 아름다운 허구 속에서
> 포물선을 그리며 떨어져 내리는 돌멩이들, 무수한
> 돌멩이의 자식들 오, 활짝 핀
> 아름답지 않은 허구가 어디 있겠습니까
> 램프 불 켠 마음 안쪽으로
> 견딜 수 없는 날들이 폭풍처럼 몰려옵니다.
>
> — 〈고고학 교실〉 부분

"죽음의 냄새조차 향기로운 아름다운 허구"(〈고고학 교실〉)의 저 세계는, 그러나 역설적으로, 현재의 일상의 세계를 참고 견딜 만한 것으로 만들어준다. 왜냐하면 '램프 불 켠 마음 안쪽'에서 '맨드라미처럼 활짝 핀' 저 세계가 존재하지 않는다면, 도대체 이 일상의 삶을 지속시켜야 할 의미는 어디에도 존재할 수 없기 때문이다. 그러니, "허구라구요? / 질퍽하게 내 몸 건너가는 이 물살도 결국, 허구였습니까"라는 반문 속에는 허구의 삶과 현실의 삶은 서로가 등을 기댄 채 공존한다는 생각이 들어있는 것이다. 저 허구의 아름다운 세계가 일상의 숫자와 언어에 의해서 배제되고 추방될 때, 이 삶은 도대체 어디에서 위안을 얻을 수 있을까? 우리는 저 세계를 향한 순정한 그리움과 동경 속에서야 이 삶을 오롯이 긍정하고 견뎌낼 만한 것으로 받아들인다. 그리하여 저 세계가 있기에, "나는 지금 기억하고 있지 않으면 안 된다 / 〈지하 4층 下 코끼리 18번〉!"이라는 이 현실의 일상에 대한 긍정도 존재하게 되는 것이다. 말하자면, 시인은 저 꽃의 세계를 위해 일상의 세계를 희생하고자 하는 것이 아니라 이 일상의 세계를 온전히 긍정하기 위해서 오히려 저 박물관과 인도로 상징되는 하나의 세계를 요구했던 것이라고 할 수 있다. 그 세계는 꽃과 빛이 찬란하게 타오르는 그런 유토피아의 공간일 것이다. 폐쇄된 현실과 막 터져 나오는 저 유토피아의 세계를 개화시키는 파열 사이의 긴장이 시인의 시들을 아름답게 한다.

침묵을 노래하는 악기

— 김형술의 최근 시세계

그 어원학적 운명으로 인해 흔히 오해되고 있듯이, 시인은 악기 Lyra 연주자에 불과한 것이 아니다. 사실상 시인의 목소리야말로 바로 악기 그 자체 혹은 그 악기의 공명판이라고 해야 한다. 왜냐하면 악기는 시인의 몸과 분리되어 있는 것이 아니라 그 몸의 연장이자 일부이기 때문이다. 그렇다면 그 자체가 악기인 시인의 몸을 연주하는 자, 즉 시인이라는 공명판을 통해 노래하는 자는 누구인가? 시인의 노래가 시인에게 속한 것이 아니라면 그 노래는 도대체 누구의 노래란 말인가? 단적으로 말하자면, 그 노래는 바로 시 자체, 즉 그 근원도 역사도 알 수 없는 존재와 세계의 풍경 자체라고 할 수 있다. 시인이 시를 노래하는 것이 아니라, 역으로, 시가 시인의 몸을 빌려 스스로를 노래한다는 뜻이리라. 시인은 다만 자신의 몸을 시의 노래를 위한 악기로 내어준 자에 불과하다는 것이다. 그리하여 한 시인은 이 같은 사태를 정확하게도 다음과 같이 통찰하고 있다.

혼절하며 나는
온몸으로 너를 읽는다

한 줄 바람에도 끊어질 듯 팽팽한
오선지

이미 내 몸은 커다란 공명판이다

— 〈무기와 악기〉 부분

'혼절하며' '온몸으로 너를 읽는' 시인은 이미 시인 자신이 아니다. 그는 주체의 자기동일성의 바깥에 선 자, 달리 말해서 존재와 세계의 풍경과 노래에 자신의 자아를 저당 잡힘으로써 세계의 중심에 선 자라고 말해야 한다. 그럼으로써 시인은 '한 줄 바람에도 끊어질 듯 팽팽한', '내 몸은 커다란 공명판'이라고 노래할 수 있는 것이리라. 그러므로 아래의 시가 '물고기'의 이미지를 통해 대단히 섬세하고도 아름답게 노래하고 있듯이, 시인의 운명은 어쩌면 천 개의 혀를 갖고 있긴 하지만 근원적으로는 침묵을 그 모국어로 가질 수밖에 없는 저 물고기의 운명과 그리 달라 보이지 않는다. 지난 해 가을에 상자된 시인의 네 번째 시집 《물고기가 온다》(2004)에 실린 한 절창의 노래를 들어보자.

물고기의 혀는 천 개
혹은 달

가만히 혀를 뱉어 모래 속에 묻는
물고기의 모국어는 침묵

끊임없이 물결을 흔들어
날마다 새로운 청은(靑銀)의 바다를
낳아 키우는
물고기 입 속은 꽃보다 붉고

물고기가 묻어놓은 말들 속에서
일어서는 물기둥
뭍으로 오는 힘찬 물이랑
바람

세상에서 가장 큰 말을 가지고도
아무 말 하지 않는
물고기의 혀는 불

물 속의 투명한 불꽃

—〈물고기의 말〉 전문

얼음처럼 투명하고도 날 선 탐미적 이미지들로 구축된 김형술의 시 세계는 그동안 주로 은유의 수사학을 방법론으로 차용해 세계와 존재의 풍경들을 탐색해온 것으로 평가된다. 그러나 시인의 이러한 은유적 방법론 자체가 그의 시 세계가 지니고 있는 고유한 개성적인 면모를 충분히 설명해줄 수는 없을 것이다. 왜냐하면 신화Mythos의 후예로서 문학의 존재 자체가 근본적으로는 은유에 의존해 있을 뿐만 아니라 또한 문학 자체가 이미 은유에 속해 있기 때문이다. 그러나 김형술의 시 세계는 이 같은 은유의 운용에서 탁월한 장기를 보여줄 뿐만 아니라 그 영역을 한층 심화 확대하고 있다는 점에서 그 시적 의의와 독자성을 인정받을 수 있다. 이 같은 사항을 유의하면서 인용시를 찬찬히 음미해보도록 하자.

우선 첫 연의 "물고기의 혀는 천 개 혹은 달"이라는, 얼핏 보기에 단순해 보이는 중문은 '물고기의 혀는 천 개(이다)'라는 일반 서술문과 '물고기의 혀는 달(이다)'라는 은유 문의 기묘한 평행 결합이 빚어내는 긴장으로 의미의 진폭이 상당히 큰 여운을 남기고 있다는 사실에 주목해보자. 이 긴장과 진폭의 크기는, '혀가 천 개'라는 단순 사태가 '혀가 달'이라는 전혀 다른 맥락의 이질적인 사태와 결합됨으로써 발생한 완전히 새로운 뉘앙스 속에 존재한다. 물론 이 문장에 등장하는 '천 개'나 '달'의 이미지가 표상하는 바는 말(혀)의 변화무쌍함과 무상함을 지시할 터이다. 다음 연에 등장하는 "물고기의 모국어는 침묵"이라는 사태가 이러한 말의 무상함과 대위법을 이루면서, 말과 침묵 사이의 거리와 심연을 강조하고 있다. 3연과 4연은 이 말과 침묵 사이의 심연 위에 위태롭게 서 있는, '침묵의 말'이라고나 해야 할 어떤 새로운 사태가 등장함으로써 1연과 2연의 대립을 넘어선 존재와 세계의 보다 내밀한 역동적인 풍경을 펼쳐 보인다. 그리하여 5연의 "세상에서 가장 큰 말을 가지고도 / 아무 말 하지 않는" 물고기의 이미지는 곧 자연력 그 자체 혹은 역동적인 생명력의 상징으로까지 심화 확대되고 있는 것이다. 그렇기에 애초에는 '달'의 이미지로 한정 표상되었던 이 물고기의 혀가 이제는 '불'(그리고, 모든 불의 근원은 '해'가 아니겠는가?)의 이미지와 포개짐으로써 저 존재와 세계의 풍경에 모순에 찬 긴장감을 부여하게 된다. 결국 이 시는 '물고기의 혀는 달'과 '물고기의 혀는 불'이라는 두 개의 대립적인 은유 문이 시적 풍경의 구성에 주된 뼈대를 이루면서, 그 뼈대가 사실은 자연과 생명력이라는 하나의 뿌리를 갖는 두 개의 가지에 불과한 것임을 드러내고 있다고 할 수 있다. 5연의 마지막 행을 반복하고 있는 듯한 6연의 한 행은, 그러나 단순 반복에 그치는 것이 아니다. '달'과 대립된 '불'에 불과했던 물고기의 혀가 이제 '물 속의 투명한 불꽃'이라는 보다 확장된 은유를 통해 선명한 감각적 이미지를 획득하면서 물과 불, 달과 해, 말과 침묵 등 세계의 모든 대립적인 이미지들의 표면적 모순을 감싸 안으면서 모순 그 자체로서 통일된 세계의 풍경을 있는 드러내고 있는 것이다.

사실상 김형술의 시 세계가 특징적으로 보여주는 시적 지향성은 모든 모순 대립된 것들의 차이를 그 자체로 인정하면서 하나의 사태를 또 다른 동일성의 사태로 환원시키지 않는다는 데 있다. 앞서 언급된 모순 대립된 것들의 강력한 극복의 의지는 그 대립된 것들의 차이를 무화하여 변증법적인 통일과 종합을 이루고자 하는 것이 아니라 개별적인 사태들 속에 존재하는 차이 자체의 인정 속에서 이루어지는 존재하는 세계 그 자체에 대한 통일적인 탐색의 의지와 다른 것이 아니다. 이 같은 모순 대립의 극복의 의지가 이 시인의 시 세계에서는 현실과 의식에 의해 추방된 환상과 무의식의 요소를 귀환시키게 된다. 그리하여 시인의 탐미적인 시 세계를 주조하는 또 다른 동력은 환상 혹은 환상적 요소의 강력한 개입에 의해 작동되고 있는 것처럼 보인다. 이러한 환상적 요소의 개입은, 시인의 타고난 듯이 보이는 순수한 감각주의적 성향에 의해, 마치 샤갈M. Chagall 이후의 초현실주의자인 클레P. Klee나 미로J. Miro의 화폭 속 같은 어떤 '순수 풍경'을 만들어낸다.

어떤 날은
흰 물고기들이 벽을 뚫고 쏟아져나와
구름 사이를 날아다닌다 딱딱한
등줄기를 거슬러오른다
투명한 지느러미를 가진 물고기들
쩔렁쩔렁
빈 호주머니 속의 손금이 된다
기호가 아닌 상징이 아닌
아름다운 날것들의 날카로움

햇빛이 우레처럼 쏟아져
내 속의 빈 어항들을 깨뜨린다
반짝이는 한 잎 비늘인 채로
햇빛을 건너가는 벽의 꿈
물고기의 꿈

어떤 날은 푸른 지느러미들이
벽을 무너뜨리고 날아나온다
벽 속, 벽 너머
깊이 모를 어떤 시간들로부터

— 〈물고기의 편지〉 전문

《물고기가 온다》에 실린 위 시에서 시인은 "기호가 아닌, 상징이 아닌 / 아름다운 날것들의 날카로움"(〈물고기 편지〉)에 대해 언급하고 있다. 이처럼 기호도 아니고 상징도 아닌, 존재와 세계의 풍경 그 자체로서의 시와 노래를 지향하고 있는 것처럼 보이는 김형술의 시 세계에서는 그러므로 '아름다운 날것'들이 그 생명력과 역동성을 상실하지 않은 채 온전히 드러나길 꿈꾸고 있다고 말할 수 있다. 그러나 이 시에 깃든 '아름다운 날것들의 날카로움'은 아름다운 날것들의 것이 아니다. 그것은 저 아름다운 날것들이 드러내는 존재와 세계의 내밀한 풍경의 깊이를 탐미적으로 향유하고 있는 시인 자신의 것이라고 해야 한다. 달리 말해 이 시에 등장하고 있는 '구름 사이를 날아다니'는 물고기의 이미지는 저 아름다운 날것들이 드러내는 세계와 존재의 풍경에 함께 참여하고 있는 시인 자신의 '날카로운' 감수성과 탁월한 감각의 공로로 돌려야 한다는 뜻이다. 글의 서두에 인용된 시의 뒷부분에 등장하는 "완벽한 단문의 문장 하나"가 아름다운 것은, "눈이 부셔서 / 차마 눈을 마주치지 못하고"(〈무기와 악기〉) 마음을 놓쳐버리는 이 탁월한 공감Sympathy의 능력, 즉 주체의 자기동일성의 이탈 속에 있는 것이지, 그 외의 다른 풍경 속에 있는 것은 아니기 때문이다.

이 같은 김형술 시 세계의 근본적인 특징들이 근작 시에서는 모종의 방법론적 변화를 동반하고 있는 것처럼 보인다는 사실은 주목할 만하다. 다시 말해 김형술의 최근 시들은 그동안 시인의 시 세계를 주조해왔던 은유적 방법론과 환상적 요소의 개입이 상당한 정도 축소되는 대신 환유에 의한 대상 기술적記述的 방법론이 눈에 띄게 드러난다는 것이다. 'A는 B(이다)'라는 도식을 갖는 은유의 수사적 구조는 근본적으로 하나의 사태를 유사성의 원리에 의해 또 다른 사태로 전이, 대체시킨다. 그에 반해 환유의 수사적 구조는 하나의 사태를 묘사함에 있어서 그것과 결합 내지 접속된 사태들과의 연속성 속에서 드러낸다. 가령, 최근 씌어진 아래의 시는 앞서 인용된 초기 시의 구조와는 다른 시적 방법론에 의해 구축되었음을 분명하게 보여준다.

그날 아침 그는 누구와도 마주치지 않았다
그날 아침 그는 마주치는 모든 사람들에게서 발을 밟혔다

갓 꽃피기 시작한 시청 앞 벚나무 저 혼자
흔들리다 커다란 웃음소리를 쏟아냈다

한낮의 네거리 한복판에 서 있거나
공원의 삐걱거리는 플라스틱 의자에게 잠을 청할 때
비로소 그는 완벽하게 누군가가 되었다
완벽하게 아무 것도 아닌 사람이 되었다

끊임없이 오고가는 사람들의 등 뒤에서
끊임없이 달려가는 바퀴들 아래에서
무심히 부서지는 그림자가 되는 나날들

세상의 거울들이 일제히 시취屍臭를 풍기기 시작했다
물컹물컹한 햇빛이 발에 밟히기 시작했다
느닷없이 전화기는 고장이 났고
찢겨진 수첩들이 골목마다 나뒹굴었다

대로변 가로등이 한낮에도 켜졌다
헝클어진 방언들이 구름 속에서
떨어지곤 했다

언제부턴가
무언가에 발이 걸려 넘어지는 사람들이
발에 자주 채였다

—〈유령〉 전문

김형술의 최근 시의 일반적인 경향이긴 하지만, 이 시에는 그동안 시인의 시 세계를 주조하는 주된 방법론적 특징이었던 은유에 의한 비유가 단 한 번도 등장하지 않는다(이 점은 가령, 〈몽골〉이나 〈천국의 광장〉 〈의자 밑의 개〉 같은 다른 시에도 거의 동일하게 적용된다). 다시 말해 이 시는 그동안 시인의 시적 방법론의 표징이었던 은유적 수사가 완전히 배제된 채 환유가 문맥의 전면에 등장함으로써 시인의 시 세계가 또 하나의 새로운 차원으로 이동해 있음을 보여주고 있다는 것이다. 이와 더불어 또한 시인의 최근 시에는 환상적 요소의 개입도 상당한 정도 차단되고 있음이 두드러진 특징이라고 할 수 있다. 최근 시에서 이 환상적 요소의 자리를 대신하는 것은 어떤 설화적이거나 신화적인 요소들인 것처럼 보인다. 가령, 시인 자신의 출생과 관련된 어머니의 기억과 서술에 의해 이루어지고 있는 〈집사람〉이라는 시의 경우 설화적인 이야기의 구조가 두드러짐을 알 수 있을 것이다. 게다가 위의 인용 시에서는, 시인의 초기 시 세계를 특징짓던 방법론적인 자의식과 섬세한 미적 감수성은 경상도 사투리를 동반한 구어체 문장을 시적 풍경의 전면에 노출시키는 획기적인 변화를 보여주기도 한다(〈폭우〉도 그런 조짐을 보여준다). 달리 말해 초기 시의 '날카로운' 탐미적 감수성이 이제 상당한 정도 일상의 영역을 편안하게 감싸 안는 '포용적인' 감수성으로 변화되고 있는 것은 아닌가 하는 추측을 불러일으킨다는 뜻이다. 이 같은 변화가 일시적인 방법론적 실험인지 아니면 김형술 시 세계의 근본적인 변화를 의미하는 것인지는 아직 판단할 수 없다. 왜냐하면 최근 시 가운데에는 〈말의 지옥〉이나 〈뜨거운 스프 한 그릇〉 혹은 〈폭우〉 같은, 여전히 은유적 방법론과 환상적 요소의 개입이 흔적으로 남아 있는 작품들이 함께 등장하고 있기 때문이다.

피자말자 시드는 꽃의 말,
축축한 구름의 혀들이 귀 속에 가득하다
꿈틀거린다

알았다 알았다
알겠다 고마

그리 가볍게 공중으로 날아올라
천년을 걷는
네 바탕이 원래 침묵이었음을

백년도 못살아 스러지는
내 몸의 이유가 사막같은
입술이었음을

— 〈폭우〉 부분

최근 시에서 시인의 시적 방법론과 어법이 비록 변화의 과정을 겪고 있는 것처럼 보임에도 불구하고, 양철지붕 위에 내리는 폭우의 소리를 '그리 가볍게 공중으로 날아올라 / 천년을 걷는 / 네 바탕이 원래 침묵이었음을'이라고 노래하는 이 시는 김형술의 시 세계가 지향하는 근본적인 태도 속에 존재하는 어떤 불변의 요소를 여전히 보여준다. 보다 정확히 말하자면, 김형술의 시 세계는 자신의 몸을 시의 노래를 탄주해내는 악기로 내어준 자의 내면 풍경을 보여준다는 것이다. 시인의 노래는 존재와 세계의 풍경들이 드러내는 노래를 위해 자신의 몸을 공명판으로 내어준 자의 무심한 내면을 보여준다. 그러니 시의 노래는 결국 이 내면의 침묵 속에서 출현하는 세계의 풍경에 지나지 않는 셈이다. 그러나 이 내면의 침묵은 정지 상태에 있는 것이 아니라 어떤 역동적인 에너지들로 들끓고 있는 욕망의 무대라는 사실을 강조하는 것은 중요하다. 사실상 첫 시집《의자와 이야기 하는 남자》(1995)와 두 번째 시집《의자, 벌레, 달》(1996)을 통해 도시적 감수성으로 무장한 건조하고도 절제된 이미지들의 풍경을 선보였던 김형술의 시 세계는 이후《나비의 침대》(2002)와《물고기가 온다》를 통해 꿈과 환상의 몽환적 요소를 도입함으로써 일종의 방법론적 전회를 겪는다. 그리고 이 같은 전회는 '벌레'가 '나비'로 환골탈태하고자 하는 어떤 욕망의 드라마를 구성한다. 김형술의 시에서 환상은 이 같은 욕망의 다른 이름이다. 그런 의미에서 필경 '나비' 이미지의 변주에 해당할 저 '물고기'의 이미지는 새로운 생명의 획득, 즉 부활과 재생의 욕망이 그려내는 원형 상징의 자장 속에 온전히 자리하고 있을 터이다. 그 욕망은 시인의 내면의 침묵을 화폭으로 삼아 환상의 형태로 어떤 내밀한 존재와 세계의 풍경을 그려낸다.

내재적 초월의 양상들
— 박세현, 함민복, 박진성의 시집

삐뚤삐뚤
날면서도
꽃송이 찾아 앉는
나비를 보아라

마음아

— 함민복, 〈나를 위로하며〉 전문

18세기의 서구에서 확립된 근대적 문학이라는 개념의 미학적 규정 속에는 시가 쾌락과 아름다움이라는 미적 가치 이외에는 일체의 다른 목적을 갖지 않는 것으로 상정되면서 '순수 예술'의 한 장르로 오롯이 편입되기에 이른다. 오늘날 우리가 사용하고 있는 시라는 용어에 각인된 현대적 의미의 자장은 바로 이로부터 발원하는 것이라고 할 수 있다. 이때 시가 추구하는 절대적 목적으로서 정립된 아름다움이란 가치가 어떤 사회적-제도적 성격을 갖는가 하는 문제의 규명은 문학사회학의 측면에서 대단히 중요한 것처럼 보인다. 이 문제를 장황하게 논증할 여지를 갖지 못한 이 자리에서 간략히 결론만 언급하기로만 한다면, 순수 예술로서의 시가 추구하는 아름다움은 현실 혹은 일상의 삶을 넘어선 어떤 초월적-이념적 가치로서 정립되었다는 사실이다. 근대 미학의 정초자인 칸트 I. Kant

가《판단력 비판》에서 미를 '무관심적 관조'의 대상으로서, 또한 '무목적적인 합목적성의 형식'으로서 규정한 것은 바로 이러한 사정을 반영하고 있는 것일 터이다. 미에 대한 이 같은 개념적 규정으로 인해 이후 그것은 일체의 현실적인 유용한 목적과는 무관한 것으로 간주되고, 또 이러한 미의 무목적성이 문학과 예술의 자율성 이론의 토대가 되었음은 익히 잘 알려져 있는 사실이다. 오늘날 우리가 암암리에 상정하고 있는 시의 현실 비판적-초월적 태도는 현실과의 '거리두기'라는 이러한 미적 태도로부터 생겨나는 것으로 이해될 수 있다. 근대적 시의 개념은 그 정의에서부터 이미 초월적-이념적 특성을 자신의 본질로써 내재화하고 있는 것이다.

우리의 현대문학사에서 문학과 예술의 자율성에 대한 확고한 믿음의 토대는 이른바 '한글세대'로 불리는 4.19세대의 선배 문인들에 의해 본격적으로 구축되었다고 평가된다. 그리고 이러한 믿음은 1980년대의 문학 현장에까지 비교적 온전하게 이어졌던 것으로 내게는 보인다. 비록 지난 80년대의 '해체시'와 '민중시'들이 현실 초월적인 문학에 대해 비판적 입장을 취하며 시와 삶의 거리를 좁히고자 노력했음에도 불구하고, 이들 80년대의 시들에는 여전히 추구해야 할 어떤 이념-그것이 문학적이든 정치적이든 관계없이-같은 것이 공통적으로 존재하고 있었음은 의심의 여지가 없기 때문이다. 1990년대에 들어 이러한 사정은 현저하게 변모된 것으로 보고 되고 있다. 다시 말해서 1990년대 이후의 문학 세대들에게는 일체의 초월적 이념이 사라진 누추한 현실과 자본주의적 일상의 삶이 주요한 시적 관심사로 자리하게 되었다는 뜻이다. 초월적 이념이 사라진 자리에, 전면적인 물화의 세계가 어떠한 이념도 허용하지 않는 시대에, 시는 이제 이 현실과 일상의 삶을 떠나서는 어떻게든 존재 의미를 상실할 상황에 처하게 되었기 때문이다. 지난 90년대 이래 '일상성'이 우리 시의 핵심적인 화두로 떠오르게 된 것은 이러한 맥락에서일 것이다.

그렇다면 현실 비판적-초월적이어야 할 시가 어떻게 현실 속에서 일상의 삶과 나란히 자리할 수 있을까? 내게는 1990년대 이후 오늘날의 우리 시는 이 딜레마를 어떻게 해결할 것인가 하는 문제에 관심을 집중했던 것으로 보인다. 여기에서 내가 '내재적 초월'이라는 모순어법oxymoron적 화두를 통해 제기하고자 하는 문제가 바로 그것이다. 그러니 이 용어는 자아 혹은 현실 바깥으로의 '외재적 초월'(말의 진정한 의미에서 이것만이 초월이라는 용어에 합당한 것일 테지만)이 아니라 현실과 일상의 삶 속에서의 초월은 어떻게 가능한가 하는 문제의식으로부터 설정될 것이다. 2005년 초에 상재된 세 권의 시집은 이러한 문제에 대한 우리 시인들 나름의 일리 있는 답변을 제시하고 있는 것으로 보여 내게 흥미를 끌었다. 그 세 권 시집의 목록은 박세현의 《사경을 헤매다》(열림원), 함민복의 《말랑말랑한 힘》(문학세계사), 박진성의 《목숨》(천년의 시작)이다.

박세현의 《사경을 헤매다》는 겉보기로는 여행시집 혹은 풍경시집의 형식을 취하고 있다. 시집을 관류하는 핵심적인 모티프들이 떠남이나 방랑 혹은 여행이라는 다소 낭만적인 이미지들로 축조되어 있기 때문이다. 그러나 이 이미지들은 물론 일차적으로는 사실적-육체적 차원의 외적 풍경들을 만들어내긴 하지만, 동시에 그것들은 시인의 정신이 도달한 삶의 어떤 한 지점의 정신적-심리적 차원의 내적 풍경들이기도 하다는 점에서 이 시집을 단순히 여행시집이나 풍경시집으로만 자리매김할 수 없게 만든다. 사실상 떠남이나 방랑 혹은 여행의 모티프가 암시하는 상징적인 의미는 이 시집에 등장하는 '출가'라는 불교적 용어 속에 온전히 각인되어 있는 것처럼 보인다. 그러니 시집의 의미론적 맥락은 의심의 여지없이 불교적인 세계관과 맞닿아 있을 터이다. 결국 우리는 이 시집의 여행 모티프가 지니는 구조적 위상을 시인의 정신적 내면 풍경 속에서 찾을 수밖에 없다는 것이다. 시인 자신이 '노숙의 시간들'이라고 명명한, 길 위에 선 정처 없는 마음의 풍경이 바로《사경을 헤매다》의 배경을 형성하면서, 이 시집을 다름 아닌 '출가의 시집'으로 자리하게 한다. 시인에게는 이 출가의 길이 곧 시적 초월의 길이었던 셈이다.

그러나《사경을 헤매다》에서 나타나는 떠남 혹은 출가의 모티프들은 대개 몸이라는 것이 먼저 마음을 거느리고 앞서 길을 떠난다는 사실이 무엇보다도 우선 주목되어야 한다. 시집에 등장하는 '정신'이나 '관념' 혹은 '꿈'이나 '가슴' 같은 어사들은 모두 이 마음의 환유로 자리한다는 사실도 덧붙이기로 하자. 여기에서 우리는 이 시집이 노래하는 몸은 마음을 인도하는 이정표이자 마음이 꾸는 일종의 꿈이라고 말할 수도 있다. 보다 정확히 말하자면, 시집에서 몸은 관념의 더께가 벗겨진 날것으로서의 마음을 상징한다는 것이다. 이 같은 사정은 몸이 곧 마음이고 마음이 곧 몸이라는 불교적 '색즉시공 공즉시색'의 화두로 우리의 관심을 향하게 한다. 그러나 단적으로 말해서 이 시집의 진정한 매력은 이 같은 형이상학적 화두에 대한 탐색에 있는 것이 아니다. 그보다는 오히려 이 휘발성의 초월로 이끌리는 몸과 마음을 다독여 이 누추한 현실 속에서 현실을 껴안고 현실을 넘어서려는 시인의 자기성찰 속에 이 시집의 의의가 존재하는 것처럼 보이기 때문이다. 아래의 시가 노래하고 있듯이, "꽃피워본 적 없는 난초가 / 말라 죽은 제 이파리를 돌아보는 시간", 즉 빛나는 성찰의 순간 속에 시집은 자리하고 있다.

손끝이 떨리고
가슴엔 파뿌리 같은 실금이 번진다

꽃피워본 적 없는 난초가
말라 죽은 제 이파리를 돌아보는 시간

창 밖의 목련도 급히 자신을 수습하느라
좋던 꽃봉오리 몇 놓쳐버린다

격렬비열도에 잠복하고 있던 바람이
비상등을 켜고 일제히 서해를 빠져 나가는 밤

11층 베란다 창을 활짝 열고
한 걸음만 내딛고 싶던

— 박세현, 〈어떤 봄밤〉 전문

이 같은 자기성찰로 말미암아 "11층 베란다 창을 활짝 열고 / 한 걸음만 내딛고 싶던" 마음은 또한 역설적으로 저지당하기도 하는 것이다. 시집에 실린 대부분의 작품들에서 몸과 마음의 합일, 정신과 자연의 화해라는 형이상학적 초월성에 대한 추구의 경향이 강하게 드러나고 있는 것은 사실이다. 시인은 이 같은 정신의 객관적 상관물로서의 자연을 일러 '무삭제 원본'(〈북대령에 서다〉)이라거나 그냥 '원본'(〈닭목령 진달래〉) 라고 부른다. 그리고 이 무삭제 원본으로서의 자연이야말로 《사경을 헤매다》라는 시집의 화자가 궁극적으로 도달하고자 했던 마음의 근원이자 귀결일 것이다. 앞서 언급한

'출가'는 사실상 '마음'이라는 진정한 자아의 발견에 그 목적을 두고 있었던 것이기 때문이다. 그러나 시인은 저 출가의 길에서 얻었을 어떤 깨달음을 현실과 일상의 성찰이라는 형식으로 대체한다. 이 시집의 진정한 의의라고 할 수 있는 이 같은 대체에서 발생하는 당면한 문제가 몸과 마음, 자연과 정신 사이의 긴장과 길항이다.

사실상 박세현의 시 세계에는 형이상학적인 초월의 의지와 평행하게 사소한 것들로 충만한 일상에 대한 비판적 재발견의 시선이 애초부터 자리하고 있었던 것으로 보인다. 일상의 실존적 풍경을 꼼꼼하게 반추하고 있는 이 성찰의 시선 속에서 저 초월의 의지는 또한 시인의 자기반성의 회로 속으로 소환되어 곧장 전복되거나 희화화되는 것이다. 말하자면 《사경을 헤매다》는 일상과 초월의 긴장과 길항 속에서, 그 긴장의 지탱 속에서 직조되고 있다는 뜻이다. 이 시집에서 일상은 대개 부력/상승의 이미지에 의해 조형되고 있는 반면, 초월은 길/확장의 이미지에 의해 직조되고 있다는 특이한 점을 독자들은 발견할 수 있을 것이다. 우리의 일반적인 원형적 심상에서는 초월이 곧 수직의 이미지로, 일상이 수평의 이미지로 표상되기 마련인데, 이 시집에서는 이러한 이미지의 역전과 전복이 일어나고 있는 것이다. 달리 말해 박세현의 시 세계에서 수직적 초월의 의지는 수평적 일상의 삶 바깥을 향하는 것이 아니라 일상의 삶 속에서 작동하고 있다는 뜻이리라. 다음의 시를 보라.

터져라 봄이여
고름덩이 같은 삶의 황홀한 체중을
어떻게 다이어트하랴?
나는 지금 들어가기 위해

노크하는 것이 아니라
나가기 위해 노크하고 있음이다
비로봉 속살에 박힌 얼음덩이가
봄빛을 받아 반짝 소리를 낸다
그 빛의 한가운데를 똑바로 쳐다보면서
똑 똑 또옥
나가도 되나니까요?

— 박세현, 〈나가는 길〉 전문

그렇다면 시인의 '출가'는 나가는 길인 동시에 들어오는 길이었던 셈이다. 이 같은 역설적 깨달음은 시집에서 해학적인 풍자나 위트, 유머 같은 날카로운 이성적 수사학의 의장을 갖춘 언어의 형식으로 드러나고 있다. 이 언어적 형식에 힘입어 세부적인 면에 있어서의 불교적인 초월적 세계관은 실존적인 삶의 순간들에 대한 긍정과 맞물리게 된다. 단순하면서도 사태의 실상에 도달하는 곧은 힘이 내장된 시 언어들의 천진난만한 표정과 리듬 속에는 저 형이상학적인 초월의 의지와 일상의 실존적 삶 사이에 내재된 불화와 긴장이 더없이 명료하게 포착되어 있는 것이다. 무엇보다도 박세현의 시 세계를 매력적으로 만드는 것은 시인의 정신을 이 단순한 힘과 아름다움에 도달하게 만든 깊은 자기성찰과 일상에 대한 반성의 태도에 있는 것처럼 보인다. 이 절제된 자기성찰과 반성의 힘이 내면에 깊은 자연 친화력과 종교적 초월성을 지니고 있는 시인으로 하여금 그 어떤 휘발성의 초월로도 인도하지 않고, 오히려 이 누추하고도 신산한 현실과 일상의 삶을 지극히 인간적인 시선으로 껴안게 만든다. 시집의 저변을 관류하는 풍자와 위트와 유머의 정신은 바로 이러한 삶의 긍정성의 한 형식일 터이다. 이러한 형식으로 말미암아 일상의 바깥으로 휘발하려는 공허한 초월성의 부정적 계기는 일상성을 전복하는 긍정적인 전화의 토대를 마련하게 되고, 또 초월의 통로가 차단된 맹목적인 일상성의 부정적 계기 역시 저 초월성의 빛 속에서 긍정적으로 재조명될 수 있었던 것이다. 우리는 이 같은 정신을 어쩌면 일상적 초월을 성취한 정신이라고 말해도 좋으리라.

함민복의 《말랑말랑한 힘》(문학세계사)에 실린 시편들은 군더더기 없이 잘 절제된 언어 속에서 빛나는 성취를 이루고 있다. 내게는 이 시집의 시인 역시 앞선 《사경을 헤매다》의 시인과 별 다를 바 없는 일상적 초월을 성취한 정신의 한 양상을 보여주는 것처럼 보인다. 그러나 《사경을 헤매다》에서는 성찰의 힘이 시집의 저변을 관류하는 강력한 흡인력을 갖고 있었다면, 《말랑말랑한 힘》을 끌어가는 정신의 동력은 정관적인 마음이라는 점에서 변별성을 갖는다고 할 수 있다. 그렇다, 바로 이 시집을 이끄는 핵심적인 모티프는 '마음'이라는 무형의 이미지이다. 영광스럽게도 시집의 첫 자리를 차지하고 있는 5행 전문의 시, 즉 내가 이 글의 제사(題詞)로 인용하고 있는 〈나를 위로하며〉에서부터 이미 이 마음은 등장하고 있는 터이다. 시인은 거기에서 이 마음이, "삐뚤삐뚤 / 날면서도" 정확하게 자신이 도달해야 할 "꽃송이 찾아 앉는 / 나비"와 같길 희구한 바 있다. 그러니 시인의 시적 화두는 삐뚤삐뚤 나는 마음이 어떻게 평상심에 도달할 수 있을까 하는 마음의 문제일 것이다. 《말랑말랑한 힘》에서의 현실과 일상의 삶 역시 가난과 곤핍과 실향의 상처로 얼룩져 있지만, 그러나 이 부정적인 삶의 계기들은 시인을 비참하게도, 비굴하게도, 또한 자학적으로도 만들지 않는 것 같다. 시인은 오히려 이러한 현실과 일상 삶의 실존적 조건들을 따스하고도 넉넉한 시선으로 긍정하면서 받아들이고 있기 때문이다. 우리는 이 따뜻한 긍정적인 시선이 지니고 있는 '말랑말랑한 힘' 그 자체를 어쩌면 시인의 마음이 지니고 있는 '부드러움의 힘'이라고 말해야 할지도 모른다. 《사경을 헤매다》의 시인과 마찬가지로 '어떤 봄날'의 한 풍경을 노래하고 있는 다음 시를 보도록 하자.

국토통일원에 목련꽃이 피었다
족구하는 직원 몇
공 따라 네트 넘는 공 그림자
담 넘지 않고 넘은 담 그림자

흔들리지 않는
흔들리는 꽃 그림자

봄의 혓바닥

목련꽃 한 잎 떨어진다
그림자 한 잎 진다

만나

꽃이 썩으면
썩어 빛이 되는 꽃 그림자

— 함민복, 〈봄〉 전문

"터져라 봄이여"라고 힘차게 노래했던 시인의 발성법이나 음색과는 또 얼마나 다른가! 《말랑말랑한 힘》의 시인에게는 이 세계의 모든 존재나 사태들이 '말랑말랑한' 마음의 시선으로만 포착되고 있는 듯하다. 이 시에서 가령, "공 따라 네트 넘는 공 그림자"는 몸의 자리에 함께하는 마음의 실존적 풍경을, "담 넘지 않고 넘은 담 그림자"는 몸의 자리를 넘어선 마음의 어떤 초월적 풍경을 상징하고 있는 것으로 내게는 읽힌다. "목련꽃 한 잎 떨어진다 / 그림자 한 잎 진다" 같은 표현은 사실적-육체적 차원의 풍경이지만, "꽃이 썩으면 / 썩어 빛이 되는 꽃 그림자"는 정신적-심리적 차원의 풍경이기 때문이다. 다시 말해 이 시인에게 있어서는 모든 사실적 차원의 풍경은 곧 마음이라는 정신적 차원의 정관적 시선에 의해 재배치되고 재해석된다는 뜻이다. 따라서 이 시집에서는 마음이야말로 저 '말랑말랑한 힘'을 근원적으로 가능케 하는 동력원이 되고 있는 것이다. 이 마음은 힘센 것, 밝은 것, 초월적인 것 등과 대비되는 자리, 즉 이 시집 전체를 특징짓는 어떤 그리움의 정조를 동반한 '그림자' 이미지로 구체화되고 있다. 사실상 《말랑말랑한 힘》의 제1부를 구성하는 시들의 핵심적인 모티프가 '마음'이라는 추상적 이미지라면, 시집의 제2부를 구성하는 모티프는 이 마음의 구체적 형상화로서의 '그림자' 이미지이다. 이 같은 그림자 이미지는, 위 인용시의 "흔들리지 않는 / 흔들리는 꽃 그림자" 같은 모순어법적 표현에서처럼, 이 시집 전체의 핵심적 모티프가 되는 어떤 실존적인 동시에 초월적인 마음 이미지의 구체화라고 할 수 있다. 그리고 이 모순어법적인 실존적/초월적 이미지는 아래의 시가 노래하고 있는 것처럼 이미 그 자체로 수직의 차원을 각인하고 있는 수평의 '비/물'의 이미지를 통해 각인되고 있다.

소낙비 쏟아진다

이렇게 엄청난 수직을 경험해 보셨으니

몸 낮추어

수평으로 흐르실 수 있는 게지요
수평선에 태양을 걸 수도 있는 게지요

— 함민복, 〈물〉 전문

여기에서 "몸 낮추어" 흐르는 이 '비/물'의 이미지야말로 빛이 아니라 그림자의 자리에 서 있는 마음의 상징에 다름 아닐 터이다. 비록 시인은 "마음엔 평평한 세상이 와 그림자 없었으면 좋겠다"(〈그림자〉)고 노래하긴 하지만, 시인의 정관적 시선은 언제나 그림자의 자리에 머물고 있는 마음의 풍경을 보여준다. 그리하여 '말랑말랑한 힘'이란 바로 이 그림자의 자리에 머물고 있는 마음이 지닌 어떤 부드러운 힘을 상징하게 되는 것이다. 단순하면서도 간결한 표현과 리듬으로 하나의 사태나 존재의 핵심을 관통하는 비범한 시선과 통찰력을 보여주는 이 시인의 시 세계는, 시가 곧 말의 축제가 아니라 침묵의 제의라는 사실을 웅변하고 있는 것처럼 보인다. "천만 결 물살에도 배 그림자 지워지지 않는다"라고 노래하고 있는 단행시 〈그리움〉 외에도, 2행 혹은 3행 전문으로 이루어진 〈환한 그림자〉나 〈천둥소리〉, 혹은 〈길〉이나 〈섬〉 같은 시들은 말의 경제성의 원리가 곧 시의 미덕임을 확인케 해준다. 이 같은 여백의 맛과 부드러움의 힘으로 직조된 《말랑말랑한 힘》은 결국 가난이나 고통 혹은 실향 등의 온갖 현실적 속박에도 불구하고, 이 일상의 삶을 크나 큰 긍정의 시선으로 싸안고 있는 어떤 따뜻한 마음의 풍경을 보여준다. 동심과도 같은 맑은 마음의 눈으로 포착된

다음과 같이 아름다운 시를 보라. 이 마음이야말로 이미 일상 속에서 초월을 성취한 자의 그것이 아니겠는가?

꽃에게로 다가가면
부드러움에
찔려

삐거나 부은 마음
금세

환해지고
선해지니

봄엔
아무
꽃침이라도 맞고 볼 일

—〈봄꽃〉 전문

박진성의 《목숨》(천년의 시작)은 시인 스스로 명명하고 있듯이 '병시病詩'라는 독특한 성격의 작품들로 구성되어 있다. 《말랑말랑한 힘》의 시인이 낸 첫 시집 《우울씨의 일일》의 정신세계를 연상시키는 듯한, 그러나 그 정도나 양상이 훨씬 더 복잡한 어떤 심리적 사태를 노래하고 있는 이 시집의 병시들은 물론 시 장르적 구분에는 속할 수 없는, 시인 자신의 시 세계의 내면적 특징을 드러내는 개별적 규정에 불과할 터이다. 그러나 우리는 이 병시들을 통해 시인 자신의 개인 심리적-정신적 풍경만이 아니라 또한 이 시대의 어떤 정신적 초상이나 심리적 풍경을 더불어 그려볼 수도 있을 듯하다. 거기에는 우울증, "상습불면, 자살충동"(〈안녕〉), 〈공황발작〉, 〈고소공포증〉, 정신분열증 같은 다양한 현대적 정신병의 양상들이 등장하고 있는 것이다. 시집에 자주 등장하는 알프라졸람, 바리움 같은 낯선 단어들은 저 질병과 무관하지 않는 약의 이름들로 보인다. 이러한 정신적 질병은 시인 자신이 앓고 있는 질병이기도 한 동시에, "정신병동이 슈퍼마켓보다 많은 나라"(〈나쁜 피, 그 겨울의 삽화〉) 같은 구절을 통해서 보자면, 오늘날 우리가 살고 있는 이 현대사회의 질병이자 더 나아가 일상의 삶 자체가 지닌 질병처럼 보이기도 한다. 그렇다면 시집의 병시들은 이 사회적 현실 혹은 삶 자체의 알레고리로 자리할 수도 있을 것이다. 시인이 심지어 "아버지, 불쌍한 내 자식"(〈나는 아버지 보다 늙었다〉)이라고 노래할 때, 이 같은 눈물겨운 곡조는 바로 이 삶 자체를 치명적인 질병으로 간주하는 시인의 비극적 시선으로부터 나오는 것이기 때문이다. 그리하여 여기 앞의 두 시인들이 노래한 봄의 풍경과는 전혀 다른 어떤 '봄 밤'의 풍경이 등장하게 된다.

> 병동 복도를 걷는다 밤이면 적나라해지는 고통들…… 형광불빛 쏟아지면 신경은 휘어진 척추처럼 길에 달라붙는다 (오늘 검사에서도 아무 이상이 없었다) 창문 열면 후려치는 바람, 바람이 부는 것이다 십일 층에서부터 내가 밟고 내려온 건 울분이 아니다 긴 낭하에서 술렁이는 고요의 낟알들은 중력으로 비틀거린다 고요 속에서 소용돌이치는 현기증, 어지러운 공기를 가득 채운 내 몸은 몇 개 불빛을 집어삼킬 것이다 (내려가고 싶다, 나는 미치지 않았다) 새벽이면 철제문이 열리겠지 어두운 낭하로 집요하게 파고드는 불빛, 출구가 없는데 바람아, 물체의 몸에서 튕겨나온 빛의 알갱이들아, 아프러 오는가 아파서 오는가 날 좀 내보내줘; 간호사가 주사를 들고 들어온다 (막다른 골목이군, 나는 속으로 중얼거

린다) 막다른 골목인거, 아시죠? 주사바늘 끝에서 반짝이는 불빛, 불빛, 약물 알갱이들아 내 혈관에서 예쁘게 죽어줘 꽃 피워줘, 오오 봄 밤

— 박진성, 〈봄 밤〉 전문

전체 4부로 구성된 시집은 독특하게도 각 부마다 동일한 제목의 작품들이 몇 편씩 등장하고 있다. 시집의 제목으로 사용되고 있는 '목숨'이라는 단어가 들어가는 제목의 시는 아예 각 부마다 한편씩 고루 배치되어 있는 실정이다. 세 편은 시집의 제목 그대로 〈목숨〉이라고 붙여져 있고, 2부에 실린 나머지 한편은 〈목숨을 걸다〉라는 제목으로 등장한다. 그 외에도 〈나쁜 피〉라는 동일한 제목의 시가 세 편 등장하고 있으며, 무엇보다도 가장 주목되는 것은 시적 화자가 저 후기 인상파 화가 반 고흐Van Gogh의 정신과 목소리를 빌려 노래하는 시들로서 이에 관련되는 작품은 여섯 편쯤 된다. 따라서 우리는 '고흐–나쁜 피–목숨'으로 이어지는 일련의 핵심적인 모티프들을 통해 이 시집의 주제라고 할 만한 것을 조명해볼 수도 있을 듯하다. 시적 화자가 저 화가의 정신과 목소리를 빌리게 되는 것은, 시집에 의존해 말하자면, "타인과의 병적 동일시를 통한 정신분열의 가능성"(〈반 고흐와 놀다〉) 때문이다. '나쁜 피'는 이러한 정신발작이나 분열증 혹은 공황장애 같은 치명적인 질병을 유전적으로 물려준 이 일상적 삶의 근원적 조건을 상징하고 있는 것처럼 보인다.

'동물의 왕국'이라는 부제가 달린 제1부의 〈나쁜 피〉는 "뇌 일부분은 도려내도 괜찮아요, 나도 좀 살아야겠어요 도마뱀 다리 잘려도 파닥파닥 사막 위를 몸으로 가는 것처럼, 싹둑, 그 기억만 지울 수는 없나요, 햇볕을 누가 볼록렌즈에 모으고 있나 머리가 뜨거워요"라고 노래하고 있다. 여기에서 우리는 저 시적 화자의 정신적 질

병이 어떤 '기억'과 관련되어 있음을 어렵지 않게 짐작할 수 있다. 그렇다면 저 기억 속에 똬리 틀고 앉아 정신 발작과 분열증을 불러오는 병의 원인은 무엇인가? 《목숨》에 등장하는 그 어떤 시도 이 질문에 구체적으로 응답하지 않는다. 시집은 다만 저 병의 증상만을, 그리고 맥락 없는 유년기 기억들의 편린만을 드러내 보일 뿐이다. 물론 시인 자신은 "오메 發病 원인은 불안 강박 우울 공황 발작, 이런 게 아니라 아라리가 나서 그렇탕께"(〈아라리가 났네〉)라고 대답하고 있긴 하다. 하지만 의미론적으로는 어떠한 사태도 지시하지 않는 이 '아라리'가 발병 원인일 수는 없으리라. 그러니 저 병은 결국 '무(無의) 놀이'라고나 해야 할 어떤 것의 자기개시일 뿐이겠다. 다시 말해 그것은 증상 자체가 원인인 그런 병인 셈이다. "병이 스스로의 몸으로 출렁이겠지 불꽃이었어, 불꽃이었어"(〈불꽃이었어, 병원이었어〉)라고 시인이 노래할 때, 이 '불꽃'의 이미지가 상징하는 바가 바로 그러한 사태일 터이다. 의미론적 심연의 불가시성과 '말할 수 없음'을 지시하는 저 '아라리'와 마찬가지로 이 '불꽃' 역시 기원 없는 질병으로서의 삶을, 아니 차라리 기원과 한 몸인 질병으로서의 삶 그 자체를 상징한다고 하겠다. 그렇다면 다음 시가 노래하고 있는 이 '동백' 역시 저 불꽃과 그리 달라 보이지는 않을 것이다.

> 동백은 봄의 중심으로 지면서 빛을 뿜어낸다 목이 잘리고서도 꼿꼿하게 제 몸 함부로 버리지 않는 사랑이다 파르테논도 동백꽃이다. 낡은 육신으로 낡은 시간 버티면서 이천오백 년 동안 제 몸 간직하고 있는 꽃이다 꽃이 아니고서야 어떻게 그 먼 데서부터 소식 전해오겠는가 붉은 혀 같은 동백꽃잎 바닥에 떨어지면 내 입에 넣고 싶다 내 몸 속 붉은 피에 불지르고 싶다 다 타버리고 나서도 어느 날 내가 유적처럼 남아 이 자리에

서 꽃 한 송이 밀어내면 그게 내 사랑이다 피 흘리며 목숨 꺾여도 봄볕에 달아오르는 내 전 생애다

— 박진성, 〈동백신전〉 전문

결국 저 아라리와 불꽃은 "목이 잘리고서도 꼿꼿하게 제 몸 함부로 버리지 않는" 이 동백의 이미지처럼 생명 현상의 한 과정으로서 이해되어야 할지도 모른다. 그리고 이 생명은 오로지 "피 흘리며 목숨 꺾여도 봄볕에 달아오르는" 저 지극한 사랑을 위해서만 그 존재 의미를 갖는다고 말해야 하리라. 시인 자신의 병의 연혁을 기술하고 있는 듯이 보이는, 시집의 첫 머리에 실린 〈대숲으로 가다〉라는 시는 반복해서 "나는 詩人이 될 거야"라거나 "나는 금강으로 가야해요"라고 노래하고 있다. 나는《목숨》이 노래하고 있는 저 병과 사랑의 시들이 결국 '시인'이 되는 것이나 '금강錦江'으로 가는 일이 상징하는 것, 즉 고흐와 같은 예술을 하거나 자연 속에서 사는 일과 무관하지 않다고 생각하는 편이다. 사실상 고흐와 더불어 금강은 이 시집의 도처에서 시인이 그리워하는 어떤 실락원과도 같은 정신적 배경으로 등장하고 있다. 시집 제1부에 실린 〈목숨〉이라는 시의 부제는 아예 '금강에서'라고 되어 있는 터이다. 여기에서 시인은 열아홉 나이에 겪은 '울 할미니'의 임종을 회고하면서 "江은 스스로 제 목숨을 닫지 않는다"고 결연한 목소리로 노래한다. 사실상 시인은 시집의 자서自序에서 이미 "이제, 病은, 내가 싸워야 할 어떤 대상이 아니라 내가 끌어안고 동시에 내가 거느려야 할 뿌리임을 알겠다"고 적은 바 있다. 질병으로서의 삶을 그 자체로 긍정하는 이 같은 인고와 사랑의 정신은 이미 일상 속에서 어떤 초월을 성취한 정신과 그다지 달라 보이지 않는다.

떠도는 영혼을 위한 진혼곡
— 허수경의 시세계

허수경의 시 세계 속에는 제 땅에서 뿌리 뽑힌 채 낯선 이방의 땅을 기약 없이 떠돌아야 하는 수많은 불우한 영혼의 흔적들이 존재한다. 그 흔적들은, 물론, 저 뿌리 뽑힌 영혼의 아픈 상처와 고통과 눈물의 세월을 직조하고 있다. 그러므로 허수경의 시에서는 이러한 고향상실의 감정이 이 '전망 없는 세계'와 '정처 없는 삶'의 형상을 주조하는 동력이 되는 셈이다. 그리고 어쩌면 이 삶의 정처 없음이야말로 사실상 저 영혼의 정처라고 말해야 할지도 모르겠다. 시인의 세 번째 시집에 들어있는 아래의 시에서 "공중에서 자라나는 뿌리마저 / 제 손으로 자르며 날아가는 나무"의 이미지는 바로 이 삶의 정처 없음을 정처로 삼은 한 불우한 영혼의 전형적인 초상이 될 터이다.

뿌리를 뽑고 날아가는 나무도
공중에서 자라나는 뿌리마저

제 손으로 자르며 날아가는 나무도
별 달을 거쳐 수직도 수평도 아닌 채
날아가는 나무도

공중에 집을 이루고
또 금방,
집 아닌 줄 알고 날아가리라

— 〈그러나 어느 날 날아가는 나무도〉 전문, (3, 24)[1]

그러나 이처럼 뿌리 뽑힌 우울한 영혼의 초상은 허수경의 시 세계를 구성하는 표층에 놓인 한 전경에 지나지 않는다. 사실상 허수경의 시 세계를 지탱하는 진정한 힘과 매력은 이 전경의 배후에 깔려 있는 심층의 음화 속에 들어있는 것으로 보인다. 그 음화 속에는 표층의 전망 없는 세계를 정처 없이 떠돌고 있는 저 불우한 영혼을 응시하면서 동시에 싸안는 어떤 눈물겨운 시선이 존재하는 듯하다. 크나 큰 슬픔의 감정으로 그렁하니 눈물 맺힌 이 시선을 우리는 연민의 힘이라고 불러도 좋다. 그러므로 허수경의 시는 바로 이 떠도는 영혼의 슬픈 고향상실의 노래인 동시에 또한 삶의 정처 없음을 자신의 정처로 삼은 한 불우한 영혼의 전망 없는 세계에 대한 위대한 연민의 노래인 셈이다. 허수경의 시에서는 그렇게 생의 불우와 연민의 힘이 서로를 어깨동무하여 동반하고 있다. 여기에서 우리가 주목해야 할 사실은, 이 정처 없는 삶의 심층에 자리한 저 지극한 슬픔과 연민의 힘이 전망 없는 세계를 떠도는 영혼으

---

1) 앞으로 괄호 속의 앞의 숫자는 허수경 시집의 번호를, 뒤의 숫자는 해당 시집의 쪽수를 표시한다. 시집의 번호는 다음과 같다 : 1.《슬픔만한 거름이 어디 있으랴》(실천문학사, 1988), 2.《혼자 가는 먼 집》(문학과지성사, 1992), 3.《내 영혼은 오래되었으나》(창작과비평사, 2001).

로 하여금 어떤 그리움과 기다림을 갖게 한다는 것이다. 이러한 기다림의 정조는 일찍이 허수경의 초기 시들을 관통하여 최근의 시에까지 스며들어 있다.

그때 나는 갓 스무 살
그 거리에서 그대를 기다렸네

(…중략…)

지금 나는 사십이 되어 비 오는 기차역에 서서
오지 않는 기차를 기다리는데,
오십분 연착된다던 기차는 두 시간이 넘도록 오지 않고
지금 이 속수무책도 그때 그 독재자의 선물인가,
나, 그때 지금까지 당도하지 않는
그대를 기다려야 했는가

— 〈기차역〉 부분

이번에 새로 발표된 한 신작시에서 허수경은 지난 젊은 시절의 어떤 기다림에 대해서 말하고 있다. 기다림이라… 도대체 어떤 기다림이길래, 이제는 스무 해도 더 지난 '갓 스무 살' 시절의 기다림을 새삼스레 끄집어내는 것일까? 그러니 이 기다림의 뿌리를 더듬기 위해서는 그 스무 해 전, 시인이 갓 스무 살 무렵의 '가시나'였던 시절로 거슬러 올라가는 수밖엔 달리 길이 없겠다.

기다림이사 천년같제 날이 저물세라 강바람 눈에 그리메지며 귓볼 불콰하게 망경산 오르면 잇몸 드러내고 휘모리로 감겨가는 물결아 지겹도록

정이 든 고향 찾아올 이 없는 고향
문디 같아 반푼이 같아서 기다림으로 너른 강에 불씨 재우는 남녘 가시나
주막이라도 차릴거나
승냥이와 싸우다 온 이녁들 살붙이보다 헌출한 이녁들
거두어나지고
밤꽃처럼 후두둑 피어나지고

—〈진주 저물녘〉 전문, (1, 8)

허수경의 첫 시집 《슬픔만한 거름이 어디 있으랴》(1988)의 맨 첫 자리에 놓인 〈진주 저물녘〉이라는 시이다. 이 시는 허수경의 초기 시 세계를 특징짓는 전형적인 요소들을 모두 지니고 있는 것으로 내게는 보인다. 가령 "기다림이사 천년같제", "거두어나지고"나 "피어나지고" 같은 구절의 조사나 어미의 구사에서 특징적으로 드러나는 산조의 가락을 닮은 유려한 언어 감각과 능청대는 사설조의 시적 기교야말로 허수경의 초기 시 세계의 가장 분명한 징표들 가운데 하나이기 때문이다. 게다가 "찾아올 이 없는 고향"에 남아 "승냥이와 싸우다 온 이녁들"을 기다리고 거두려는 시골 주막 안주인의 심성 같은 저 흔연한 정신적 풍경의 깊이야말로 허수경의 초기 시 세계의 또 다른 특징이기 때문이다. 말하자면 허수경의 초기 시의 정신은 바깥세상으로부터 상처받고 병을 얻은 누추한 몰골의 사내들을 품에 안고 다독이려는, 모성적이라고나 해야 할 어떤 여성성에 젖줄을 대고 있다는 것이다. 그리고 바로 이러한 눈물겹도록 애절한 슬픔과 그리움의 정조가 한국 현대시사에서는 드물게도 웅숭깊은 서정적 가락을 동반한 노래로 불려질 때, 거기에서 허수경의 초기 시 세계의 진정한 매력이 한껏 발휘된 시의 한 진경이 펼쳐졌던 것이다. 그 유장한 가락의 노래는 마치 전장에 나간

자식을 기다리는 어미의 심정과 마찬가지로 애절한 기다림의 정조 속에서 싹터 오른다. 물론 이 같은 정조가 지아비를 기다리는 지어미의 그것과 같을 때, 거기에는 관능적 색채가 두드러진다는 것을 덧붙여야겠지만 말이다. 아마도 첫 시집에 실린 작품들 가운데에서 가장 빼어난 절창의 노래에 속할 〈폐병쟁이 내 사내〉 같은 시를 보기로 하자.

> 그 사내 내가 스물 갓 넘어 만났던 사내 몰골만 겨우 사람꼴 갖춰 밤 어두운 길에서 만났더라면 지레 도망질이라도 쳤을 터이지만 눈매만은 미친 듯 타오르는 유월 숲 속 같아 내라도 턱하니 피기침 늑막에 차오르는 물 거두어 주고 싶었네
> 산가시내 되어 독오른 뱀을 잡고
> 백정집 칼잽이 되어 개를 잡아
> 청솔가지 분질러 진국으로만 고아다가 후 후 불며 먹이고 싶었네 저 미친 듯 타오르는 눈빛을 재워 선한 물같이 맛깔 데인 잎차같이 눕히고 싶었네 끝내 일어서게 하고 싶었네
> 그 사내 내가 스물 갓 넘어 만났던 사내
> 내 할미 어미가 대처에서 돌아온 지친 남정들 머리맡 지킬 때 허벅살 선지피라도 다투어 먹인 것처럼
> 어디 내 사내 뿐이랴
>
> — 〈폐병쟁이 내 사내〉 전문, (1, 26)

"미친 듯 타오르는 눈빛"의 저 '폐병쟁이' 사내를 위해 기꺼이 '산가시내'와 '백정집 칼잽이'가 되기도 마다하지 않는 이 스무 살 처자의 심정 속에는 어떻게든 저 병든 사내를 곁에 두고 보살피고 싶다는 간절한 그리움이 스며들어 있음은 의심의 여지가 없어 보

인다. 이 같은 애절한 기다림의 정조가 허수경의 초기 시 세계 전체를 관통하는 정신의 풍경이라고 해도 과언은 아니리라. 그러나 이러한 기다림의 정조는 시인의 두 번째 시집《혼자 가는 먼 집》(1992)에 이르러 마침내 터져버릴 것 같은 한층 고조된 절정의 정서로 비약해간다. 시집의 제목에서 이미 암시되고 있듯이, 저 '폐병쟁이' 사내는 아직도 이 스무 살 처자의 곁에 돌아오지 않았거나 혹은 돌아왔더라도 완전히 머물러 있지 않은 것으로 보인다. 왜냐하면 저 병든 사내를 멀리 둔 한 여인의 애절한 그리움이 '혼자 가는 먼 집'이라는 쓸쓸한 이미지 속에 각인되어 있기 때문이다. 그리하여 마침내 이 애절한 그리움으로 '상처받은 마음'(2, 32)이 다음과 같은 '불우의 악기'가 되어 "비에 젖은 세간의 노래"를 탄주하게 되는 것이리라.

불광동 시외버스터미널
초라한 남녀는
술 취해 비 맞고 섰구나

여자가 남자 팔에 기대 노래하는데
비에 젖은 세간의 노래여
모든 악기는 자신의 불우를 다해
노래하는 것

(…중략…)

결국 악기여
모든 노래하는 것들은 불우하고

또 좀 불우해서

불우의 지복을 누릴 터

끝내 희망은 먼 새처럼 꾸벅이며

어디 먼데를 저 먼저 가고 있구나

— 〈불우한 악기〉 부분, (2, 12)

이 시의 마지막 연 두 행이 암시하고 있는 것처럼, 저 폐병쟁이 사내를 곁에 두려는 스무 살 처자의 희망마저 "어디 먼데를 저 먼저 가고 있"는 이러한 절망적인 상황에서도 "모든 악기는 자신의 불우를 다해 / 노래하는" 운명을 타고난 법이다. 그리하여 "내 인생은 막장 하지만 내 노래는 누굴 위한 걸까"(2, 34) 같은 구절이나 "내일의 노래란 있는 것인가 / 정처 없이 물으며 나 운다네"(2, 55) 같은 처연한 슬픔의 구절이 등장하는 것이리라. 그러니 이 '정처 없는 삶'을 떠도는 저 '불우한 악기'의 노래야말로 "불우의 지복을 누리"는 한 영혼의 절규이자 동시에 스스로를 위무하는 진혼곡인 셈이다. 이 영혼은 아래의 인용 시에서와 같이 '속수무책의 몸'(2, 17)과 더불어 이 정처 없는 삶에 대책 없이 '정든 병'을 고질로 앓게 되는 듯하다. "이 세상 정들 것 없어 병에 정"드는 이 무정하고도 누추한 삶과 '속수무책의 몸'의 실상을 먼저 보아버린 저 스무 살 처자는 그리하여 "인생을 너무 일찍 누설하여 시시쿠나"(2, 54)라고, 삶에 대한 일종의 달관의 태도로 노래했을 터이다.

이 세상 정들 것 없어 병에 정듭니다

가엾은 등불 마음의 살들은 저리도 여려 나 그 살을 세상의 접면에 대고 몸이 상합니다

몸이 상할 때 마음은 저 혼자 버려지고 버려진 마음이 너무 많아 이 세

상 모든 길들은 위독합니다 위독한 길을 따라 속수무책의 몸이며 버려진 마음들이 켜놓은 세상의 등불은 아프고 대책없습니다 정든 병이 켜놓은 등불의 세상은 어둑어둑 대책없습니다

— 〈정든 병〉 전문, (2, 17)

그리고 그로부터 근 10여년의 세월이 지나서 나온 허수경의 세 번째 시집 《내 영혼은 오래되었으나》(2001)에 실린 시들에는 일종의 새로운 변화의 방향이 등장하기 시작한다. 오랜 세월 동안 씌어진 시들이 함께 자리하고 있어서인지 이 시집에 실린 시들은 허수경의 초기 시 세계의 특징을 그대로 간직하고 있는 것이 대부분이긴 하지만, 이들과는 다른 새로운 변화의 방향을 보여주는, 가령 페미니즘적(〈검은 노래〉 같은 시들)이거나 생태-환경주의적(〈聖 숲〉 같은 시들) 경향을 보여주는 그룹의 시들이 혼재되어 있다. 그러나 이 시집의 전체를 관통하는 하나의 핵심적인 주제는 역시 '슬픔과 연민의 힘'이라고 할 만한 어떤 뚜렷한 정서임에는 의심의 여지가 없어 보인다. 그런 의미에서 이 시집 역시 허수경의 초기 시 세계를 규정짓는, 정처 없는 삶을 떠도는 어떤 영혼의 흔적을 고스란히 간직하고 있다는 사실 역시 분명하다.

이미 언급된 초기 시 세계의 특징을 갖는 시들을 제외하고 새로운 변화의 징후를 보이는 방향에 대해서만 말하자면, 허수경의 시 세계는 음악성이 강조되던 초기의 언어적 곡조와 가락은 축소되는 반면 상징적이거나 표현주의적으로 묘사된 세계와 존재들의 그로테스크한 시각적 측면들이 두드러진다고 할 수 있다. 가령, "머리가 둘 달린 아이들이 태어나 자라나 / 성안 마을 돌아다니고 / 머리는 하나이고 몸은 둘인 아이들은 술청에 앉아 / 오래된 노래를

부른다"(3, 50) 같은 구절을 보자. 비록 '오래된 노래'일망정 노래가 존재하긴 하지만, 그 노래는 압도적으로 초현실적이거나 상징적인 시각적 이미지들에 의해 현저하게 약화되고 있는 것이다. 시인은 또한 "아이들의 머리 위로 발을 감춘 늙은 새는 날아간다"(3, 14)거나 "불쑥 아이 앞으로 검은 그림자 하나가 선다"(3, 37)며 이 전망 없는 세계에 드리운 불길한 징조를 예감하고 있는 터이다. 그러므로 이 시집에 있어서 '늙은 새'나 '눈먼 검은 새'(3, 18) 같은 난해한 이미지들이 시집 전체를 관통하는 하나의 상징체계를 구축하게 된다. 이렇게 새로 구성된 상징의 체계는 허수경의 이전 초기 시 세계에서는 거의 아무런 자취도 남긴 바 없는 것이다.

《내 영혼은 오래되었으나》에 실린 시들은 이 정처 없는 세계에서 발생한 온갖 끔찍하고도 잔혹한 사건들의 보고서와도 같이 "아이들의 썩어가는 시체"(3, 52)나 '유조선에서 흘러나온 기름 속에서 죽어가는 바다 새'(3, 65) 등의 주검의 이미지들이 도처에서 출현한다. "상류에 은어 / 하류에 말풀 / 중류에 아가들의 시체"(3, 19) 같은 이미지를 보라. 그 이미지들은 이 전망 없는 세계의 반자연적이거나 반인간적인 인류의 패악을 꼼꼼한 필치로 그려놓음으로써 이 정처 없는 삶 속에 자리한 '속수무책의 몸'의 상처와 고통을 악몽 같은 장면들로 구축해놓는다. 이처럼 새로이 변화된 허수경의 시 세계를 구성하는 사회심리학적 토대는 아마도 다음의 시에서 보이듯 '살해', 즉 타나토스의 충동일 듯하다. 여기에는 '폐병쟁이' 사내에 대한 한 여인의 그리움과 기다림의 심정에서 잘 드러나고 있듯이 초기 시 세계에서 특징적으로 드러났던 '살림', 즉 에로스의 충동은 완전히 제거되어 있는 듯이 보인다.

내 마을은 우연한 나의 자연

내 말은 우연한 나의 자연

고속도로 위에 새가 죽어 있는 것을 보았다

그 새의 살을 들고 가서 누구도 삶지 않았다

우연히 죽은 새는 아무도 먹지 않네

살해당한 새만 먹을 수 있네

—〈우연한 나의〉 전문, (3, 72)

이미 허수경의 초기 시 세계에서 모성적 여성성이 갖는 관능적 특징에 대한 언급이 있었지만, 이제 이 세 번째 시집에 이르러 저 모성적 여성성은 전쟁과 탱크와 장갑차와 지폐에 의해 피 흘리며 희생당하는 처지에 놓이게 된다. 말하자면 이 시집에 실린 새로운 변화의 방향에 있는 시들은 서정적인 '노래'보다는 어떤 비극적인 서사적 '이야기'에 의해 꾸며지고 있는 것처럼 보이기도 한다. 그리고 이 비극적 이야기들은 인류의 심리 속에 똬리 틀고 있는 어떤 파괴의 욕구와 죽음의 충동으로부터 추동되는 듯하다. 이 파괴와 죽음의 충동에 가장 끔찍하게 희생되는 것은 아마도 여성의 '자궁'과 아이일 것이다. 왜냐하면 그것들이야말로 모든 생명과 삶의 발원지이기 때문이다. 그리하여 세 번째 시집에서는 가령, "바람이 불고 바람 사이로 먹소금이 일어나 작은 자궁으로 들어가고 먼 훗날 그 자궁에서 늙고 조그마한 아가가 자라난다"(3, 16) 같은 구절이나 "여자들은 밤에도 낮에도 일을 했네 / 물과 피로 이루어진 생산기계 / 공장은 삶은 과일들의 자궁 / 여자들의 흰 손이 양수 속을 헤엄쳐다니네"(3, 34) 같은 구절에서 보이듯 '훼손된 자궁'의 이미지들이 자주 출현하는 것이다.

그러나 시인은 이미 "이야기가 그치면 노래가 시작될 것이다"(3, 43)고 노래한 바 있다. 그 노래는, 시인이 세 번째 시집의 한 시에서 노래했듯이, 어쩌면 참혹한 이 삶 속에서도 웃음을 잃지 않는 어떤 여자들의 이미지와 관련된다. 시인은 〈검은 노래〉라는 시에서 "노래를 부르네, 여자들이 웃으며 손으로 목을 조이며 / 그 소리는 슬픔이 날아가는 소리 / 날아라, 날아라 깃든 슬픔아"(3, 45)라고 노래했다. 그렇다, 노래야말로 이 전망 없는 세계와 정처 없는 삶 속에서 슬픔을 참고 견디며 넘어서는 힘이 될 터이다. 그렇다면 시인의 노래는 언제 다시 시작될 것인가? 이번에 신작시로 새롭게 발표된 작품 가운데 다음과 같은 시는 아마도 이 질문에 대한 하나의 유력한 답이 될 듯하다. 신작시는 이미 그 노래가 시작되었다고 말하는 것처럼 보인다. 그리고 그 노래는 아직도 재회하지 못한 저 '폐병쟁이 내 사내' 같은 이들에 대한 한없는 그리움의 노래일 것이다. 〈가을물 가을불〉이라는 시를 보기로 하자.

그 강에,

내가 자란 마을의 강에 천지로 불 일듯,
붉은 잎이 떨어질 때
그 때 그 강가에 서서
아마도 누군가를 기다리는 뱃사공을 본듯,

기다린 듯,

— 〈가을물 가을불〉 부분

여기에서 핵심적인 정조는 한 행의 서술어로 이루어진 세 번째 연의 "기다린 듯"이라는 어사 속에 함축되어 있는 것으로 내게는 읽힌다. 그렇다, 시인은 저 "누군가를 기다리는 뱃사공"처럼 또 다시 어떤 기다림을 노래하고 있는 것이다. 이 기다림의 정조 속에서 허수경의 시들은 다시 노래의 가락을 얻고 있는 듯하다. "-듯"이라는 서술 어미의 반복되는 리듬에 의해 노래의 가락을 얻고 있는 이 시는 허수경의 초기 시 세계가 지녔던 유려한 음조와 리듬을 어느 정도 회복하고 있는 것처럼 보인다. 물론 저 곡조와 가락을 구성하는 정신적 풍경의 깊이는 이제 훨씬 더 넓은 시야 속에서 확보되고 있다는 차이 또한 강조되어야겠지만 말이다. 그러니 전망 없는 세계를 눈물겨운 슬픔과 연민의 힘으로 껴안는 저 모성적 넉넉함 속에 허수경의 시 세계는 여전히 뿌리내리고 있는 셈이다. 그래, 하기야 또 '슬픔만한 거름이 어디 있으랴'?

(보유)

슬픔과 연민의 힘

— 허수경 시집《내 영혼은 오래되었으나》

한국 현대문학의 공간에 있어서 허수경의 시세계가 갖는 의미와 의의는 20세기에 들어 한국 민중이 겪은 비극적인 현대사의 질곡과 분리되어 설명될 수 없다. 일제 식민지 치하의 경험에 뒤이은 민족분단과 민족전쟁, 오랜 군부 독재와 유혈 민중운동, 서구 자본주의의 급격한 유입에 의한 근대화의 과정에서 심화된 계급 모순 등으로 인해 한국 민중에게 있어서 현대사는 고통과 슬픔의 세월 그 자체였다고 말할 수 있다. 20대 중반의 나이에 펴낸 첫 시집《슬픔만한 거름이 어디 있으랴》(1988)와 두 번째 시집《혼자 가는 먼 집》(1992)을 통해 허수경은 한국 민중이 지닌 이러한 전통적 '한'과 슬픔의 정서를 현대적 어조와 리듬으로 살려내는 데에 탁월한 재능을 보이면서 문단의 주목을 받기에 이른다. 그녀의 시세계 속에는 제 땅에서 뿌리 뽑힌 채 낯선 이방의 땅을 기약 없이 떠돌아야 하는 수많은 불우한 영혼의 흔적들이 존재한다. 허수경의 시

세계에서는 이러한 고향상실의 감정이 이 '전망 없는 세계'와 '정처 없는 삶'의 형상을 주조하는 동력이 되고 있는 셈이다. 그러나 사실상 그녀의 시세계를 지탱하는 진정한 힘과 매력은 표층에 놓인 이러한 고향상실의 감정의 배후에 깔려 있는 심층의 음화 속에 들어있다고 해야 옳다. 그 음화 속에는 표층의 전망 없는 세계를 정처 없이 떠돌고 있는 불우한 영혼들을 응시하면서 동시에 감싸 안는 어떤 눈물겨운 시선이 존재한다. 크나 큰 슬픔의 감정으로 그렁하니 눈물 맺힌 이 시선을 우리는 연민의 힘이라고 불러도 좋다.

> 기다림이사 천년같제 날이 저물세라 강바람 눈에 그리메지며 귓불 불콰하게 망경산 오르면 잇몸 드러내고 휘모리로 감겨가는 물결아 기겹도록 정이 든 고향 찾아올 이 없는 고향
> 문디 같아 반푼이 같아서 시다림으로 너른 강에 불씨 재우는 남녘 가시나
> 주막이라도 차릴거나
> 승냥이와 싸우다 온 이녁들 살붙이보다 헌출한 이녁들
> 거두어나지고
> 밤꽃처럼 후두둑 피어나지고
>
> —〈진주 저물녘〉 전문

《슬픔만한 거름이 어디 있으랴》의 맨 첫 자리에 놓인 〈진주 저물녘〉이라는 시이다. 허수경의 초기 시세계를 특징짓는 전형적인 요소들을 모두 지니고 있는 것으로 보이는 이 시에는 "기다림이사 천년같제" "거두어나지고" "피어나지고" 같은 구절의 조사나 어미의 구사에서 특징적으로 드러나는 섬세하고도 유려한 언어감각과 더불어 능청대는 사설조의 언어적 기교와 운용이 두드러짐을 알 수 있다. 게다가 이 시는 "찾아올 이 없는 고향"에 남아 "승냥이

와 싸우다 온 이녁들"을 기다려 거두려는 시골 주막 안주인의 심성 같은 흔연한 정신적 풍경의 깊이를 함께 보여주고 있다. 말하자면 허수경의 초기 시세계의 정신은 고향을 상실한 채 낯선 이방의 땅을 떠돌다 상처입고 병을 얻은 누추한 몰골의 사내들을 품에 안고 다독이려는, 모성적이라고나 해야 할 어떤 여성성에 젖줄을 대고 있다는 것이다. 그리고 바로 이러한 눈물겹도록 애절한 슬픔과 그리움의 정조가 한국 현대문학에서는 드물게도 웅숭깊은 서정적 가락을 동반한 노래로 불려질 때, 거기에서 허수경의 초기 시세계의 진정한 매력이 한껏 발휘된 시의 한 진경이 펼쳐졌던 것이다. 이 유장하고도 애절한 노래의 가락은 마치 전장에 나간 자식을 기다리는 어미의 심정을 육화하고 있는 듯하다. 물론 이 같은 정조가 지아비를 기다리는 지어미의 그것과 같을 때, 거기에는 관능적 색채가 두드러진다는 점을 덧붙여야겠지만 말이다.

시인의 두 번째 시집에는 이 같은 슬픔과 연민의 감정이, 시집의 제목으로 쓰인 '혼자 가는 먼 집'이라는 쓸쓸한 이미지 속에 결정화되어 있다. 이 시집에서 시인이 노래하는 시적 대상은 온전히 그녀의 슬픔과 연민의 감정 속에 동화되어 주객일체의 상태에 도달한 것으로 보이는데, 거기에서 시인의 '상처받은 마음'은 곧 그 자체로 '정처 없는 삶'과 '속수무책의 몸'의 풍경과 하나가 된다. "이 세상 정들 것 없어 병에 정듭니다"로 시작되는 아래의 시는 고향 상실의 정처 없는 삶 그 자체를 정처로 삼은, 혹은 그 누추하고도 불우한 삶의 아픔에 정든 한 영혼의 풍경을 더없이 애잔한 가락으로 노래하고 있는 것이다.

이 세상 정들 것 없어 병에 정듭니다
가엾은 등불 마음의 살들은 저리도 여려 나 그 살을 세상의 접면에 대고 몸이 상합니다
몸이 상할 때 마음은 저 혼자 버려지고 버려진 마음이 너무 많아 이 세상 모든 길들은 위독합니다 위독한 길을 따라 속수무책의 몸이며 버려진 마음들이 켜놓은 세상의 등불은 아프고 대책없습니다 정든 병이 켜놓은 등불의 세상은 어둑어둑 대책없습니다

—〈정든 병〉 전문

《혼자 가는 먼 집》으로부터 근 10여년의 세월을 사이에 두고 나온 허수경의 세 번째 시집 《내 영혼은 오래되었으나》(2001)에 실린 시들에는 일종의 새로운 변화의 방향이 등장한다. 오랜 세월 동안 씌어진 시들이 함께 자리하고 있어서인지 이 시집에 실린 시들은 그녀의 초기 시세계의 특징을 그대로 간직하고 있는 것이 대부분이긴 하지만, 이들과는 다른 새로운 변화의 방향을 보여주는, 가령 페미니즘적이거나 생태-환경주의적 경향을 보여주는 그룹의 시들이 혼재되어 있다. 그러나 이 시집의 전체를 관통하는 하나의 핵심적인 주제는 역시 '슬픔과 연민의 힘'이라고 말할 수 있는 어떤 뚜렷한 정서임에는 의심의 여지가 없다. 그런 의미에서 이 시집 역시 허수경의 초기 시세계를 규정짓는, 정처 없는 삶을 떠도는 불우한 영혼의 흔적을 고스란히 간직하고 있다고 말할 수 있다.

그러나 이 영혼의 흔적은 이제 그 형상화의 방식에 있어서 뚜렷한 변화의 양상을 보여주게 된다. 보다 정확히 말하자면, 음악성이 강조되던 초기의 언어적 곡조와 가락은 축소되는 반면 상징적이거나 표현주의적으로 묘사된 세계와 존재들의 그로테스크한 측면들이 두드러지게 되는 것이다. 이 시집에 실린 시들에는 고향을 상실

한 정처 없는 삶 속에서 발생한 온갖 끔찍하고도 잔혹한 사건들의 보고서와도 같이 "아이들의 썩어가는 시체"나 "유조선에서 흘러나온 기름 속에서 죽어가는 바다 새" 등 주검의 이미지들이 도처에서 출현한다. 이러한 이미지들은 이 전망 없는 세계의 반자연적이거나 반인간적인 인류의 패악을 꼼꼼한 필치로 각인시킴으로써 이 정처 없는 삶 속에 자리한 '속수무책의 몸'의 상처와 고통을 악몽 같은 장면들로 전경화한다.

> 내 마음은 우연한 나의 자연
>
> 내 말은 우연한 나의 자연
>
> 고속도로 위에 새가 죽어 있는 것을 보았다
>
> 그 새의 살을 들고 가서 누구도 삶지 않았다
>
> 우연히 죽은 새는 아무도 먹지 않네
>
> 살해당한 새만 먹을 수 있네
>
> — 〈우연한 나의〉 전문

이 시에 드러나고 있듯이 새로 변화된 허수경의 시세계를 구성하는 사회심리학적 토대는 아마도 '살해', 즉 타나토스의 충동일 듯하다. 그녀의 초기 시세계에서 특징적으로 드러났던 '살림', 즉 에로스의 충동은 이제 거의 제거되어 있는 듯이 보인다. 초기 시세계의 모성적 여성성이 갖는 관능적 특징은《내 영혼은 오래되었으나》에 이르러 전쟁과 탱크와 장갑차와 지폐로 상징되는 타나토스적 충동에 의해 피 흘리며 희생당하는 처지에 놓이게 되는 것이다. 그리고 이 파괴와 죽음의 충동에 가장 손쉽게, 그리고 가장 끔찍하게 희생되는 것은 여성의 '자궁'과 '아이'이다. 왜냐하면 그것들이야말로 모든 생명과 삶의 발원지이기 때문이다. 그러므로 세 번째 시집에 이르러 '훼손된 자궁'의 이미지가 자주 출현하는 것은 우연이 아닌 셈이다. 에로스적 충동에 이끌린 허수경의 초기 시들이 대상 세계를 감싸 안으려는 정서적 경향을 보여주는 반면, 타나토스적 충동에 이끌린 그녀의 후기 시들은 대상 세계를 지적으로 파악하고 성찰하려는 경향을 보여준다는 것은 주목할 만한 사실이다. 이 같은 변모의 과정은 한국 현대사회가 겪어온 독특한 역사적 상처와 시대적 아픔의 실상을 그녀가 보다 큰 테두리 속에서 객관적으로 성찰하기 시작했다는 뜻이 된다. 다시 말해 그녀의 슬픔과 연민의 힘이 한국 현대사가 경험한 비극에 대한 정서적 동감에만 머물지 않고 오늘날 세계의 도처에서 벌어지고 있는 민족전쟁이나 종교분쟁 등 자본주의적 근대성이 내장하고 있는 반문명적, 반인륜적 경향에 대한 보편적 성찰로 나아가게 되었다는 것이다.

외롭고 쓸쓸한, 공허를 견디는 허공
— 김완수의 시세계

김완수의 시는 온갖 거추장스런 정념과 사념들로 들끓었을 육신의 피와 살을 덜어내고 남은 오롯한 근골의 이미지로 다가온다. 마치 김종삼의 시세계를 연상시키는 듯한 간결한 말들이 직조해내는 선명한 서정적 이미지와 단아한 여백이 만들어내는, 어쩌면 깊은 침묵 속에서 휴식하고 있는 것 같은 말들의 풍경은 바로 이 같은 근골 이미지의 언어적 번안이라고 해야 하리라. 사실상 이 간결하고도 침묵하는 듯한 말들의 풍경이야말로 김완수의 시세계를 진폭이 큰 공명의 자장으로 만드는 데에 핵심적인 요인으로 작용한다고 말할 수 있다. 역으로 말하자면, 저 자장이 형성하는 침묵하는 말들의 풍경 속에는 한편으로는 개별 주체로서 모든 존재자의 유한성으로부터 비롯되는 외로움과 슬픔 혹은 상처와 아픔의 정신적 에너지들이 강렬하게 요동치고 있으며, 다른 한편으로는 이 삶과 세계의 무상함으로부터 기원하는 허무와 관조의 시선이 복잡하게 얽혀 있다는 뜻이겠다. 시인은 우리가 살고 있는 이 세계가 하나의 허공이고,

또한 이 허공을 딛고 선 우리 존재는 공허하다고 말하는 듯하다. 물론 불교적 세계관에 익숙한 독자들에게는 이러한 세계와 존재의 이해 방식이 유달리 새로워 보일 것은 없을 테지만, 사실상 이 시인의 시들이 발산해내는 매력은 이 같은 세계관이 말과 침묵으로 교직되어 오롯이 형상화되는 그 역설적 긴장의 풍경 속에 있다고 하는 편이 옳다. 하기야 시가 그런 것이 아니라면 또 무엇이겠는가? 시에 있어서 발화는 침묵의 한 방식이며, 이 침묵은 또한 세계와 삶의 말할 수 없는 진실들에 대해서 바치는 존재자의 최상의 경외감의 표현에 지나지 않는다. 그러니 시란 결국 말할 수 없는 것들에 대한 말이거나 말할 수 없는 것 자체의 말, 혹은 모든 존재와 언어의 가능성들이 하나의 임계점에 도달해 이윽고 텅 빈 세계의 심연으로 돌아가는 순간의 어떤 불가능한 말일 수밖에 없을 듯하다.

그런 의미에서 보자면, 김완수의 시세계에서 시의 언어들은 어떤 고정된 의미를 형성하는 말, 즉 세계와 존재를 관념적인 주체의 자기동일성 속으로 환원하여 소유하거나 지배할 수 있는 그런 말이 아니다. 시의 언어는 오히려 고정된 의미 생산의 장소로서의 시인이라는 주체의 한계 너머에 있는 말, 그러니까 '존재의 바깥'을 지향하는 어떤 근원적인 언어의 존재론이라고 할 만한 말들의 풍경을 연출해낸다. 그러니까 시인의 시세계에서 빈번하게 출현하는 허공/빔과 구멍/틈의 이미지는 모두 이러한 존재 바깥 혹은 어떤 부재의 사태와 관련되어 있다고 말해야 한다. 시인의 첫 시집 《누가 저 황홀을 굴리는가》(2013)를 이끌어가는 핵심적인 동력은 어떤 비가시적인 에너지와 파동, 혹은 '부재의 실재성'이라고나 해야 할 어떤 근원적인 존재의 공허한 에너지의 파장인 것처럼 보이기 때문이다. 달리 말해서 김완수의 시들은 전통적인 의미에서의 서정시가 토대를 두고 있는 것으로 가정된 주객의 상호동일성의 논리가 균열을 드러내는 어떤 임계의 자리를 드러내고 있다는 뜻이겠다. 그렇기에 거기에서 세계나 자연, 혹은 존재나 타자들은 주체의 자기동일성의 자장 속으로 결코 수렴될 수 없고 또 수렴되지도 않는다. 세계나 존재는 오로지 의식하는 주체에게는 알 수 없는 그 무엇으로, 그러나 동시에 어떤 '실재성의 부재'의 장소로서의 저 의식하는 주체의 자리를 오히려 위협하는 '부재의 실재성'의 한 형식으로만 존재하는 듯하다. 가령, 시집의 서두에 놓인 다음과 같은 시를 보기로 하자.

사과가 떨어진다
허공에서
아무도 없는데 누가 사과를 따고 있다

사과가 익기도 전
누가 매일 사과를 따고 있다

오늘도 여전히 아무도 없는데
허공에서 누가 툭,
시디신 풋사과를 따고 있다.

— 〈허공〉 전문

시적 화자, 즉 대상을 마주하고 선 발언하는 주체의 감각이나 관념과 연관된 형용사 '시디신'이라는 한 단어를 제외하고는(사실상 이 수식어는 '풋사과'에 대한 비유로서는 클리셰cliche에 불과한 것처럼 보인다) 이 시에서 발언하는 주체와 관련된 어떠한 어사도 존재하지 않는다. 그렇기에 시에서 행위의 주체는 오히려 "아무도 없는데 누가 사과를 따고 있다"는 저 '허공'이라는 풍경의 일부에 지나지 않는다고 말하는 편이 옳다. 그러니까 이 시의 진정한 주체는 사실상 허공이라는 뜻이겠다. 시의 제목이 그렇게 되어 있는 까닭도 바로 이런 이유 때문일 것이다. 그리고 이 허공의 이미지가 이후 시인의 시세계 전체를 관통하는 핵심적인 이미지와 모티프를 형성하게 된다는 사실은 각별한 주목을 요한다. 그것은 어쩌면 단순히 세월의 덧없음과 무상함에 대한 상징일 수도, 또 끊임없이 변전하는 세계 속에서 삶의 외로움과 쓸쓸함에 대한 비유일 수도 있을 터이다. 그러나 시인은 이 덧없음과 무상함 혹은 외로움과 쓸쓸함을 결정적으로 다음과 같은 '구멍'의 이미지를 통해 형상화함으로써 세계와 삶에 대한, 더 나아가 '나는 누구인가'라는 주체에 대한 존재론적 탐구의 화두로 삼는다.

서랍 속에 버려진
지난 날 전화번호 수첩을 펴보다가
낯선 이름을 발견한다
무심코 넘기다가 다시 넘기며
누구일까
아무리 생각해봐도
내 몸, 그 어디에도 기억은 까맣고
뜯어지고 얼룩진 수첩만이 기억을 담고 있다
도대체 누구일까 백지처럼 하얗게 지워진 그,
살면서 스치고 지나는 것이 어디 그것뿐이랴
애써 변명을 하며
다시금 수첩을 넘기며 보니
또 있고 또 있다

나도 모르는 나의 과거
이렇게 좀이 슬어 구멍투성이라니
다이얼을 돌려 누구냐고 넌지시 묻고 싶지만
무어라 할 말이 없는 구멍
내 삶의 숱한 구멍 중에 구멍
그럼 나는 누구의 구멍일까

—〈구멍〉 전문

이처럼 존재를 어떤 '망각'이나 '구멍'으로 파악하는 이 시의 관점은 전통적인 의미에서의 서정시가 전제하는 주체와 객체의 상호동일성 혹은 주체의 자기동일성의 시학으로 환원될 수 있는 여지를 아예 차단하고 있는 것처럼 보인다. 그러므로 김완수의 시세계에서 의식하는 존재로서의 주체는 이러한 망각이나 구멍을 통해 스스로를 은폐하는, 또한 은폐의 방식으로 스스로를 드러내는 빈 틈, 그러니까 부재의 실재성의 형식으로서만 개시될 수 있는 어떤 공백 같은 것일 수밖에 없을 터이다. 보다 정확히 말하자면, 김완수의 시세계에서 주체는 어떠한 고정된 본질이나 의미도 소유하지 못한 하나의 흔적 내지는 균열 같은 것이라고 해야 한다. 그렇기에 이 삶과 세계는, 역설적으로, 정처 없는 유전과 생성의 우연한 순간들로 충만해 있다고 말할 수도 있다. 그리고 바로 이처럼 끊임없는 변화 속에서 유전하는 생성과 소멸의 삶의 과정 자체야말로 김완수의 시세계에서는 항구적인 불변의 진리의 자리를 차지하고 있는 것처럼 보인다. 이 첫 시집의 세계를 휘장처럼 두르고 있는 적막, 고요, 허공, 부재, 고독의 이미지들은 모두 이 같은 부재의 실재성의 흔적으로서의 존재의 풍경인 셈이다. 그 풍경의 일단은 다음과 같이 펼쳐져 있다.

오래 전에 보냈던 편지
수취인부재로 돌아와 잊혀졌던 편지를 읽는다
이제는 갈 수 없는
먼 곳까지 갔다가 돌아온 편지를 읽는다
산 부엉이 울 것 같은 보름달 창가에서
오래 전 문전박대를 당한 편지를 읽는다
그대는 그때의 그대가 아닌데
한사코 그때의 그대에게
문을 두드리고 있는 편지를 읽는다
그때의 그대가 지금의 그대가 아니듯
나도 그때의 내가 아니다
그래서 외롭게 남겨진 한 때의 사나이
그 사나이가 끝내 전하지 못하고 남긴 쓸쓸한 편지를 읽는다
아득히 먼 미지의 땅에 홀로 남겨진 그대
그대 가슴을 타고 흐르는 그렁그렁한 눈물을 읽는다
사나이여 눈물을 거두라
사나이는 결코 울어도 울지 않는 법
그대에게 오래된 그리운 말로 편지를 전한다
과거는 흘러갔다고
미래 또한 아직 남아있는 과거에 불과하다고

—〈과거는 흘러갔다〉 전문

시의 소재로 동원되어 있는, '수취인부재'로 인해 되돌아온 편지란 이미 의미전달의 기능을 상실한 말들의 무덤에 지나지 않을 것이다. 더 나아가 시인의 시세계에서는 발신자의 의도를 수신자에게 전달해줄 말의 고유한 의미란 것도, 그것을 고정시켜줄 어떤 사회적 맥락도 더 이상 존재하지 않는 것처럼 보인다. 모든 것은 공

허하고, 또 공허한 모든 것은 허공에 뿌리를 내리고 있기 때문이다. 그리하여 이제 모든 언어들은 그 자체로는 무의미한 말, 즉 오로지 말을 위한 순수한 말로서만 남겨지게 될 터이다. 이러한 의미에서 저 편지의 언어들은 주체의 고독("그래서 외롭게 남겨진 한 때의 사나이")을 지시하거나 드러내기 위한 말도, 또한 어떤 고정된 대상이나 의미("끝내 전하지 못하고 남긴 쓸쓸한 편지")를 지향하는 말도 아닌 셈이다. 그러니까 그것은 말 그대로의 말, 즉 그 자체로 화석화된 어떤 존재 혹은 부재의 풍경이 된 말이라고 해야 한다. 이 순수한 존재 혹은 부재의 언어 속에서, 또한 이 순수한 언어의 존재를 통하여 "그때의 그대가 지금의 그대가 아니듯 / 나도 그때의 내가 아니"게 된다. 그렇기에 세계와 삶의 모든 존재와 의미는 이 순수한 말의 출현과 더불어 이제 무한히 생성 소멸하는 어떤 공허의 순간과 심연 속으로 침몰한다. 역으로 말하자면, 시작과 종말을 갖는 모든 계기적 시간은 이 생성과 소멸의 매 순간 속에서 전적으로 무화된다고 할 수 있다. 그렇기에 이 순간은 이제 완전히 새로운 어떤 시간의 창조인 동시에 영원히 회귀하는 시간, 가령 창세기의 신화적 시간과도 같은 순간이 되는 셈이다. 그리하여 시적 화자 혹은 수취인부재로 인해 되돌아온 저 편지의 주인/주체는 마침내 "과거는 흘러갔다고 / 미래 또한 아직 남아있는 과거에 불과하다고" 감히 선언할 수 있게 될 터이다. 주체는 이제 저 부재의 실재성의 흔적 속에서 생성하는 시간 그 자체, 혹은 그 자체로서 하나의 생성의 사건이 된다. 시인의 시세계에서 허공과 구멍의 이미지는 이처럼 세계와 존재의 변전을 주재하는 어떤 절대적인 힘의 형식, 말하자면 부재의 실재성의 한 형식으로 자리하고 있다고 말할 수 있다.

김완수의 시세계가 그려내는 말들의 풍경은 존재의 어떤 불연속성으로부터 유래하는 주체의 고독과 삶의 공허가 파열되는 하나의 사건, 즉 존재의 개방성이라고 할 만한 사태를 주제화한다고 말할 수 있다. 허공과 구멍의 이미지는 이 같은 삶의 경계 없음과 존재의 열림 혹은 개방성을 지시하는 상징적 기표로 작용하는 것처럼 보인다. 시인의 시세계에서 그것들은 그 자체로 완결된 주체의 고독과 공허가 깨어지는 해방의 기능을 수행하기 때문이다. 그렇다면 이제 다음과 같이 말할 수 있어야 한다. 즉 유전하는 세계의 허무와 돌이킬 수 없는 삶의 공허가 시인의 시세계의 전경 혹은 표층을 형성한다면, 이 허무와 공허를 넘어서려는 마음의 열망과 움직임이 후경과 심층을 구성한다고 말이다. 시집에 자주 등장하는 눈(동자), 안경, 창의 이미지들은 모두 이 같은 마음의 변주라고 할 수 있다(〈유리창을 닦으며〉 같은 시를 참조하라). 그것들은 모두 이 세계의 허무와 존재의 공허를 투영하고 있는 '마음' 이미지의 계열체로 보이기 때문이다. 먼저, 다음 작품을 보기로 하자.

벽에 붙은 달력의 날짜가 뒤로 밀린다
내 생애에 다시 오지 않을 날짜를 만져본다
고생대의 퇴적층처럼 아득하게 멀어진다
숨 가쁜 낙엽의 고별사도 없는 달력에서
가을을 보내고 겨울을 맞는다
달력에서 겨울을 보내는 동안
붉은 동그라미로 제삿날을 남기고 사람들이 죽는다
사람이 죽어서 묻히는 골짜기 옆 하늘이
가늘게 떨며 성긴 눈발을 가슴께로 날려 보낸다
무슨 신호일까

저들의 말들은 이해할 수 없지만
부고장처럼 가슴에서 꿈틀 몇 송이 눈을 받는다
벌써 눈 덮인 겨울나무가 그 날처럼 그리웁게 서 있다

— 〈그리운 예감〉 전문

"고생대의 퇴적층처럼 아득하게 멀어"져가는 "내 생애에 다시 오지 않을 날짜"가 암시하고 있듯이, 세계와 존재는 부단한 생성과 소멸의 사건 그 자체로서 어떤 불변하는 자연의 법칙 속에서 운행되는 것처럼 보인다. 그렇기에 어쩌면 부단히 유전하는 이 세계에 대한 환유가 시인의 시세계에서는 허공의 이미지로, 저 생성과 소멸의 사건 자체에 대한 은유가 마음의 이미지로 형상화되고 있는 것은 아닌지 모르겠다. 이 같은 허공과 마음의 이미지로 인해 김완수의 시세계는 강력하게 불교적 세계관과 인생관을 환기(〈허공〉, 〈산책〉, 〈동안거〉 같은 시들을 보라!)시키고 있다는 점도 아울러 지적되어야 한다(물론 이러한 알레고리적 특성은 또한 약점으로 지적될 수 있다). 눈물겹도록 아름다운 아래의 시는 바로 이렇게 정처 없이 유전하는 삶의 행로와 마음의 풍경을 오롯이 담아 놓고 있는 것처럼 보인다. 그것은 우리의 현대 서정시가 도달한 아마도 가장 눈물겹고도 처절한, 또 그래서 그만큼 높고도 아름다운 마음의 풍경에 속할 터이다.

이른 아침, 우두커니 앉아 담배를 피운다
밝아오는 여명에 어둠은 낮게 깔리며
반복되는 일상의 헐거워진 틈으로 스미고
들판도 이렇게 이른 아침부터 제 속살을 태우는지
담배 연기처럼 안개를 피워 올린다
지난밤의 슬픔은 어디에서 잠이 들었을까

달을 에워 쌓듯 무리 지어 빛나던 별들은
또 어느 숨결에 쓰러진 것일까
슬픔도 잠이 들면 싸늘히 식어 고요한 아침이 되는 것
까맣게 타버린 까마귀가 안개의 가슴속으로 날아간다
뒹구는 소주병이 공복처럼 파랗게 빛난다
어제 저녁 무슨 일이 있었던 것일까
서서히 안개의 품으로 투신하는 마을
안개 속에서 누가 서성인다
속삭인다
떠나라
떠,
나,
라,
그래, 어디로 떠날까 다시 어디로 떠 날아갈까
담배 불을 끄며 빈 소주병을 치우며
이미 떠나온 곳에서 더 이상 떠날 곳도 없는 곳에서
아직은 조금 더 살기로 눈 깜짝할 사이만큼
아주아주 조금만 더 살기로 한다.

— 〈어떤 아침〉 전문

곡진한 마음의 풍경을 담고 있는 이 절창의 노래에 대해 더 이상 어떤 말이 필요할까? "이미 떠나온 곳에서 더 이상 떠날 곳도 없는 곳에서" 들려오는 '떠나라'는 화두를 앞에 놓고, 또한 "아주 아주 조금만 더 살기로 한다"는 이 무상한 삶에 대한 처절한 긍정 앞에서 더 이상 어떤 설명이 가능하겠는가? 또 다른 시가 "멈춰버리고 싶은 마음까지를 밀고 / 가을 강은 흐른다"(〈가을 강〉)고 노래했을 때, 이 같은 마음의 풍경 속에는 끊임없는 '흐름'으로 유전하는 이 실존적 세계와 삶에 대한 크나 큰 긍정이 자리하고 있는 것이리라. 어쩌면 삶의 공허와 세계의 허무를 그 자체로 껴안고 긍정하고자 하는 그 마음이 이미 하나의 크나 큰 허공은 아닌지도 모를 일이다. 시인의 시세계에서 허공과 구멍의 이미지에 흔히 '길'의 이미지가 포개지는 이유도 이와 무관하지 않을 성싶다(〈산책〉 〈길〉 연작, 〈길 위에서〉 등의 시를 참조하라). 그것은 곧 유전하는 이 세계와 삶 그 자체의 상징일 것이기 때문이다.

이제 불혹을 바라보는 나이
소나무 뿌리등걸 어디쯤에서 잠이 들었는데
누군가가 창문을 두드린다

야심한 시각
달도 없는데
창문에 어른거리는 그림자

빈 배 한 척이 살얼음 강물에 밀려와 있었다
어디서 왔는지 흰 눈이 높이 쌓여 있다
또, 어디로 가는 신호인지
텅 빈 무거운 몸을 흔들며 바람에 좆이 흔들렸다

소나무 뿌리등걸 어디쯤에서 잠이 들었는데
잠 속에서도
웅크린 나의 모습이 외롭고 쓸쓸해 보였다

— 〈불혹(不惑)〉 전문

시의 핵심은 '텅 빈 무거운 몸'이라는 역설적인 이미지 속에 있을 성싶다. 왜 '텅 빈' 몸이 '무거운' 몸인가? 그러나, 비어있음으로 인해 오히려 무거운 이 부조리한 존재감에 대한 인식이야말로 바로 김완수의 시세계를 조형하는 하나의 강력한 특징이라고 할 수 있다. 이 무게감으로 인해 저 비어있음은 이 세계와 삶의 경계 바깥으로 휘발할 수 없는 것이다. 그러므로 김완수의 시세계가 각인하고 있는 허공과 공허의 이미지는 어떠한 휘발성의 초월적 관념과도 결부될 수 없음이 분명해 보인다. 그렇기는커녕 오히려 이 존재의 무게감은 주체의 자기동일성의 관념 속에서나 해명될 수 있는 어떤 성질의 것이라고 해야 한다. 가령, "담이 나이고 내가 담이다 / 그렇게 스스로 내가 담이 된 저녁, / 그런 저녁은 / 돌처럼 무거워져서 꿈도 일어나질 못한다"(〈담 허무는 밤〉)라는 구절을 참조하기로 하자. 여기에서 존재의 무게감은 '담이 나이고 내가 담이'라는 사실로부터 연유한다. 달리 말해서, 이 무거움은 어쩌면 실재성의 부재의 장소로서의 주체가 어떤 확고한 자기동일성의 관념을 벗어나지 못한 존재 상태에 있다는 사실과 관련해서만 이해될 수 있다는 뜻이겠다.

김완수의 시세계는 일체가 허무하다는 전제 아래서 주체란 공허하다는 것, 즉 어떤 실재성의 부재의 장소에 불과하다는 사실을 알려준다. 그러나 감히 말하건대 삶의 공허와 존재의 허무를 이처럼 곡진하게, 그러면서도 어떤 천박하거나 과장된 자기 위안이나 연민 혹은 모멸의 포즈도 없이 정직하게 응시하기란 쉽지 않은 법이다. 더구나 그러한 통찰이 세계와 삶 바깥을 향해 관념적으로 휘발하지 않기란 더욱 지난한 일일 터이다. 시인의 시세계에서 무릇 일체의 삶과 존재는 공허하지만, 그럼에도 불구하고 이 공허는 어떻게든 거부되거나 부정되지 않는다. 그렇기에 삶과 존재에 대한 저토록 처절한 자기부정과 자기긍정이야말로 이 시인의 시세계가 당도한 정신의 높이와 깊이를 말해주는 것이라고 해야 한다. 시는 다만 저 실재성의 부재의 장소로서의 주체라는 관념 속에 뚫린 커다란 균열과 틈을 응시하면서, 그것을 부재의 실재성의 한 형식으로 그려낸다. 그리하여 시의 언어는 이제 '외롭고 쓸쓸한' 공허를 견디는 허공의 언어가 된다.

김완수의 시에서 삶은 그 자체로 크나 큰 상처이자 슬픔이다. 그것은 모든 존재자의 몸이 제 어미의 몸으로부터, 그리하여 궁극적으로는 이 세계의 연속성으로부터 분리되는 것으로 시작되는 주체의 비극적인 기원에서 연유한다. 이 기원의 비극성은 곧 우리의 실존적 삶이 에덴의 낙원으로부터 추방되었음을 고지하는 원죄 의식 속에 똬리 틀고 있는 듯하다(이 실존적 삶의 원죄 의식은 특히 시집의 3부와 4부에 실린 시인의 상실된 고향 혹은 유년의 기억들과 관련하여 논의될 수도 있으리라. 이 시들은 1부와 2부에 실린 시들과는 달리, 물론, 모든 유년의 기억들이 그렇듯이, 다소 정감적이고 애틋한 시선으로 직조되어 있음에도 불구하고, 그 기본적인 정조는 가난과 유랑으로 인한 상실의 상처와 아픔이라고 할 수 있다. 시인이 〈우리 어디서 다시 만나랴〉 같은 시에서 "고향은 무덤이다"라거나 "잡초 무성한 / 이국의 어느 쓸쓸한 땅덩어리"라고 노래한 이유도, 상실된 낙원으로 인한 유랑하는 삶과 죽음의 정처 없음에 대한 인식 때문이다. 달리 말해서, 이 정처 없이 유전하는 삶 속에는 그 어떤 것도 고향이라고 할 만한 것이 없다는 뜻이겠다. 삶과 세계를 공허와 허공으로 인식하는 시선에게는 고향 역시 이국에 지나지 않을 뿐이다). 시인은 이 같은 실존적 삶의 죄의식을 "식음을 전폐하고 / 빛나는 나의 죄"(〈어머니별〉)라고 적었다. "독한 인간의 냄새를 고스란히 껴안은 우거지"(〈우거지〉)의 이미지야말로 바로 이 같은 삶의 실존적 조건, 즉 세계로부터 분리된 존재자의 불연속성이 갖는 한계를 증거하고 있다. 〈노루사냥〉 같은 시가 잘 보여주고 있듯이, 삶이 존재자들에게 대해서 치명적인 것은 그 의도와는 무관하다는 사실에 있다. 사냥에 의해 사살된 노루의 죽음을 앞에 두고 시는 "그것은 우리의 장난이었고 다만 심한 장난에 불과했던 것"이라고 노래하고 있기 때문이다. 그러니 삶은 그 자체로 치명적인 죄가 되는 셈이다.

누군들 외롭지 않겠는가
가을 밤, 가을 비
후득 후득
흑,
흑,

세상이 온통 울고 있는데

누군들 외롭지 않겠는가
이런 밤에는

다만,
잎 자은 대추나무 아래, 젖은
귀뚜라미만 외롭게 울지 않고 있다

— 〈가을 밤, 가을 비〉 전문

부재의 실재성이라는 용어로써 지시되는, 그러니까 주체의 존재론적 비극으로부터 연유하는 세계와 삶의 허무는 김완수의 시에서 허공의 이미지나 공허한 여백으로서만, 다시 말해 침묵으로서만 스스로를 드러낼 수 있을 뿐이다. 외로움이나 슬픔, 혹은 상처와 고통 같은 감정들이 결코 눈물이나 소리를 동반하지 않는 '속울음'의 형태를 갖는 것도 바로 이러한 까닭이다. 시에 등장하는 '귀뚜라미'의 이미지는 아마도 이 같은 속울음의 상징적 체화일 터이다. 그것은 어쩌면 깊은 속울음을 울고 있는, 실재성의 부재의 장소로서의 주체 자신의 초상이 아닐까 싶다. '후득 후득' 떨어지는 가을밤의 빗소리를 '흑 흑'으로 듣는, 그리하여 "세상이 온통 울고 있는" 밤에도 "잎 작은 대추나무 아래, 젖은 / 귀뚜라미만 외롭게 울지 않고 있다"는 구절을 주목해보자. 이 귀뚜라미의 이미지를 통해 드러나는 것은 울음 우는 주체와 울음이 서로 분리되지 않는다는 사실이다. 왜냐하면 이 귀뚜라미야말로 바로 울음 그 자체라고 말할 수밖에 없을 것이기 때문이다. 그리하여 우리는 귀뚜라미가 운다고도, 우는 것은 귀뚜라미라고도 말할 수 없다. 귀뚜라미가 울음 자체이기 때문에, 이 귀뚜라미는 울 수조차 없다고 말해야 하는 것이 아닐까? 울음이 울음을 울 수는 없을 테니까 말이다. 그러므로 "귀뚜라미만 외롭게 울지 않고 있다"는 표현은, 역설적으로, 오로지 귀뚜라미만 홀로, 참으로, 울고 있다는 사실을 말해주는 것일지도 모른다. 자신의 존재 그 자체가 바로 울음이자 슬픔인 채로. 이처럼 시에서는 존재와 세계, 주어와 동사는 구별되지 않는다. "멀리 가는 그대가 상처이고 / 여기 남은 내가 아픔이듯"(〈혼자 삼겹살을 구우며〉)이라고 노래하고 있는 또 다른 시에서 '그대의 상처'와 '나의 아픔'이 분리되지 않는 것처럼. 그대의 상처는 나의 아픔으로 체화되고, 나의 아픔은 그대의 상처로 육화된다.

흐르다 흐르다 지쳐버리면
때로는 멈추고 싶은 것을,
멈춰버리고 싶은 마음까지를 밀고
가을 강은 흐른다

우리 살아가는 동안,

이유도 없는 설움이 터져
타는 듯 붉은 가을 강가에 앉아보면
누구의 잘못도 아니란 걸 조금은 알 것도 같다

— 〈가을 강〉 전문

삶의 외로움과 쓸쓸함이 "누구의 잘못도 아니란 걸" 아는 정신은, 그리하여 이 누추하고도 신산한 삶을 묵묵히 긍정하는 마음의 풍경은 아득하다. 이처럼 김완수의 시가 갖는 매력은 외로움이나 슬픔 같은 정념들을 온전히 껴안으면서 제 몸으로 육화해내고 있다는 사실에 있다. 보다 정확히 말하자면, 이처럼 육화된 실존적 삶의 무게를 감당하면서도 그 무게에 짓눌리지 않는 결연한 정신의 높이와 깊이가 시인의 시세계를 웅숭깊게 만들고 있다는 것이다. 시인은 이미 "아픔은 말하지 않아도 이렇게 우러나는 법 / 상처의 기억은 아물어도 / 아픔은 뼈와 살 속에 저미어서 절로 우러나는 법"(〈혼자 삼겹살을 구우며〉)이라고 노래했던 터이다. 그러므로 "마음을 버리고 나니 몸뿐이다"라거나 "집을 버리고 보니 모두가 집이다"(〈가출〉) 같은 표현은 어떤 달관한 정신의 초연함을 드러낸다기보다는 오히려 슬픔과 외로움을 몸으로 너끈히 감당해내고 있는 자만이 성취할 수 있는 육화된 마음의 풍경이라고 해야 한다.

정처 없이 유랑하는 몸의 행로와 그 행로가 만들어내는 유전의 삶을 그야말로 온몸으로 껴안고 뒹구는, 눈물겹도록 외롭고도 슬픈 삶에 대한 처절한 긍정이 절정의 노래를 만들어낸다. 그것은 마치 유랑가수의 노래와도 같은 애조 띈 가락을 동반하지만, 이 가락 속에는 어떠한 절망의 그림자도 스며들지 못한다. 그리하여 시인은, 역설적으로, "여기에서 나는 떠나본 적이 없지"(〈너무 멀어〉)라고 감히 발언할 수 있었던 것이리라.

"변치 말자 변치 말자 / 다짐하고 맹서하는 발길로 정처 없이 떠돈다"(〈봄날, 들판에 서서〉) 같은 수사적 – 역설적 표현이야말로 김완수의 시세계가 지니고 있는 특징을 가장 분명하게 보여주고 있는 것처럼 보인다. '정처 없이 떠돎'을 운명으로 살아야 할 존재자의 실존을 '변치 말자'고 다짐하는 이 모순어법이야말로 시인의 시세계가 감당하고 있는 삶의 실존적 부조리에 대한 강력한 수사로 작용하기 때문이다. 사실상 어떠한 수사나 과장도 없이 오롯이 존재의 실존적 풍경을 소묘하고 있는 듯이 보이는 김완수의 시세계에서 이 역설법이야말로 그 모든 수사를 압도하는 시인의 삶에 대한 근원적 태도를 증거하고 있다. 간결하고도 단아한 이미지들로 직조된 이 같은 노래가 펼쳐 보이는 마음의 풍경이 우리 시의 깊이를 더하고 있음은 분명 의심의 여지가 없으리라(그런 의미에서 시집의 5부에 실린 '장상시편'들의 형식적 특성은 각별한 주목을 요구할 듯싶다. 거기에서 말들은 최대한 자신의 몸을 낮춰 마치 침묵으로 되돌아가고자 하는 듯이 보이기 때문이다. 나는 이 작업을 다음 과제로 남겨둔다). 삶에 대한 어떠한 희망이나 절망의 관념도 또한 자학이나 초월의 포즈도 없이, 그럼에도 불구하고 이 삶의 외롭고 쓸쓸한 공허를 견디며 껴안고자 하는 정직과 용기야말로 시의 뿌리가 되고 있는 것이다. 우리는 이 정직과 용기를 '공허를 견디는 허공의 힘'이라고 불러도 좋다. 다음과 같은 '낙엽'의 이미지는 바로 이 같은 힘에 대한 경외의 산물이리라.

텅 빈, 겨울 공원에 가보라
거기,
노숙자들이 산다

서로 서로
춥다고,
쳐다만 보아도 춥다고,

서로 서로
추운 인생,
인생끼리 붙으면 더욱 춥다고,

하나씩
떨어져서,
낙엽처럼 뒹굴고 있다

— 〈겨울 공원〉 전문

고요를 흔드는 바람
— 소복수의 시세계

1. '시간의 꽃잎'과 '꽃잎의 기억'

첫 시집 《來蘇寺(내소사)의 아침》(2001) 이후 근 10여년 만에 상재된 소복수의 두 번째 시집 《노랑어리연꽃》(사문난적, 2012)은, 이미 첫 시집이 그러했듯이, 어김없이 '멀고 먼' 세월이 풍화된 시간의 기록으로 읽힌다. 시인은 이 같은 사태를 이미 첫 시집에서 "지워도 지워도 지문처럼 / 내 가슴에 있는 시간의 꽃잎"(〈사랑한다는 것은〉)이라고 노래한 바 있고, 이번 시집에서도 역시 "떨리는 꽃잎의 기억은 / 시간의 향기로 남아"(〈가을 목련차를 마시며〉)라고 변주하고 있는 터이다. 여기에서 '시간의 꽃잎'이란 어떤 절대적인 시간, 곧 모든 것이 그로부터 시작되고 또 그리로 회귀하는 삶과 존재의 어떤 절정의 순간을 상징하는 것으로 내게는 읽힌다. 소복수의 시들에 출현하는 다양한 '꽃잎'의 이미지들이야말로 공통적으로 이 같은 삶과 존재의 절정의 한 순간을 지시하는 기표로 보이기 때문이다. 그러므로 소복수의 시세계가 풍화된 시간의 기록('시간의 향기')

이라는 말은, 다시 말해 저 삶과 존재의 절정의 순간에 대한 기억의 복원이라는 의미를 갖는다고도 할 수 있다. 왜냐하면 그 절대적인 순간은 이 현실의 삶에서는 이미 돌이킬 수 없는 과거의 시간이 되어버렸기 때문이다. "나 그렇게 서 있을까 / 한 스물이나 스물하나쯤 / 피 끓는 젊음으로"(《동백섬》) 같은 시구는 이미 상실된 시간에 대한 회한과 각성의 표현에 지나지 않을 것이다.

보내고 나서야
너무 먼 곳이란 걸
바다 밀어낸 염전에서 본다.

해와 바람으로 졸인
시간의 알갱이들
이 건성의 잔해
아직 내 가슴 한 구석에
남아 있어
불어라 바람아 비야
돌아오너라 파도야
다 지난 후회
순결한 길증으로
기도하는 저녁

— 〈가을 염전〉 전문

서정시의 본령이 인간 정신과 자연의 일체감, 즉 정신의 자기동일성의 시학에 근거하고 있음은 주지의 사실이다. 그리고 이 동일성의 시학을 지탱하는 근간은 인간 정신의 '기억'의 메커니즘에 있음도 이미 널리 알려져 있는 터이다. 소복수의 시들은 이 기억(모든 기억은 고향/낙원의 기억이다! 낭만주의 시학의 용어를 빌려 말하자면, '원-자아Ur-Ich'에 대한 기억이라고 해도 무방하리라)의 메커니즘을 빌려 외로움이나 슬픔, 그리움 같은 정조를 날줄로 삼고 압축적이고도 단아한 리듬을 씨줄로 삼아 저 삶과 존재의 절정의 한 순간을 아라크네의 직조술로 복원해낸다. 이 복원된 시간의 기록을 '적막한 고요(적요)'의 풍경이라고 불러도 좋겠다. 왜냐하면 이 시인의 시세계를 전체적으로 관통하는 하나의 근원적인 이미지나 모티프가 있다면, 그것은 다름 아닌 '빈' 여백의 공간이기 때문이다. 시집에 자주 등장하는 '빈 들'이나 '빈 집', 혹은 '빈 바람 소리'(〈그리운 언덕〉)에 이르기까지 《노랑어리연꽃》의 전반적인 분위기를 감싸고 있는 것은 이 '빈' 공간의 이미지인 것이다. 압축적이고도 단아한 리듬에 의해 조율된 이 빈 여백의 공간이 연출하는 적막한 고요의 풍경에서 독자들은 어쩌면 동양적 수묵화의 세계를 떠올릴지도 모르겠다.

그러나 모든 존재나 사태는 언제나 동시에 양면적 특성을 갖는 법이다. 저 '빈' 적요의 풍경은 한편에서는 탈속과 승화의 이미지를 불러내고('원심성 이미지'라고 하자), 다른 한편에서는 상실과 결핍의 이미지를 환기시킨다('구심성 이미지'라고 하자). 그리고 이미지의 이러한 원심적-구심적 경향의 양 측면이 시인의 시적 자아의 정서 구조를 각기 다른 두 가지 방향으로 이끄는 것처럼 보인다. 보다 정확히 말하자면, 탈속과 승화의 원심적 이미지들은 시적 자아의 정서 구조를, 마치 어린아이의 마음과도 같이, 이 삶과 존재에 대한 경탄과 유희적 본능으로 이끌고, 상실과 결핍의 구심적 이미지들은 그리움과 슬픔의 정조를 동반한 반성적 성찰의 통로를 마련한다는 것이다. 시인의 시적 자아가 전자로 기울 때, 거기에서 독자가 만나는 시적 주체의 정신적 풍경은 자아－바깥으로의 일탈 모티프들을 동반한다. 후자의 경우 독자들은 어김없이 시적 주체의 자아－안으로의 회귀 모티프들과 만난다.

소복수의 시세계에서 '바깥으로의 일탈'이거나 '안으로의 회귀'이거나간에 분명한 것은 이 양 측면이 모두 '여행' 모티프의 하위 계열체라는 사실이다. 결국 우리는《노랑어리연꽃》, 아니 더 나아가 소복수의 시세계를 구조화하는 것은 '여행' 이미지와 모티프들이라고 말해야 한다. 그렇다면 시인의 시적 자아가 끊임없이 시도하는 이 여행의 목적은 무엇일까? 나는 그것을 '내 안에 있는 자아의 바깥으로 나가서 내 바깥에 있는 자아의 안으로 들어가는 것'이라고 생각한다. 이 여행의 도정을 이렇게 '뫼비우스 띠'의 구조로 이해할 수 있다면, 우리는 저 시적 자아의 '바깥으로의 일탈'과 '안으로의 회귀'는 동전의 양면에 불과하다는 사실을 납득하게 된다. 그래서 이제 마침내 다음과 같이 말해도 좋으리라. 소복수의 시세계가 근원적인 화두로 삼고 있는 것은 '나Ich'라고 불리는 존재의 참모습과 대면하는 것이라고. '여행' 모티프의 하위 계열체로서 '바깥으로의 일탈'이라는 원심적 경향의 이미지와 '안으로의 회귀'라는 구심적 경향의 이미지들은 모두 '자아를 넘어선 자아 되기'라는 화두의 양면적 실행의 결과물이었던 셈이다. 그러니 소복수의 시세계로 들어가는 관문을 다음과 같은 '길'의 이미지로 삼는 것은 너무나 당연해 보인다. 어쨌든 모든 여행은 '길'로부터 시작되는 법이니까. 또한 길 위에서 펼쳐질 이 여행이 상실된 원－자아와 고향/낙원의 회복을 위한 고행의 도정이 될 것이라는 사실도 자명하겠다.

더는 어디 나갈 곳 없어
왼 하루 마주한 정령치,
차마 넘지 못한 햇살들
산 아래 불빛 되어
수초처럼 뒤척이는 우듬지,
저 그득한 세상으로
내려서는 일 익숙잖아
저녁별 두엇 앞세우고
다시 먼 길 떠나기로 한다

— 〈길, 정령치〉 전문

2. '먹물 같은 고요'

소복수의 시세계를 관통하는 하나의 근원적인 이미지나 모티프가 있다면, 그것은 '빈' 여백의 공간임을 앞서 말한 바 있다. 나는 이 여백의 공간을 '적막한 고요'의 풍경이라 부르고 싶었다. 우선, 《來蘇寺의 아침》에 실려 있는 다음 시를 이정표 삼기로 하자.

마당 가득 냉이꽃
더 적막한

이 끓는 대낮의 고요…
누군가 터벅터벅
걸어나올 것만 같은

그 집,
문 열고 들어서면

누군가 한 사람
눈부신 침묵으로
다가설 것만 같은

— 〈빈 집〉 전문

봄 햇살 속에 드러나는 '빈 집'의 풍경을 그리고 있는 이 시에서 시인은 "마당 가득 냉이꽃" 핀 그 화창한 봄날의 풍경을 "끓는 대낮의 고요"라고 노래했다. '끓는다'는 사태는 어떤 물질이나 존재가 그 임계점에 도달해 존재의 전환을 성취하는 순간을 말한다. 그런 의미에서 그것은 한 존재나 사태의 어떤 절정의 순간을 의미한다고 할 수 있다. 결국 "끓는 대낮의 고요"는 고요가 절정에 도달한 순간을 지시할 수밖에 없다. 소복수의 시세계에서 고요는 이처럼 언제나 절정의 고요를 의미한다. 이 같은 사태를 보다 정밀하게 이해하기 위해《노랑어리연꽃》에 실린, 이 시의 후속편일 다음 시를 같이 읽어보기로 보자.

문짝 열리어
다 비운 것만 같은
그 집 울안으로
노란꽃다지
별처럼 졸고 있어
아– 걸음 멈추면
그 환한 중심
먹물 같은 고요

— 〈빈집 2〉 전문

내가 '적막한 고요'라고 부르고 싶었던 사태를 시인은 한층 구체적이고도 맛깔스럽게 '먹물 같은 고요'라고 명명하고 있다. 그런데 이 '먹물 같은 고요'는 마치 태풍의 눈과 같은 '환한 중심'을 갖는다고 이 시는 노래한다. 소복수의 시세계에서 고요가 삶이나 존재의 절정의 한 순간을 의미한다는 사실(가령, 〈내소사 3〉에 등장하는 "아, 숨이 막힐 것만 같은 / 이 벅찬 고요로움" 같은 구절을 보라!)은 그것이 또한 모든 움직임의 중심이라는 사실도 동시에 말해준다. 그러나 이 고요의 절정의 순간에 어떤 존재나 사태의 전환이 일어난다. 마치 물이 수증기로 변하는 것처럼 그렇게 말이다. 보다 정확히 말하자면, 바로 그 순간 어떤 '다른 존재'가 출현하는 것이다. 저 고요의 절정이 거기에서는 없었던 "누군가 한 사람"을 불현듯 출현시키는 것이다. 사실상 고요와 침묵의 절정의 순간이 소복수의 시세계에서 의미를 갖는 것은 바로 이 다른 존재의 출현이라는 사태에 있다고 해야 한다. 그렇다면 "눈부신 침묵으로 / 다가설 것만 같은" 이 다른 존재는 누구일까? "그 많은 밤과 해일과 / 포효를 넘어 / 한 점 / 조그만 침묵으로 / 오시는 이"(〈섬 2〉)는 과연 누구인가? 이 시인의 시세계를 근원적으로 해명해 줄 이 다른 존재의 출현이라는 사태에 일단 주목하기로 하자. 《來蘇寺의 아침》에 실려 있는 다음 시의 구절이 이 같은 의문들에 어느 정도 대답해 줄 수 있을 듯하다.

아침 햇살에 반짝이는
지붕 위 하얀 무서리
차가운 개울물에 손발 씻고
아직 내 한 구석 남아 있는
나를 만나보고 싶다

커피 대신
송진 타는 냄새 그리운
이 아침 한때,
오늘 나 문득 고향에 가
나를 만나고 싶다

—〈오늘 문득〉 부분

이 시에서 먼저 주목할 점은 '자연-고향'의 이미지가 곧 '나'의 이미지와 일치한다는 사실이다. "오늘 나 문득 고향에 가 / 나를 만나고 싶다"는 구절이 정확히 그러한 사태를 말해 주고 있다. 그런데 여기에서 출현하는 '나'를 현실 속의 일상의 '나'와 구분하기 위해 나는 앞서 낭만주의 시학의 '원-자아'라는 용어를 사용한 바 있다. 왜냐하면 이 '나'는 현실의 일상적 자아가 떠나온 자연(본성)이나 고향(낙원) 혹은 부모(뿌리), 심지어는 종교적 믿음을 가진 이라면 신이라고도 말할 수 있는 어떤 존재나 사태의 근원을 지시하는 이미지이기 때문이다. 결국 '먹물 같은 고요' 속에서 불현듯 출현한 저 다른 존재란 원-자아라는 의미에서의 '나'말고는 다른 어떤 존재도 아니었던 셈이다.

사실상 《노랑어리연꽃》에 등장하는 '억새꽃' '씀바귀꽃' '메밀꽃' '자운영꽃' '달맞이꽃' 같은 수많은 풀꽃들의 이름은 무엇보다도 먼저 자연-고향의 이미지들을 환기시킨다. 소복수의 시들에서 자연은 존재의 근원을 지시하는 기표이며, 그런 의미에서 그것은 또한 고향의 이미지를 형성한다. 고향이 존재의 근원이 아니라면 또 무엇이겠는가?(이 같은 고향의 이미지를 '에덴동산'의 이미지와 겹쳐 읽을 수도 있을 터이다.) 소복수의 시세계에서 자연은 고향의 다른 이름이며, 고향은 자연의 다른 얼굴이다. 그리고 이러한 자연-고향의 이미지는 언제나 시인의 '원-자아'와 분리되지 않는다. 이 같은 사태는, 역설적으로, 현실의 일상적 '나'를 언제나 저 '원-자아'로부터 분리된 존재로 파악하게 만든다. 어쩌면 '실락원'의 모티프를 환기시킬 수도 있는 이 이별과 상실의 드라마가 첫 시집에서는 다음과 같은 슬픔과 그리움의 노래 가락을 만들어낸 바 있다.

> 나보다 내가 더 그리운 이
>
> —〈나보다 내가 더〉 부분

> 나 아직 여기 있는데
> 나는 보이지가 않는다
>
> —〈노을 2〉 부분

> 나 그 옹달샘에서
> 밤새 달 길어 올리던
> 바로 그때로 돌아가서
>
> (…중략…)
>
> 그렇게 남아 있고 싶어
>
> —〈어느 날 문득〉 부분

이처럼 소복수의 시세계에서 '자연-고향'의 이미지는 곧 '원-자아'의 이미지와 정밀하게 일치한다. 다시 말해 자연은 곧 '나'라는 존재의 근원, 즉 원-자아를 의미한다는 것이다. 자연, 고향, 원-자아, 부모 등은 동일한 이미지들의 변주인 셈이다. 그것들은 모두 정신과 자연의 원초적 일체감에 대한 그리움과 향수를 불러내는 이미지들이다. 그러므로 소복수의 시들에서 시적 자아의 정서 구조를 그 근원으로부터 관통하는 외로움과 슬픔의 정조는 이 원-자아/고향의 상실로 인한 것이라고 해야 한다. 첫 시집에서 이미 시인은 "아, 나는 어디 먼 곳을 한량없이 / 떠나고 있는 꼭 그런 심정"(〈진료를 기다리며〉)이라고 노래한 바 있다. 여기에서 '먼 곳'이란 어사가 지시하는 것은 바로 이 원-자아/고향의 상실로부터 유래하는 낯섦과 외로움, 슬픔의 정조와 관련된다고 할 수 있다(소복수의 시세계에서 '빈' 공간은 또한'먼' 거리의 짝패이다. '비다(空)'와 '멀다(遠)'는 모두 동양적 수묵화의 정신을 표현하기 위한 개념들이기도 하다).

그러나 이 '먼 곳'이라는 현존재의 조건이야말로 시인의 시적 자아로 하여금 이미 상실된 고향(실락원)을 동경하여 그리로 향하게 하는 정신적 여행을 준비하게 만든다. 《노랑어리연꽃》에서 시인은 "나 여기 숨어 / 사나흘 흠씬 외로워지면 / 꽃뜸 뜬 듯 / 꽃뜸 뜬 듯 향기로울까"(〈선암사 매화 피어〉)라고 노래하고 있다. 단적으로 말해서, 외로움과 슬픔은 저 시인의 시적 자아를 향기롭게 만들어줄 연금술적 질료가 되는 것이다. 그러니 이 외로움과 슬픔이야말로 원-자아에 대한 동경의 동력이 되는 셈이다. 우리는 이 시적 자아의 동경을 또한 '오래된 미래'의 기억이라고 달리 말해도 좋다. 왜냐하면 이 같은 동경 속에서 표상되는 것은 이미 시인의 원-자아가 자리했던 과거 고향-낙원의 이미지들이기 때문이다. 그런 의미에서 소복수의 시세계에서 여행 모티프는 언제나 이 '오래된 미래'를 회복하기 위한 하나의 의례와도 같은 것이라고 해야 한다.

3. 고요를 흔드는 '바람'

《노랑어리연꽃》에서 저 '빈' 적요를 깨는 움직임은 대개 바람이나 이 바람으로 인한 풀꽃들의 미세한 흔들림으로부터 유래한다. 사실상 이번 시집은 '바람의 시집'이라고 불러도 좋을 만큼 도처에서 바람의 이미지들이 출몰한다. 가령, 다음과 같은 다양한 바람의 이미지들을 보라.

아무것도 하지 말고
놀러나 갈까
첩첩 산바람에
연애나 할까

— 〈송화를 따다〉 부분

바람 한 점 돌돌 말아서
굴릴까 보다

— 〈무창포의 밤〉 부분

무등無等서 내내 나 따라온 바람
그 바람
산수유나무에 앉아
노랗게 조을고

— 〈소쇄원 기행〉 부분

사공보다 먼저 다가와
나룻배 흔들던 그 강바람

— 〈금강 3〉 부분

《노랑어리연꽃》에서 이 '바람'의 이미지들은 곧 앞서 언급한 '다른 존재'의 출현과 관련이 있다는 사실은 각별한 주목을 요한다. 왜냐하면 이 바람의 움직임으로 인해서 저 적막한 고요의 풍경에는 하나의 파문이 생기기 때문이다. 그렇지만, 다시 말해야 한다. 이 바람 역시 저 '먹물 같은 고요'의 다른 이름이라고 말이다. 저 고요는 태풍의 눈과도 같이 '환한 중심'을 가지고 있어서, 모든 바람은 또한 그것으로부터 비롯되기 때문이다. 시인이 일찍이 '들끓는 고요'라고 노래한 이유도 바로 거기에 있었던 터이다. 그리고 이 고요, 이 바람으로부터 새로 출현한 저 다른 존재야말로 곧 '원-자아'의 얼굴이었던 것이다. 현실의 일상적 '나'가 이제는 상실해버린 '참된 나'의 얼굴, 그것이 바로 다른 존재의 모습으로 이 일상적 현실의 '나'에게 출현한 것이다. 그렇다면 결국 이렇게 말할 수 있겠다. 일상적 현실의 '나'와 저 적막한 고요의 풍경 속에서 출현한 '다른 존재/참된 나'의 간극을 확인하고 그 거리를 좁히는 것, 그것이 바로 소복수의 시세계가 궁극적인 화두로 삼고 있는 것이라고 말이다. 달리 말하자면 정신과 자연의 일치, 욕망하는 현실의 일상적 '나'와 이상적인 '원-자아'의 대면, 주체로서의 '나'와 타자로서의 '다른 존재'의 만남 같은 것들이 바로 시인의 시적 자아가 성취하고자 하는 도달점이라는 뜻이다. 시인은 저 다른 존재와의 만남을 하나의 새로운 하늘이 열리는 순간으로 예감하면서 지극히 아름다운 필치로 다음과 같이 노래하고 있다.

어느 하늘의 눈뜸인가
빛처럼 그리움처럼
노랑어리연꽃

물빛 깊은 한낮

마음 열면
더 깊은 세상
오랜 설렘으로
잎잎 허기진
시간의 골짜기들
내일은,
그래 내일은
아직 다하지 못한
염원이 여닫는 곳
이 밤도 내 꿈
어리연 가득한 연못

— 〈노랑어리연꽃〉 전문

결국 우리는 이제 이렇게 말해야 한다. 소복수의 시세계에서 자연은 '나'라는 존재가 떠나온(혹은 상실한) 고향인 동시에 시적 자아로서의 '나'가 궁극적으로 도달해야 할 여행의 최종 목적지라고 말이다. 그리고 시인의 시적 자아의 출발점이자 도착점으로서의 자연-고향이란 결국 내 존재의 근거이자 목적인 '원-자아/참된 나'의 다른 이름일 수밖에 없다고 말이다. 그렇다면 《노랑어리연꽃》을 근원적으로 관통하는 여행의 이미지나 모티프들은 결국 시인의 시적 자아의 자기회복과 자기갱신의 드라마를 연출하고 있는 셈이다. 그리고 이 자기회복('구심성')과 자기갱신('원심성')의 드라마 속에서 드러나는 존재의 비밀, 바로 그것이 이 시집이 목표로 하는 진정한 주제를 형성할 것이다. "내 안에 내가 서서 / 날 떠밀고 있다"(〈퇴원〉)거나

"내 가장 깊은 곳에 숨어 / 아직 내 남은 은유를 기다리는 / 또 한 사람의 그림자"(〈진료를 기다리며〉) 같은 표현들을 주목해야 할 이유가 거기에 있다. 여기에서 말하는 "아직 내 남은 은유"는 아마도 아래의 시가 노래하고 있듯이 "세상에 섞이지 않은 / 카랑한 외침"과도 같은 것이리라. "문득 먼 기억들이 / 붉"은 이유도 그것이 "내 가장 깊은 곳에 숨어" 있는 내 존재의 근원이기 때문이다.

가도 가도 쌓이는
은빛 고백에

세상에 섞이지 않은
카랑한 외침

순백의 회초리 하나
부러지는 소리

문득 먼 기억들이
붉다

—〈눈 오는 밤〉 전문

서정시의 본령이 정신과 자연의 일체감, 즉 주객의 동일성의 원리 위에서 작동한다고 앞서 말한 바 있다. 그런 의미에서 소복수의 《노랑어리연꽃》은 무엇보다도 철저하게 서정시의 원리에 충실한 미학으로 직조되어 있다고 할 수 있다. 그러나 모든 원리는 하나의 출발점에 불과할 뿐 그 자체로 목적지는 아닌 법이다. 소복수의 시세계는 저 정신의 자기동일성의 확보를 위한 험난한 도정을 상실된 고향과 '원-자아'의 회복을 위한 '멀고 먼' 여행의 과정으로 인식한다. 이 과정은 현실과 타협하지 않고, 일상적 자아에 안주하지 않고, 욕망에 묶이지 않고 끊임없이 자유로운 '참된 나'를 찾아 나서겠다는 서슬 퍼런 정신의 태도를 동반하고 있다. "경계를 넘는 나무들 벗 삼고 / 숨 고루며 / 오르고 또 오르면"(〈가을 지리산〉) 마침내 당도할 그 곳! 시인은 그러한 자신의 운명을 예감한 듯 아래와 같이 노래하고 있다. 소복수의 시세계에서 '길'은 여행의 시작이며 종착지였던 셈이다. 그러나 그 종착지는 또 다시 시인으로 하여금 '경계를 넘어라'고 유혹하는 또 다른 길의 시작일지도 모른다.

숲은 깊고
실낱같은 오솔길 한 줄기

새소리 오소소 얹힌
이 언덕배기
아무도 살지 않아
곰비임비 앞서간 발자국 따라
무작정 찾아 들어가노라면
이게 과연 맞는 방향인지

훗날 또 누가
날 돌려 세우고 묻는다 해도
-글쎄요. 이 길 다할 때까지
가보는 수밖에

— 〈길 2〉 전문

눈물과 거울의 맑기
— 강인봉의 시세계

강인봉의 시집 《첫사랑》(1992)에 실린 시들은 동시와 같이 맑고 투명한 언어들로 이루어져 있다. 그러나 그 투명한 언어들이 껴안고 있는 의미와 긴장들을 제대로 읽어내기는 그리 쉽지가 않다. 왜냐하면 그 언어들의 맑음은 마치 거울과도 같아서, 그 안을 자세히 들여다볼라치면 언어들 속의 풍경이 보이는 것이 아니라, 오히려 그 속을 들여다보는 자의 거칠고 못난 모습과 이그러진 마음만이 되비쳐지기 때문이다. 그 언어들은 그렇게까지 텅 비어 있어서 거기를 들여다보는 자를 여간 당혹스럽게 하는 것이 아닌데, 그러나 이러한 당혹감 정도야 그 거울 속을 들여다보는 자가 이 시인의 맑은 시에서 얻는 감동에 비하면 지불해야 할 얼마 되지 않는 비용에 불과한 것이다. 강인봉의 거울 같은 시언어에 비친 들여다보는 자의 못나고 이지러진 얼굴을 한참이나 들여다보고 있노라면, 그 들여다보는 자의 영상이 심하게 동요하다가는 마침내 희미하게 사라져버리는 현상을 경험하게 된다. 그즈음에야, 들여다보던 자는 그 언어의 거울 속에서 이미 오래 전부터 자신을 내다보고 있던 한 낯선 눈동자를 발견할 터인데, 그것은 어쩌면 그렁하니 눈물로 가득 채워진 눈일 것이다. 그러나 낯설지만 사랑과 연민으로 가득한 그 눈에 맺힌 눈물이야말로 거울 속을 들여다보던 자가 얻을 수 있는 말할 수 없이 커다란 위안이 된다. 그렇게 강인봉의 시가 주는 감동은 거울과 눈물의 이미지가 길항하는 지점에서 시작된다.

강인봉의 서정적 자아가 그려내는 회상 속의 세계는 둥근 것들로 이루어진, 그 자체로 둥근 세계이다. 이 둥근 세계는 무엇보다 시인의 특이한 정신적 체험으로부터 연유하는 이미지와 상징체계로 얽혀져 있다. 우리는 이 시인의 정신적 체험을 감싸고 있는 그 커다란 테두리를 불교적 세계관이라고 부를 수 있는데, 그것은 원점을 출발한 선이 커다란 원을 그리며 다시 원점으로 되돌아오는 궤적을 갖는, 끊임없이 돌고 있는 형상이다. 그러나 그것은 입체적으로 이루어져 있다.

말하자면 우리는 노선버스의 운행을 머리 속에 그려볼 수 있겠는데, 애초에 차고를 출발한 버스가 저쪽 끝에 있으리라고 상정한 목적지를 향해 달리지만, 결국엔 그 버스가 도달하는 목적지란 애초에 자신이 떠났던 바로 그 차고가 아니던가? 그것이 벗어난다고 떠난 길은 사실은 되돌아오는 길이었으며, 역으로, 그 되돌아오는 길은 사실은 벗어나는 길이었던 셈이다. 왜냐하면 그 버스가 애초의 원점으로 되돌아오긴 하지만, 그 되돌아온 버스는 이미 떠날 때의 버스가 아니므로 그 차고 역시 애초의 차고일 수는 없기 때문이다. 빈 버스로 떠나 빈 버스로 돌아오지만, 그러나 그 과정에서 전혀 소득이 없었던 것은 아니다. 애초의 빈 요금함 속엔 토큰과 회수권으로 가득 채워져 있는 것이다.

그것은 그렇게 잉여를 낳는 변증법적인 과정인데, 이 커다란 둥근 세계를 앞에서 입체적이라고 한 이유는 그 질적 변화를 염두에 둔 것이다. 그러나 다시 생각해보면, 그 가득 찬 토큰과 회수권이 어디에 필요한 것인가? 버스는 그것마저 모두 비우고 다시 떠나고 - 돌아오고 있는 것이다! 그 노선은 그렇게 끊임없이 움직이는 둥근 세계로서, 그 커다란 원 속의 공간은 언제나 비워져 있다. 강인봉 시의 맑음은 그렇게 끝없이 비워내진 그 텅 빈 공간에서 나온다. 우리가 그의 시를 들여다 볼 때 느끼는 당혹감 역시도 바로 그 빈 공간에서 유래한다.

우리는 강인봉의 그 텅 빈 둥근 세계를 이해하기 위해서 '달'이라는 단어가 가지는 이미지를 좇아갈 필요가 있다. 왜냐하면 강인봉의 둥근 시 세계는 '달'의 이미지로써 표상될 수 있는 것으로 보이기 때문이다. 달은 이 시인의 시 세계를 전체적으로 규정할 만한 핵심적인 이미지이다. 이 커다랗고 둥근 달의 세계는,

아름다운 이 아름다운 밤에
내 눈물 다 아는

어딜 가나 오직 둥근
그 거울의 특징이여

— 〈달 1〉 부분

라거나

당신은 달에서 물을 길어 올리시고
거울은 닦을수록 솟아나는 샘이 있어

— 〈어머니 1〉 부분

라는 표현에서, 그리고

거울을 닦으면,
낮에는 풀밭에 꼭꼭 숨었다가
어둠 속으로 羊떼를 몰고 오는 그 銀의 순수들"

— 〈달빛 산책〉 부분

같은 표현에서처럼 거의 언제나 '눈물'과 '거울'이라는 어사를 동반하고 있다. 이 이미지들은 물론 일차적으로는 둥근 달과의 형태상의 유사에서 빌려온 것이지만, 이차적으로는 시인의 특유한 상징체계를 이루는 달의 두 가지 속성에서 유래하는 것이다. 눈물의 이미지와 거울의 이미지는 달의 세계가 거느리고 있는 보다 작은 두 개의 세계들이다. 그것들은 우리가 달이라는 원의 어느 한 지점에 '눈물'이라는 단어를 배치한다면, 그 반대편의 한 지점에서는 자동적으로 '거울'이라는 단어가 위치하게 되는 그런 대위법적인 이미지들이다.

다시, 우리는 달/눈물의 이미지가 거느리는 세계에다가는 어머니와 아내, 누나와 딸, 봉선화와 물소리 등의 구체적인 모양과 색깔과 소리를 지닌 단어들을 모아둘 수 있고, 달/거울의 이미지가 거느리는 세계에는 마음이나 음악, 고향 등의 무형의 추상적인 단어들을 포함시킬 수 있다. 전자를 우리가 도식적으로 현실의 세계라고 부를 수 있다면, 후자는 이와 대비되는 관념의 세계라고 할 수 있겠다. 다음의 시들을 보자.

i) 우리들 어쩌다 철이 들어
그 속에 몰래 들어가면

아, 벌써 다 알고
소리없이 흐르는 한 줄기 눈물이여

— 〈어머니 1〉 부분

ii) 어쩜 아내는 별에서 살고 있었네
꽃씨처럼 깊은 그 눈에
이슥고 샘이 고이면
아내는 한밤에도 푸른 물소리를 내고 있었네

— 〈아내〉 부분

iii) 하늘에 뜬 달만 달이 아니라
누구나 둥근 마음은 다 달이고
모든 것이 이 속에서 오고 가고 하느니

— 〈自序〉 부분

iv) 한 폭의 밤하늘 침묵 속에 들어가
山僧은 외로이 차운 달을 굴리거니
늦가을은 다만
간간이 창을 여는 솔바람 소리

— 〈염주〉 전문

위 시의 i)과 ii)에는 달/눈물의 이미지가 어머니나 아내라는 단어들과 결부되어 있음을 알 수 있는데, 그 어머니와 아내의 세계는 주로 과거의 시간 속에 놓여 있어서 시인의 육신과 정신을 둥글게 감싸주던 여성적인 원의 세계이다. 그 여성적인 세계의 눈물은 강인봉의 시에서 무엇보다도 가난하고 누추한 현실과 관련이 있다. 즉 이 현실이란 "그 별의 먼 孤島를 지니고 / 한 도시의 壁들을 빠져

나오는 / 눈물의 / 눈물의 골짜구니"(〈소등 후〉)인 것이다. 달/눈물의 이미지 속에 들어있는 어머니는 "처거덕처거덕 베(를) 짜"(〈금강〉)기도 하며 "우물가에 앉아서 / 미나리를 다듬고 계시"(〈어머니 2〉)기도 하는, "삯을 기다리는 가난한 生活"(〈어머니 1〉)을 하고 있는 어머니이다. 그래서 시인이 물소리를 '처그덕 처그덕'(〈바람〉)으로 듣는 것은 저 가난한 눈물의 어머니를 회상하는 서정적 자아 때문이다. 어머니는 "내게 가장 눈물을 주시는 분"(〈어머니 2〉)이기에 시인에게 있어서 물소리/베틀소리는 곧바로 눈물을 불러일으키는 소리가 된다. 또한 아내 역시 '뜨게질'(〈달 2〉)과 '삯바느질'(〈그 해협에서〉)을 하며 "꽃씨처럼 깊은 그 눈에 / (…중략…) 샘이 고이"(〈아내〉)는 누추한 현실을 살고 있다는 점에서는 어머니와 같이 눈물의 세계에 속해 있다.

다음으로 위 시의 iii)과 iv)에서는 달/거울의 이미지가 마음과 염주라는 단어와 결부되어 있음을 알 수 있는데, 그것은 어쩌면 "門도 없"(〈龍門寺〉)는 관념세계의 상징일 것이다. 달/눈물의 이미지가 주로 바다나 강과 관련이 있다면, 이 달/거울의 이미지는 "江 저쪽에 있는 한 世上"(〈가을〉)인 산과 관계가 있다는 점도 의미심장하다. 그것은 승려 생활을 오랫동안 해왔던 시인의 개인적 체험에서 유래하는 것으로 보인다. 그러므로 시인에게 있어 달이 "눈 감으면 / 마음속에 // 눈을 뜨면 남산 위에"(〈달 1〉) 있다는 것은 동일한 뜻을 반복한 것에 지나지 않는다. 그런데 iii)의 시에서 달/거울의 이미지로 나타나는 산/마음의 세계를 더욱 확대해 보자면, 그것이 동시에 음악소리를 내는 대자연의 세계라는 데에까지 이르게 된다. "나무들이 부는 바람 한 건반씩 놓아가는 / 모정의 대자연이여"(〈달〉)라는 표현에서 우리는 이 대자연의 작용이 음악(건반)으로 상징되고 있음을 알 수 있다. 그러고 보면, 강인봉의 시에서 자주 보이는 음악과 관계된 단어들(음반, 건반, 풍금소리, 가야금 몇 줄, 종소리)은 바로 이러한 대자연의 조화로운 작용으로 등장하고 있는 것이다. 그런데 "모정의 대자연이여"라는 구절에 이르러 우리는 대자연=모정이라는 등식을 발견하는데, 그것은 어머니의 세계를 눈물의 이미지로, 마음의 세계를 거울의 이미지로 놓고 대비시켰던 지금까지의 우리의 논의를 정면으로 부정하는 것이다. 그렇다면, 이제 우리는 이쯤에서 다시 달/눈물의 이미지와 달/거울의 이미지가 서로 다른 것이 아님을 말해야겠다.

손끝마다 눈물을 한 눈물에서 사랑을
건져올리고
우러르면,
구름 속에 떠오르는 아내의 房

— 〈그 海峽에서〉 부분

노을을 밟고 피곤히 돌아오면
싱그런 과일을 닦고 있는 어머니,
거기서 나는 문득
달을 만나고

— 〈어머니 1〉 부분

위와 같은 대단히 아름다운 시들을 보면, 그 '눈물'의 현실과 '거울'의 관념은 서로가 서로를 부둥켜 안고 일체화가 되어 있음을 우리는 발견하게 된다. 그렇다, 결국은 그 둘이 서로 다른 것이 아닌 하나라고 시인의 서정적 자아가 말할 때, 강인봉의 시들은 풍부하고도 깊은 울림과 맑음으로 빛난다.

강인봉의 시들은 회상 속에서 삶과 삶을 이루는 사물들을 보고 있는 서정시들이다. 그러나 만약 우리가 강인봉의 시적 자아가 거쳐 왔을 시간상의 흐름을 서사적으로 구성할 수 있다면, 우리는 그 서사를 다음과 같은 세 개의 핵단위로 나눌 수 있겠다. i) 시인은 '눈물'의 세계를 떠나 '거울'의 세계를 찾아간다; ii) 그러나 그는 자신이 찾던 '거울'의 세계가 바로 '눈물'의 세계와 동일한 세계임을 깨닫는다; iii) 그는 '거울'의 세계로부터 자신이 떠났던 '눈물'의 세계로 되돌아온다. 물론 이 핵단위들 가운데서 i)과 ii)의 부분은 강인봉의 시집에서는 거의 나타나지 않는다. 간혹 나타나는 경우가 있더라도 그것은 전적으로 iii)의 시점에서 회상된 세계로 존재한다.

위의 핵단위들을 상술해 보자면, 첫 번째 과정에서 시인이 떠나는 눈물의 세계는 어머니나 아내/애인이 사는 가난하고 누추한 현실의 세계이다. 강인봉의 시에서 그것은 강이나 바다의 세계이다. 그리고 시인이 찾아가려는 거울의 세계는 마음이나 염주가 있는 관념의 세계이다. 그것은 또한 산의 세계인데, 시인의 산행은 눈물의 세계에 대한 부정이다. 두 번째 과정에서 시인은 산의 세계와 물의 세계가 다르지 않음을 깨닫는다. 그 두 세계는 사실 모두가 하나의 동일한 세계였던 셈이다. 즉 '거울'과 '눈물'의 이미지는 '달'의 세계를 이루는 동일한 것의 다른 두 측면일 뿐이기 때문이다. 그러므로 이 과정에서 눈물의 세계와 대립되었던 거울의 세계는 부정된다. 마지막으로 시인은 자신이 그렇게나 노력해 멀리 걸어갔던 그 길을 다시 돌아오기 시작한다. 왜냐하면 눈물과 거울은, 어머니와 마음은, 물의 세계와 산의 세계는, 현실과 관념은 둘이 아니라 하나인 것이라는 깨달음 때문이다. 그것들은 모두가 달로 상징되는 커다랗고 둥근 하나의 세계에 속한다.

이렇게 세 개의 핵단위들은 이중부정으로 이루어져 있다. 결국은 두 번의 부정을 통하여 시인은 애초의 출발점으로 되돌아오지만, 그가 다시 돌아온 그 출발점은 이전의 원점이 아니라 이미 도달점을 그 속에 내포하고 있는 점이다. 다시 말하자면, 시인이 '거울'의 관념을 추구하는 그 도정은 다시 '눈물'의 이 현실에로 되돌아오는 먼 과정에 다름 아니다. 그리고 그 과정 속에는, 사실은 이 가난하고 누추한 '눈물'의 현실이 저 빛나는 '거울'의 관념과 다름이 없다는 깨달음이 들어있다. "다만 되풀이할 뿐이더니다 / 다만 다시 돌아올 뿐이더이다"(〈병상일기〉)라는 구절은 바로 그러한 사정을 직설적으로 옮겨놓은 것이다. 그것은 현실이나 관념의 어느 한쪽에 대한 포기나 퇴행이 아니라, 바로 그 현실과 관념이 같은 자리에 있다는 깨달음에서 나온다. 그래서 우리는 "다시 처음으로 돌아가는 맨 나중의 것"(〈레몬〉)이라는 시인의 표현을 고스란히 그의 시 세계에 대한 설명으로 되돌리고 싶어진다. 다음의 시에서 읽히는 '꽃'과 '고향'은 이제 '다시 처음으로 되돌아온 맨 나중의 세계'에 대한 찬가로 들린다.

가만히 가만히 해가 뜨는 곳
저마다 장을 여는 꽃씨들의 영혼
호반새 나래 펴는 염원의 열두 폭
오, 사랑의 집집마다 제비오는 마을이여

— 〈고향〉 전문

아버님이 주고 가신 텃밭 한 그릇
내 조석으로 물을 주어 씨 하나를 키우느니

이 다음
누가 만약 고향을 묻거든
내보이리, 다만 이 꽃 한 송이

— 〈화분〉 전문

시인이 〈아내〉라는 시에서 "아, 아내는 본래 꽃이었네. 목련나무의. 장미나무의."라고 쓸 때, 그 가난한 아내가 바로 그가 먼 길을 걸어 찾던 그 아름다운 꽃이었다는 깨달음을 전할 때, 그의 시는 감동적이다.

배는 이미 구름에서 오고
가는가
그 海峽에서
우리는 예쁘고 예쁜 두 딸을 낳았다

— 〈그 海峽에서〉 부분

이 같은 구절들이 전해주는 감동은 바로 그 관념과 현실의 일체화가 이루어내는 것이다. 바다/현실세계에 속하는 '배'가 이미 산/관념세계인 '구름'에서 오고 가는, 눈물의 세계와 거울의 세계가 몸을 섞는 '그 海峽에서' 태어난 '두 딸'이 예쁘고 예쁘지 않을 리가 있겠는가? 이렇게 거울과 눈물이 달로 다시 결합되는 지점에서 강인봉의 시들은 더없이 아름답고 맑다. 왜 그렇지 않겠는가. 이 딸은 거울과 눈물로 두제곱된 맑기를 갖는 이미지가 아니겠는가.

"친구여, 특히 사랑을 하지 않으려고 애썼다. 그러나 그 물들지 않으려고 애쓴 만큼은, 그에 고스란히 물들고 말았는가"(〈自序〉)라거나 "사랑은 죄 많은 사람이나 꾹꾹 앓은 병인가 / 죽어도 다시

나는 그 열병의 꽃씨여"(〈사루비아〉)라고 시인이 노래할 때, 그것은 얼마나 장렬한 비가로 들리는가. 그럼에도 불구하고 시인은 말한다. "나는 아직 이 작고 불쌍한 몸이 좋습니다"라고. 왜냐하면 그 속에서도 행복은 존재하는 것이기 때문에. "幸福은 역시 맑은 사람들의 것"(〈금강〉)이기 때문에. 행복은 역시 사랑에 물든 사람들의 것이기 때문에. 그렇다면 강인봉의 노래는 비가가 아니라 찬가인 셈이 아닐까? 그것은 거울 같아서 들여다보면 눈물이고, 눈물 같아서 들여다보면 거울이 되는 시이다.

부기: 나는 강인봉의 선시들에 대해서는 언급하지 않았다. 아니, 그것은 나의 능력 바깥에 놓여있어서 언급할 수가 없다. 선시는 말이 시이지 사실은 시의 바깥에 놓여 있다. 그것은 말하지 않기 위해서, 말할 수 없는 것을 위해서 발화된 것이다. 여기에서 언어들은 논리나 이미지가 파격적으로 끊어지거나 절단 당하는 사태를 겪는다. 그것은 비유나 상징의 결합이 끊어진 '저 너머'에 있는 육체 없는 말들이다. '저 너머'는 비유되거나 상징될 수 없는 환원 불가능한 세계이다. 그래서 강인봉의 《첫사랑》 속에 들어있는 〈無〉라는 선시가 그의 장편소설 《구나의 먼 바다》에 실린 것과는 두 번째 행에서 글자 한 자가 달라져 있다는 사실을 알고는 있지만, 그 달라진 '눈眼'과 '혀舌'의 차이는 알지 못한다.

일상적 초월의 한 양상
— 박세현의 시세계

터져라 봄이여
고름덩이같은 삶의 황홀한 체중을
어떻게 다이어트하랴?
— 〈나가는 길〉에서

1.

두 가지 의미에서 시인은 지금 어떤 언덕길이나 산의 고개를 막 넘어서는 여행의 도정에 있는 듯싶다. 시집에 아주 빈번하게 등장하는 실제 지명들, 가령 북대령이나 죽령 혹은 행치령이나 닭목령 대관령 같은 산의 정상을 넘어서고 있다는 사실적-육체적 차원에서의 여행이 그 하나의 의미라면, 시인의 개인사에 있어서 매우 중요한 하나의 분기점으로 보이는 삶의 어떤 고비를 통과하고 있다는 심리적-정신적 차원에서의 여행이 또 다른 하나의 의미이다. 사실상 전자의 여행은 대개 후자의 심리적 사태로 인해 촉발된 것이거나 혹은 이 후자의 여행의 의미를 구체화하고 강조하기 위한 하나의 밑그림이나 배경을 형성하고 있는 것처럼 보이기도 한다. 《사경을 헤매다》를 단순히 사실적인 '여행시집'나 '풍경시집'으로 읽을 수 없게 하는 이유가 바로 거기에 있다. "향년 51세의 텅 빈 수레를 타고 / 감춰뒀던 마지막 / 악셀레이터를 밟아버렸다"(《빈 수

레를 타고〉) 같은 결연한 표현은 분명 이 시집이 지니고 있는 어떤 정신적 차원의 사태를 반영하는 것일 터이다.

그러므로 《사경을 헤매다》라는 시집을 이끄는 핵심적인 모티프가 떠남이나 방랑 혹은 여행의 이미지들로 축조되어 있다는 것, 이 이미지들은 또한 시인의 정신이 도달한 삶의 어떤 한 지점의 심리적 풍경을 연출하고 있다는 사실에 우선 주목하기로 하자. 가령, "나는 지금 들어가기 위해 / 노크하는 것이 아니라 / 나가기 위해 노크하고 있음이다"(〈나가는 길〉) 같은 구절에서 드러나듯이, 이러한 떠남과 방랑과 여행의 모티프가 암시하는 상징적인 의미는 이 시집에 등장하는 '출가'라는 불교적 용어 속에 오롯이 각인되어 있다. 시인 자신의 표현을 빌려 말하자면, 이 용어가 의미하는 바는 곧 "뿌리박을 데를 찾기 위해 길 떠나는"(〈중앙고속도로〉) 정신의 여정이라고 해야겠다. 이처럼 방랑하는 정신의 여정을 어떤 화려한 수사나 과장도 없이 담담한 필치로 그려내고 있는 이 시집의 풍경을 우리는, 또한 시집에 등장하는 시의 한 제목을 빌려, 어쩌면 '노숙의 시간들'이라고 부를 수 있을지도 모른다. 그리고, 집 떠나 낯선 길 위에 선 이 풍찬노숙의 시간들이 시인에게는 구체적으로 '쉰'이라는 자연적 연령이 불러온 일단의 심리적 사태들과 무관하지 않은 것으로 보인다는 점도 강조되어야겠다. 시인은 "쉰! / 일말의 완결미 내지는 / 어딘가 새고 있다는 경고음 같은 / 다소 허망한 이 음성학"(〈쉰〉)이라고 노래한다. 그렇다면 허망한 이 음성학으로서의 경고음이 바로 시인으로 하여금 출가의 길 위에 서게 한 셈이리라.

터미널에 나가
초가을 뒷줄에 서서

원주행 직행버스를 끊고
좌석에 몸을 앉히고 안전벨트를 조이니
일찍 지던 해가 창에 몸을 숨긴다
일본제 라디오를 귀에 바싹 대고 있는
젊은 수녀의 팔목에 걸린 묵주에도
가을빛이 몇 올 위태롭게 건들거린다
이천을 건너뛰고
여주를 흘러갈 때
좌석에 묶여 있던 몸이 벌떡 눈뜨고
가을볕에 몸 비비며
엎혀간다는 느낌을 덜고자
제 몸 안에다 부력(浮力)을 마구
집어넣는 안쓰러운
가을 나들이
이 몸만의 출가

—〈출가〉 전문

시인에게 있어서 쉰이라는 나이는 무엇보다도 이 시의 '초가을'과 '뒷줄'과 '일찍 지던 해'라는 쓸쓸한 이미지들로 조형되고 있는 어떤 조락의 느낌을 먼저 불러일으킨다. 그리고 또 이 나이는 '안전벨트'를 조이고 '몸을 숨기'는, 말하자면 만사에 안정과 평안을 구하고자 "잠시 빼는 시늉을 하며"(〈봄날〉) 몸을 사리는 근신의 연령이기도 한 듯싶다. 그러나 이 시의 진정한 의미는, 달리 말해 시인에게 있어서 쉰이라는 나이의 진정한 의미는 '터미널'에 나가 '원주행 직행버스' 표를 끊어 집을 떠난다는 사실, 즉 출가를 감행한다는 사실에 있다. 따라서 우리는 박세현의 시집에서 드러나는 여행, 떠남, 방랑의 모티프들이 결국엔 출가라는 하나의 형이상학적 사태로부터 파생되고 또 그것으로 수렴된다는 사실을 간과할 수 없게 된다. 달리 말하자면,《사경을 헤매다》는 일종의 '출가의 시집'인 셈이다.

출가라는 특정한 종교적 용어가 이 시집에서 어떤 형이상학적 주제를 형성하는 단초가 되는 것은 그것이 우리가 초월이라고 부르는 어떤 바깥의 사유나 사태와 긴밀한 관련을 맺고 있다는 점으로부터 연유한다. 여기에서 출가란 세속과 일상을 벗어난다는 특정한 종교적 의미 이외에도 한 존재가 주체의 자기동일성의 한계를 넘어선다는 존재론적 의미의 자장도 함께 지니고 있다는 사실을 강조하면 이 점은 더욱 분명하게 드러난다. 사실상 이 시집에서는 주로 방랑과 여행의 이미지 속에 포개져 겹쳐 있긴 하지만, 이러한 존재론적 의미에서의 초월의 이미지와 모티프가 상당한 정도로 산재해 있음을 어렵지 않게 확인할 수 있다. '피안'이라는 초월적 용어의 직접적인 등장이 드물지 않게 목격되는 것은 우연이 아닌 셈이다. 문제는 이러한 초월의 방식과 그 의미에 대해 따져보는 일일테다. 모든 초월이 동일한 방식과 목적을 갖는 것은 아닐 것이기 때문이다. 이 시집에서 시인의 초월 의지가 어떤 방식으로 드러나고 있으며 이러한 초월의 양상이 의미하는 바가 무엇인가를 살피는 일은 시집 전체를 조감하기 위한 불가피한 과정으로 놓인다. 그러니 박세현의 시 세계를 구성하는 문제틀은 다음과 같이 제시될 수 있다; 일상은 초월과 어떤 방식으로 매개될 수 있는가?

2.

박세현의 시 세계에서 떠남과 방랑과 여행의 모티프들에는 대개 몸이라는 것이 먼저 마음을 거느리고 앞서 길을 떠난다는 사실이 무엇보다도 우선 주목되어야 한다. 이 마음의 환유들이 시인의 언어로는 '정신'이나 '관념' 혹은 '꿈'이라는 어사들로 시집에 등장한다. 그리고 이 다양한 양태의 마음들은 대부분 어디론가 먼 길을 떠날 준비를 하고 있거나 아니면 이미 먼 여행 중에 있는 것으로 보이지만, 이 마음의 여정의 도달점에는 언제나 이미 몸이 제 먼저 알고 도착해 있는 경우가 대부분이란 점은 특기할 만한 사실이다. 결국 이러한 종류의 여행이란 몸이 먼저 행장을 꾸려 선행한 길을 마음이 따라간 것이라는 뜻이겠다. 그러니 박세현의 시 세계에서 몸은 마음을 인도하는 등대이자 이정표이며 또한 마음이 꾸는 일종의 꿈이라고 해야 할지도 모른다. 그러나 이 마음이 꾸는 꿈으로서의 몸은, 아래의 다소 난해한 시가 노래하고 있듯이, "꿈이 벗어놓은 허물"을 넘어서 있는 어떤 실재의 풍경을 만들어내고 있다고 해야 한다. 꿈의 허물이 언제나 몸을 지나치거나 초과한다면, 꿈의 실재는 항상 몸이 당도한 그곳에 머물고자 하며 또 그 몸속에 자신의 거처를 마련하고자 한다.

빗방울 툭 툭 혹은 투두둑
끝내 끝을 알 수 없는 길이 있듯이
표정을 감추고 있는 하늘이 궁금하여라
간밤의 꿈자리가 허물 벗듯
길게 사라지는 걸
죽령터널을 빠져나가며
몸으로 뜻없이 느낀다
시원하다
뿌리박을 데를 찾기 위해 길 떠나는
무량수전 배흘림기둥이

부석사 표지판 곁에 똑바로 서서
지나가는 여름을 붙잡아 세운다
낙동강 쉼터 나무의자에서
미처 따라오지 못한 정신을 기다리며
몸으로 서 있는데
꿈이 벗어놓은 허물이 몸을 알아보고
먼저 달려오다 제 속도에 놀라
몸을 지나치는 풍경
꿈을 꿈으로 보는데 너무 많은 시간이 걸렸다

— 〈중앙고속도로〉 전문

《사경을 헤매다》에는 이 같은 꿈의 실재의 풍경, 다시 말해 마음이 꾸는 꿈으로서의 몸, 마음이 거주하는 꿈으로서의 몸의 풍경이 드물지 않게 목격된다. 그래서 이 시집에 자주 등장하는 '부력'이라는 용어가 부정적인 맥락과 뉘앙스를 형성하는 것도 바로 이러한 이유에서이다. 왜냐하면 그것은 마음이 몸에 미치지 못하거나 혹은 지나친 사태를 표상하는 것으로서 어떤 실재나 실체를 넘어선 관념, 즉 "꿈이 벗어놓은 허물"에 불과하기 때문이다. 시인은 이렇게 실재나 실체를 초과하는 관념을, 가령 "실체보다 진한 그림자의 윤곽 / 저게, 삶이었단 말이냐"(〈시월〉) 같은 표현에서 드러나듯이, 대부분 가짜이거나 허상으로 간주한다. 그러니 우리는 최소한 꿈의 실재와 꿈의 허물이라는 두 가지 꿈의 양태를 구분해야 한다.

살갑게 달아오른 산길을 더듬으며
몸이 자꾸 붕붕 떠오르는

이 절정에서 죽어보고 싶다는 관념도
한번쯤 용서받고 싶은 봄날

—〈행치령을 넘어가던 봄날〉 부분

땅 끝에 와서 다시 시작하고 싶었겠지
내일 눈발이 날리리라는 예감만 베고
잠든다 갈두항에서 잠들었던 그날 밤
파도소리보다 높았던 꿈을 나는 기브 업했다

—〈땅끝 풍경〉 부분

앞의 시에 등장하는 "이 절정에서 죽어보고 싶다는 관념"은 사실상 "자꾸 붕붕 떠오르는" 몸의 부력이 불러온 일종의 마음의 관성에 불과하다고 할 수 있다. 그래서 시인은 이 마음의 관성을 그냥 마음이라고 말하지 않고 관념이라고 썼던 것이다. 그리고 사실상 이 관념이야말로 앞서 등장한 시의 한 구절이 의미하는 그대로 "꿈이 벗어놓은 허물"을 의미할 터이다. 좀더 정확히 표현하자면, 그것은 마음보다 "먼저 달려오다 제 속도에 놀라 / 몸을 지나치는" 꿈이다. 그리하여 시인이 가령, "마음이나 생각은 두고 가기"(〈가끔 왜 이러지〉)라고 말하는 경우, 여기에서 마음이나 생각이라는 용어가 꿈의 허물을 의미한다는 사실을 이해하지 않으면 언어적 의미의 혼란과 착종이 야기될 수도 있다. 시인에게는 이 마음이 두 개의 겹으로, 즉 꿈의 실재와 꿈의 허물로 나뉘어져 있기 때문이다. 박세현의 시 세계에서 몸은 이 같은 꿈의 허물, 즉 관념의 더께가 벗겨진 꿈의 실재나 마음의 또 다른 표상인 것처럼 간주된다. 그리하여 시인이 이러한 정신의 여정의 종착지에서 만나는 것은 꿈의 허물을 벗어놓은 마음–그러니 있는 그대로의 실재로서의 몸과 자연이라는 의미가 되겠지만-을 있는 그대로 받아들이는 것이었던 셈이다. 인용된 두 번째 시의 표면에 드러나고 있듯이, "파도소리보다 높았던 꿈을 나는 기브 업했다"라는 표현은 이러한 맥락에서 이해되어야 한다. 여기에서도 꿈은 또한 꿈의 실재가 아니라 꿈의 허물을 의미한다는 점을 분명히 해야겠지만 말이다. 앞서 시인은 "꿈을 꿈으로 보는데 너무 많은 시간이 걸렸다"고 노래한 적이 있다. 이 꿈 역시 물론 마음보다 앞서 몸을 지나치는 꿈의 허물을 지시하는 제유적 표현이다. 시의 노래는 이제 이 꿈의 허물을 포기(기브 업)했다고 말하고 있다. 시인은 이렇게 몸이 먼저 당도해 있고, 꿈의 허물이나 관념이 거기에 잔뜩 부력만 집어넣은 채 아직 마음의 실재에 당도하지 않은 어떤 정신의 현재적 상태를 이 같은 쓸쓸한 풍경으로 그려놓았다. 이 '안쓰러운' "몸만의 출가"는 그렇기에 또한 꿈의 허물이라는 부력으로 채워진 "마음만의 출가"와 다를 바 없는 것이다. 거기에서 몸과 마음은 분열되고 서로 소외되어 있다.

3.

박세현의 시 세계에서 몸의 부력은 대개 꿈의 허물과 병치되거나 치환될 수 있는 종류의 것이다. 이 몸의 부력과 꿈의 허물 혹은 관념을 넘어선 진정한 몸의 실재와 마음의 풍경에 도달하기 위한 저 먼 정신의 여정을 시인은 출가라는 어사로 호명했을 터이다. '몸만의 출가'가 아닌 몸과 마음의 진정한 합일태로서의 '마음의 출가' 말이다. 그리고 이러한 출가의 진정한 의미와 목적은 가령, "멀리 있던 혼들도 천천히 돌아와 / 문지방에 맑은 얼굴을 비벼대는 순간"(〈닭목령 진달래〉) 같은 구절이 말해주듯이, 정신의 자기-귀환이라고나 해야 할 어떤 본래적 마음의 회복이라고 할 수 있겠다.

그렇다면 이 시집이 당도하고자 하는 정신의 여정의 목적지는 정신과 자연의 진정한 화해, 마음과 몸의 진정한 융합에 있다고 말해야 하리라. 이러한 마음의 풍경과 경지를 일러 시인은 다음과 같이 "무지 외로워져도 괜찮을 / 이 높이"라고 표현한다.

살집 발라내고
우울한 비계살도 잘라버리고
언뜻 삶을 멈춘 느릅나무
단풍 진 그 자리에서
한번쯤, 딱 한번쯤
제정신 데리고 놀다가
첫서리에 소스라치며
그마저 놓아주고
무지 외로워져도 괜찮을
이 높이

— 〈북대령〉 전문

이 시집에 자주 등장하는 "끝까지 가보자, 끝까지"(《북대령에 서다》) 같은 극단적이거나 극한적인 언어적 표현은 이러한 정신의 높이를 강조하기 위한 수사적 표현으로 읽혀야 한다. 흥미로운 것은 이 마음의 출가의 끝자리에는 언제나 또한 자연이 자리하고 있다는 점이다. 마음의 출가의 근원적인 목적지가 또한 자연/몸이라는 뜻이겠다. 이러한 정신적 상태의 객관적 상관물로서의 자연, 혹은 몸과 마음의 온전한 합일태로서의 자연을 일러 시인은 '무삭제 원본'(《북대령에 서다》) 혹은 그냥 '원본'(《닭목령 진달래》)이라고 부른다. 그리고 이 무삭제 원본으로서의 자연이야말로 바로 박세현의 시 세계가 궁극적으로 도달하고자 했던 마음의 근원이자 귀결이라고 해야 한다. 왜냐하면 이 자연은 물론, "내 안에 내가 너무도 무성해 / 나를 비켜가기 아직도 분주하다"(〈미황사에 간 까닭은〉)는, 시인의 참된 자아 찾기의 또 다른 이름이기 때문이다. 그래서 우리는 시인이 말하는 무삭제 원본으로서의 자연nature을 또한 인간 존재 안에 있는 자연으로서의 본성nature이라고 고쳐 부를 수도 있다. 참된 자아 혹은 무삭제 원본으로서의 자연은 모든 '헛짓'(〈헛짓〉)과 '헛바람'(〈태풍을 기다리는 밤〉)과 '헛꽃'(〈원주에서 보낸 칠년〉)으로부터 해방된 세계일 것이다. '헛-'이라는 접두어가 붙은 모든 사태들은 박세현의 시세계에서 이 같은 참된 자아 찾기로서의 출가를 가능케 한 무상한 현실의 단면들을 보여준다. 이러한 거짓 현실을 두고 시인은 "누구에게나 믿고 싶지 않은 불치의 현실이 / 있는 거 아니겠는가"(〈쓰리시즌〉)라고 말한 바 있다. 그리고 '헛-'이라는 접두어로 지시되는 이 불치의 현실이 아마도 다음과 같은 끔찍한 '어떤 봄밤'을 준비했으리라.

손끝이 떨리고
가슴엔 파뿌리같은 실금이 번진다

꽃 피워 본 적 없는 난초가
말라 죽은 제 이파리를 돌아보는 시간

창밖의 목련도 급히 자신을 수습하느라
좋던 꽃봉오리 몇 놓쳐버린다

격렬비열도에 잠복하고 있던 바람이

비상등을 켜고 일제히 서해를 빠져나가는 밤

11층 베란다 창을 활짝 열고
한 걸음만 내딛고 싶던

—〈어떤 봄밤〉 전문

"11층 베란다 창을 활짝 열고 / 한 걸음만 내딛고 싶던" 이 불치의 현실의 풍경을, "살면서 수납해야 할 납세의무 같은 것들 / 앞에서도 무조건 직진 / 사실 말이야 당신 그건 / 외로운 자기 방어가 아니었겠어"(〈직진〉) 같은 표현에 기대어 함께 음미해보라. 이 불치의 현실이 만들어낸 일탈의 충동과 외로운 자기 방어기제 같은 것 말이다. 그리하여 이러한 불치의 현실로부터 마음의 본래적 고향을 향한 여정이 바로 이 시집의 전체를 규정하는 정신의 풍경이 된다. 그 출가/귀향의 길에서 시인은 이제 "용서할 수 없었던 몇 가지 일들을 / 그냥 용납하기로 한다"(〈동시신호 앞에서〉)고 적는다. 정신의 원-고향 혹은 참된 마음에 도달하고자 하는 출가의 길이 이제 자연적 삶과 생명의 은총을 마음껏 향유하는 어린아이와 같은 천진성과 순수성의 차원을 새롭게 개시하게 되는 듯하다. 그것은 주체의 협소한 내부를 향한 길이 아니라 '내 바깥에 있는 나'로서의 자연과 타자들을 향해 열려 있는 길일 터이다.

마음의 출가의 종착지에서 발견될 이 자연은, 물론, 참된 자아의 객관화된 상태일 것이다. 자연과 정신은, 몸과 마음은 이렇게 박세현의 시 세계 속에서 그 근원적 동일성을 회복하는 것처럼 보인다. 사실상 이러한 정신과 자연, 마음과 몸의 근원적 동일성을 회복하고자 하는 노력은 모든 서정시가 추구하는 시적 정신의 본령이라고 할 수 있다. 그런 의미에서 박세현의 시 세계는 전통적인 서정시의 정신과 맥락 속에 온전히 거주한다고 말할 수 있다. 그러나 이러한 측면은 박세현의 시 세계를 해명하기 위한 필요조건으로 한정될 뿐이다. 사실상《사경을 헤매다》라는 시집이 갖는 진정한 시적 성취는 이 전통적인 서정시의 정신과 맥락 속에 깃든 정신과 자연의 동일성을 선취된 이념으로서 재귀적으로 확인하는 데 있지 않고, 그 동일성 속에 깃든 어떤 미세한 실존적인 긴장과 균열의 측면을 전경화하는 데 있는 것처럼 보인다.

4.

박세현의 시 세계에는 형이상학적인 초월의 의지와 평행하게 사소한 것들로 충만한 일상에 대한 비판적 재발견의 시선이 또한 자리하고 있다. "리메이크할 수 없는 생의 한 대목에 밑줄을 긋"(〈안개 낀 밤의 수암리〉)듯이 이 일상의 실존적 풍경을 꼼꼼하게 반추하고 있는 시선 속에서 저 초월의 의지는 또한 시인의 자기반성의 회로 속으로 소환되어 곧장 전복되거나 희화화되기도 한다. 말하자면《사경을 헤매다》는 일상과 초월의 긴장과 길항 속에서, 그 긴장의 지탱 속에서 직조되고 있다는 뜻이다. 이 시집에서 일상은 대개 부력/상승 이미지에 의해 조형되고 있는 반면, 초월은 길/확장의 이미지에 의해 직조되고 있다는 점은 특기할 만한 사실이다. 우리의 일반적인 원형적 심상에서는 초월이 수직의 이미지로, 일상이 수평의 이미지로 표상되기 마련인데, 박세현의 시 세계에서는 이러한 이미지의 역전과 전복이 일어나고 있는 것이다.

시인의 표상 체계에 있어서 현대적 일상의 삶은 오히려 수직적인 이미지들로 구성된다. 시집에 등장하는 시인의 주거지가 '20층

아파트'이고 그가 밥을 버는 직장의 연구실은 '11층 건물'이라는 사실에 주목하기로 하자. 이에 비해 이 시집에서 여행이나 떠남 같은 초월적 의지를 환기시키는 이미지들은 어김없이 길이나 도로(시집을 통해 보자면, 시인은 직접 자동차를 몰고 여행을 하는 것 같다)와 관련되어 있는 것이다. 이처럼 도시적 일상의 삶을 수직적 이미지로, 초월을 향한 정신적 여정을 수평적 이미지로 치환하는 것은 이 시집의 독특한 이미지 사용법에서 기인한다. 박세현의 시 세계에서 형이상학적인 초월의 의지가 그리 두드러져 보이지 않는 이유도 어쩌면 이러한 사실에서 기인할지도 모른다. 그러나 일상과 초월의 관계를 둘러싼 사태가 그렇게 단순한 것은 아니다. 왜냐하면 이 일상의 새로운 발견이 시인에게는 또 다른 초월의 한 방식이자 양상이기 때문이다. 시집의 표제시이기도 한 다음의 시를 보기로 하자.

구름들, 치악산 능선 타고 흐르던 시간에
몸을 앞세우고 구룡사에 다다르다
대웅전 섰던 자리에
저런! 한순간,
장엄스럽던 종교는 불타 버리고
불에 그을은 주춧돌만
익은 감자덩어리처럼 웅크린 채로
포복하듯이 햇살 속에 엎드려
미처 소진하지 못한 뜨거움 식히려
몸을 들썩이다
잿더미에 묻힌 풍경을 집었더니
바람소리, 무거운 쇳덩이몸을 버리고
맑은 얼굴, 느린 박자로

산문을 벗어나다

법당 어딘가를 일념으로 떠받치다

뜨거운 불 끝내 못견디고 검게

녹아버린 대못 하나

외로운 아상(我相)을 게워내고

비로소 착해진 물건을 받쳐들며

묵념에 빠지다

아랑곳없이 산으로 몰려가는

단풍객들 헤치며 하산하려니

물소리에 젖은 단풍그림자

천천히, 내 안에서 불붙기 시작하다

— 〈사경을 헤매다〉 전문

전체 24행으로 이루어진 시의 첫 두 행은 어떤 사실에 대한 단순한 서술로 도입부를 이루고 있는 것처럼 보이지만, 사실상 이 시 전체를 규정할 만한 암시적인 두 개의 이미지를 미리 등장시키고 있다. 여기에서 '구름'과 '몸'의 이미지는, 위상학적으로 말하자면, 초월의 수직성과 일상의 수평성의 대립을 미리 암시하기 위한 장치로 작동하고 있다. 이어지는 3행부터 10행까지의 전반부는 이 같은 수식성과 수평성의 대립과 긴장이 세부적으로 묘사된다. "장엄스럽던 종교"의 수직적 초월성이 불타버리고, 주춧돌만 "익은 감자덩어리처럼 웅그린 채 / 포복하듯이" 엎드려 있는 수평적 일상성이 긴장 속에서 대립하고 있는 것이다. 왜냐하면 수평적 이미지를 대변하고 있는 이 주춧돌 역시 아직은 "미처 소진하지 못한 뜨거움" 때문에 완전히 수평성의 차원으로 이동한 것은 아니기 때문이다. 이어지는 중반부의 11행부터 20행까지의 묘사에서는 이제 수평적인 이미지가 수직적인 이미지에 대해 전적으로 승리를 거두고 있음이 확인된다. "잿더미에 묻힌 풍경"과 "녹아버린 대못 하나"는 초월적 수직성을 완전히 잠재우고("묵념에 빠지다"라는 구절을 주목하라) 온전히 수평성의 차원으로만 환원된 상징적 이미지이다.

그러나 이 시의 진정한 매력은 21행부터 24행까지 시의 후반부를 이루는 마지막 네 행에 있다. 그리고 사실상 에필로그처럼 덧붙여진 것으로 보일 수도 있을 이 네 행이 없었더라면, 이 시는 박세현의 시 세계가 지니고 있는 독자적인 매력을 부각시키지 못한 채 평범한 풍경시로 전락했을 것이다. 마지막 네 행은 왜 이 시인의 시 세계에서 수직성/초월성과 수평성/일상성이라는 일반적 도식이 수직성/일상성과 수평성/초월성이라는 방식으로 전복됨으로써 일상과 초월의 긴장관계가 새로운 지평에서 형성되고 있는지를 알려주는 중요한 단서가 되는 구절이다. "아랑곳없이 산으로 몰려가는 단풍객"은 산이 지니고 있는 수직적인 이미지 때문에 초월성의 상징으로 보는 일반적 도식을 무화시켜 오히려 이 수직성이 일상성에 지나지 않음을 보여준다. '몰려가는'이라는 집단적 행위와 '단풍객'이라는 방관적인 관람행위자로 인해 수직적인 산의 이미지는 이제 오히려 일상성의 상징으로 변하는 것이다. 반면, 하산하고 있는 시인 자신의 내부에서야말로 "물소리에 젖은 단풍그림자"가 바야흐로 "불붙기 시작"한다고 시인은 노래한다. 말하자면 진정한 초월("불붙는"이라는 표현의 위상학적 가치에 주목하기로 하자)이란 산으로 오르는 수직성의 차원에서가 아니라 물소리가 암시하는 수평성의 차원에서야 비로소 이루어진다는 것이다. 이처럼 박세현의 시 세계에서 초월의 의지는 수직의 차원을 갖는 것이 아니라 수평의 차원에서 이루어지고 있다는 사실은 새삼 강조될 필요가 있다.

왜냐하면 이러한 초월의 의지는 일상과 삶 바깥을 향하는 것이 아니라 일상의 삶 속에서 작동하고 있는 것이기 때문이다. 이 일상적인, 그러나 또한 초월적인 삶과 생명에 대한 찬미로서 다음과 같은 표현보다 더 적절한 표현이 있을까 싶다. "터져라 봄이여 / 고름덩이같은 삶의 황홀한 체중을 / 어떻게 다이어트하랴?"(〈나가는 길〉).

5.

《사경을 헤매다》의 정신적 뿌리는 근본적으로 불교적인 세계관에 의존하고 있는 것처럼 보인다. '출가'(〈출가〉)나 '피안'(〈가을날〉 〈가슴 한 장 뜯겨나가는〉) 혹은 '방생'(〈서강의 가을 둑방〉), '묵언'(〈너무 많이 속고 살았어〉) 같은 용어법이 그렇고, "덧없는, 시간 타는 냄새"(〈생은 무의미하다〉) 같은 시간관이 또한 그렇다. 그리고 "황사가 입안 가득 치고 들어와 고였음 / 봄의 속살이 잘근잘근 씹힘 / 어떤가, 이 봄맛"(〈42번 국도 위의 생〉) 같은 표현에서 드러나듯이 모래알을 씹는 것 같은 씁쓸한 생에 대한 관점 역시 그러하다. 그러나 이러한 불교적 세계관을 담고 있는 이 시집의 언어적 형식은 해학적인 풍자나 역설 혹은 위트와 유머 같은 날카로운 이성적 수사학의 의장을 걸치고 있다는 점은 주목되어야 한다. 가령, "서울에 살면 그냥 철학자가 되는데 / 오사카에선 거리에 나서야 철학자가 되는 모양 / 신음할 때 내쉬었던 숨이 돌아오지 않는다"(〈오사카 심경(心經)〉) 같은 구절이나 "저럴 수가, 하는 심정이 저렇게 돌아가는구나, 하는 / 초라한 역사의식으로 전환된다"(〈칼국수를 빌어서〉) 같은 구절에서 드러나는 풍자적 표현, "거실을 횡단하던 바퀴벌레가 / 달빛에 걸려 오래 헛바퀴를 돈다"(〈선잠을 깨고 나니〉) 같은 구절의 익살스러운 말장난pun, 혹은 "배지 않은 애를 낳을려고 힘쓰는 폼이 / 숫제 몸

부림이지 / 이게 바로 생지랄이지, 딴게 있겠어"(〈시는 무슨 시〉)나 "저 유혹에 끌려 또 한 해를 져버려?"(〈12월〉) 같은 구절이 보여주는 자기-비판적이면서도 해학적인 표현 등이 그렇다. 좀더 분명하게 시의 내용과 형식에서의 이러한 차이를 알고 싶다면 "덧없는, 시간 타는 냄새"와 "그래도, 그래서 삶은 두근거림의 총화"(〈삶은 두근거림의 총화〉) 같은 표현을 함께 읽으면서 대조해보라. 세부적인 면에 있어서의 불교적인 허무주의적 세계관은 이렇게 실존적인 삶의 순간들의 긍정과 맞물리고 있는 것이다. 언어를 넘어선 삶과 언어를 통한 삶은 박세현의 시에서 그러므로 둘이 아니다. 왜냐하면 "삶은 두근거림의 총화"인 동시에 "삶은 언어의 총화"이기 때문이다.

박세현의 시에는 어떠한 종류의 난해한 상징이나 과도한 비유적 이미지도 등장하지 않고 또 리듬의 운용이나 문장의 호흡에 있어서도 어떤 기발한 실험적 면모도 보여주지 않기 때문에, 평이하면서도 쉽게 읽히는 특징이 있다. 단순하면서도 사태의 실상에 도달하는 곧은 힘이 내장된 시 언어들의 천진난만한 표정과 리듬 속에는 저 형이상학적인 초월의 의지와 일상의 실존적 삶 사이에 내재된 불화와 긴장이 더없이 명료하게 포착되어 있는 것이다. 무엇보다도 박세현의 시 세계를 더욱 매력적으로 만드는 것은 시인의 정신을 이 단순한 힘과 아름다움에 도달하게 만든 깊은 자기성찰과 일상에 대한 반성의 태도에 있는 것처럼 보인다. 이 절제된 자기성찰과 반성의 힘이 내면에 깊은 자연 친화력과 종교적 성향을 지니고 있는 시인으로 하여금 그 어떤 휘발성의 초월로도 인도하지 않고, 오히려 이 누추하고도 신산한 일상과 삶을 지극히 인간적인 시선으로 껴안게 만든다. 시집의 저변을 관류하는 풍자와 위트와 유머의 정신은 바로 이러한 삶의 긍정성의 한 형식일 터이다.

이러한 형식으로 말미암아 일상의 바깥으로 휘발하려는 공허한 초월성의 부정적 계기는 일상성을 전복하는 긍정적인 전화의 토대를 마련하게 되고, 또 초월의 통로가 차단된 맹목적인 일상성의 부정적 계기 역시 초월성의 빛 속에서 긍정적으로 재조명될 수 있었을 것이다. 그러나 이 모든 긍정성 속에서도 자기비판과 성찰의 시선을 담보하고 있는 정신은 이미 그 자체로 일상 속에서의 초월을, 또한 '일상적 초월'을 성취한 정신이라고 말해야 하리라. 이 일상적 초월의 정신은 곤핍한 실존적 삶과 불치의 현실을 희화화하고 풍자적으로 비판하면서도 끝내는 그것을 사랑할 수밖에 없는 크나큰 긍정의 정신이다. 깊지만 어둡지 않고, 유쾌하지만 가볍지는 않은 박세현의 시 세계가 지니고 있는 뛰어난 미덕은 바로 이 정신 속에 자리한다.

'잠자는 밤'을 깨우는 '꿈꾸는 밤'의 고독

— 남진우의 시들

남진우의 시 세계는 '삶'이라는 텍스트를 해독하고자 하는 의욕에 찬 모험의 기록으로 자리한다. 그러나 시인의 시 세계에서 이 삶은 단순히 삶으로서만 해독되지 않는 어떤 모호한 겹이나, 아마도 부재한다고 밖에는 말할 수 없는 어떤 층들로 이루어져 있는 것처럼 보인다. 말하자면 '삶'은 그 자체로는 해독될 수 없는 하나의 수수께끼같이 우리에게 부과되어 있다는 것이다. 그렇다면 이 불가해한 삶이라는 텍스트가 그려내는 풍경의 저 부재하는 실재란 무엇인가? 여기에서 '등기되지 않는' '미지의 세계 저편'(《꿈》)의 영역을 탐색하려는 시인의 모험적인 시도는 마치 블랑쇼M. Blanchot가 '오르페우스의 시선'이라고 불렀음직한 그런 시선을 보여주게 된다. 저 모호한, 부재하는 실재의 겹과 층들을 탐색하기 위해 시인이 즐겨 다루는 모티프들은 어둠과 고독과 죽음이라는 초기 낭만주의 문학 프로그램의 핵심적인 모티프들과 공유된다. 우리는 이 모티프들을 관류하는 하나의 일관된 흐름을 발견할 수 있는데, 그것은 무엇보다도 근대적

'주체' 개념에 대한 회의와 부정의 시선일 듯하다. 왜냐하면 서로 친족 관계에 있는 이 모티프들은 공통적으로 의식하는 존재로서의 주체의 자기동일성의 계기들이 부서지는 어떤 지점을 지시하고 있기 때문이다. 어둠은 의식과 이성의 빛이 투과할 수 없는 비가시적인 존재 바깥의 지평을 열어 놓고, 고독은 존재의 결핍이라는 사태를 불러오며, 죽음은 저 부재하는 현존을 현실화시킨다. 말하자면 이 모티프들은 주체의 자기동일성이 흔들리고 깨어지는 기제로 작용한다는 것이다. 그러므로 '삶'을 해독하고자 하는 남진우의 시 세계에서는 우선 존재론적 특성이 강하게 부각된다. 시인의 오르페우스적 시선은 이 삶의 비의를 간직하고 있을 공간으로서 주체와 타자, 의식과 무의식, 존재와 생성, 삶과 죽음의 경계를 투시한다.

1996년 가을에 나온 두 번째 시집 《죽은 자를 위한 기도》의 맨 앞쪽에 배치된, 따라서 그 시집의 '서시序詩'에나 해당될 성싶은 〈가시〉라는 시는 남진우의 시 세계가 그려보이는 저 경계의 풍경을 단적으로 드러내준다.

물고기는 제 몸 속의 자디잔 가시를 다소곳이 숨기고
오늘도 물 속을 우아하게 유영한다
제 살 속에서 한시도 쉬지 않고 저를 찌르는
날카로운 가시를 짐짓 무시하고
물고기는 오늘도 물 속에서 평안하다
이윽고 그물에 걸린 물고기가 사납게 퍼덕이며
곤곤한 불과 바람의 길을 거쳐 식탁 위에 버려질 때
가시는 비로소 물고기의 온몸을 산산이 찢어 헤치고
눈부신 빛 아래 선연히 자신을 드러낸다

— 《죽은 자를 위한 기도》, 〈가시〉 전문

시인은 아마도 삶과 생명의 현존 속에 뿌리내리고 있는 어떤 부재하는 것의 인자라고나 할 수 있을 저 '날카로운 가시'야말로 물고기라는 존재의 현존을 지탱시키는 가장 핵심적인 뼈대를 구성하고 있음을 통찰해낸다. 존재가 존재인 한, 다시 말해 이 물고기가 아직 생명을 유지하고 있는 한, 저 가시로 상징되는 부재의 현존은 존재에게는 아직 현실화되지 않은 하나의 가능성으로만 존재할 것이다. 말하자면 "눈부신 빛 아래 선연히 자신을 드러내"기 전까지 저 가시는 '부재하는 현존'으로 자리하지만, 제 자신을 온전히 드러낼 때 그것은 '현존하는 부재'의 자리가 될 것이라는 뜻이다. 왜냐하면 저 부재의 현존이 자신을 현실화한다면 그곳에는 이제껏 생명을 지탱해왔던 물고기의 존재가 더 이상 현존하지 않을 것이기 때문이다. 그러나 동시에 이 부재의 현존의 가능성이야말로 저 존재의 현실성을 이루는 가장 중요한 토대가 된다. 부재하는 현존은 현존하는 부재로 이행할 가능성이며, 현존하는 부재는 부재하는 현존의 현실성이다. 저 부재하는 현존이자 현존하는 부재로서의 죽음을 '불가능성의 가능성'이라고 말했던 이는 아마도 레비나스E. Levinas였을 것이다. 그렇다면 차라리 이렇게 말해야 하리라. 삶은 죽음으로부터 존재하고 죽음은 삶으로부터 존재한다고. 삶과 죽음, 존재와 부재의 이 아이러니한 모순어법oxymoron이 남진우 시 세계의 존재론적 풍경을 구성하게 된다. 그것은 부재와 현존의 대위법이 이루는 하나의 교향곡으로 내게는 다가온다.

두 번째 시집을 낸 후 4년이 지난 2000년 여름에 나온 세 번째 시집 《타오르는 책》이 구성하는 시 세계도 이러한 두 번째 시집의 자장에서 멀리 벗어나 있지 않다. 시인은 이 시집의 모티프들을 전체적으로 통괄할 만한 '달팽이'에 관한 시들에서 다음과 같이 노래했던 것이다.

벽돌담을 타오르는 초록 달팽이
담쟁이덩굴이 뻗어나간다 무더운 여름의
무서운 초록 끈적이는 초록 달팽이의 길

(…중략…)

기다려라 기다려
내 시선이 머무는 곳 어디서나 달팽이가 웅크리고 있으니
죽음의 습기를 내뿜는 저들이
담장 속으로 스며 사라지기까지
나는 잠자코 지켜볼 뿐

—《타오르는 책》, 〈초록 달팽이의 길〉 부분

빛과 어둠의 경계선에서 그는 움직인다
여름밤 풀밭 사이로 난 오솔길을 가로질러
눅눅한 대기를 밀고 나아가는 달팽이 한 마리
짧은 뿔로 어둠을 휘저으며 그는 지금
아득한 전생의 바다를 건너고 있다
비에 젖은 잎사귀들이 그 앞에 있다
그는 나아가는 것일까 아니면 끌려가는 것일까
바람이 불어도 그의 긴 항해는 끝나지 않는다
그의 고독은 그의 무기
안정된 것은 어둠뿐이다
그가 지나가고 있기에 모든 것이 흔들리고 녹아 없어진다
빛과 어둠의 경계선에서 그는 꿈틀거린다
보라, 그의 뿔이 말해주는 것을
그는 이제 지상에 있지 않다

저 은하계 저 편 별과 별 사이
짧은 뿔을 흔들며 나아가고 있다

—〈은빛 달팽이의 추적〉 전문

앞의 시에서도 우리는 삶과 죽음, 존재와 부재의 대위법이라고 부를 만한 동일한 사태를 확인하게 된다. 무엇보다도 먼저 "벽돌담을 타오르는 초록 달팽이"는 '무더운 여름'에 '무서운 초록'으로 불타오르는 자연의 생명력의 상징으로 자리한다. 그러나 동시에 이 초록 달팽이는 "죽음의 습기를 내뿜는", 말하자면 죽음과 파괴력의 상징이기도 하다. 그런 의미에서 벽돌담을 '타오르는' 달팽이는 중의적 은유이다. 이 '타오르는' 담쟁이덩굴로서의 달팽이는 벽돌담을 '기어오르는' 초록 생명력의 발현을 보여주는 동시에, 그 생명력이 '소진되어 가는' 붉은 파괴력의 진행을 보여주고 있다는 것이다. '타오르는' 초록은 동시에 '사라지는' 붉음이다. '붉은' 불과 '푸른' 초록은 양성일체이다. 타오르는 붉음 자체는 사라지는 푸름이며, 타오르는 푸름 자체가 곧 사라지는 붉음이다. 바타이유 G. Bataille의 은유를 빌리자면, 불꽃이 살아있음은 곧 불꽃이 죽어가고 있음을 말하는 것이다. 불꽃은 자신의 육신을 태워 얻는 생명이다. 그러므로 불의 생명은 곧 불의 죽음, 불은 그 죽음으로 살아있으며, 그 생명으로 소진해간다. 삶과 죽음, 존재와 부재는 이렇듯 양성일체의 한 몸으로 서로 얽혀 있다. 남진우의 시 세계는 이러한 삶과 죽음의 동역학적 구조를 탐색한다. 이 구조는, 당연히, 정태적인 존재론이 아니라 생성론의 관점에서 그려져야 함은 물론이겠다. 그러므로 시인의 시 세계는 언제나 새롭게 생성되는 저 경계의 가장자리를 풍경화한다. 시인은 "빛과 어둠의 경계선에서" 움직인다. 그 경계선의 가장자리를 넘나드는 상징적 상상력과, 그 경계에서 얽히는 삶과 죽음의 비의를 놀랍도록 차분하게 응시하는 시선의 깊이가 남진우의 시 세계를 매혹의 공간으로 만드는 힘이 된다.

하루의 소란이 다 저물고 난 뒤
깊은 밤이 찾아오면 조가비는 비로소 입을 열어
밤하늘 가득 맺힌 물방울 같은 별들을
제 속으로 빨아들인다

—〈오래된 정원〉 부분

남진우의 시 세계를 구성하는 어둠과 고독과 죽음이라는 핵심적인 모티프들은 공통적으로 '밤'의 이미지로 수렴될 수 있다. 그렇다면 '비로소 입을 열어' "물방울 같은 별들을 / 제 속으로 빨아들"이는, 한없이 낯설고 모호하기만 한 이 '밤'의 이미지가 함축하고 있는 바는 무엇인가? 존재론적인 측면에서 말하자면, 낮이란 의식과 이성의 빛에 의한 세계의 절대적인 지배권이 아직 가능한 시간이다. 그러나 낮 동안에 주체에게 가능했던 모든 일들이 밤의 어둠과 더불어 흔적도 없이 사라지게 된다. 단적으로 말해서 밤은 낮을 지워 없앤다. 밤은 '모든 것이 사라져버렸음'의 출현을, 말하자면 '현존하는 부재'의 가능성이 '부재하는 현존'의 현실성으로 변모되는 시간이다. 이러한 어둠의 밤은 낮의 세계를 지배하는 주체의 지배권에 대해 두 가지의 양상으로 분화되어 반응한다. 그것은 잠으로 이루어지는 '잠자는 밤'과 불면으로 이루어지는 '꿈꾸는 밤'이라는 갈래를 만들어낸다.

일상의 밤은 물론 잠으로 이루어지는 '잠자는 밤'이다. 이러한 의미에서의 밤은 무엇보다도 휴식과 주체의 자기동일성으로의 귀환의 장소가 된다. 왜냐하면 잠을 잔다는 것은 바로 내가 머무르는 거처가 곧 나의 존재라는 사실을 의미하기 때문이다. 이 잠자는 밤은 낮의 연장이 될 것이다. 이 밤은 낮에 대한 예감이다. 모든 것은 이 잠자는 밤 속에서 끝나지만, 그러나 그렇기 때문에 또한 낮이 있는 것이다. 잠자는 밤을 통해서 의식은 의식으로, 주체는 주체로, 낮은 낮으로 되돌아 올 수 있는 가능성을 확보하게 된다. 의식을 일러 '잠들 수 있는 가능성'이라고 말한 레비나스의 관점이 바로 그 지점을 정확히 관통하고 있다. 블랑쇼는 그의 《문학의 공간》에서 이와 동일한 목소리로 다음과 같이 말한 바 있다. "잠은 이 세상에 대한 무관심, 이 세상을 부정한다. 그러나 이 부정은 우리를 세계 속에 보존해주는 것이며, 이 세계를 긍정하는 부정이다". 결국 잠은 밤을 낮의 연속선상에 위치시키는 것이다.

> 무심히 쏟아져 내리는 비의 방울들
> 문살 그림자 어른거리는 내 잠자리까지 튀어 오고
> 돌아눕는 내 등뼈를 타고 흐르는 차고 맑은 슬픔
> 채찍처럼 온몸을 휘감아오르는 버드나무 잎의 생생한 빛깔을 꿈꾸며
> 나는 긴 밤 빗소리를 견디고 있다
>
> —〈오래된 정원〉 부분

그러나 이 시에서처럼 '빗소리를 견디며' '돌아눕는', 말하자면 잠들지 못하는 불면의 밤 또는 '꿈꾸는 밤'이라면 문제는 달라진다. 이 꿈꾸는 밤은 저 잠자는 일상의 밤을 어떤 또 다른 밤, 말하자면 '텅 빈' 밤으로 이전시킨다. 이 텅 빈 밤은 잠으로 충만한 밤

이 아니라 불면과 꿈으로 낯설게 된 밤이다. 융C. G. Jung이 말하는 밤이 바로 이러한 밤이다. 이 밤에 드러나는 것은 모든 것이 사라짐 속에서 모습을 드러내는 밤이다. 이 밤은 잠에 의해 휴식을 취할 수 있는 밤이 아니다. 그것은 밤이 되는 낮이며 밤 속에 세워지는 낮이다. 그러나 이 또 다른 밤이야말로 차라리 밤의 본질에 가깝다. 왜냐하면 밤의 본질은 우리로 하여금 잠들게 내버려두지 않는다는 데에 있기 때문이다. 《문학의 공간》의 저자는 다음과 같이 말한다. "꿈꾸는 자는 잔다. 그러나 꿈꾸는 자, 그는 이미 잠자는 자가 아니다. 그렇다고 그가 다른 자, 다른 사람인 것은 아니다. 이것은 타자에 대한 예감, 더 이상 나라고 말할 수 없는 것, 자기 자신 앞에서도 타자 안에서도 자기임을 인정할 수 없는 것에 대한 예감이다". 남진우의 시 세계가 노래하는 어둠의 밤은 이렇게 잠들 수 없는 불면의 밤, 꿈꾸는 밤이다.

휘어진 가지마다
붉게 익은 심장이 마악 솟아오른 아침햇살을 받아 번득이고
어둠에서 풀려나온 잎사귀 끝에 물방울이 후두둑 내 이마위로 떨어져 내렸다
어디에도 과수원지기는 보이지 않았다
반쯤 무너진 황폐한 돌담 옆으로
저 멀리 소실점을 향해 늘어서 있는 사과나무들
거기 두근두근 열린 태양의 과실들

(…중략…)

그 새벽 내가 서 있는 곳은

우물가였다 나는 마른 우물 바닥 저 밑에서 홀로
붉게 빛나는 것을 내려다보고 있었다

— 〈꿈〉 부분

'붉게 익은 심장'과 '태양의 과실'을 꿈꾸는 밤은 더 이상 낮의 연장선에 있는 밤이 아니라 밤 속에 세워지는 낮이다. 잠들지 못하는 이 불면의 밤, 잠을 통해 의식이 비로소 자신으로, 주체가 주체로 되돌아가는 그런 계기가 되지 않는 이 꿈꾸는 밤이 만들어내는 것은 그러므로 절대적인 고독의 경험이다. 주체는 무엇보다도 먼저 존재를 자신의 것으로 소유함으로써 주체가 된다. 말하자면 의식의 빛은 세계의 전체를 관통한다는 것이다. 주체에게 있어서 이 의식 바깥의 세계는 따로 존재하지 않는다. 왜냐하면 그것에게 있어서 세계는 바로 의식하는 나에 지나지 않기 때문이다. 그러나 잠들지 못하는 이 불면의 밤, 꿈꾸는 밤을 통해 저 세계가, 아니 나의 존재 자체가 내게는 불현듯 낯선 것이 된다. 정확히 말하자면, 모든 것을 소유하는 전능성이자 모든 것의 가능성인 주체에게 불현듯 어떤 절대적으로 낯선 것이 출현하게 된다는 것이다. 꿈꾸는 밤은 저 낯선 것, 말하자면 '또 다른 나'라는 유령이 출몰하는 밤이다.

첫눈 내리는 저녁
집은 고요하다 가끔씩 울리다 그치는 전화 벨소리
거실의 창 너머 파도 부서지는 소리와 함께
떼지어 다시는 바람, 개들이 짖는다
내 시선이 미치지 못하는 지평선 너머 먼 마을에서
지금 마악 한 아이가 태어나고 있다
두 손을 움켜쥔 채 유성처럼 떨어져 내리며 아이는

막막한 어둠을 건너

나를 보고 있다

— 〈눈 내리는 날〉 부분

'가끔씩 울리다 그치는 전화 벨소리'와 '창 너머 파도 부서지는 소리', '바람, 개들이 짖는' 소리로 요란해야 할 것 같은 이 밤의 풍경은, 그러나 역설적으로 극단적인 적요함과 고적함의 상태를 만들어내고 있다. 저 바깥세상의 모든 소리는 '창'으로 차단되어 있을 뿐만 아니라 또한 '첫눈 내리는 저녁'이라는 이미지에 의해 제 기능을 차단당한 채(모든 눈은 소리 없이 내리는 법이다), 시인은 저 '고요한' 집의 풍경을 "이제 깊은 밤 홀로 일어나 유리창 옆에 서서 / 찻주전자 물 끓는 소리를 들어야 할 시절"과 "달이 없는 하늘을 향해 날아가는 검은 새들"이라는 절대적인 고독의 이미지로 조형해 낸다. 이 고독의 이미지는 이어지는 '지평선 너머 먼 마을'에서 '두 손을 움켜쥔 채 유성처럼 떨어져 내리'는 아이의 출현과 '막막한 어둠'이라는 표현으로 인해 주체의 분열을 낳게 된다. 여기에서 고독이란 주체가 자신을 상실하는 경험을 말한다. "내가 홀로 외로울 때, 거기 있는 것은 내가 아니다"라고 말한 이는 블랑쇼였다. 고독 속에서 나는 더 이상 주체로서의 내가 아니다. 왜냐하면 주체란 모든 절대적인 가능성의 다른 이름이기 때문이다. 그러나 고독은 이 주체의 한계 상황에 대한 경험을 지시한다. 고독 속에서 나는 더 이상 아무것도 할 수 없는 절대적인 불가능성의 경험을 선취한다. 그 속에서 주체는 자신의 존재를 전체적으로 소유할 수 있는 모든 가능성으로서의 주체가 아니다. 그는 자기 바깥으로 소외된, 말하자면 타자가 된 주체, 주체 바깥의 주체이다. 이 불가능성의 경험이 고독이라는 사태의 본질을 이룬다.

한때 그녀의 사랑을 듬뿍 받았던
내 얼굴이 바닥에 흩어져 나뒹군다
잠시 방구석에 쭈그리고 앉아 울다가
다른 화분에 내 머리를 주워 담는다
온통 멍든 얼굴로 나는 다시 한사코 꽃을 피워 올린다

—〈연가〉 부분

모든 존재가 지닐 수밖에 없는 세계에 대한 낯섬과 고독을 노래하고 있는 이 시는 남진우 시 세계의 한 핵심적인 풍경을 이룬다. "온통 멍든 얼굴로 나는 다시 한사코 꽃을 피워 올린다"는 이 처절하고도 필사적인 몸짓은 고독의 그것이라고 밖에는 달리 말할 수 없다. 고독은 존재의 결핍 상태를 지시한다. 말하자면 "나는 존재한다"라고 느끼는 고독은 그러한 자기 주장의 토대가 무임을 발견한다는 것이다. 왜냐하면 고독이란, 다시 블랑쇼의 말을 빌리자면, 주체로서의 존재의 "주도권이 가능하지 않는 시간"이며 '시간의 부재'의 상태이기 때문이다. 고독 속에서 나는 주체로서의 내가 아니다. 나라는 주체 대신에 타자가 출현하는 시간, 또는 주체가 스스로를 타자로 경험하는 상태가 고독이다. 존재의 본질 그것은 존재가 결핍된 곳에 아직도 남아 존재하는 어떤 것이라는 말이다. 우리는 존재의 결핍 상태에서 드러나는 이 존재의 본질을 '부재의 현존'이라고 말할 수 있다. 왜냐하면 그곳에서 주체는 더 이상 주체로 남아있을 수 없기 때문이다. '꿈꾸는 밤'의 본질은 이렇듯 고독 속에서 자신을 실현하는 것처럼 보인다.

주체이면서 동시에 주체가 아닌 고독의 경험은 삶과 죽음, 존재와 부재의 경계에 대한 경험의 다른 이름이다. 시인의 최근 시들에서 '마악'이나 '잠시', '한때', '비로소'라는 부사어의 사용이 빈번하게 등장하는 것도 바로 이러한 경계에 선 자의 시선과 무관하지 않은 것으로 보인다. 그것들은 저 경계가 일시적인 동요를 겪는 한 순간의 풍경을 보여주며 그 경계가 고정된 것이 아니라 언제나 유동적인 것임을 말해준다. 이러한 경계나 한계에 선 상황의 풍경은 내용적으로는 근작시의 매 편마다에서 발견될 정도로 빈번하게 등장한다. 가령 '육지의 끝', '썰물 진 바닷가에', '하루의 소란이 다 저물고 난 뒤'(〈몽 생 미셸〉), '저 멀리 소실점을 향해 늘어서 있는 사과나무들', '마른 우물 바닥 저 밑에서'(〈꿈〉), '등기되지 않는 죽음의 막막한 퇴적물', '내가 가진 여권으로는 통과되지 않는 미지의 세계 저편에서'(〈카타콤〉), '어디에도 갈 곳은 없다', '아이의 마지막 눈빛이 와 닿는다'(〈눈 내리는 날〉), '그 울음 다 그치기 전'(〈오래된 정원〉), '붙박힌 자의 유랑 세월은 끝없다'(〈연가〉) 같은 구절들이 그렇다. 그러나 저 끝은 동시에 시작의 자리이기도 하다. 이렇듯 존재는 부재와 한몸으로 공존한다.

(보유)

불과 재로서의 텍스트

— 남진우 시집《타오르는 책》

두 번째 시집《죽은 자를 위한 기도》의 자장에서 그다지 멀리 벗어나 있지 않은, 시인의 세 번째 시집이 될《타오르는 책》은 어둠과 고독과 죽음이라는, 젊은 낭만주의 문학 프로그램의 핵심적인 모티프들을 공유하고 있다. 그리고 이 모티프들을 관류하는 하나의 일관된 흐름, 말하자면 우리가 주제라고도 부를 수 있는 것은 독일 관념론을 통해 그 확고한 철학적 토대를 부여받은 바 있는 '의식하는 주체'로서의 존재론에 대한 회의와 부정의 시선일 듯하다. 그러므로 무엇보다도 남진우의 시들은 또한 존재의 내부와 외부의 풍경을 탐사하는 존재론적 성격이 두드러진다. 초기의 젊은 낭만주의자들의 후예로서 이 시인은 주체와 타자, 의식과 무의식, 존재와 생성, 삶과 죽음의 심연을 냉철한 시선으로 응시하고 있다. 이 탐사는, 물론, 시인에게 있어서는 "드러나지 않는 세계의 비밀이 담긴 (……) 은밀한 문장"을 해독하는 작업과 다르지 않다.

모든 해독 작업에는 불가피하게 텍스트가 요청된다. 시인이 해독하고자 하는 저 세계의 비밀을 담은 텍스트는 이 시집에서 '책'이라는 은유로 지시되어 있다. 달리 말해, 책이야말로 시인이 세계를 독해할 수 있는 유일한 수단으로 주어진 것이라는 말이다. 그러나 삶이라는 텍스트는 "아무리 읽어도 결코 도달할 수 없는 / 그런 세계"를 구성하고 있는 것처럼 보인다. 시인에게 있어서 하나의 텍스트로서의 책은 저 삶의 수수께끼를 해독할 수 없는, 말하자면 어떤 부재하는 실재의 참조물에 불과한 것 같다. 왜냐하면 저 텍스트는 "거두지 못한 말들을 주워 / 백지 위에 쌓"아 놓은 인공의 바벨탑에 지나지 않기 때문이다. 그렇다면 이 불가해한 텍스트가 그려내는 풍경의 저 부재하는 실재란 무엇인가? 시인은 모든 텍스트의 풍경의 배후에서 아마도 죽음이라고 부를 수 있는 어떤 실체를 상정하고 있는 것 같다. 시집에서 저 모든 수수께끼의 실마리는 죽음이라는 어떤 '투명한' 실체(이 어둠의 시인은 '환한 죽음'이라고 노래한다)에 뿌리를 두고 있지만, 그 실체는 삶에서 언제나 부재하는 것으로만 현상할 뿐이다. 삶이라는 텍스트가 그려내 보이는 저 풍경의, "그 끝없는 말의 거미줄을 헤치고 나아가다 보면 / 나는 어느덧 살진 거미 앞에 서 있"게 된다는 것이다. 그렇다면 세계의 비밀을 담고 있을 텍스트를 읽는 행위의 주체는 '나'라기보다는, 거꾸로, 저 '살진 거미'라고 말하는 편이 차라리 옳겠다. 왜냐하면 나라는 주체가 그것을 향해 나아가고 있는 것이 아니라 그것에 의해 내가 끌려가는 것이기 때문이다.

이 텍스트-존재론에 의하면 모든 존재는 고독을 자신의 존립 근거로 삼고 있는 듯이 보인다. 시인은 "우리는 모두 외롭다"고, "도처가 절벽이다"고 노래한다. 시집에서 이 고독의 사태는 '먼지'

와 '모래'와 '불면'의 이미지로 조형되어 있다. 그리고 이 고독으로부터 필연적으로 고통이 연유한다(시인은 "사막이 운다"고 말한다). 왜냐하면 존재자가 고통스러운 것은 자신의 고독을 해소하고 위로받을 타자를 자신의 바깥에 달리 가질 수 없기 때문이다. 말하자면, 이 고독의 해소불가능성 자체가 고통이라는 말에 다름 아니다. 이 '어찌할 수 없음'의 고통의 사태를 통해서, 그리고 이 고통과 더불어 삶에는 부재로서만 존재하는 죽음의 그림자가 얼핏 드러날 법도 하다. 그러나 그것은 우리가 인식하거나 상상할 수 있는 모든 한계를 넘어서 있다. 그 죽음은 부재하는 실재의 실재성이고 실재하는 부재의 실재성으로 자리하고 있을 것이기 때문이다.

시인의 텍스트-존재론은 정태적인 존재의 지형학을 거부하면서 생성/소멸하는 존재의 동역학을 구성한다. "불과 함께 타오르다 불과 함께 / 몰락하는 장엄한 일생"으로서의 이 타오르는 불의 삶의 필연적인 결과는 재로 남는다. 그러므로 '타오르는 불의 책'은 동시에 '몰락하는 재의 책'이기도 하다. 저 불의 타오름과 이 재의 사라짐은 둘이 아니다. 죽음을 삶의 동력으로 삼고 삶을 죽음의 숙주로 삼는 이 사태를 시인은 이미 두번째 시집에서 '제 살을 찌르는 가시를 안고 사는 물고기'의 이미지를 통해 하나의 절창으로 노래한 적이 있다. 이번 시집의 모티프들을 전체적으로 통괄할 만한 〈초록 달팽이의 길〉이라는 시는 이러한 삶과 죽음의 동역학적 구조를 잘 보여주고 있다. 이 시에서, 무엇보다도 먼저, "벽돌담을 타오르는 초록 달팽이"는 "죽음의 습기를 내뿜는", 즉 죽음의 이미지의 상징이다. 그러나 여기에서 '타오르는'이라는 어사는 중의적이다. 이 어사는, 담을 '기어오르는'이라는 뜻으로도, 불이 '타오르는'이라는 뜻으로도 읽힐 수 있기 때문이다. 다시 말하자면, 저 파괴력을 생명력 그 자체로 이해할 수도 있다는 뜻이다. '붉은' 불과 '푸른' 초록(잎)은 양성일체이다. 타오르는 '붉음' 자체가 사라지는 '푸름'이며, 타오르는 '푸름' 자체가 사라지는 '붉음'이다. 이 역설과 중의의 은유법 속에 남진우의 시들은 자리한다. 저 은유들은 "빛과 어둠의 경계선에서 (…중략…) 움직인다". 그리고,《타오르는 책》의 놀라움은 이 경계선의 가장자리를 넘나드는 상징적 상상력과 '환한 죽음'의 수수께끼를 응시하는 웅숭깊은 시선에 있다.

서정과 해체 사이
— 정남식의 시세계

바다를 바라볼 때면
슬몃 서늘함을 갖는다
어쨌든 경계가 분명한 바다를 느끼려면
젖어야 하기 때문이다.
그걸 지우려면, 몸을 던지거나
고기를 낚고 배 타는 일밖에 없다.
— 〈시인의 말〉에서

정남식의 《철갑 고래 뱃속에서》(2005)는 언어로 표상되는 사태나 이미지들 사이의 진폭이 대단히 크고 또 말의 리듬이 급격하게 변화하기도 해 어떤 경우에는 해독하기가 난감할 정도로까지 애매하거나 난해한 말의 풍경이 펼쳐지곤 한다. 게다가 그 세계는 지향성이 다른 이질적인 두 개의 시적 의식이 혼재하고 있어서 하나의 일관된 흐름을 형성하고 있는 것처럼 보이지도 않는다. 언어의 이미지들 사이의 진폭이 크다는 것, 또한 말의 리듬이 급격한 변화를 수반한다는 것은 언어로 표상되는 하나의 사태와 또 다른 사태들 사이에 논리적 연관이 끊어진 듯한 일종의 비약과 단절이 개재해 있다는 사실을 뜻할 것이다. 또한 하나의 시집 속에 공존하는 두 개의 이질적 의식은 시적 주체의 분열과 복수성이라는 사태를 상정하게 만든다. 하기야 시라는 장르 자체가 근본적으로 감각적 이미지들의 유기적 연쇄에 의한 말의 리듬을 운명으로 삼고 있는 것이어서, 이러한 이미지들의 진폭과 리듬의 변화가 크다는 것은 그만큼 더 시인의 상상력이 역동적이라는 사실을 말해주는 것 이상이 아닐 터이다. 상상력imagination이란 바로 이미지들images의 유기적 연합nation에 다름 아니기 때문이다.

그렇기에 다른 모든 인간 정신의 능력이나 기능들과 마찬가지로 언어-논리적으로는 무질서한 듯이 보이는 상상력 속에도 또한 일종의 논리가, 즉 '이미지의 논리'라고나 부를 수 있을 어떤 감각의 논리가 작용하고 있는 것이다. 이처럼 감각적-미적 직관에 의존하는 시적 이미지의 논리는 일상어나 학문어가 사용하는 언어의 외연적/개념적denotative 층위의 관념체계와는 달리 문학에 고유한 내포적/함축적connotative 차원의 의미작용을 산출함으로써 그 구조화에 있어 일상의 언어 논리와는 질적 차별성을 갖는 것으로 보고 되고 있다. 일찍이 영미의 신비평이 제기했던 시의 애매성ambiguity에 관한 명제 역시 자연어와 달리 시어가 지니는 이 같은 고유한 감각적-미적 이미지의 논리를 염두에 둔 것일 수밖에 없을 것이다. 개념의 논리가 아니라 이미지에 의한 감각의 논리에 의존하는 시에 있어서 이 같은 애매성은 곧 문학 자체의 불완전한 운명을 말해주는 것이 아니라, 이 불가피한 숙명으로 말미암아 문학 텍스트는 일의적/폐쇄적인 의미체계로 완결되지 않고 늘 새로운 해석과 관점을 허용하는 다의적/개방적인 의미작용의 처소가 될 수 있는 것이리라. 문학 텍스트의 이해와 비이해 사이에 가로놓인 이 애매성의 차원이야말로 바로 문학의 무한한 의미-생성적 작용을 보증해주는 징표인 동시에 상상력의 역동성을 시험하는 바로미터가 된다.

시의 애매성과 다의성이 비록 일의적인 개념적 논리로 환원되지 않는다 할지라도, 그럼에도 불구하고 시 속에는 그것과는 다른 차원의 어떤 논리와 질서가 작용한다는 사실은 의심의 여지가 없다. 비록 하나의 기표가 또 다른 기표만을 지시하는 영원한 순환의 체계를 맴돈다 할지라도 문학이 언어라는 기호에 의존하지 않을 수 없는 한, 그리고 어떠한 언어도 그 지시 작용을 넘어서 그 자체로 완전히 자유롭게 존재할 수 없는 한(말라르메가 '순수시'라는 이름으로 이 불가능한 일에 도전한 예를 우리는 이미 알고 있지만), 시의 언어 역시 어쨌든 일종의 논리적 연관을 벗어날 수는 없을 것이기 때문이다. 개념에 의존하지 않고 이미지에 의존하는 이 최소한의 논리적 연관을 우리는 감각의 논리라고 불렀던 것이다. 감각aisthesis이라는 용어의 라틴어 어원은 두 개의 서로 다른 의미의 맥락을 형성한다. 하나는 인식의 능력으로 사용되는 일상의 감각을 지칭하고, 다른 하나는 관능의 능력으로 사용되는 특수한 의미의 맥락을 갖는다. 가령, 우리가 어떤 대상을 '본다'는 것은 단순히 그 대상을 시각에 의해 인식한다는 사실만을 뜻하지는 않는다. 그것은 또한 대상을 '눈으로 어루만지고 향유한다'는 뜻을 갖기도 하는 것이다. 말하자면 문학과 예술에 적용되는, 미학적으로 정위된 감각의 개념은 바로 이러한 후자의 의미에서 관능의 능력을 지칭하는 것으로 이해되어야 한다. 미적 감각은 사물이나 세계에 대한 감각적 인식에 해당되는 것이 아니라 관능적 향유와 관계된다는 뜻이다. 감각sense이라는 영어 명사가 두 개의 형용사 'sensitive'와 'sensual'을 따로 갖는 이유도 저 라틴어 어원이 지닌 숙명으로부터 기인하는 것이리라.

그러므로 문학 텍스트에 있어서 복수의 주체의 출현은 시의 결과가 아니라 바로 그 원인이 된다. 왜냐하면 단일한 주체/주어라는 관념의 상정이 개념적 논리의 필연적 귀결이라면, 이미지에 의한 관능의 능력('미적aesthetic'이라는 용어의 정확한 의미가 바로 그것일 테지만)으로서의 감각의 논리는 이 같은 유일한 주체/주어라는 관념을 파기시킬 것이기 때문이다. 관능의 능력으로서의 감각은 고정된 유일한 주체를 상정하는 것이 아니라 또 다른 주체를 해당 사태 속으로 끌어들인다. 관능의 관계 속에서 감각은 세계를 대상으로서가 아니라 또 다른 하나의 주체로 받아들이기 때문이다. 우리가 감각을 단순히 인식의 수단으로 정의할 때, 정신과 자연의 관계는 주체와 대상이라는 유아론적 틀을 넘어서지 못하게 된다. 그러나 감각이 관능의 능력으로 정의될 수 있다면, 거기에서 정신과 자연의 관계는 서로 대등한 복수의 주체로 설정될 수 있을 것이다. 왜냐하면 관능적 관계, 즉 에로티시즘에 있어서 존재의 이원성은 필연적이기 때문이다. 존재의 이원성을 상정하지 않는 에로티시즘은 불가능하다는 사실을 역설한 이는 바타이유였다. 에로티시즘의 관계 속에서 존재는 배가되는 것이다. 그러므로 정남식의 시 세계에서 복수의 주체가 출현한다는 것은 시인이 자신의 감각을 대상 인식의 도구가 아니라 또 다른 주체인 세계나 타자와 몸을 섞는 관능의 능력으로 사용하고 있음을 말해주는 것일 터이다.

정남식의 시 세계를 관류하는 핵심적인 모티프는 '바다-물고기'의 이미지이다. 간혹 이 모티프가 '하늘-새'의 이미지나 '비-나무'의 하위 계열체 이미지들로 변주되기는 하지만, 후자의 이미지들이 전자의 모티프 속에 온전히 포섭될 수 있음은 의심의 여지가 없어 보인다. 문제는 이 이미지들의 짝패가 시의 의미론적 구조를 결정짓는 방식, 즉 우리가 시의 참된 주제라고 할 만한 텍스트의 내적 조직화를 해명하는 것이리라. 정남식의 시 세계에서 바다/물의 이미지는 무엇보다도 생명력과 재생(혹은 정화)라는 원형 상징의 자장 속에 온전히 자리하고 있다. 바다로 상징되는 어떤 원초적 인 생명력과 재생을 향한 그리움, 또 그로부터 소외된 사회적-현실적 구조와 상황으로부터 발생한 슬픔의 정조가 정남식의 시 세계를 주조하는 주된 정서의 꼴이다. 그리고 이 정서가 스스로를 표현해내는 리듬의 방식에 따라서 시인의 시들은 서정과 해체의 자장 속을 왕복하는 듯하다. 저 정조들이 대개는 연시戀詩의 형식으로서 잘 조율된 리듬을 동반할 때 정남식의 시들은 단아한 서정시의 품격을 지니게 되지만, 그것이 분열적인 리듬을 갖는 언어적 실험의 형식으로 드러날 때 시인의 작품들은 전복적인 해체시의 열정을 갖는다. 정남식의 시 세계는 이 같은 서정의 인력引力과 해체의 열정이 긴장과 길항 속에서 삼투하고 있다.

서정시는 근본적으로 정신과 자연, 자아와 세계 사이의 동질적 균형 상태를 가정한다. 말하자면 자아와 세계는 서로 교환 가능한 것들이 되어 정신과 자연은 모두 주체의 자기동일성 속으로 온전히 수렴될 수 있는 것으로 상정되는 것이다. 이에 비해 해체시는 자아와 세계의 돌이킬 수 없는 균열과 불화의 의식으로부터 자신의 존재를 정립한다. 거기에서 정신과 자연은 분열되어 있으며, 이 분열이야말로 해체시가 자신의 존재 조건으로서 탐색하고 또 해체하고자 하는 지반이 되는 것이다. 정남식의 시 세계는 이 양 방향 '사이'에 존재한다. 다시 말해 시인의 시 세계는 정신과 자연의 분열을 상정한 근대Moderne 이후의 시의 운명을 가르는 분기점에서 있다는 것이다. 거기에서 시인의 의식은 근대 이전의 정신과 자연의 조화로운 통일성을 염두에 두고 있지만, 시인의 현실적인 존재의 조건은 이 통일성이 깨진 상태를 드러내게 된다. 전자에 무게가 실릴 때 정남식의 시는 그리움의 정조로 채색되고, 후자에 중심이 옮겨지면 그 세계는 슬픔의 정조로 침윤된다. 그러므로 정신과 자연의 조화로운 통일성에 대한 그리움과 그것들의 분열 의식으로부터 촉발된 슬픔은 정남식의 시 세계가 자리하고 있는 '서정과 해체 사이'가 정서적 차원으로 분화한 것이라고 볼 수 있다. 대체로 시집의 1부와 3부에 실린 시들은 시적 자아와 세계 사이의 조화로운 관계를 설정할 수 있는 서정시 계열에 속하는 반면, 2부와 4부(특히 2부가 그렇지만)의 시들은 자아와 세계 사이의 불화와 균열을 의도적으로 강조하는 해체시의 특징을 갖는 것으로 분류될 수 있다.

먼저, 서정적 지향을 갖는 계열의 시들을 살펴보기로 하자. 앞서 이미 언급했듯이 서정시에서는 주체와 대상 혹은 정신과 자연 사이의 조화로운 통일성이 사태의 핵심적인 관건이 되는데, 그러한 통일성은 대부분 교감이라는 정서의 형태에 의해 확보되는 것으로 알려져 있다. 교감sympathy이란 '정념pathos'을 '함께 한다sym'는 것을, 즉 마음을 나눈다는 것을 의미한다. 일찍이 보들레르의 '만물조응'에서 그 현대적 입지를 확보한 바 있는 이러한 정서의 형태는 현대의 모든 서정시가 추구하는 궁극적인 정신의 경지일 것이다. 정남식의 시 세계에서도 이러한 물아일체의 어떤 정신적 절정의 순간이 탁월한 절창의 노래로 불려지고 있는 경우가 드물지 않게 목격된다. 가령, 다음과 같은 시를 보기로 하자.

굴참나무 뒤로 계곡 물이 흐른다
물소리 점차 불어나고 이내 어두워졌다
큰 물소리를 귀에 베고
휴양림 산막에 누웠다

굴참나무처럼 서 있었다

소리도 없이 번개가 산 너머에서
빛을 냈다

불안한 귀로 보았다
번개 불빛에 뼈처럼 드러난 물살들
네 살이 확, 넘쳤다

—〈굴참나무 밑에서〉 전문

"소리도 없이 번개가 산 너머에서 / 빛을 냈다"는 표현은 천둥소리를 동반하지 않는 순수한, 마른 번개를 지시한다. 그것은 일체의 불순물이 게재되지 않은 순수한 빛의 세계를 상징하는 것처럼 보인다. 그 순수 절정의 순간이 바로 서정시가 목표로 하는 정점이다(〈황혼〉 같은 빼어난 시를 다시 읽어보라!). 왜냐하면 서정시는 주체로 환원되지 않는 대상 세계의 잉여를 전혀 허용하지 않기 때문이다. 서정시 속에서 대상은 주체 속에 온전히 포섭되어 순수한 자기동일성의 표상으로 환원된다. 거기에 대상의 잉여가 자리할 여지는 없다. 모든 것은 "번개 불빛에 뼈처럼 드러난 물살"처럼 주체의 자기동일성으로 남김없이 온전하게 수렴된다. 이렇게 정신과 자연은 시적 주체의 자기동일성 속에서 동질적인 균형의 상태를 회복한다. 시의 마지막 행 "네 살이 확, 넘쳤다"는 구절에 등장하는 '확'이라는 부사어의 출현에 주목하기로 하자. 그것은 일상의 정서로부터 이 같은 절정의 정서로 비약하는 어떤 순간이나 지점, 가령 비등점 같은 것을 표현하기 위해 등장한다. 이 같은 부사의 사용은 가령, "뭍것의 비린내, 화약 나는 모아지고"(〈물결〉) 같은 의미론적으로 불명확한 구절에서 드러나는 '화악'이라는 표현 속에도 등장한다. 이러한 물아일체의 교감 상태를 더욱 분명하게 드러내고 있는 것은 "불안한 귀로 보았다" 같은 공감각적 표현법이다. 공감각synesthesia은, 교감이 정념을 나누어 갖듯이, '감각esthesis'을 '함께 한다syn'는 뜻이다. 그러므로 그것은 교감과 의미론적으로 같은 층위에 자리하고 있다고 말할 수 있다. 공감각은 각각의 이질적인 감각들의 교환가능성에 근거를 두고 있다. 이질적인 감각들이 상호 교환될 수 있다면, 주체와 타자의 감각들 또한 교환되지 못할 리 없다. 따라서 공감각은 주체와 타자의 관능적 융합과 일치를 추구한다고 말할 수 있을 것이다. 보들레르가 일찍이 주목했던 이 같은 감각의 상호교환성은 정남식의 시 세계에서 주목할 만한 특징으로 자리하고 있다. 가령, "바다가 반쯤 귀를 열고 눈뜨고 있다"(〈친구〉) 같은 표현이 그러한 대표적인 예에 속할 것이다. 시인은 아예 이러한 오감의 상호 교환가능성에 대하여 "내 감각은 이미 해체되어 얼굴 속 얼의 굴, 이목구비 속에 覺자 화두로 각기 청각 시각 미각 후각으로 상호 교통하며 錯覺境에 들어가 있다"(〈굴 속에 들어가기〉)고 고백하며, 이러한 상태를 일러 '초감각한 선경'이라고 명명했던 터이다.

정신과 자연이 일체가 된 교감의 상태를 상징하는 매개체는 대부분 정남식의 시에서 '바다/물'의 이미지로 출현한다(바다/물의 이미지에 대립하여 짝패를 이루면서 대위법적 위치를 차지하고 있는 이미지는 '햇빛'이다. 그것은 물의 습기를 마르게 하는 이미지로서 시집에서는 간혹 등장할 뿐이다. 가령, 〈저녁 노을, 낮은 한숨으로 지는 그대〉 같은 시에서 "햇빛은 우리 사랑의 물기를 고양이처럼 핥는다" 같은 표현으로 등장한다). 그리고 그것은 언제나 생명력 혹은 재생이나 정화라는 원형 상징과 밀접하게 관련되어 있는 것으로 보인다. "바다는 거대한 들날숨, 젊은 애비, 나도 / 저리 숨어 지워졌다가 생명의 뻘을 갈아엎는 / 애비가, 아아, 되고…… 싶어라!"(〈독지리, 서해 갯벌〉) 같은 구절이야말로 이러한 사태를 극명하게 드러내고 있다. "비에 젖을 때 늙은 마음도 문득 청춘입니다"(〈청춘의 이불〉) 같은 구절이 노래하고 있듯이 '비/물' 역시 청춘을, 그러니 또한 생명력을 환기시키는 이미지로 사용되고 있는 것이다. 이러한 원초적 생명력에 대한 그리움이 정남식의 시 세계에서는 서정적 경향의 시들로 각인되어 있다.

이에 비해 대부분 시집의 2부에 배치된, 장시의 형태를 갖는 해체적 경향의 시들은 마치 전체가 한 편의 연작시를 구성하고 있는 것처럼 보일 정도로 그 시적 언어들은 한 결 같이 우울한 장광설과 요설의 형식을 취하고 있다. 숱한 파열음과 불협화음을 내는 이 분열된 언어의 조합들은 마치 오늘날의 불온한 자본주의적 일상의 삶의 풍경을 세밀화로 보여주듯이 온갖 그로테스크한 장면들을 연출해낸다. "저 땅에서의 사랑이란, 한갓 물거품뿐이었다"며 사랑이 부재하는 현실을 사는 자의 자기모멸과 추락을 노래하고 있는 〈지옥〉, 도시의 지하를 관통하는 지하철 속의 풍경을 마치 인육을 삼킨 괴물의 뱃속 장면처럼 묘사하고 있는 〈철갑 고래 뱃속에서〉, 타이포그래피의 실험적 효과를 통해 물고기가 사는 우물이 탁해져 마침내는 어떤 생명도 살 수 없게 된 재생 불가능한 현실을 알레고리화 하고 있는 〈청어의 노래〉, 그리고 모든 창의성이 고갈된 불모한 자본주의적 삶의 일상을 둘러싸고 있는 현란한 광고 문구들로 모자이크 된 시에 역설적인 제목을 붙인 〈나의 그리움은 어디에 있는가〉, "생을 잃고 야수만 남긴 채 / 검은 가죽 털의 한끝에 매달려 있"는 박제된 흑곰, 약용으로 쓰이는 고양이 새끼, 거북, 지네,

흑염소, 두꺼비, 뱀 등 온갖 끔찍한 동물들의 시체와 주검이 10여 쪽에 이르는 긴 목록으로 작성된 〈경동시장〉 등은 모두 우리가 사는 이 불모한 일상의 삶의 풍경화들인 셈이다. 결국 시인은 이 같은 파편화된 언어의 형식을 통해 재생 불가능한 이 자본주의적 삶의 현실과 일상을, 그러니 또한 완벽하게 의사소통이 불가능하게 된 세계를 희화화하고 조롱하는 것이다.

이 같은 비판의 가장 격렬한 실험적 형식이 바로 〈나의 그리움은 어디에 있는가〉라는 시(팝 아트pop-art의 '기성품ready-made' 예술의 문학적 번안이라고 해야 할 그것을 시라고 할 수 있다면)이다. 그것은 모든 생명력과 교감이 고갈된, 죽음과 죽임이 일상화된 완벽한 불모의 현재적 삶의 가공스런 초상으로 자리한다. 시인은 이 세계를 또 다른 시에서 '바벨컴'(〈경동시장〉)이라고 명명한 바 있다. '바벨탑'의 어의적 전용어에 해당될 이 용어로서 시인은 하늘에 닿으려는 인간의 오만이 불러온 현재적 결과로서의 황폐한 자본주의적 인공 세계의 상태를 지시한다. 달리 말하자면, 그것은 "썩은 도시의 분뇨로" 드리워진 "안개 시정 거리 0킬로미터"(〈안개 인간〉)의 현실을 지시하고 있다. 그것은 또한 한 치 앞도 분간할 수 없도록 짙게 드리워진 안개의 현실, "말들이 통하지 않는 이 빈터"(〈숨 길〉)로서의 자본주의적 의사불통의 현실을 상징한다. '고래 뱃속'과 '안개'와 '지옥'으로서의 세계, 그것이 시인이 바라보고 있는 오늘의 현실이다. 시인은 이러한 죽임과 죽음의 현재 상태를 태내에 든 아이를 인공으로 유산시키는 산부인과 병동의 살벌한 풍경을 통해 "아아 쑥밭인 내 몸"(〈조산부인과〉)이라고 노래한 적 있다. 다음의 시는 이러한 죽음의 현실을 애도하는 하나의 조사弔詞로 자리하게 될 터이다.

봉분의 풀처럼 자란 하늘의 잿빛 풀 더미여
그 밑에서 우리는 반공중의 묘혈에 산 채로 입관된 듯싶다
눈을 감아라 모두들 눈을 감아라
물처럼 끓어오르는 나의 담배 연기는 분향의 징후다
나의 껍질은 이렇게 끈적끈적할 수가 없구나
나의 모든 피부는 죽음의 꿀물로 발리워졌다
오오 이 세상을 뛰쳐나가 이 세상을 뛰쳐나가!

—〈장마 전선〉 부분

정남식의 시 세계에서는 이처럼 무한한 생명력과 교감을 지향하는 서정적 경향의 시들이 한 편에 있고, 또 다른 한편에는 죽음과 의사불통의 현실을 비판하는 해체적 경향의 작품들 존재한다. 따라서 이 양 경향들은 서로가 서로에 대한 알리바이로 작용한다고 말할 수도 있다. 시인에게 있어서 원초적인 생명력과 재생을 상징하는 바다는 애초부터 그리움의 대상으로 자리하고 있었다. 그러나 불모한 일상의 도시적 현실은 저 바다에 이르는 길이 쉽지 않음을, 아니 어쩌면 불가능함을 말해주고 있다. 이 불가능성으로 인해 정남식의 시 세계에서는 관념으로만 설정된 모든 유토피아로의 달콤하고도 손쉬운 도피의 길이 지워진다. 대신 이제 시가 감당해야 할 몫은 저 실낙원의 슬픔일 뿐이다. 정남식의 시 세계에 드리워져 있는 비극적 정조는 바로 이러한 맥락에서 기인한다. 그리고 새로운 유토피아를 향한 모든 가능성이 차단된 이 비극적 정조 속에 현대인의 피로와 무관심과 권태가 자리하게 된다. 시집의 4부에 실린 대부분의 시들은 바로 이러한 현대적 정신의 불모한 풍경에 초점이 맞추어져 있다. 가령, "피로하다 피로하다 필요하다 언제나 그것은 나에게 필요한 것인지도 모른다"(〈피로 1〉) 같은 구절

에서 드러나는 피로감, "지극한 피로의 신경 조직체 우두머리는 치열한 무관심, 이 보스의 졸개들 신경 감각은 그러나 섭씨 100도처럼 들끓는다"(〈피로 2〉) 같은 구절에 등장하는 무관심, 그리고 "나는 누워 있다 大자로 아주 누워 있다 움직일 수가 없다 누가 나의 목과 팔목, 발목에 곤충 표본처럼 핀을 꽂아 두었기 때문이다"(〈게으른 자의 천국〉) 같은 구절이 표상하는 권태 등은 모두 고향이나 유토피아적 이상향을 상실한 현대 세계의 불모성을 환기시켜 주는 것이다. 이렇듯 돌아갈 곳 없는, 고향을 상실한 자의 슬픔이야말로 바로 정남식의 시 세계가 거주하고 있는 현재의 자리를 확인케 해준다. 그리하여 저 원초적인 생명력으로 들끓어야 할 바다는 다음과 같은 침묵의 장소로 화하게 된다.

> 바다 속에서도 바다는
> 바다가… 바다를 말하는 거대한 침묵
> 어류의 지느러미가 바다를 흔들 뿐
> 나는 알아듣기 힘든 사투리로 헤엄칠 뿐이다
> 빛의 그물에 잡히지 않는 침묵의 눈을 피해
> 도떼기언어의 沙場으로 달아날 뿐이다
>
> ―〈송도의 아침 식사 후〉 부분

"바다가… 바다를 말하는 거대한 침묵"이라는 표현은 생명의 산실이어야 할 바다가 침묵하는 주체이자 또한 동시에 그 침묵의 내용 자체라는 사실을 말해준다. 이 침묵은 불가해하면서도 요지부동이다. '거대한'이라는 수식어가 의미하는 바가 바로 그것일 테다. 그러니 이 바다야말로 바로 우리 삶의 신비와 장려함을 상징하는 것이겠지만, 그러나 이 요지부동의 바다를, 그 침묵을 흔들고 깨울 수 있는 것은 오로지 '어류의 지느러미'일 뿐이다. 이 어류의 지느러미를 생명의 날갯짓으로 이해할 수 있다면, 우리는 이 삶의 신비를 움직이는 것은 바로 생명이라고 말할 수 있을지도 모른다. 그러나 이 생명은 또한 개별적인 생명 그 자체일 뿐이어서 저 불가해한 삶의 침묵을 완전히 이해하고 표현할 수 있는 것은 물론 아니다. 생명은 이제 그저 "알아듣기 힘든 사투리로 헤엄칠 뿐이다". 그렇기에 삶의 언어는 여전히 해독되지 않는다. 생명은 그저 제 방식대로 알아듣기 힘든 사투리로 삶의 일각을 불분명하게 드러내고 노래할 수 있을 뿐이다. 이처럼 삶의 신비는 이제 모든 언어의 한계 바깥에 놓이게 된다. 그것은 어떠한 '빛의 그물'로도 포획할 수 없는 절대적으로 '다른 것'이다. 자기동일성으로서의 주체/생명은 이 다른 것의 실재를, 그 의미를 절대적으로 이해할 수 없다. 주체는, 또한 이 주체의 말은 다만 '도떼기언어의 沙場'만을 배회할 수 있을 뿐이다. 말은 삶에 닿지 못하고, 물고기는 결국 바다로 돌아가지 못한 채 해변의 모래사장 근처에서 좌초되고 만다. 다음과 같은 물고기의 이미지가 환기시키는 것도 어쩌면 바로 그러한 사태이리라.

지난밤의 창가에 물고기 한 마리
울고 있다 파도 소리에 지워졌다 나타나며
그 소리는 내내 그대의 잠결에서
흔들렸다 그대여, 그대의 손이 떨렸으리라

해 지도록 방파제에 바람 불고
줄에 묶인 빈 고깃배로 서성였건만

물고기 떼 다들 숨었다
바람이 그대 입을 거칠게 여닫는다

— 〈그대 한 마리〉 부분

그러나 바다와 물고기의 관계가, 다시 말해 삶과 생명 혹은 세계의 부재하는 실재와 언어의, 그리고 침묵과 빛의 관계가 이렇게 서로 조우할 수 없는 비극적 관계로만 구성되지 않는다는 데에 또한 이 삶의 신비가 자리하는 듯하다. 삶에 대한 정태적 관점은, 물론, 이 비극의 구도 속에 머문다. 그러나 생명이 이 삶의 실재와 조우할 수 있는 유일하게 열려진 길이 있으니, 그것은 아마도 사랑일 것이다. 삶에 대한 동역학적 관점을 요구할 이 사랑의 행위는 정남식의 시에서 저 삶의 신비에 접근할 수 있는 유일한 통로인 것처럼 제시되고 있다. 그렇기에 이 사랑은 저 어둠과 침묵에 절대적으로 대립하고 있는 어떠한 빛이나 언어로서는 비유될 수 없는 것이다. 아래의 시가 노래하고 있듯이, 그것은 저 삶 속에서 마냥 "넘치고 들끓으며 / 서로서로 몸을 뒤섞는" 어떤 순수 행위일 수밖에 없다. 그렇기에 그것은 정태적으로 파악된 어떠한 "빛도 어둠도 아닌", 완전히 새로운 그 어떤 것이다.

바다 한가운데에서 사랑의 물결은 넘치고 들끓으며
서로서로 몸을 뒤섞는다, 그 뒤섞임 속에 바다는
제 몸을 가둔다, 그 어디를 헤엄쳐 가나, 사랑
빛도 어둠도 아닌, 사랑

— 〈빛도 어둠도 아닌, 사랑〉 부분

이제야 우리는 시집의 앞머리에 배치해 놓은 '시인의 말'을 온전히 이해할 수 있게 된다. 시인은 거기에서 "바다를 바라볼 때면 슬몃 서늘함을 갖는다"고 말했다. 바다를 구성하고 있는 물의 이미지로 인해 이 '서늘함'은 우선 별다른 상상력의 노력 없이도 즉각적으로 우리의 감각에 호소할 법하다. 그러나 이 서늘함은 그런 종류의 감각에 호소하는 서늘함을 넘어서 있다. 그것은 가령, 주체가 자기동일성을 상실할 수밖에 없는 어떤 절대적인 순간의 경험, 즉 사랑의 경험으로부터만 이해될 수 있는 심리적 사태이다. 달리 말하자면 이 용어로서 시인은 주체의 자기동일성이 상실되는 어떤 불가능한 하나의 경험에 대해 말하고자 했던 것이다. '슬몃'이라는, 의외의 자리에 출현해 있는 부사어가 한정하는 무의식적 사태는 바로 이러한 경험과 관련되어 있는 것으로 보인다. 그것은 시인에게 있어서 바다는 관념의 사태가 아니라 몸과 무의식이 먼저 반응하는 어떤 생생한 실재의 사태임을 고지해 준다. 그렇기에 시인은 다음과 같은 이유를 적시해두었다. "어쨌든 경계가 분명한 바다를 느끼려면 젖어야 하기 때문이다". 바로 그렇다! 저 바다는 주체의 명료한 자기동일성이라는 관념의 층위에서 파악된 바다가 아니라, 이 동일성이 지워지고 해체되는 사랑의 경험과 관련된 바다인 것이다. 그리하여 시인은 "그걸 지우려면, 몸을 던지거나 고기를 낚고 배 타는 일밖에 없다"고 고백한 것일 터이다. 삶과 생명은, 침묵과 언어는, 어둠과 빛은 사랑으로 인하여 서로서로 그 완고한 경계를 허물고 마침내는 뒤섞인다. 그리하여 사랑은 저 삶의 불가해한 신비를 풀 수 있는 유일한 통로가 되는 동시에, 그 자체로 또한 이해할 수 없는 하나의 신비가 된다. 왜냐하면 우리는 사랑이 어떻게 저 삶의 신비의 빗장을 풀어 그 자체로 침묵/부재하는 실재의 절대적인 경험이 되는지를 더 이상 설명하거나 이해할 수 없기 때문이다. 세계와 존재에 대한 이 절대적인 경험, 즉 사랑에 덧붙여진 이름이 바로 시일 것이다. 하기야 시가 그런 것이 아니라면 또 무엇이겠는가? 정남식의 시들은 이제 더 이상 회복될 수 없는 어떤 세계 상실의 고통과 아픔을 각인하고 있는 것처럼 보인다. 그리고 이 고통이 시인으로 하여금 이미 상실된 세계의 원초적 생명력과 아름다움에 대한 그리움과 슬픔의 정조를 환기시킨다. 이 그리움과 슬픔의 정조 속에서 사랑은 "저녁 노을, 낮은 한숨으로 피었다 / 지는 그대"의 모습으로 자리하고 있다.

사랑은 지루하게 더디고
구불구불한 날들의 끝처럼
텅 마른 그대 날 저물 듯이 오리라
그대, 구름 같은 그대
하늘 푸른 거울에 낯붉히며 비치는 구름이여
저녁 노을, 낮은 한숨으로 피었다
지는 그대

— 〈저녁 노을, 낮은 한숨으로 지는 그대〉 부분

2

욕망과
환각의 불가능성

존재 안에 있는 바깥의 존재, 또는 생성의 자연
— 박용하의 시세계

존재의 바깥
바깥인 존재처럼
살고 싶다고

(…중략…)

무엇보다
나, 아닌
아무 것도 아닌
곳에,
(2, 82-3)[2)]

시가 이 세계에 대해, 나와 너와 우리와 그들의 삶에 대해 도대체 어떤 영향을 미칠 수 있을까? 과연 그럴 수 있긴 한 것인가? 한 시인은 이 심각한 질문을 자기 시 세계의 방향을 타진하는 조타수로 삼고 있는 것처럼 보인다. 그 시인은 자신의 첫 번째 시집의 자서自序에서 다음과 같이 말하고 있다. "마음에 들지 않는 세계를 전복시키고자 하는, 어떻게 보면 터무니없는 '욕망', 어떻게든 그 세계를 기우뚱거려, 그래서, 그 부패한 중심을 뒤흔들어 변환시키려

2) 여기에서 인용되는 박용하의 시집은 다음과 같다. 1. 나무들은 폭포처럼 타오른다(세계사, 1991) 2. 바다로 가는 서른세번째 길(문학과지성사, 1995) 3. 영혼의 북쪽(문학과지성사, 1999) 따라서, 괄호 속의 앞의 숫자는 이 시집들의 번호를, 뒤의 숫자는 그 시집의 쪽수를 나타낸다.

는, 전환시키려는 '욕망', 그 '욕망'이 나를 시인으로 이끌었으리라". 놀라운 발언이다. 이 혼돈과 위기의 시대에 아직도 시로써 세계를 변화시키길 꿈꾸는 시인이 있다니 말이다. 시인의 말씀에 따르자면, 이 꿈은 저 문장 속에 무려 세 번씩이나 등장하고 있는, 그것도 모자라서 강조 부호까지 뒤집어쓰고 있는 어떤 '욕망'이라는 것으로부터 출현한 것 같다. 그런데 시인은 왜 저 욕망을 '터무니없는' 것이라고 말했을까? 그 이유는 이어지는 다음 구절에서 밝혀진다. "내가 변하면 세계가 변하는 게 아니라, 내가 변해도 이 세계는 꿈쩍도 하지 않는다는 데 딜레마가 있다". 그러니, 분명 이 인식과 저 욕망 사이에는 건널 수 없는 심연이 가로놓여 있는 셈이겠다. 그러나 '세계를 전복시키고자 하는' 이 혁명적인, "광기와 열정에 사로잡혀 있"는 시인이 이 정도의 인식에 굴복할 리가 없을 것이다. 이 불굴의 시인은 "그러나 나는 '불가능'을 사랑한다"고 말함으로써 저 인식을 넘어서 간다(시인은 "누가 젊은 날의 편력을 수정할 수 있겠는가!"라고 말했다). 첫 시집에 이어 4년 만에 나온 두 번째 시집의 자서에서도 시인은 이 불가능에 대한 도전을 여전히 고수한다. "그러나, 그럼에도 불구하고, 미래와 모험에 모든 적금을 붓는다"라고. 첫 시집으로부터 근 10년의 간격을 두고 최근 상자된 세 번째 시집의 '시인의 말' 역시 이러한 믿음에서 한 치도 물러서지 않은 시인의 완강한 태도를 보여주고 있다. 그는 말한다. "세상을 능가하는 시를 써야 하리". 세상을 능가하는 시라고? 그렇다, 저 부패한 중심과 누추한 일상을 넘어서는 세계를 새롭게 보여줌으로써 이 세계를 변화시키겠다는 뜻이리라. 그러니, 글의 모두에서 던졌던 저 물음을 다시 펴보기로 하자. 좀 더 간략한 질문의 형식으로. 시는 과연 세계를 변화시킬 수 있는가? 시인의 말씀을 빌려 말하자면, "삶이 시에 빚지는 그런 시"(3, 131)가 과연 있을까?

저 변화에의 욕망과 불가능성에 대한 도전으로서의 꿈은, 물론, 세계는 어떻게든 변화되어야만 할 상태에 처해 있다는 비극적인 현실 인식으로부터 나온다. 시인은 이미 첫 시집의 한 구절에서 "확실히 세계는 어둠이 지배하는 곳"(1. 19)이라고 노래했던 것이다. 이러한 인식 속에서 저 세계는 시인의 자아와 대립하며 불화의 관계에 놓이게 되었다. 말하자면 "내가 변해도 이 세계는 꿈쩍도 하지 않는다"는 것이다. 그러나 이번에 발표된 세 번째 시집에서 이러한 세계 인식은 자기 인식으로 변화되고 있다. 〈흐드러진 왕벚꽃나무 아래서〉라는 시에서 시인은 이제 "문제는 세계가 아니라 나다"(3, 85)고 문제 설정을 변경한다. 덧붙여서 그는 "아직도 내 안에 흐드러지게 피어 있는 집착의 꽃봉오리를 싹둑 베어버리지 못한다면 나는 이 세상 어떤 나무, 어떤 사람에게도 이르지 못하리라"고 노래한다. 놀라운 변화이다. 그러나 이 변화는 단순히 변화라고 해서는 안 되고 차라리 심화라고 해야 한다. 왜냐하면 이 자기 인식은 이미 세계 인식을 아우르고 있는 것으로 보이기 때문이다. 자기 인식과 세계 인식은 동전의 양면이 된다. 말하자면 여기에서 자기 인식은 세계 인식의 외적 표현이라는 것이다. 이러한 자기 인식 속에서 자아와 세계는 더 이상 대립하지 않는다. 자아는 세계이며 세계는 이미 자아이다. 이 놀라운 심화가 이번 시집의 두드러진 변화라고 해야겠다. 여기에서 자아는 세계와의 불화를 극복하게 되었지만, 이제 저 대립은 자아 존재와 이 '존재 안에 있는 바깥의 존재'라고나 해야 할 어떤 또 다른 자아와의 관계 속으로 옮겨지게 된다. 그러니, 이 글의 모두에서 던졌던 저 질문은 존재와 존재 안에 있는 바깥의 존재의 관계에 대한 성찰을 요구할 터이다.

박용하는 무엇보다도 우선 도취의 시인이다. 그의 시 세계는 거의 압도적이라고 말할 수 있을 만큼 상승과 활력의 이미지들의 연쇄로 충만하다. '도취, 즉 고양된 권력 감정'이라고 말한 것은 니체였으리라. 그는 이 정의를 부연하면서 "사물을 자기 스스로의 충실과 완전성의 반사가 되게 하는 내적 강요"라고 설명한다. 아닌 게 아니라 박용하의 시 세계를 충만하게 하는 매력은 생명 감정의 고양과 자극에 있는 것처럼 보인다. 그의 시들에서 이 약동하는 생명력의 화신으로서 등장하는 것이 바로 '나무'와 '파도'의 이미지이다. 그리고 이 두 이미지들의 축이 만드는 하나의 동일한 자장이 그의 시 세계를 결정적으로 특징짓는 표지로 인식되고 있는 터이다. 시인은 일찍이 첫 시집《나무들은 폭포처럼 타오른다》에서 이 나무를 "내 시의 전위이고 후위"(1, 105)라고 선언한 바 있다. 그리고 이에 덧붙여 이 나무가 상징하는 것은 "파도, 파도치는 것"이라고 설명한다. 그렇다, 박용하의 시 세계에서 나무는 응고된 파도이며 파도는 유동하는 나무이다. 그것들은 동일한 이미지의 분화물일 뿐이다. 격렬하게 불타고 있는 '푸른 풀잎의 불꽃'이라는 파열음의 계열로 이루어진 이 상승과 활력의 나무 이미지는 시인이 추구하고 또 바라보는 세계의 모습을 가늠케 해준다.

박용하의 시에서 나무는 무엇보다도 불꽃과 피의 이미지로 다가온다. "푸른 불기둥의 타오름"(1, 29)으로서의 이 나무는 어찌나 그 '생명의 에너지'(1, 14)로 충만한지 "始原의 푸른 물줄기를 콸콸 불 뿜는다"(1, 27)고 알려져 있다. 그러나 시인은 이 정도로 타오르는 불꽃에도 만족하지 못하고 "나무들은 이 지상에서 내가 만질 수 있는 유일한 빛의 폭탄이다"(1, 53)고까지 말한다. 생명의 에너지를 '빛의 폭탄'이라고까지 선언하는 이 가공할 생기주의자, 활력주의자를 보라! 박용하의 시 세계가 지니고 있는 강력한 남성적 인 상상력과 상승의 이미지들이 매력의 빛을 발하는 지점이 바로 이곳이다. 이 도저한 상승의 이미지는 또한 언제나 피의 이미지를 동반한다. 달리 말해 박용하에게 있어서 불꽃과 피는, 나무와 파도가 그렇듯이, 동일한 이미지의 변주에 지나지 않는다. 타오르는 불꽃은 나무의 피이기도 하다. 그리고 이 피의 이미지는 똑같이 파도에도 귀속될 수 있다. "마치 파도로 수혈하는 것 같은"(3, 87)이라는 구절이나 "지친 삶에 바다의 피를 수혈하듯이… 바다의 영혼이여! 그대의 살과 뼈는 푸른 피다"라는 구절에서처럼 파도는 생명의 에너지 그 자체가 된다. 특이한 점은 이러한 불꽃과 피의 이미지가, 우리의 심상과는 정반대로, 주로 푸른 색 계통의 색채 이미지로 전달된다는 것이다. 그러나 이 '푸른' 불꽃과 피의 이미지가 나무와 파도에서 기원한다는 사실을 알고 나면 그 특이한 점은 '당연한 말씀'이라고 하겠다. 그것보다는 오히려 이 시인의 푸른 색채에 대한 탐닉은 생명 에너지의 강렬함을 강조하기 위한 장치쯤으로 내게는 보인다. 푸른 불빛의 온도가 붉은 불빛의 그것보다 훨씬 더 강렬하다는 과학적인 사실은 색채에 대해 지니고 있는 우리의 심리적인 경험을 배반한다. 이 강렬한 불꽃과 피의 이미지는 약동하는 생명의 에너지, 꺼지지 않는 '생명력' 자체를 지시한다. 시인 자신은 이러한 생명력의 특징을 '피닉스'(1, 15)나 '불사신'(1, 16)으로 간주한 바 있다. 그리고 이 생명력에 대한 찬미와 도취와 숭배가 박용하의 시 세계를 가장 뚜렷하게 특징짓는 표지가 된다.

그러나 이 상승의 이미지들은 올곧게 천상으로만 치달리는 휘발성의 가벼움을 특징으로 하지 않는다는 데 박용하 시의 복잡함이 자리하고 있다. 시인은 첫 시집의 한 시에서 "다시 고통의 제왕처럼 스프링 치듯 솟는 나무들"(1, 29)이라고 노래함으로써 저 '스프링 치듯 솟는 나무'가 마냥 생명력의 환희로서만 불타오르는 것이 아니라 또한 언제나 동시에 '고통의 제왕'임을 보여주고자 한다. 두 번째 시집 《바다로 가는 서른세번째 길》에서도 시인은 "고통이 나를 흐르게 한 거야"(2, 28)라고 노래함으로써 이 고통이 저 삶의 동력이었음을 고백하고 있다. 그리하여 박용하의 시 세계에서 생명력의 화신으로서의 모든 나무는 또한 '구부러지고' '흔들린다'. 이 '屈性의 식물들'(1, 22)을 노래하면서 시인은 "구부러지는 것들은 자연의 숨통을 닮아 있다"(1, 20)거나 "흔들림으로써 이 나무는 / 제 살과 피의 꿈을 불사른다"(1, 16)고 말한다. 그러니, 저 타오르는 생명력 자체는 수직적인 상승을 향한 길이라기보다는 오히려 구부러지고 흔들리는 고통의 과정에 다름 아니게 된다. 시인은 "기나긴 대낮의 저편에서 타는 고통이여!"(1, 16)라고 노래했다. 생명이나 고통이나 '타오른다'는 의미에서 그것들은 한 몸이다. 그렇다, 생명은 마냥 제 청춘의 환희만을 구가하는 것이 아니다. 그리고 박용하의 시 세계가 단순히 저러한 '타오름'이라는 남성성의 특질들로만 이루어져 있다면, 그것은 아마도 좋은 시를 이룰 수 없었을지도 모른다. 여기에서 박용하의 남성성의 세계를 지탱하며 그것의 내면을 풍성하게 해주는 여성성의 특질들이 긴장 관계로 등장한다. 말하자면 저 생기에 넘치는 생명의 에너지는 그 자신의 발현과 지속을 위해 기꺼이 고통과 절망과 슬픔을 감수해야만 한다는 것이다. 오히려 어쩌면 이 고통만이 저 생명의 에너지를 지속시키는 동력이자 자극제일지도 모른다. 박용하의 시에서 생명의 에너지는 삶의 환희와 관련을 맺지만, 그러나 이 타오르는 생명이 고통 그 자체라는 사실은 그리 잘 알려져 있지 않다.

박용하의 시에서 불꽃/피의 이미지는 폭포/비의 이미지와 길항 관계에 놓이게 된다. 시인은 세 번째 시집 《영혼의 북쪽》에서 "푸른 피는 비를 부"(3, 48)른다고 노래한다. 피가 비를 부르는 이 모순 속에 박용하 시의 비밀이 있다. 박용하의 시에서 폭포와 비의 이미지는 존재의 파괴력과 고통을 강조하는 측면을 지시한다. 가령, "비는 그 먼 거리에서 와 자신을 박살내면서 육체를 완성한다"(1, 25)고 시인은 썼다. 이처럼 불꽃과 피의 이미지가 상승과 활력을 표현한다면(이 상승 이미지의 최상층에 '바람'과 '새'가 존재한다) 폭포와 비의 이미지는 몰락과 고통을 표현한다(이 하강 이미지의 최하층에 '바다'와 '은어'가 있다). 그러나 이 대립적으로 보이는 이미지의 계열들은 공통적으로 나무와 바다의 이미지로 수렴된다. 그것들은 곧 창조력과 파괴력이라는 자연의 생성적 질서 그 자체를 의미한다. 나무/파도 – 불꽃/피 – 폭포/비로 이어지는 이 이미지들의 연쇄는 나무/불꽃/폭포와 파도/피/비라는 이미지 계열과 나무/불꽃/피와 파도/폭포/비라는 이미지 계열로 분화될 수도 있다. 전자의 계열은 한 존재 내에 있는 상승과 하강의 동시적 공존을 가능케 한다면, 후자의 계열은 상승과 하강의 대립적 모순을 가능케 한다. 이 공존의 모순과 모순의 공존이야말로 박용하 시 세계에 충만한 긴장을 보증해준다. 그것들은 존재와 존재 안에 있는 바깥의 존재의 공존과 모순을 동시에 드러낸다. 이처럼 나무와 파도는 음과 양을 포괄하는 자연의 원리이자, 이 음과 양이 갈아드는 운동의 원리가 된다. "바다에서 태어난 자는 숙명과 죽을 때까지 마라톤 해야 하는 사람이다. 푸른 피의 저주가 그의 일생을 달리게 한다. 그의 피는 거칠지만 언제나 감미로운 자연의 내음과 우주의 리듬을 놓치지 않는다"(3, 92)는 발언은 이러한 관점에서 이해될 수 있다. 왜 저 약동하는 생명력 자체로서의 푸른 피가 저주인가? 왜냐하면 시인에게 있어서 생명은 또한 고통의 다른 이름이기 때문이다. 그러나, 역으로, 이 고통 자체야말로 또한 진정 살아있음의 환희가 된다.

여기에서 불꽃/피와 폭포/비(또는 불꽃/폭포와 피/비), 생명력과 파괴력, 환희와 고통, 그것들은 박용하의 시 세계를 구성하는 동전의 양면이다. 그것들은 따로 떨어져서는 존재할 수 없다. 나무는 이러한 상승과 하강의 이미지가 교차하고 결합되는 장소이자 시간이 된다. 시인은 다음과 같이 노래한 바 있다. "허허벌판의 온갖 강풍을 나무들은 / 나무들의 육체는 셀룰로이드 馬糞紙 한 장으로 견딘다"(1, 58). 마분지 한 장으로 겨울 강풍을 견디는 이 나무가 '물을 불 뿜'는 저 나무인 것이다. 그러니, 이 나무와 저 나무는 둘이 아니다. 이렇게 박용하의 시 세계에서 생명의 에너지는 고통의 인내와 동반한다. 생기 넘치는 생명력이 위대한 만큼 마찬가지로 "누구도 고통을 대신해줄 수 없기에 고통은 위대하다"(3, 100). 이렇듯 생명의 존재는 그 자신의 살아있음의 고통을 통해 존재 안의 바깥의 존재, 말하자면 죽음이라고 불러도 무방할 그런 타자의 얼굴을 언뜻 보게 되는 것 같다. 시인은 다음과 같이 쓴다. "죽음, 참 가까이 있지, 누구나 죽음 앞의 생이건만 / 그러나 막상 문을 열고 들이닥쳤을 때 우리가 봤던 당혹이라는 얼굴"(3, 100). 이 얼굴이 곧 내가 '존재 안에 있는 바깥의 존재'라고 부르는 얼굴이다. 존재와 존재 안에 있는 바깥의 존재는 이렇듯 존재의 이원성을 드러내준다. 그리고 이러한 존재의 이원성 속에 박용하 시의 비밀이라고 불러도 좋을 에로스가 들어선다. 에로스는 언제나 주체와 타자, 남성성과 여성성 등의 이원성을 상정하지 않으면 불가능하게 된다. 그것은 타자 존재의 정립을 전제해서만 가능한 것이다. 박용하의 시 세계에서 두드러지게 보이는 남성적인 활력과 주체 의식 속에는 이처럼 여성적인 신비와 타자 존재의 정립이 언제나 동시에 그 배면에 깔려 있는 것이다. 그래서 시인은, 가령, "다시 한번 절망을 되씹으며 / 살아보라고 비는 줄기차게 쏟아지네"(1, 35)라며 저 하강의 이미지를 상승의 이미지와 포개놓는 것이다. 이 '비'가 없다면 저 '피' 역시 존재할 수 없는 것이다. 그것들은 공존하며 하나의 몸과 그 몸 속의 몸을 이룬다.

시인이 자신의 첫 시집의 표제를 '나무들은 폭포처럼 타오른다'며 상승의 이미지와 하강의 이미지를, 물의 이미지를 불의 이미지와 모순어법적으로 결합한 것은 바로 이러한 사정에서 연유한다. 시인에게 있어서 나무는 물(/대지)과 불(/공기)의 합성어, 즉 모순의 공존과 공존의 모순의 현실태이다. 다시 말해 물과 불, 대지와 공기라는 음양의 상극적인 이원성이 순환하는 자연의 질서는 이 나무의 이미지 속에 통합되어 있다는 것이다. 그러므로 박용하의 시 세계에서 나무는 하나의 자연물, 즉 '소산적 자연natura naturata'이 아니라 자연이라는 생성의 질서 그 자체, 즉 '능산적 자연natura naturans'이 된다. 이처럼 자연 자체를 창조의 결과로 간주하는 것이 아니라 창조 과정 자체로 간주하는 생성적 자연관이 박용하 시 세계의 뿌리를 이루고 있다. 그런 의미에서 박용하의 시 세계는 "단 한번 완성되었던 유년의 삶"(1, 71)을 향한 동경과 도피로 퇴행하지 않는다. 시인은 "동해안 파도만이 내 행복한 요람"(1, 88)이라고 노래한 바 있다. 그러나 여기에서 요람은 어떤 이상적인 유토피아, 영원한 이데아를 의미하지 않는다. 저 요람은 차라리 단 한번 완성되었던 찰나 속에만 존재하는 영원한 운동의 한 지점에 불과하다. 박용하의 시 세계에서 세계는 영원한 운동 속에 있는 생성

중인 세계이다. 생성적 세계관에서 우리는 한 번 건넌 강물을 다시 건널 수는 없기 때문이다. "삶은 돌이킬 수 없으므로 흐르는 강물과 같다 / 한번 흘러가 버리면 누구도 손댈 수 없는 삶"(3, 100)이라는 시인의 노래는 바로 이러한 인식의 소산이다. 물론 아직도 인식의 주체로서의 존재는 자신의 힘에 대한 헛된 믿음을 어느 정도는 보유하고 있었는지 "한번 흘러가 버리면 누구도 손댈 수 없는 / 저 강물을 수술하고 싶다"(3, 102)고 말한다. 그러나 이 바람은 그야말로 오만한 존재의 '희망사항'에 불과할 뿐이다. 이러한 생성적 세계관이 강과 바다를 박용하의 시 세계 속으로 끌어들인다. 왜냐하면 "강은 굳어 있는 몸이 흐름인 물"이고, "쉬고서는 견딜 수 없음"(1, 72)이 그것의 본질이기 때문이다. 시인은 "물의 행진, 그것은 단절의 연속으로 / 추락으로 더, 더 아름답다"고 노래한다. "물은 어떠한 절벽의 높이 위에서도 / 공포의 깊이 위험 앞에서도 뛰어내린다 / 그리하여 멀리 바다에 흐른다"(1, 102). 이 영원한 유전의 사상이 이 시인을 '길과 여행'의 시인으로 만든다.

시인은 "언젠가 살았던 곳에 / 다시 가 살아야 할 땐 / 聖者가 아니면 폐인일 것"(3, 72-3)이라고 말했다. 아마도 그럴 것이다. 저 영원한 유전의 사상 속에서 성자나 폐인이 아니라면 어떻게 한번 건넌 강물을 다시 건널 수 있겠는가? 박용하의 시 세계는 이 유전의 사상 속에서 타자의 타자성을 도입하게 된다. 왜냐하면 시인은 존재 안에 있는 바깥의 존재, 즉 타자의 발견으로 인해 이원성을, 즉 존재만이 아니라 무無 역시 받아들이기 때문이다. 여기에서 "나무는 길 위에 있는 無限이다"(3, 98)라는 진술이 등장하게 된다. 그렇다, 저 자연의 질서 자체로서의 나무는, 그리고 존재는 영원한 생성 중에 있는 무한의 과정이 된다. 나무는 저 무한을 향해 뻗어있는 길의 상징이다. 나무/파도-자연은 길/도로-무한과 포개진다. 그 무한으로부터 "초록 잎사귀, 이파리, 잎새들이 태어난다"(3, 98). 그리고 그 '이파리 끝'에 "나의 길 / 새로운 길"(3, 98)이 다시 열린다. 이러한 낭만주의적 생성의 자연관과 세계관 속에서 주체로서의 존재는 자신의 고독을 넘어수 있는 여지를 마련하게 되는 것이다. 이렇게 존재와 존재 안에 있는 바깥의 존재, 이 이원성 사이에서 에로스는 운동한다. 그리하여 박용하의 시에서는 드디어 '아내와 딸아이'가 등장하게 되는 극적인 드라마가 전개된다. 그러니, 저 이원성의 상징으로서의 "나무는 따뜻한 無限"(3.99)이 되는 셈이다.

시인은 〈시가 필요 없는 시대〉라는 제목의 시에서 부제를 "내 인생의 목적은 도착하지 않는 것이다"(2, 32)라고 적었다. "평생 길을 맛볼거야"(1, 76)라고 노래하는 이 길의 시인은 삶과 세계를 끊임없는 고통과 환희, 파괴와 창조의 연속으로 파악한다. 길은 존재와 존재 안에 있는 바깥의 존재라는 이원성의 상징을 매개하는 이미지이다. 시인은 "존재의 바깥 / 바깥인 존재처럼 / 살고 싶다"(2, 82)고 말한다. "무엇보다 / 나, 아닌 / 아무 것도 아닌 / 곳"(1. 82)에 살고 싶다는 이 '욕망'이야말로 저 존재 안에 있는 바깥의 존재를 극명하게 드러내준다. 에로스는 존재가 이 삶에서 누릴 수 있는 저 욕망의 한계치일 것이다. 그리고, 그 한계치의 접경에는 아마도 죽음이라든가 무가 있을 것이다. 박용하의 도취와 광기의 시는 이 접경의 윤곽을 어렴풋이 그려준다. 도취란 존재 안에 있는 바깥의 존재의 자리에 도달한 존재의 상태이다. 그 상태 속에서 존재는 자기 바깥의 존재가 된다. 박용하의 시는 도취와 광기의 빛나는 한 순간이 빚어낸 존재와 존재 안에 있는 바깥의 존재의 조우를 보여준다.

이미지,
또는 가시성과 비가시성의 심연

— 이윤학 시세계의 한 풍경

1.

삽날에 목이 찍히자
뱀은
떨어진 머리통을 금방 버린다

피가 떨어지는 호스가
방향도 없이 내둘러진다
고통을 잠글 수도꼭지는
어디에도 보이지 않는다

뱀은
쏜살같이
어딘가로 떠난다
가야 한다

가야 한다

잊으러 가야 한다

—《아픈 곳에 자꾸 손이 간다》, 〈이미지〉 전문

상처와 고통의 대위법으로 직조된, 끔찍하도록 선명한 악몽 같은 이미지들의 시퀀스가 하나의 독자적인 풍경을 이루고 있는 이 시에는 왜 '이미지'라는 제목이 붙어 있는 것일까? 2000년 봄에 《아픈 곳에 자꾸 손이 간다》라는 표제로 자신의 네번째 시집을 상자한 시인은 이 시집의 서시에 해당될 첫번째 자리에다 이 수수께끼 같은 제목의 시를 배치해 놓고 있다. 그리하여 시집의 첫 장을 펼쳐 든 독자에게는 우선 이 수수께끼를 해독할 과제가 시인의 시 세계로 들어가는 통과제의의 관문처럼 부과되어 있는 셈이다. 그 과제는, 시에 있어서 이미지란 무엇이고 또 그것이 이 시집에서 어떤 의미를 갖는 것인가라는, 보다 근원적인 물음으로 주어지지만, 이러한 질문에 대한 대답은 시집의 마지막 장을 덮을 때까지도 그 해결의 실마리를 거의 남기지 않는 것처럼 보인다. 왜냐하면 가시성의 영역에 가지를 드리우고 있는 저 이미지는 비가시성의 영역에 뿌리를 내리고 있는 듯하기 때문이다.

이윤학의 시 세계는, 무엇보다도 먼저, 보이는 것과 보이지 않는 것의 심연에서 곡예를 하고 있는, 긴장으로 충만한 이미지들의 풍경을 보여준다. 보다 정확히 말하자면, 이 시인의 시들이야말로 말의 진정한 의미에서 가시적인 사물이나 존재의 표면에 드리워져 있는 비가시적인 것의 심연을 탐지해내는 이미지의 깊이를 확보하고 있다는 뜻이다. 이미지는 시의 외적 토대인 언어적 기호의 일정한 조합과는 다른 방식으로 작용한다. 그것은 단편들로 해체되거나 혹은 단어나 소리에 비교할 수 있는 어떤 토막이나 모순들로 해체되지 않는다. 만약 이미지가 하나의 언어라면 그것은 말로 옮겨질 수 있을 것이고, 그 말은 또한 또다른 이미지로 옮겨질 수 있을 것이다. 왜냐하면 언어의 고유성은 번역 가능성에 있기 때문이다. 그러나 이미지의 표현적, 전달적 능력은 말의 길과는 전혀 다른 통로를 통해서 실현된다. 말하자면 이미지가 어떤 풍경을 보여준다는 것은 결코 그 풍경에 대해 말한다는 뜻이 아니다. 하나의 이미지는 해석될 수 있고 또 해석되어야 할지라도 읽혀질 수는 없는 어떤 특수성을 제시하는 하나의 기호로 자리한다. 이미지에 관해서 우리는 모든 것을 말할 수 있지만, 불행하게도 이미지 스스로는 그 어떤 것도 말하거나 의미하는 바가 없다.

일련의 소리나 단어들은 하나의 의미를 갖지만, 이미지는 다만 '상상적 의미 작용'만을 가질 수 있을 뿐이다. 이 의미 작용으로 인해 이미지들의 한 시퀀스는 수 천의 의미를 동시에 가질 수도 있다. 그 결과 하나의 이미지는 언제나 결정적이고도 유일한 독해가 불가능한 수수께끼로 남는다. 이미지는 세계 인구의 수만큼이나 많은 잠정적인 해석 가능성과 고갈될 줄 모르는 다중의 의미를 지닐 수 있기 때문에, 그것에 대한 그 어떤 독해도 권위 있는 것으로 간주될 수 없도록 만든다. 이 점에 있어서는 시인 자신의 권위도 인정되지 않는 터이다. 이미지 그 자체는 무엇인가를 의미하는 것이 아니라 오로지 존재할 뿐이므로, 이 이미지의 존재로 하여금 바라는 모든 것을 말하게 할 수는 없는 법이다. 어떤 정확한 언어로도 그것을 명백히 드러내거나 그것에 혜택을 베풀 수는 없다는 뜻이다. 그것에는 구문도 문법도 따로 존재하지 않는다. 그것은 참도 거짓도 아니며 모순도 불가능도 아니다. 더구나 그것은 논증술이 아니기 때문에 논박할 수 있는 것은 더더욱 아니다. 그러나 잠정적인, 무한히 다양한 해석의 가능성이라는 이 특성이야말로 바로 이미지의 전적인 힘이 된다.

이 해석의 다양성은, 하나의 이미지가 가시적인 것을 통해 비가시적인 것을 대치하는 은유적 특성으로부터 나온다. 그리고, 역으로, 이미지의 고유한 이 은유적 특성이 한 세계를 다른 세계로 이전시킨다. 이미지는 이러한 전이의 매개물이 되는 셈이다. 따라서 그것은 의미를 전달하려는 것이 아니라 그것을 마주하고 선 자에게 그 스스로 의미가 된다. 말하자면 그것은 그 자체로 하나의 풍경이 된다는 뜻이다. 시인은 무엇인가를 의미하기 위해서, 또는 어떤 관념을 전달하기 위해서 이미지를 사용하는 것이 아니다. 시인이 이미지를 통해 전달하고자 하는 것은, 마치 꿈이 그렇듯이, 어떤 무의식적인 실재의 풍경일 뿐이다. 엄밀하게 말해서, 하나의 생생한 시의 의미는 의식의 촉수가 닿는 그곳에 있지 않다는 것이다. 이러한 측면에서 시의 언어는 자신의 언어적 본성의 한계를 넘어서 있다고 말할 수 있다. 왜냐하면 시의 언어는 이미지를 '현상'하려고 열망하기 때문이다. 결국 시인은 관념론자와는 명백히 대립된 방향으로 나아간다. 관념론자는 가시적인 것을 비가시성의 닻에 정박시키려는 자이며, 역으로, 시인은 비가시적인 것을 가시성의 영역 속에 현상하고자 하는 자이다. 이윤학의 시는 이러한 마술적 이미지의 기능을 대단히 능숙하게 조율할 줄 아는 장인의 솜씨를 보여준다. 그렇다면 이미지의 깊이가 드리운 풍경의 독해를 통해서 그의 시 세계의 한 특징만이 아니라, 가능하다면, 시에 있어서 이미지의 위상학을 조명해 볼 수도 있을 법하다.

2.

이윤학의 시 세계는, 심리학적으로는 트라우마이자 상징학적으로는 원죄라고나 부를 수 있을, 과거의 상처를 집요하게 응시하는 시선으로 이루어져 있다. 이 응시의 시선은 그 바라봄의 행위 속에서 주체와 대상의 경계를 지우면서, 대상이 아니라 그 대상을 통해 바라보는 주체 자신을 스스로의 대상으로 삼는다는 점에서 무엇보다도 관찰과는 구분된다. 이러한 시선 속에서 주체는 응시의 외적 주체인 동시에 내적 대상, 말하자면 대상의 대상으로 위치 전환된다. 가령, 〈여름 한낮〉이라는 제목의 시에 등장하는 '우물' 이미지가 바로 이러한 주객 전환의 관계를 분명히 보여주는 실례가 된다. 이 우물은 "우물을 바라보는 사람의 / 잊혀진 아픔까지 찾아내 / 들쑤"신다고 알려져 있다. 과거의 상처를 향해 있는 시인의 응시 속의 대상이 바로 그렇다. 시인의 응시는 상처받은 고통스런 과거의 기억을 향해 있지만, 이 기억 속에서 응시하는 것은 사실상 저 상처나 고통일 뿐 주체는 그 대상으로 머물게 된다는 것이다. 시인은 심지어 "물 속처럼 드러나는 하늘"조차도 "룸 미러를 통해 쳐다본다"(〈길〉)고 노래할 만큼 외부의 대상은 언제나 내부의 거름 장치를 통해서만 보여진다. 말하자면 저 시적 주체가 응시하는 것은 '하늘' 자체가 아니라 하늘이 비쳐진 '룸 미러'일 뿐이라는 것이다. 그러니, 결국 모든 응시는 또한 자기 응시에 불과한 셈이다.

아닌 게 아니라 이윤학의 시 세계에 있어서 저 우물 이미지의 변주인 거울/이미지는 바로 이러한 자기 응시의 상징이 된다. 〈겨울의 거울에 비친 창문 저편〉이라는 시는 이러한 응시의 겹이 어떻게 이루어져 있는지를 보여준다. 창문 자체가 이미 대상과의 거리를 전제하는 기제로 작용한다면, 거울에 비친 창문이란 대상과는 이중으로 격리되어 있음을 말해준다. 말하자면 일차적으로 보이는 창문 저편의 사물의 세계는 허상의 세계, 즉 환상에 불과하다는 것이다. 왜냐하면 그 세계의 모든 것은 이미 창문이라는 매개체를 통해서만 투영될 뿐인 그림자이기 때문이다. 반면, 이 그림자의 세계를 투영해내는 저 거울/이미지는 바로 이미지 그 자체의 힘으로 자리한다. 왜냐하면 그것은 저 가시적인 그림자 세계의 혼을 담보해내기 때문이다. 거울/이미지는 가시적인 것으로부터 비가시적인 것을 매개하는 작용을 한다. 창문 바깥의 현실/허상은 거울/이미지를 통해서 비로소 참된 현실/실재가 된다. 시인은 이 시의 앞부분에서 이미 "거울에 비친 그의 얼굴, / 그것 말고는 모두가 환상"이라며 이미지의 비가시적 실재성의 측면을 노래했던 것이다. 역으로, 가시적인 현실의 "표지는 표면이고, / 그것은 대개 거짓"(〈정지된 표면〉)이다. 그렇다면 이미지야말로 살아있는 육신의 생리를 간직한 실재의 제유이며 승화된 연장인 셈이다. 이윤학의 시 세계에서 이미지는 부식될 수 없는 살아있는 것의 정수이다. 결국 믿을 만한 것이라곤 이미지밖에 없는 것이다.

시인의 시에서 이미지의 뿌리가 닿아 있는 저 비가시성의 지반은 무엇보다도, 결코 "벗어나지 못"(〈길 2〉)할 "자기 자신의 / 끝없이 어두운 동굴"(〈무사마귀떼에게 바침〉)로서의 과거 상처가 너무나 분명한 흔적으로 자리하고 있는 어떤 장소이다. "그 추억을 파먹는 데 꼬박 / 천년이 흘렀다"(〈경주〉)라고 노래할 만큼 저 상처의 흔적은 거대한 뿌리를 이루고 있는 것처럼 보인다. '끝없이 어두운 동굴'로서의 이 상처가 치명적인 것은, 바로 그것이 무덤/죽음과 관련되어 있음을 이 시는 보여주고 있다. 왜냐하면 저 상처의 이미지는 바로 무덤의 자리, 즉 묘혈을 지시하는 기호이기 때문이다. 이 상처는 어쩌면 원죄라고도 부를 수 있을 그런 치명적인 운명의 씨앗을 배태하고 있는 듯하다. 상처가 죄와 관련되어 있음은 〈양배추 수확〉이라는 시의 한 구절이 말해주고 있는 터이다. 여기에서 시인은 "죄를 만드느라, 짓느라 / 머리통만 커졌다"고 노래했던 것이다. 그러니, 저 잘려나간 뱀의 '머리'는 이 원죄에 대한 처벌과 응징을 상징하는 것이겠다. 시인은 이 처형된 머리를 지닌(그러니, 그것은 잘려져 무덤 속에 들어가 있다는 의미가 된다) 존재의 운명을 '해바라기'의 이미지로 은유한 바 있다. 시인에 의하면, 머리를 땅 속에 묻고 사는 이 식물은, 거꾸로, 배를 하늘로 향하고 살아야 할 저주받은 운명을 타고난 것으로 묘사된다. 머리가 잘려져 있다는 점에서 이 해바라기는 뱀 이미지의 변주인 셈이다. 이러한 상처와 고통의 이미지는 이윤학의 시 세계를 형성하는 가장 뚜렷한 모티프로 인식되고 있는 터이다. 이 상처가 얼마나 큰 힘을 발휘하는지는 아래의 시에서와 같은 '작은 조약돌'의 이미지가 보여주고 있다. 이윤학의 시들은 저 "마음속에 박힌 옹어리들 / 숨은 악기들"이 내는 소리로 이루어진다. 그렇다면 시인의 노래는 저 마음속에 박힌 옹어리들이 내는 고통스런 악기의 비명인 셈이다.

물 속의 작은 조약돌들
물의 살을 찢고 가른다
물의 흐름을 바꿔놓는다

마음속에 박힌 옹어리들
숨은 악기들

— 〈시냇물〉 전문

시인은 "가야 한다 / 가야 한다 / 잊으러 가야 한다"고, 저 상처 입은 과거의 기억으로부터 부단히 탈출하려고 한다. 그러나 저 과거의 기억으로부터 빠져나올 수 없는 현재, 과거에 저당 잡힌 현재의 시간은 어떠한 망각도 허용하지 않는다. 저 기억은 하나의 낙인과도 같이 너무나 선명하게 남아 있어서 의지적으로 잊고자 한다고 잊혀질 수 있는 그런 것이 아니다. 망각될 수 있는 상처란 고통이 되지 않는 법이다. 그렇다면 망각을 허용하지 않는 저 상처의 기억 자체가 고통인 셈이라고 말해도 좋다. 왜냐하면 저 고통이란 현재 상태에서의 도피 불가능성이라는 사태를 지시할 뿐이기 때문이다. 과거로 되돌아갈 수 있거나 미래를 향해 나아갈 수 있다면 사실상 어떤 상처의 기억도 고통이 되지는 않는다. 이 잊을 수 없는 기억의 현실과 잊어야 한다는 망각의 당위가 벌이는 줄다리기 속에 이윤학의 시는 자리하고 있다. 그리고, 저 줄다리기는 보이는 것과 보이지 않는 것의 심연을 매개하는 이미지의 긴장감이 불러오는 것이기도 하다.

3.

이윤학의 시 세계에는 원죄와도 같은 저 과거의 상처가 마치 블랙홀처럼 '검은 웅덩이'(《눈》)의 이미지로 자리해 있다. 모든 가시적인 것들은 결국 이 검은 블랙홀 속으로 빠져든다. 아니, 차라리 이 블랙홀이 일체의 사물과 사건들을 그 속으로 끌어들인다고 말하는 편이 옳을지 모른다. 이 '검은 웅덩이' 이미지야말로 모든 기억의 영도를 상징하며, 또한 동시에 모든 고통의 진원지로 자리하게 된다. 왜냐하면 그곳에서 시계 바늘은 더 이상 과거로 진행될 수 없기 때문이다. 그것은 모든 시간이 동결되는 빙점이자 그로부터 모든 시간이 출발하는 영점이다. 이렇게 하여 저 상처의 기억은 모든 지속적인 고통의 현재화를 초래하게 된다. 이 상처의 기억이 얼마나 집요한지를 시인은 '무화과 열매'의 이미지를 빌려 노래한 적이 있다. “무화과 열매들은 움츠러들지 못한다 / 찢어지면서, 시뻘건 속을 드러내놓는다 / 누가 저걸, 실과 바늘로 꿰맬 수 있을까”(〈무화과〉)라고. 이 시에서 시인은 “변하지 않는 것은 겉모습뿐이다, 세월뿐이다”고 역설적으로 노래했다. 그러나 이 역설이 역설이 아닌 것은, 저 변하지 않는 세월이란 과거의 상처로부터 앓는 영원한 고통의 현재를 지시하기 때문이다. 같은 맥락에서 시인은 “지나간 것은 아무것도 없다”(〈모기〉)고 말한다. 고통은 무엇보다도 현재의 사건이다. 그것은 과거나 미래의 사건일 수가 결코 없다. 이미 지난 고통과 다가올 고통이란 전혀 가능하지 않은 것이다. 언제나 현재의 사건으로서만 존재하는 고통 속에서는 시간이 부재한다. 지난 것이거나 지나갈 것이라면 그 어떤 것도 고통이 되지 못한다. 이 고통은 저 단죄의 흔적으로서의 상처와 더불어 그 처형의 순간 속에서 그 자체로 영원화된다. 시인은 여전히 이 상처의 어두운 “구멍 속을 탐험하는 일에 / 전념하고 있다”(〈봄 2〉). 그러나 그 구멍은, 탐험하면 할수록 “점점 커지는 구멍”이다.

어디로도 가지 못한다, 나는
나를 버리려고 헤매고 있을 뿐!
나를 따라온 발자국들, 예전에도
나를 떠났던 것, 나는 나를 지우지 못한다

나는 내가 아니기를,
얼마나 오랫동안 바라고 있었던가

길가에 쳐진 버드나무 가지들, 그
길고 가느다란 꼬랑지들 쉴새없이,

사방팔방으로 찢기려고

발광을 하고 있다

— 〈눈보라〉 부분

고통의 지속적인 현재화는 이제 자기 연민이라고나 해야 할 어떤 상태를 불러온다. 그리고 이 자기 연민이 초래할 잠재적인 귀결은, 심리학적으로는 새도-마조히즘이라고 불릴 수 있는 자기 파괴와 자학의 '개미지옥'을 이룰 것이다. 자기 연민과 자기 저주는 동전의 양면을 이루는 쌍생아이다. 말하자면 자기 연민의 이면이 바로 자기 저주라는 것이다. 자기 연민이 지니는 자기 저주의 측면을 시인은 "어서 썩어버리는 것이, 세상과 / 화해하는 유일한 길이다"(〈썩어버린 연못〉)고 노래한다. 자기 저주는 결국엔 자학으로 이어진다. 그 길은 대단히 짧다. 시인은 이 자기 연민/저주의 운명을 다음과 같이 통찰하고 있다. "내 저주는, / 나를 다 태운 뒤에야 꺼지는 거네"(〈성환에서 1〉)라고 말이다. 그리하여 자기 연민은 이제 "그렇게 망가뜨리는 게 / 인생 아니겠는가!"(〈긴고랑길〉)라는 자학의 포즈로까지 이어지게 되는 것이다. 시인은 이미 "뻘겋게 달았을 당시, / 무수히 내리쳐진 / 망치에 대한 설렘"(〈칼끝〉)이나 "더 넓게 더 깊게 / 상처를 덧내주기를"(〈늙은 참나무 앞에 서서〉) 같은 구절에서 이 경계선을 희미하게나마 보여주고 있다. 자기 연민과 자학의 울타리 속에는 타자를 위한 어떠한 자리도 더 이상 마련되어 있지 않다. 이같은 사태를 시인은 "너는 갇혀 있으니, 붙어 있으니 / 나를 돌아볼 수도 없다"(〈모기〉)고 노래한다. 그러니, "누군가를 대신해 / 아파줄 능력을 가진 사람 / 이 세상 어디에도 없다"(〈마을 회관, 접는 의자들〉)는 사실을 시인은 잘 알고 있을 터이다. 그는 대단히 통찰력 있는 시선으로 자기 연민에 사로잡힌 주체가 불러올 세계 파괴의 위험을 이미 '초점을 맞춘' "돋보기로 보는 개미"의 운명을 통해 적시해 놓은 터이다.

한 마리 개미를 관찰한다

돋보기로 보는 개미
흐릿하게 확대되어
어지러운 마음속에 사로잡힌다

얼마나 추웠을까?

초점을 맞춘다

—〈연민〉 전문

4.

간결하고도 압축적인 언어 구사를 통해 금강석처럼 견고한 이미지를 구축하는 이윤학의 시작법은 그 이미지의 견고함만큼이나 풍성하고도 다양한 해석의 실마리를 제공하는, 대단히 아름다운 풍경을 만들어낸다. 언어보다 훨씬 '유기적인' 비유적 이미지로 충만해 있는 그 풍경은 가시적인 사물의 외관에 드리워져 있는 비가시적인 것의 비의를 상징적으로 포착하고 있다. 이러한 상징적 이미지를 통해 시인의 시 세계는 가시적인 것과 비가시적인 것의 심연을 중개시킨다. 어원학적으로 상징Symbolon이란 용어는 일종의 우의를 나누는 짝패를 가르키는 말이었다. 다시 말해 그것은 나뉘어진 것의 분리를 복원시키거나 거리를 뛰어넘는 것을 목적으로 한 표지였던 것이다. 그것은 나뉘어진 것들을 재결합하기 위해서 자기의 지평에 나머지 숨겨진 짝패를 끌어들인다. 이와 같이 상징적 이미지는 통합적, 재구성적, 접촉적 관계를 맺게 해준다. 달리 말해서 이미지는 초월성을 전제로 한다는 것이다. 가시적인 것 속에 비가시적인 것을, 일상에 초월을 불러들이는 이 마술적인 힘 속에 이미지의 본질적 모습이 존재한다. 그러므로 이미지의 최종적인 의미는 그것이 하늘과 땅의 매개자, 즉 우주의 중재자라는 사실에 놓이게 된다.

빙하기의 원시 인류가 저 어두운 지하 동굴의 암벽에다 들소의 이미지를 새겨넣었을 때, 그 이미지는 자연 속에 존재하는 가시적인 하나의 사물을 단순히 재현해 낸 것에 불과한 것이 아니다. 그것은 우리의 지각 작용의 한계를 넘어서는 다른 힘과 능력을, 말하자면 매혹시키거나 마법을 불러일으키는 초자연적인 힘을 지니고 있는 것이었다. 이미지Image는 마술Magie과 동일한 어원을 지니고 있으며, 마술의 끈질긴 후광이 이미지의 신비를 조명하고 있는 것이다. 그렇다면 마술이란 무엇인가? 그것은 무엇보다도 먼저, 무의식적인 꿈과 마찬가지로, '비가시적인 것의 가시화'의 능력이라고 말할 수 있다. 마술에 있어서 보이는 것은 보이지 않는 것의 현현이 된다. 낭만주의 예술론, 특히 노발리스 시론Poetologie의 전문 용어로 자리하게 될 이러한 마술의 개념 속에는 이미 어둠과 꿈과 죽음이라는 저 예술론의 핵심적인 모티프들이 필연적으로 자리하게 된다. 왜냐하면 서로 혈족 관계에 있는(암흑의 신 에레부스와 꿈의 신 히프노스는 죽음의 신 타나토스와 형제이다) 이 모티프들은 마술이 불러내는 비가시적인 것의 영역을 구성하는 본질적인 인자들이기 때문이다.

《이미지의 삶과 죽음》의 저자 레지스 드브레에 의하면, 이미지에 대한 탐구는 예술의 "모든 문제 제기가 탄생하는 자리에 있는 숙명성"이 된다. 마술과 마찬가지로 이미지는 가시적인 것의 배후에 들어있는 비가시적인 것의 기호이며, 인류의 집단적인 기억이 머물고 저장된 장소이다. 사실상 이 '기호'라는 말 역시 묘비석을 뜻하는 라틴어 세마Sema에서 유래하고 있는 터이다. 그것은 하나의 묘지, 즉 죽음의 장소를 인식하게 하는 표지가 된다. 저 원시 인류가 각인한 들소 이미지의 저장소가 바로 어두운 지하 동굴이었다는 사실은 이미지의 기원이 가시적인 빛의 세계보다는 비가시적인 어둠의 세계와 더욱 관련이 깊다는 추론을 가능케 한다. 무엇보다도 라틴어 이마고Imago가 죽은 자의 얼굴을 밀납으로 주조한 것을 가르키는 말이었음은 우연이 아니다. 그렇다, 이미지는 바로 죽음에 대한 기억이며 동시에 죽음의 그림자인 것이다. 그러나 이 그림자는 또한 살아있는 존재나 사물의 혼을 의미하는 것이기도 하다. 왜냐하면 저 로마인들이 죽은 자의 얼굴을 밀납으로 주조했을 때 그 얼굴, 즉 이미지는 덧없이 사라져가는 사물이 아니라 영원히 머물게 될 그 영혼을 드러내는 것이었기 때문이다. 죽은 자를 산 자로 대치하는 이러한 이미지의 사용은 죽음을 정복하려는 인간적 욕망의 기록으로 자리하고 있다.

소멸의 운명을 타고난 모든 가시적인 것을 통해서 영원히 머무를 운명을 부여받은 비가시적인 것이 이미지 속에 현상하게 된다. 이미지는 보이는 것과 보이지 않는 것 사이의 영구적인 거래를 가능케 하는 물물교환의 수단 같은 것이라고 저 저자는 말한 바 있다. 따라서, 참된 의미에서 진정한 생명은 이처럼 허구적인 이미지 속에 존재하는 것이지 현실의 사물이나 신체 속에 존재하는 것은 아니라고 말할 수도 있다. 이미지의 이러한 마술적 특성은 그것을 미적 범주가 아니라 하나의 정신적 범주로 자리하게 한다. 그것은 부재중인 것을 눈 앞에 가져다 놓는다. 우리의 시선은 그것을 통해 가시적인 것의 영역에서는 오직 부재로만 현존하는 비가시적인 것을 응시한다. 이 응시는 오로지 신경다발로만 이루어진 단순한 망막의 작용을 넘어서 있다. 이같은 비가시적인 것의 가시화를 담보하는 것이 바로 이미지인 것이다. 그러므로 그것은 아마도 덧없는 것의 영속을 주장하고 있는 것처럼 보일지도 모른다. 그러나 그것은 우리의 기억보다 앞서 있는 기억이며, 이 이미지들을 관통하면서 우리에게 손을 내미는 것은 어쩌면 인류라는 종 자체일지도 모른다. 이미지는 그 어떤 것에 의해서도 결코 추월되지 않는다. 왜냐하면 죽음은 우리가 초월할 수 없는 것이고, 또 어떤 존재도 죽음을 넘어설 수는 없기 때문이다. 인류의 주요 신화의 본질이 무엇이든간에 죽음은 이미지를 낳고 이미지로 머문다. 이미지를 통해서 저 너머의 세계가 이 삶 속으로 중개되는 것이다. 그러니, 보이지 않는 배경이 없이는 보이는 형태도 없다고 말해야 하리라. 사라져가는 자만이, 또 그 사라짐을 아는 자만이 머무르고자 한다. 이미지는 보이는 것과 보이지 않는 것, 사라짐과 머무름의 긴장 속에 자리하고 있다. 그것은 하나의 현존이자 부재, 즉 부재하는 현존이며 현존하는 부재의 기호이다. 인간은 죽음에 의한 존재의 해체에 이처럼 이미지에 의한 재구성으로 맞서는 것이다. 이미지는 오랫동안 인간을 상징적 의사소통의 체계 속으로 편입시키는 통합의 역할을 담당해왔다. 신화의 이미지들이 바로 그러한 직접적인 의사소통의 체계이며, 시는 이러한 신화적 이미지의 직접적인 후예로 오늘날까지 살아남아 있는 것이다.

환상과 서정의 대위법
— 안현미의 시세계

안현미의 시세계는, 시인 자신의 표현을 빌려 말하자면, "치사량의 열정과 눈물 한 방울만큼의 광기와 고독 / 개미의 페로몬 같은 상상력을 복용"(〈짜라투스트라는 이렇게 말했다〉)한 어떤 도발적인 정신의 초상이라고 할 수 있다. "낡은 시대와 서둘러 작별하라"는 이 같은 '짜라투스트라'의 정신은 그만큼 불온하고 또 위험하기도 하다는 뜻이겠다. 왜냐하면 그것은 이 세상의 '지도엔 없는 마을'을 찾기 위해서 '세상 끝 등대'(〈카만카차〉)를 배회하는 정신과 다르지 않기 때문이다. 안현미의 시세계에서 저 '지도엔 없는 마을'은 대개 근대적 주체나 현실의 관념으로부터 배제된 어떤 무의식이나 환상(환영, 환청, 환각을 포함한)의 영역 속에서나 발견될 수 있는 것으로 상정되고 있는 듯하다. 필경 프로이트가 말한 쾌락원칙이 지배하고 있을 이 영역을 우리는 일종의 유토피아라고 불러도 좋겠다. 그러므로 시인이 해체하고자 하는 현실, 혹은 새롭게 구축하고자 하는 저 유토피아로 들어서기 위해서는 무엇보다도 먼저 '환상'이라는 푯말이 세워져 있는 어떤 무의식의 입구를 통과하지 않으면 안 될 것처럼 보인다. 달리 말해서, 시인의 시세계를 구성하는 핵심적인 정신의 풍경은 바로 무의식의 초상이라는 뜻이 되기도 할 것이다. 시집에 자주 등장하는 '꿈(몽)'이나 '환각', '몽상'이나 '착란' 혹은 '중독', '발광', '몽유' 같은 의식의 부재 혹은 잉여의 사태들이 지시하는 바는 바로 저 초상의 다양한 양태들일 터이다.

보다 정확하게 말하자면, 안현미의 시세계가 탐색하고자 하는 것은 이성 중심주의적인 근대적 주체의 관념 속으로 환원될 수 없는, 의식으로부터 배제되어 추방된 우리 정신의 또 다른 영역이라는 것이다. 가령, 중의법으로 사용된 〈환을 연주하다〉 같은 시의 제목이 암시하고 있는 바와 같이 인간 정신의 일부로서의 환상의 영역이 바로 이 시인의 노래의 지반을 이루고 있다는 뜻이겠다. 이 제목의 시에 등장하는 "나는 길을 잃고 헤매던 조각배인 듯 불빛 속에서 떠오르는 환을 봅니다" 같은 표현이나 "나 몽유병에 꽂혀 죽어 가고 있어"(〈몽유병〉) 같은 구절을 보라! 시인의 표현대로라면, '수은이 벗겨진 거울'(〈사티와〉)의 뒷면이나 "소리를 얻지 못하고 내 안에서만 달그락 거리는 나의 소리들"(〈달빛 하얀 가면〉)로 상징되는 어떤 비가시적이거나 비가청적인 정신의 영역이 바로 안현미의 시세계가 탐색하고자 하는 득의의 영역이라는 것이다. 여기에서 이 '거울'과 '소리'는, 물론, 세계와 대상을 자기동일성의 '빛' 속으로 끌어들이는 주체의 의식과 감각에 대한 은유에 지나지 않을 터이다. 시인 자신 역시 이러한 점을 충분히 의식하고서 "나는 착란의 운명을 타고난 빛나지 않는 별"(〈尸口門 밖, 봄〉)이라고 노래하고 있기도 하다. 여기에서 '착란'이란 의식의 거울이 깨진 어떤 불가해한 정신의 상태에 대한 표현에 다름 아닐 것이다. 그렇다면 시인이 노래하는 이 착란의 실제적 내용은 무엇일까? 아래 시를 보기로 하자.

> 착란에 휩싸인 봄이 그리워요, 비애도 회한도 없는 얼굴로 당신들은 너무나 말짱하잖아요, 착란이 나를 엎질러요, 엎질러진 나는 반성할까 뻔뻔할까, 나의 죄는 가난도 가면도 아니에요, 파란 아침이고 시구문 밖으로 나가면 끝날 이 고통도 아직은 내 거에요. 친절하지 않을래요 종합선물세트처럼 주어지는 생을 사는 건 당신들이지 나는 아니에요, 나는 착란의 운명을 타고난 빛나지 않는 별, 빛나는 별도 언젠가는 늙고 죽어요 우리 모두는 그런 운명을 갖고 태어나지만 영원을 살 것처럼 착란 속에서 살며 비애도 회한도 모르는 얼굴로 우리들은 너무나 말짱해요.
>
> — 〈尸口門 밖, 봄〉 부분

이 시에서 '착란에 휩싸인 봄'이란 "비애도 회한도 없는 얼굴"을 한, 그러니까 도저한 생명력으로 약동하는 어떤 삶과 존재에 대한 환유라고 말해야 하리라. 보다 자세히 말하자면, "빛나는 별도 언젠가는 늙고 죽"는 "그런 운명을 갖고 태어나지만 영원을 살 것처럼" "너무나 말짱하"게 "종합선물세트처럼 주어지는 생을 사는" 그런 삶을 일러 시인은 착란이라고 말한다는 것이다. 결국 죽음과 소멸을 염두에 두지 않는 '참을 수 없이 가벼운' 삶이야말로 바로 착란이라는 뜻일 터이다. 그래서 시인은 "차라리 神은 봄 같은 건 제조하지 말았어야 한다!"(〈거짓말을 제조하다〉)고 공언하고 있는 것인지도 모른다. 왜냐하면 이 '봄'이야말로 바로 착란을 가져오는 원인이 되기 때문이다. 그런데 이 시에서 더욱 주목해야 할 점은, 시인 자신은 이 '착란에 휩싸인 봄'을 그리워하고 있다는 사실이다. 그리워하는 대상은 언제나 이미 과거의 시간 속에 놓여 있는 것일 수밖에 없을 텐데, 그렇다면 시인은 이제 이 '봄'을 살고 있지 않다는 사실이 자명해진다. 다시 말해서, 시인의 현재적 삶이나 존재는 저 착란의 '시구문 밖, 봄'의 바깥, 즉 '시구문 안'의 세계에서 이루어지고 있다는 뜻이겠다.

이 같은 사태를 달리 표현하자면, 시인의 현재적 삶은 저 '시구문'이라는 어사가 드리우고 있는 그림자로서의 어떤 죽음의 표상 안에서 이루어지고 있다는 것이다. "문밖이 곧 저승이라고 하더니, 왜 나는 문 안쪽에서도 관에 누워있는 것 같단 말이오"(〈그렇다면 시인,〉)라는 시의 한 구절이야말로 바로 이러한 사정을 잘 말해주고 있다 할 것이다. 시집에서 이 죽음의 구체적인 양태로 등장하는 것이 '고장난 생'(〈종이피아노〉)의 이미지들이다. 시인은 흔히 "어디까지가 바닥인가요? 왜 生은 고장 투성이인가요?"(〈고장난 심장〉)라거나 "잘못 태어났어"(〈몽유병〉)라며 자신의 현재적 삶과 존재에 대해 항변하고 있는 것처럼 보인다. 시집에서 이 고장난 생의 이미지 다발들이 수렴되는 하나의 핵심적인 이미지는 "잃어버린 시간이 울고 있"는 '옥탑방'(〈하시시〉, 〈사티와〉, 〈옥탑방〉)으로 표상되고 있다. 물론 시인 역시 "나는 착란의 운명을 타고난 빛나지 않는 별"임을 이미 알고 있다. 시인 자신도 저 '시구문 밖, 봄'의 계절을 살 운명을, 즉 삶과 생명의 환희를 구가할 운명을 타고난 '별'임은 분명하다는 것이다. 그리하여 시인은 다시 "봄을 제조한 神은 위대하다, 위대하다!"(〈거짓말을 제조하다〉)고 거듭 강조하고 있는 것이리라.

그런데 시인의 현재적 삶은 저 착란의 봄을, 그 운명을 살지 못한다. 저 '별'이란 어사 앞에 놓인 '빛나지 않는'이라는 수식어가 말해주는 바가 바로 그것일 터이다. 그러니 "비애도 회한도 없는 얼굴"을 하고 사는 저 '시구문 밖, 봄'이 어찌 그립지 않을 수 있을 텐가? 이 그리움 속에는, 뒤집어 말하자면, 현재적 삶의 비애와 회한이 똬리 틀고 있는 것이다. 그러므로 우리는 이 시구문 안의 상황이 시인의 현재적 삶의 조건이라고 말해야 한다. 그리고 시집에서 이 시구문 안의 현재적 삶을 지배하는 것은 '모래시계'로 상징되는, 자꾸 "흘러내리는 시간"(〈고장난 심장〉), 즉 계기적 시간에 의한 인과성이라고 말할 수 있을 것 같다. 이 계기적 시간의 흐름 속에서 모든 존재의 빛은 끊임없이 바래져서 마침내 소멸을 향해서 가기 때문이다. "시간은 아무것도 해결해 주지 않을 테지만 그곳으로 나를 데려다 주겠지요?"(〈고장난 심장〉)라고 시인이 노래할 때, '그곳'이란 어김없이 죽음의 그림자를 동반하고 있는 것이다. 결국 시인의 현재적 삶과 존재는 저 시간의 인과율 속에서 마침내 죽음과 소멸로 향하게 될 것이라는 뜻이겠다. 시구문 안에서 이루어지는 이 삶의 무상함과 쓸쓸함을 노래하고 있는 다음과 같은 시를 보기로 하자.

> (…전략…) 난독증을 앓는 착란의 바람이 집창촌 골목 다닥다닥 붙은 유리벽을 흔들고 지나갔다 이방의 어느 골목인 듯 모국어가 그리웠다 생은 결국 플러스 제로와 마이너스 제로만을 해답으로 가진 수학공식 같았다 유리벽에 걸린 블루마린빛 시계는 자살했고 미로처럼 구불구불한 그녀들의 방 거울 속엔 마스카라가 얼룩진 얼굴들이 검은 눈물을 흘리고 있었다 슬픔은 팡이 팡이 피어오르는 곰팡이꽃처럼 습관적으로 습한 곳만 더듬거렸다 습관적으로 희망하고 반복적으로 절망하는 날들이 지나갔지만 아무도 여자가 어디로 갔는지 묻지 않았다 물음이란 본디 목마른 여름날 오후의 햇살들처럼 아무것도 말해주지 않는다는 게 이 별책 부록 같은 골목의 불문률이었다
> 그 해 여름 팔려간 여자의 화장대 거울은 땀을 뻘뻘 흘리며 목마른 시인의 가면을 뒤집어쓰고 팔리지 않는 위독한 모국어로 詩를 쓰고 있었다
>
> – 〈그 해 여름〉 부분

그러니 이제 우리는 시인이 그리워하는 저 '시구문 밖, 봄'의 풍경을, 달리 말해서 '착란에 휩싸인 봄'의 풍경을 자세히 들여다볼 수밖에 없는 입장에 처하게 되었다. 시집에서 저 시구문 밖, 봄은 흔히 '죽어버린 시계'(〈timeless time〉), '살해된 시간' 혹은 '도둑맞은 시간'(〈러시안 룰렛〉), '잃어버린 시간'(〈옥탑방〉) 혹은 '시간을 잃어야 할 시간'(〈마침표〉) 등으로 표현되는 어떤 무시간적인 카오스적 풍경을 배경으로 하여 연출되는데, 안현미의 시세계에서 이 상실된 시간은 대개 주체의 자기동일성의 의식 바깥의 풍경을 드러내는 장치로 작용하고 있다. "시간을 오려내는 거예요 오후 세 시는 권태롭다면서요?"(〈오후 세 시〉) 같은 표현이 암시하고 있는 것도 바로 저 '별책 부록 같은' 일상의 권태로운 시간이 정지한 상태, 즉 일상적 의식의 바깥일 터이기 때문이다. 저 의식 바깥의 풍경 속에서는 우선 "내 속에는 내가 너무도 많아 분열을 앓고 있는 나는 나를 사랑한 당신을 사랑한 나를 증오하지"(〈옥탑방〉) 같은 복잡한 문장이 말하고 있듯이, 주체는 홀로 단독자로서 존재하지 않는다. 그것은 몇 개의 겹으로 이루어져 있거나 아니면 '나를 사랑한 당신을 사랑한 나'처럼 타자와의 관계 속에서 존재하는 것으로 상정된다. 이 같은 복수적 혹은 관계적 주체의 초상을 그리고 있는 작품들 가운데서 가장 빼어난 작품은 아마도 다음과 같은 시일 것이다.

> 사내의 그림자 속에 여자는 서 있다 여자의 울음은 누군가의 고독을 적어 놓은 파피루스에 덧쓰는 밀서 같은 것이어서 그것이 울음인지 밀서인지 고독인지 피아졸라의 음악처럼 외로운 것인지 산사나무 꽃그늘처럼 슬픈 것인지 아무것도 아닌 것인지 그게 다인지 여자는 눈, 코, 입이 다 사라진 사내의 그림자 속에서 사과를 베어먹듯 사랑을 사랑이라고만

말하자,고 중얼거리며 사내의 눈, 코, 입을 다 베어먹고 마침내는 그림자까지 알뜰하게 다 베어먹고 유쾌하게 사과의 검은 씨를 뱉듯 사내를 뱉는다

— 〈개기월식〉 전문

근대적 주체의 관념과 의식이 파기된 자리에서 등장하는 이 새로운 복수적 주체의 초상은 필연적으로 타자와의 관계 속에서 새롭게 정립될 수밖에 없을 것이다. 물론 저 새로운 주체가 자리하고 있는 '잃어버린 시간' 속에서는 시간이 이미 상실되고 없기에 계기적 시간성으로부터 귀결되는 존재나 사물의 인과성 같은 것이 자리할 여지가 없음은 물론이겠다. 또한 이 상실된 시간 속에서는 따라서 시간의 불가역성조차 작용하지 못하고 어떤 가역적인 것으로 전환되기도 하는 것처럼 보인다. "나는 환승역으로 돌아와 시간을 바꾸어 탑니다"(〈환을 연주하다〉) 같은 표현이 지시하는 바가 바로 그것이다. 환상성의 모티프로부터 파생된 이 같은 복수적 주체의 출현을 통해 시인이 노래하고자 하는 바는 어쩌면 이제는 상실된 낙원의 회복 가능성에 대한 탐색인 것처럼 보인다. 저 시구문밖, 봄의 세계가 상징하는 것 역시 시인이 "오직 당신의 꿈속에만 있다"(〈가령,〉)고 노래하고 있는 어떤 '시원(始原)'의 상태, 즉 이제는 상실된 낙원의 다른 이름일 수밖에 없다는 뜻이겠다.

가령 당신이 수원에서 기차를 탔다고 합시다
가야 할 곳은 시원이라고 합시다
당신은 까무룩히 졸았다고 합시다
당신의 꿈속에선 비가 내렸다고 합시다

빗속을 달려오는 회색빛 자동차도 있었다고 합시다
그래도 당신이 가야 할 곳은 시원이라는 걸 잊지 않았다고 합시다
그러나 눈을 떠보니 수원이라고 합시다
그렇다면 당신은 떠났던 것일까요?
떠나지 않았던 것일까요?
始原, 시원은 오직 당신의 꿈속에만 있다는 걸
街靈, 당신이 믿는다면
나는 당신의 전생을 듣고
당신의 꿈속에 도착할 수 있겠습니다

— 〈가령〉 부분

이 같은 실락원의 모티프를 통해서 시인이 탐색하고자 하는 질문의 핵심은 다음과 같다; "나는 나를 시작할 수 있을까요?"(〈고장난 심장〉). 안현미의 시세계와 관련하여 이 같은 난해한 질문의 의도를 우리는 낙원상실 이전 상태로의 회귀 가능성에 대한 탐색으로 이해해야 한다. 달리 말해서 우리가 기독교적 원죄의 관념으로부터 파생된 실낙원의 모티프를 프로이트가 말한 바 있는 현실원칙에 의한 쾌락원칙의 억압, 즉 정신에 의한 자연의 분리, 주체에 의한 타자의 억압, 의식에 의한 무의식의 분열이라는 관점에서 해석할 수 있다면, 낙원의 부활 가능성은 이 분리된 주체와 세계의 새로운 통합, 즉 쾌락원칙과 현실원칙의 화해에 의해서만 가능하다고 할 수 있다는 뜻이다. 안현미의 시세계에 에로스적 욕망이 강렬하게 지배하고 있는 것처럼 보이는 이유도 바로 이러한 맥락에서 이해될 수 있을 것이다. 이 에로스적 욕망은 현실원칙의 지배 아래에서 성립된 근대적 주체나 현실의 관념에 대한 전복과 해체의 열망에 다름 아니기 때문이다. 달리 말해서 그것은 현실원칙의

억압 아래 놓인 분열된 근대적 주체의 자리를 다시 그 원래의 상태로 되돌리고자 하는 열망의 다른 이름이라는 것이다. 이제는 상실된 이 태초의 상태를 일러 시인은 아마도 '지도에는 없는 마을'로 명명했을 터이다.

쾌락원칙을 따르는 에로스적 충동이 현실원칙의 지배에 의해 성립된 문화 혹은 근대적 주체의 관념으로부터 애초부터 배제되어 왔다는 것은 주지의 사실이다. 따라서 우리는 저 상실된 낙원의 새로운 회복은 이성 중심주의적인 근대의 주체를 이 에로스적 욕망에 의해 해체하거나 해방함으로써만 비로소 가능하게 될 것이라고 추정할 수 있다. 안현미의 시에 환각, 착란, 몽유 같은 환상성의 모티프들이 강력하게 작용하는 것도 바로 이러한 사정과 무관하지 않다. 왜냐하면 환상이야말로 저 쾌락원칙을 따르는 에로스적 욕망이 주체의 의식에 뚫어놓은 구멍을 통해 솟아오른 무의식의 자기 존재증명일 것이기 때문이다. 환상은 의식에 의해 배제되거나 억압되었던 것들이 허약한 의식의 지층을 뚫고 솟아오르는 무의식의 자기발현인 셈이다. 그러므로 그것은 의식/언어의 정돈된 질서 안에 온전히 편입되지 못한다. 언어에 대한 시인의 예민한 자의식이나 통찰 역시 이러한 맥락에서 이해될 수 있다. '난독증을 앓는 착란의 바람'과 '팔리지 않는 위독한 모국어'(《그해 여름》), '파피루스에 덧쓰는 밀서'나 "사랑을 사랑이라고만 말하자"(《개기월식》) 같은 표현들은 모두 이러한 언어에 대한 시인의 자의식을 말해주는 것일 터이다. 시인의 언어에 대한 자의식과 통찰이 핵심적으로 드러나는 것은 〈언어물회〉라는 시이다. 거기에서 시인은 "한계와 임계 사이에 언어가 있다 / 언어는 우울한 물고기 이름이다"라고 노래한 바 있다. 말을 바꾸자면, 언어는 그 자체로 한계인 동시에 임계, 즉 존재의 최소치와 최대치 사이에서 움직이는 살아 있는 '물고기'와 같은 것이라는 뜻이겠다. 언어라는 이 물고기가 '우울한' 이유는 바로 그것이 지니고 있는 이 같은 불확정성과 유동성 때문이라고 해야 한다.

사실상 안현미의 시세계에서 언어는 그 지시 대상에서 언제나 미끄러질 수밖에 없는 한계와, 또한 그 지시 대상의 최대치를 싸안는 임계 사이에 있다. "좌석이 없는 좌석버스를 타고", "꽃밭은 없고 이름만 남아 있는 / 花田간다"(〈화전간다〉) 같은 표현을 보라! 실체는 사라지고 명목만 남은 기호로서의 언어에 대한 시인의 관점이 잘 드러나고 있는 구절이라고 하겠다. 환상의 언어들이 단아한 서정시의 리듬과 어법을 갖지 못하는 이유가 바로 거기에 있다. 우리는 안현미의 시세계에서 의식으로 제어되지 못한 말들의 카니발이 이루어지고 있음을 드물지 않게 목도할 수 있다. 그리고 이 말들의 카니발을 구성하는 도발적인 정신이 시인의 시세계에서 아이러니와 역설의 수사법으로 등장하고 있음도 주목해야 한다. 그러니 이 아이러니와 역설을 우리는 단순한 수사의 차원으로 한정지어서는 안 되고, 그것이 바로 안현미의 시 정신 자체라고 말해야 한다는 것이다. 가령, 첫 시집 《곰곰》(2006)의 표제시이기도 한 다음과 같은 시를 보도록 하지.

주름진 동굴에서 백일동안 마늘만 먹었다지
여자가 되겠다고?

백일동안 아린 마늘만 먹을 때
여자를 꿈꾸며 행복하기는 했니?

그런데 넌 여자로 태어나 마늘 아닌 것
먹어본 적이 있기는 있니?

— 〈곰곰〉 전문

여자가 되기 위해 "백일동안 마늘만 먹었"던 '곰'이 "여자로 태어나 마늘 아닌 것 먹어본 적이 없"게 된 이 우울한 정신적 현존의 상태야말로 내가 보기에 안현미의 시세계가 자리하고 있는 핵심적인 장소일 듯하다. 이 시의 제목이 그냥 단순히 '곰'이 아니라 '곰곰'일 수밖에 없는 이유도 바로 이러한 반어적 혹은 역설적 정신 때문이리라. 아이러니와 역설은 정신이 스스로를 의식하는 정신의 한 형식, 보다 정확히 말하자면 실존적 부조리의 의식이라고 말할 수 있다. 그리고 이 정신의 본질은 언제나 '다시re'라는 제곱의 형식으로 존재한다. 이 아이러니와 역설의 정신은 정신의 자기 성찰 혹은 반성의 형식이라는 뜻이다. '곰'이 '곰곰'으로 중첩되는 이 시의 표현법이 담고 있는 이 같은 성찰적 정신이야말로 바로 저 아이러니와 역설의 형식이라는 것이다. 그러므로 '곰곰'은 '곰'에 의해 성찰된 '곰'의 실존적 부조리의 의식이라고 할 수 있다. 그러나 이 아이러니는 또한 우울한, 슬픈 정신의 자기표현이기도 하다. '곰'이 제곱된 이 '곰곰'의 언어적 형식은 안현미의 시세계에서 모멸에 찬 정신의 자기의식이기 때문이다.

수치스럽지만 인정할 수밖에 없는 자신의 실존적 현실, "잘못 태어났다"(〈몽유병〉)거나 "꽃다운 청춘을 바쳐 벌레가 되었다"(〈거짓말을 타전하다〉)는 자기 모멸적 인식을 통해서야만 자신을 드러낼 수밖에 없는 정신의 자기의식, 그것이 바로 아이러니와 역설이다. 이 시집에 자주 등장하는 동음이의어homonym에 의한 말장난fun도 이러한 아이러니와 역설의 정신과 무관하지 않아 보인다. 왜냐하면 그것은 동일한 기표를 통해서 서로 다른 사태나 상황을 동시에 지시할 수 있기 때문이다. 가령, "피를 뽑기 위해 피를 빨리는 무서운 생업"(〈함부로〉) 같은 표현을 보라! 안현미의 시세계에서 이 같은 말의 유희는 대부분 시의 문맥 속에 아주 적절하게 배치되어 있어 시적 긴장의 폭을 극대화하고 있다는 사실에 주목하기로 하자. 그러므로 이 같은 아이러니와 역설의 정신적 형식은 전도된 세계를 전도된 방식으로밖에 말할 수 없는 우울한 정신의 자기 해체적 형식이라고 말할 수도 있다. "획획 돌아버린 세상"(〈대낮의 부림나이트로 오실래요?〉)에 '획획 돌아버린 방식'으로 대응하기, 즉 환상을 통한 말들의 카니발이라는 탈문법적인 방식으로 대응하기는 바로 이러한 자기긍정과 자기부정이 동시에 자리하고 있는 아이러니한 정신의 표현인 것이다. 그런 의미에서 아이러니와 역설의 진정한 의미는 말을 통해서 말을 해체하거나 넘어설 수밖에 없는 저 정신의 치열한 실존적 의식과 다르지 않다. 아래의 시에 등장하고 있는 이 '비굴' 역시 저 치열한, 자기 모멸적 정신의 실존적 초상으로 이해되어야 할 것이다.

그러니까 오늘은
비굴을 잔굴, 석화, 홍굴, 보살굴, 석사처럼
영양이 듬뿍 들어있는 굴의 한 종류로 읽고 싶다
생각건대 한 순간도 비굴하지 않았던 적이 없었으므로
비굴은 나를 시 쓰게 하고
사랑하게 하고 체하게 하고
이별하게 하고 반성하게 하고
당신을 향한 뼈 없는 마음을 간직하게 하고

그 마음이 뼈 없는 몸이 되어 비굴이 된 것이니
그러니까 내일 당도할 오늘도
나는 비굴하고 비굴하다
팔팔 끓인 뼈 없는 마음과 몸인
비굴을 당신이 맛있게 먹어준다면

—〈비굴 레시피〉 부분

비록 환상 쪽에 무게중심이 현저하게 쏠려 있음에도 불구하고, 안현미의 시세계는 마치 '막장의 어둠'(〈고생대 마을〉) 같은 두터운 기억의 지층을 또한 갖고 있는 것처럼 보인다. 이 '고생대'의 지층 속에는 우선 무엇보다도 "막장에서 석탄을 캐내던 내 아버지"(〈고장난 심장〉) 혹은 "산다는 게 피 흘리는 일임을 너무도 일찍 알아차린 아버지"(〈함부로〉)와 "까치밥처럼 눈물겨운 엄마"(〈우리 엄마 통장 속에는 까치가 산다〉)의 화석이 자리하고 있다. 시인은 이 고생대의 지층, 즉 유년기의 기억들을 발굴하면서 "그때 우리에게 허락된 양식은 가난뿐이었"(〈음악처럼, 비처럼〉)다고 노래하고 있다. 그럼에도 불구하고, 유년기의 기억 속에서 발굴된 이 아비의 초상은 환상의 층위에서 '외눈박이 거인'(〈오후 세 시〉)의 모습으로 등장하여 "팔팔 끓는 솥을 계집아이 머릿속에 쏟아"붇는 저 아비의 이미지와는 또 얼마나 다른가? 환상의 층위에서 출현하는 저 외눈박이 아비의 이미지가 시인의 초자아의 초상이라면, 이 서정적인 기억 속에서 등장하는 아비는 마치 시인의 자아의 일부처럼 보이기도 한다. 기억이란 것이 언제나 주체의 자기동일성의 확증을 위한 방어기제로 작용하기 때문일까? 어쨌든 우리는 시인의 저 유년기의 기억 속의 풍경을 자세히 들여다 볼 수 있다.

아마도 태백이나 사북 같은 광산지대에서 유년기를 보냈던 것으로 보이는 시인의 기억 속에 남아있는 고향의 이미지는 무엇보다도 상처와 가난을 떠올리게 한다(〈함부로〉 〈기차표 운동화〉 〈고생대 마을〉). 또한 저 기억의 고생대 지층 속에는 "고아는 아니었지만 고아 같았던", "꽃다운 청춘이었지만 벌레 같았"(〈거짓말을 타전하다〉)던 청춘기의 고독과 슬픔도 함께 자리하고 있는 듯하다. 그러나 기억이란, 마치 무의식이 펼치는 꿈과 환상이 그러하듯이, 이 가난과 고독의 그림자들을 그리움이라는 서정에 기대어 어떤 맑고도 따뜻한 심리적 풍경으로 전이시키는 것처럼 보인다. 그런 의미에서 안현미의 시들이 환상의 층위에서 기억의 층위로 무게중심을 옮길 때, 그 시어들은 맑고도 슬픈 서정의 결을 한껏 드러낸다는 사실은 어쩌면 당연한 것일지도 모른다. 맥락은 다르지만 〈여행 온 아이가 여행 온 아이에게〉 〈우리 엄마 통장 속에는 까치가 산다〉 〈비처럼, 음악처럼〉 같은 작품들 또한 모두 이러한 깊은 서정의 울림을 지닌 시들이라고 할 수 있다. 시인의 무/의식이 재생한 기억 속에서는 모든 것이 이 무/의식에 의해 질서정연하게 자리 잡힌 것으로 표상되는 듯하기 때문이다. 사실상 기억이란 혼란스러운 과거의 편린들을 의식에 의해 재-질서를 부여한 것에 붙여진 것의 다른 이름일지도 모른다. 그런 의미에서, 역설적이게도, 기억은 환상과 그리 먼 거리에 있지 않은 것 같다. 시인이 저 유년기와 청춘기의 기억을 일러 "마리화나 같은 추억"(〈하시시〉)이라고 명명하는 것도 어쩌면 이러한 사정을 반영하고 있는 것일 터이다. 안현미의 시세계에서는 다소 이례적이라고나 할 수 있을 다음과 같은 애틋한 서정적 가락을 추동하는 동력도 바로 이 같은 추억의 힘이라고 해야겠다.

원주시민회관서 은행원에게
시집가던 날 언니는
스무 해 정성스레 가꾸던 뒤란 꽃밭의
다알리아처럼 눈이 부시게 고왔지요

서울로 돈 벌러 간 엄마 대신
초등학교 입학식날 함께 갔던 언니는
시민회관 창틀에 매달려 눈물을 떨구던 내게
가을 운동회 날 꼭 오마고 약속했지만
단풍이 흐드러지고 청군 백군 깃발이 휘날려도
끝내, 다녀가지 못하고
인편에 보내준 기차표 운동화만
먼지를 뒤집어쓴 채 토닥토닥
집으로 돌아온 가을 운동회 날

언니 따라 시집가버린
뒤란 꽃밭엔
금방 울음을 토할 것 같은
고추들만 붉게 익어가고 있었지요

—〈기차표 운동화〉 전문

안현미의 시세계는 이처럼 한편에서는 환상에 의한 탈주체적 경향의 작품들이 존재하고 있고, 또 다른 한편에서는 그리 두드러져 보이진 않지만 유년기의 기억에 의한 서정적 경향의 작품들이 함께 자리하고 있는 것처럼 보인다. 이 첫 시집에 실린 작품들이 하나의 고정된 시적 방법론에 의한 창작의 결과로 보이지 않는 것도 바로 그러한 이유 때문이다. 그렇다면 문제는 이 환상적 경향의 시들과 서정적 경향의 시들 사이에 나 있는 거리와 긴장이 될 터이다. 이 긴장이 형성되는 터전은 바로 '주체'라는 문제를 둘러싼 근대적 관념과 의식이다. 그런 의미에서 안현미의 시세계는 환상적 자아와 서정적 자아로 분열되어 있는 근대적 주체의 관념에 대한 예민한 자의식의 반영으로 읽힐 수 있다. 따라서 앞으로 안현미의 시적 과제는 이렇듯 환상과 서정에 의해 분열된 저 주체의 영역을 새롭게 복원하려는 것일 수밖에 없을 것처럼 보인다. 그러나 우리는 손쉽게 이 두 방향의 화해와 종합을 시인에게 촉구할 수가 없다. 그 같은 화해와 종합의 시도는 아마도 이 시인의 필생의 과제일 뿐만 아니라 또한 근대를 사는 이 시대 모든 시인들의 과제가 될 것이기 때문이다. 기억과 상상이, 서정과 환상이, 시의 노래와 장광설이 서로를 어깨동무하여 가는 새로운 시적 주체의 출현을 우리는 진정 보고 싶다. 그 새롭게 설정된 주체 속에서 정신과 자연은, 의식과 무의식은, 주체와 타자는, 현실원칙과 쾌락원칙은 서로를 어깨동무하여 동반하게 될 것이다. 안현미의 다음 시집을 기대하는 이유도 바로 거기에 있다. 이 시인이야말로 그 관계항의 양쪽 사이에 나 있는 간격과 균열을 그 누구보다도 철저하게 느끼고 있음을 독자는 이미 알고 있기에.

욕망하는 기계-존재론의 신화적 지평

— 김혜순 시집《달력 공장 공장장님 보세요》

김혜순 시의 모티프들은 마치 신화적이라고나 해야 할, 상징성이 풍부한 어떤 원형적인 이미지들의 풍경을 이루고 있다. 여기에서 신화적이라는 것은 우리가 그 사태의 진위나 의미를 묻지 않고서도 그것에 관해 공통적으로 말할 수 있는 어떤 직접적인 의사소통의 체계를 일컫는 것으로 받아들여져야 한다. 그것은 언표된 사태 이외의 어떤 다른 무엇인가를 의미하고자 하는 것이 아니라 그 자체 하나의 일회적인 사건으로 존재하는 자족적인 체계이다. 기의를 전제하지 않는 순수한 기표들의 사건이라는 점에서 그것은 그 자체 하나의 풍경이 된다. 신화란 무엇보다도 과거로부터 현재를 거쳐 미래로 질주하는 계기적 시간인 크로노스Kronos를 빛나는 과거의 한 순간 속에 응축시킨 카이로스Kairos적 시간이며, 동시에 이 카이로스적 시간으로 하여금 영원히 살아 숨쉬는 시간 아이온Aion이 되게 하는, 말하자면 순간을 영원화하는 시간의 마술이다. 그것은 표면적으로는 '옛날에 … 있었다'라는 과거 진술의 형식을 취하기 때문에 "미래는 한 방울도 섞이지 않은 / 과거만으로 봉인된 얼음"의 풍경을 구성하는 것처럼 보인다. 그러나 동시에 그것은 생성된 모든 것을 소멸로 이끌어가는 저 잔인한 크로노스적 시간을 생성의 빛나는 한 순간 속에 집약하고 응축시켜서 그 자체 영원히 일회적인 현재의 사건으로 만드는, 인간화된 시간의 서사이다. 이 서사 속에서 '영원히 현재화된 과거'는 그 자체 '영원히 미래화된 현재'의 모습이기도 하다. 왜냐하면 신화 속에서 모든 시간은 이미 있었던 것의 영원한 반복에 지나지 않기 때문이다. 그 점에서 신화의 이미지를 원형적이라고 하는 것일 터이다. 원형 Archetype이란 순간적인 것의 반복과 반복적인 것의 순간의 고리를 연결하는 연금술적 용어이다. 이 원형적인 신화적 풍경의 직조술로서 시는 또한 언제나 스스로 '풍경 중독자'가 된다. 김혜순의 시들이 바로 그렇다. '풍경 시집'으로 불려도 좋을, 시인의 일곱번째 시집이 될《달력 공장 공장장님 보세요》(문학과지성사)는 각각의 시편들 하나하나가 말 그대로 그 자체 하나의 풍경으로 자리하는 놀라운 시집이다.

김혜순의 시들이 직조해내는 이 신화적 풍경 속에는 '신화적 가족'이라고 불러야 할 어떤 원형의 이미지들이 출현한다. 물론, 이 가족의 가계를 구성하는 신통학Theogony은 우주창조론 Cosmogony으로부터 시작되어야 할 것이다. 시집에서 저 '달력 공장 공장장'이자 "바다 깊이 잠들어 계"신 아버지는 우주만물의 지배자, 즉 시간의 수레바퀴를 주관하는 크로노스Kronos의 이미지이며, "한 천 년째 바다를 휘젓고 계시"는 '달' 어머니는 에레부스와 에로스와 함께 최초의 신이었던 대지모신 가이아Gaia의 이미지이다. 신화는 모든 신과 인간을 지배하는 크로노스의 최고 권력의 왕홀을 상징하는 저 '시간'의 운행에 따라 모든 존재들의 삶이 작동되는 것으로 보고하고 있다. 그렇다면 모든 존재들의 삶을 작동시키는 이 시간이야말로 바로 '욕망'의 은유일지도 모른다(시인은 "시간이란 이름의 사냥개"라고 말한다). 왜냐하면 오늘날에는 욕망이야말로 존재들의 삶을 추동시키는, 아마도 유일한 작동인으로 알려져 있기 때문이다. 그러나, 역설적으로, 이 시간/욕망의 운동과 더불어 지상의 모든 존재들의 삶은 필연적으로 죽음과 소멸로 흘러든다. 제 자신의 자식마저도 잡아먹는, 그리하여 자신의 자식들에 의해 폐위될 운명을 타고난 이 잔인한 권력의 화신 크로노스가 주재하는 저 계기적 시간은 동시에 죽음과 파괴력의 상징이기도 한 것이다. 그러나 시간/욕망이 불러오는 죽음과 파괴의 작용으로부터 대지의 어머니 가이아는 저 계기적 시간의 작동을 되돌려 소멸로부터 생성을, 죽음으로부터 삶을 새롭게 만들어낸다고 신화는 전한다. 가이아는 저 계기적 시간을 순환적 시간으로, 저 파괴적 욕망을 생성적 사랑으로 전환시킨다. 이 순환적 시간/사랑 속에서 모든 존재들의 삶은 생명력을 회복하게 된다. 다시 말해, 시간에 대한 크로노스적 운행은 파괴력으로 작용하지만 가이아적 운행은 창조력을 담보한다는 것이다. 그렇다면 저 어머니의 자궁은 직선적인 계기적 시간이 부드럽게 역회전하는 하나의 극점이자 전환점이 되는 셈이다. 그 전환점에서 죽음과 삶은, 파괴와 창조는 서로를 넘나들며 몸을 포갠다. 저 어머니의 자궁은, "숨 한 번 쉴 때마다 하르르하르르 세상의 아기들 태어나는 소리"를 들려준다고 알려져 있다(이번 시집에 자주 등장하는 달의 이미지, 즉 아르테미스나 디아나의 이미지는 이러한 가이아 이미지의 또 다른 상징적 측면을 구성한다. 남성성의 가장 강력한 상징이라고 할 수 있을 태양의 신 아폴론과 더불어 제우스와 레토의 쌍둥이 자식인 이 영원한 여성성의 처녀 신은, 끊임없이 기울었다가 다시 차는 생명의 순환을 상징한다는 점에서 저 가이아 이미지의 변주라고 할 수 있다. 가령, 〈어머니 달이 눈동자 만드시는 밤〉이나 〈달이 꾸는 꿈〉 같은 시에서 이 아르테미스의 이미지는 언제나 처녀인 동시에 어머니의 모습으로, 아니 차라리 '처녀 엄마'의 모습으로 등장한다는 점이 바로 이러한 추론을 가능케 한다).

크로노스와 가이아의 자식들인 모든 존재는 김혜순의 시에서 무엇보다도 사랑을 갈구하는 욕망하는 존재이다. 그리고, 역으로 말하자면, 이 사랑을 갈구하는 욕망이야말로 존재를 작동시키는 유일한 동력이 된다. 그러니, 모든 존재는 '불쌍한 사랑기계'에 불과한 셈이다. 이 기계-존재를 작동시키는 동력으로서 욕망이라는 이름의 운동이 지니는 힘과 속도와 방향을 타진하는 일이 이 시인의 장기에 속한다. 시인에 의하면 존재는, 그 존재들의 삶은 "문 없는 기계가 만든 가없이 텅 빈 몸 속을 헤엄치는 것일 뿐"이다. 이러한 '기계-존재론'의 측면에서 보자면 "나는 나의 감옥"이 된다. 그러나 이 기계-존재는 다른 무엇도 아닌, 바로 '사랑'을 욕망하는 존재이다. 그리고 이 사랑이야말로 기계-존재로서의 주체를 저 '감옥' 바깥으로 해방시킬 수 있는 유일한 길이 된다. 말하자면 이 사랑은, "내부를 향해 무한 증식되던 이 몸께서 / 어느 날 대낮, 대책 없이 몸 밖으로 쏟아졌을 때"라는 시구처럼, 주체를 '몸 밖으로' 쏟아내고자 하는 욕망이라는 것이다. 이것이 사랑이라는 욕망의 운동이 지니는 신비의 측면이 된다. 그것은 '나'라는 감옥을 구성하는 욕망인 동시에 그 감옥을 넘어서 타자들과 세계 속에 몸을 섞고자 하는 욕망이다. 김혜순의 이 욕망하는 기계-존재론에 따르면 주체는 무엇보다도 인식으로 환원될 수 없는 하나의 심연, 즉

'자욱한 눈보라'가 휘몰아치는 욕망의 풍경에 불과하게 된다. 이 '자욱한 사랑'의 눈송이들이 난분분하는 몸으로서의 주체, 이 기계-존재에 대한 탐구가 김혜순 시의 핵심적인 화두로 자리해 있다. 이 시집에서 시인은 이러한 욕망과 사랑의 양면성을 '유화柳花부인'의 설화를 빌려, 마치 고흐 그림 속의 저 불타오르는 사이프러스 나무와도 같이 강렬한 초록의 색채로, 대단히 아름다운 풍경화로 그려내 보인다. 그리하여 우리의 시는 이 시집으로 인해 욕망의 지형도를 보다 세밀하게 그려내는 지점에 당도했으며, 저 욕망하는 기계-존재들의 내면 풍경도 이제 신화적 지평을 획득하게 된 듯하다. 김혜순 시의 에코-페미니즘Eco-feminism적 지향은 이렇듯 신화적 상상력을 동반한 하나의 우주적 풍경을 완성해내고 있다.

'몸살' 혹은 바로크적 변신의 욕망
— 조은 시의 밑자리

벼랑에서 만나자.
부디 그곳에서 웃어주고
악수도 벼랑에서
목숨처럼 해다오.
— 〈지금은 비가…〉, 《사랑의 위력으로》

1.

인용구는 시인이 1991년에 발표한 첫 시집 《사랑의 위력으로》의 맨 앞자리를 차지하고 있는 노래의 일부이다. 그러니까 이 작품은 조은의 시 세계로 들어서기 위한 첫 관문으로서 서시序詩의 역할을 하고 있다는 뜻이 되기도 하겠다. 여기에서 주목할 것은 시인이 자기 시 세계의 입각지랄까 그 지향점을 '벼랑'의 이미지로 규정하고 있다는 사실일 터이다. 이 같은 사정은 그로부터 십여 년이 지난 후에도 별로 달라지지 않은 것 같다. 불과 이태 전인 2001년 초에 낸 이 시인의 산문집 제목은 아예 《벼랑에서 살다》라고 붙여져 있다. 우리의 일반적인 심상에서 벼랑의 이미지는 '갈 수 있는 데까지 간', '위태로운', '결연한', '드높은', '생사의 갈림길에 선' 같은 수식어들로 연상되는 어떤 절박한 사태나 상황을 환기시킨다. 이 같은 '절박한' 벼랑의 이미지는 이미 1996년에 나온 시인의 두 번째 시집에서 '무덤'의 이미지로 변주되면서 확대 심화된 바 있다.《무덤을 맴도는 이유》의 표제작이자 시집의 맨 마지막 자리를 차지하고 있는(시집의 해설을 쓴 정과리는 "이 시집의 서시는 특이하게도 맨 마지막에 위치해 있다"고 했다), 따라서 세 번째가 될 이번 시집《따뜻한 흙》과의 교량 역할을 자연스런 운명으로 떠맡고 있는 시에서 시인은 다음과 같이 노래했다.

알 수가 없다
내가 자꾸 무덤 곁에 오게 되는 이유
무덤 가까이에 몸을 둬야
겹겹의 모래 구릉 같은 하늘을 이고
나를 살게 하는 것들이
무덤처럼 형체를 갖는 이유

그러나, 알고 있다, 오늘도 나는
내 봉분 하나 넘어가지 못한다
새들은 곳곳에서 찢긴 하늘처럼 펄럭이고
그들만이 유일한 출구인 듯 눈이 부시다

— 〈무덤을 맴도는 이유〉 부분

그래, 참으로 "알 수가 없"는 노릇이다. "무덤 가까이에 몸을 두"고, 아니 차라리 "내 봉분 하나 넘어가지 못한 채" 무덤 속에 몸을 두고 사는 이 벼랑 같은 삶이란 도대체 어떤 삶일까? 이 같은 무덤 속의 삶을 죽음이라고 해야 하나 아니면 그것 역시 또 다른 삶이라고 해야 하나? 그렇다면 "유일한 출구인 듯 눈이 부"신 저 '찢긴 하늘' 바깥의 삶은 또 어떤 삶이란 말일까? 이 모든 의문의 소용돌이 속에서 희미하게 빛을 던지는 '유일한 출구'가 발견된다.

"찢긴 하늘처럼 펄럭이"는 바로 저 낯선 '새들'의 이미지 말이다. 조은 시 세계의 밑자리를 해명해 줄 하나의 단서로 보이는 이 새의 이미지야말로 "모래 구릉 같은 하늘"을 경계로 하는 저 무덤 속과 무덤 바깥을, 그러니 무덤 속의 삶인 '현존하는 죽음'과 무덤 바깥의 '부재하는 삶'을 매개하고 있는 것처럼 보인다. 우화등선羽化登仙의 모티프를 환기시키는 이 새의 이미지는 우리가 바로크적 '변신의 욕망'이라고 부를 수도 있을 어떤 사태를 상징하는 것으로 내게는 읽힌다. 저 시에 출현하고 있는 '유일한 출구'와 '눈이 부시다'는 시어가 공통적으로 암시하는 것은 고치/무덤 속 한 마리 벌레로부터 눈부시도록 화려한 날개를 펴며 나비/새로 '탈피'하는, 환골탈태의 어떤 존재론적 변환의 드라마에 대한 예감이다. 사실상 '눈이 부시다'는 이 초감각적인(그 대상을 감각이 포착할 수 없다는 의미에서) 사태에 대한 묘사의 이미지는 이번 시집《따뜻한 흙》의 핵심적인 모티프가 되고 있는 터이다. 그렇기에 이번 시집의 제목으로 쓰인 '따뜻한 흙'이라는 상징적 이미지를 저 두 번째 시집의 '무덤' 이미지의 변주로 이해하는 데 큰 무리는 없어 보인다.

그렇다면, 이 무덤은 왜 '따뜻한 흙'이어야 하는가? 이 질문에 답하기 위해서 우선 독자들은 무덤 바깥으로부터 무덤 안을 들여다보는 살아있는 자의 시선을 거두어 무덤 안으로부터 무덤 바깥을 내다보는 죽은 자의 시선을 구비할 필요가 있을 성싶다. 왜냐하면 이 시집에서 시인의 시적 자아와 그 시선이 위치하고 있는 자리가 바로 무덤 속인 것처럼 보이기 때문이다. 그 점에 있어서도《따뜻한 흙》은《무덤을 맴도는 이유》의 연장선에 존재하는 셈이다. 무덤 바깥의 자리에 있는 자의 시선에서라면 무덤 속은 '차가운 죽음'의 자리에 불과하겠지만, 무덤 속에 있는 자의 입장에서라면 그것은 자신의 부재하는 현존의 자리가 될 터이기 때문이다. 달리 말하자면 살아있는 자에게 집이 갖는 의미를 죽은 자에게는 무덤이 갖고 있다는 뜻이리라. 그리고, 공간-심리학적 의미에서 모든 집은 따뜻한 곳이며, 또 '따뜻한 흙'으로 지어져 있는 법이다.

그리하여 이 따뜻한 무덤과 묘혈의 이미지는 또한 새로운 생명과 삶을 위한 자궁과 잉태의 장소 이미지로 전환될 수도 있는 것이겠다. 왜냐하면 〈무덤을 맴도는 이유〉에 출현하고 있는 저 '찢긴 하늘'과 '유일한 출구', '눈이 부시다'는 탈피와 존재 변형의 이미지들은 공통적으로 저 무덤과 묘혈이 또한 동시에 자궁이자 잉태의 자리임을 반증해주는 알리바이로 보이기 때문이다. 《따뜻한 흙》에서 이러한 탈피와 상승의 이미지들(이 이미지들을 횡축으로 눕히면 거기에 '모래'나 '사막' 같은 건성 이미지가 놓인다)은 그것에 길항하는 압도적인 하강의 이미지들(마찬가지로 이 이미지들의 횡축에는 '흙'이나 '비' 같은 습성 이미지가 놓여 있다)에 의해 발목이 잡혀 있지만, 이러한 존재 변형의 욕망들이 조은의 시 세계를 이끄는 내적 원동력이 되고 있음은 분명한 사실로 보인다. 가령, 다음과 구절들을 보라.

> 어떤 나무는 몸에 매단 물방울 속으로
> 세계의 뿌리를 옮겨가고 있다
>
> — 〈숲에서 보내는 시간〉 부분

> 가벼운 것들에게는 하나같이
> 미련 없이 등진 거대한 관념이 있다
>
> — 〈가벼운 것들〉 부분

> 앙상한 나뭇가지들이

허공을 딛고

가뿐히

지구를 들고 있다!

— 〈고집〉 부분

그러니, 삶을 떠난 그 어떤 노래가 다시 가능하겠는가? 명부의 지배자 하데스Hades와 페르세포네Persepone의 심금을 울렸던 오르페우스Orpheus의 노래조차도 실은 애인 유리디체Euridice의 삶을 얻기 위한 것이었으니! 삶의 절대적 부정태로서의 죽음에 대한 노래나 그 어떤 죽음의 텍스트 역시도 이 삶을 떠나서는 한낱 관념의 유희에 지나지 않는 법일 터이다. 그리하여 저 무덤과 '현존하는 죽음'을 말하기 위해서라도 어쨌든 이 삶과 존재/주체로부터 다시 이야기를 시작하지 않을 수 없겠다. 이 치욕스런 삶의 상처와 고통에 대해서, 그리고 그 기억의 스산함에 대해서 말이다.

2.

살아 있는 많은 것들의 파장이 내 몸을 지나갑니다 한쪽이 열리면 한쪽이 닫힌 길을 걸으며 잎잎에 매달려 있던 세상이 지는 것을 봅니다 生의 같은 가닥을 잡고 서로 밀고 당기던 잎들이 머물던 자리가 깨끗해 나는 눈을 씻고 보고 또 봅니다 나무 아래 육신의 정수리에서 만개한 꽃들은 향기 속으로 소멸합니다 사람들은 고된 몸을 끌고 머릿속 세상으로 소멸해 갑니다 소멸하며 生이 완숙됩니다 다시 보면 지나온 날들 급경사를 이뤄 소멸의 향기를 꿈꾸고 있습니다

— 〈한순간〉 전문

《따뜻한 흙》은 바로크적 회화의 비의를 지니고 있는 렘브란트 V. R. Rembrandt의 어떤 유화들을 연상시킬 정도로 대단히 세밀하고도 뚜렷한 명암과 색채의 대위법 속에서 '생성과 소멸'(〈그의 몸은 언제나〉)의 드라마로 구성된 존재의 초상들을 보여준다. 너무 어두워 잘 보이지도 않는 이 초상화의 밑그림들은 풍화된 시간의 흔적이 남긴 가혹한 삶의 상처와 고통으로 직조된 음울한 기억들로 소묘되어 있는 것처럼 보인다. 그 소묘 속에서는 "향기 속으로" 서서히 마모되어 소멸해가는 이 삶의 실존적 풍경들이 그 어떤 급격한 이미지의 도약이나 리듬의 비약도 없이, 마치 물 흐르듯이 잔잔한 배경을 구성해낸다. 그 풍경들은 제 스스로는 아무것도 말하는 바가 없지만, 그러나 거기에 눈을 빠트리고 있는 자로 하여금 모든 것을 스스로 말하게 하는 하나의 텍스트가 된다. 그리하여 이 시집의 눈부시도록 반짝이는 의미들은 저 풍경 속에 눈을 빠트린 자가 제 자신의 상처와 고통 속에서 오롯이 길어 올린 생생한 삶의 실감으로 자리하게 된다. 시집에서 삶은 무엇보다도 먼저 다음과 같은 상처와 고통의 기억으로 구조화되어 있는 듯하다.

> 상처 많은 남의 개를 집에 들여다 함께 겨울을 납니다. 개는 수시로 울부짖고, 퍼덕거리고, 발로 바닥을 치며 비명을 지릅니다. 지나가던 내 그림자가 스쳐도 벌떡 일어나 아프다고 울어대지요. 개의 얕을 잠을 깨우는 것은 고통에 대한 기억입니다 고통은 기억 때문에 덩굴손을 뻗어가지요. 잦은 매질에 울퉁불퉁해진 개를 깨우지 않으려다 어쩌다 그 눈과 마주치기도 합니다. 존재의 원형을 바꾸며 들끓고 있는 구더기 떼처럼, 삶을 희구하는, 희끗한 눈빛! 창문에 붙어 있는 어둠의 눈 속에서 나도 한 철 내내 고물거리고 있습니다.
>
> — 〈겨울 한 철〉 전문

"그림자가 스쳐도 벌떡 일어나 아프다고 울어대"는 저 동물의 처절한 이미지는 상처와 고통의 기억으로 주조된 이 실존적 삶의 한 초상으로 자리한다. 시집에서 이러한 삶의 상처들은 무엇보다도 '고통의 초상'이라고도 할 만한 풍경을 만들면서 심층적인 존재론적 차원을 획득하고 있다. 왜냐하면 저 상처와 '고통에 대한 기억'은 "존재의 원형을 바꾸며 들끓고 있는 구더기 떼"로 은유되어 있기 때문이다. 이렇게 고통과 상처의 기억은 '존재의 원형'을 훼손시키는 존재 변형의 매개체로 작용하게 된다. 그리하여 이 "고물거리고 있"는 '구더기 떼'의 이미지는 곧장 저 고통에 대한 기억의 삶을 무덤의 이미지로 바꾸어놓는다. 이 끔찍스러운 벌레의 이미지가 떠올리는 표상은 무엇보다도 죽음과 주검이기 때문일 터이다. 사실상 《따뜻한 흙》은 죽음과 무덤의 이미지들로 충만한 시집이다. 가령 이 삶의 전체 꼴을 '무덤의 형상'으로 간주하면서 "무덤을 더듬으며 깊어지는 뿌리들 / 무덤을 거쳐 나오는 여린 줄기들"을 노래하고 있는 〈무덤의 형상들〉이나, 이 삶의 시간들을 "무덤 사이로 난 언덕길을 오르내리는 것"으로 이해하고 있는 〈삶의 형식〉 같은 시들을 보라. 이 시집에서 '삶의 형식'을 노래하는 자리에 '죽음의 형식'이 들어서고, '죽음의 형식'을 이야기하는 시의 제목이 '삶의 형식'인 것은 그러므로 우연이 아니다.

열어놓은 창으로 새들이 들어왔다
(…중략…)
나는 해치지도 방해하지도 않을 터지만
새들은 먼지를 달구며
불덩이처럼 방안을 날아다닌다

나는 문손잡이를 잡고 숨죽이고 서서
저 지옥의 순간에서 단번에 삶으로 솟구칠
비상의 순간을 보고 싶을 뿐이다
새들은 이 벽 저 벽 가서 박으며
존재를 돋보이게 하던 날개를
함부로 꺾으며 퍼덕거린다
마치 내가 관뚜껑을 손에 들고
닫으려는 것처럼!
살려는 욕망으로만 날개짓을 한다면
새들은 절대로
출구를 찾지 못하리라
한번쯤은 죽음도 생각한다면…

—〈한번쯤은 죽음을〉 부분

상처와 고통의 기억 속에서 이루어지는, 시인의 용어법을 빌려 말하자면 '존재의 원형'이 변모된 이 지상에서의 삶은 여기에서 "불덩이처럼 방안을 날아다니"는 새들의 이미지 속에서 제 온전한 형식을 획득하고 있다. 이 지상의 삶은 이미 그 자체로 하나의 무덤 속의 삶이자 '지옥의 순간'이 된다. 왜냐하면 저 새들의 진정한 생명과 삶은 저 '관뚜껑' 바깥의 세계에 속해 있는 것으로 상정되기 때문이다. 여기에서 삶의 형식은 죽음의 그것처럼 엄정하고도 준엄한 법칙에 의해 구성되어 있는 듯하다. 그리고, 이 삶의 엄정함과 준엄함은 그것을 되돌릴 수 없다는 치명적인 사실로부터 연유할 것이다. 시간의 불가역성과 엔트로피 증가의 법칙이야말로 우리가 감관으로부터 경험하는 이 물리적 세계의 첫 번째 원리이다. 되돌아갈 수만 있다면, 그리하여 처음부터 다시 시작할 수만 있다면, 우리가 이 삶으로부터 받은 상처와 고통은 뭐 그리 대단한 것도 아니게 될 터이다. 회복 가능한 상처와 치유 가능한 고통은 사실상 상처도 고통도, 또 그 무엇도 아니기 때문이다. 그러나 관 속에 든 저 새들처럼 중력의 지배를 받는 육신을 빌려 이 지상의 삶 속에 든 모든 존재는, 그것이 자궁 같은 무덤이든 아니면 무덤 같은 자궁이든 간에 되돌릴 수 없는 생성과 소멸의 우연성과 우발성으로 특징지어지는 냉혹한 크로노스Kronos의 지배를, 다시 말해 시간의 인과율을 따라야 한다. 그리하여 이 '지상의 무덤' 속에서의 실존적인 삶의 형식은 회복할 수 없는 불완전성의 드라마를 구성하게 될 터이다. 왜냐하면 모든 완성은 언제나 그 시초에만 존재했기 때문이다. 시인은 이러한 상처와 고통을 통해서 삶이 왜 그 자체로 또한 죽음의 장소로서의 무덤이 되는지를 노래한다. 작은 '문고리' 하나의 훼손과 상실을 통해서 '문'이 '벽'으로 변모되는 저 존재론적 변형의 과정을 대단히 뛰어난 상상력으로 구축하고 있는 다음과 같은 시를 보라.

> 삼 년을 살아온 집의
> 문고리가 떨어졌다
> 하루에도 몇 번씩
> 열고 닫았던 문
> 헛헛해서 권태로워서
> 열고 닫았던 집의 문이
> 벽이 꽉 다물렸다
> 문을 벽으로 바꿔버린 작은 존재
>
> — 〈문고리〉 부분

3.

그렇다면 저 관과 벽 속의 풍경들은 마냥 칠흑 같은 어둠으로만 이루어져 있는 것일까? 시인은 단연코 아니, 그럴 리는 없다고 말하는 듯하다. 《따뜻한 흙》의 존재론적 배경이 되고 있는 무덤 속 저 두터운 어둠은 마모되고 소멸되어가는 삶의 우연성과 덧없음으로부터 연유하는 존재들의 고통스런 상처의 기억들로 축조되었음은 이미 언급한 바 있다. 그러나 이 상처와 고통의 기억들조차 삶의 덧없음 속에서 찰나적으로 명멸해가는 존재의 어떤 순간적인 빛과 반짝임이 없다면 그대로 어둠 속에 묻혀 어둠의 일부로만 남겨져 있었을 것이다. 그러나 제 아무리 겹겹의 짙은 어둠으로 둘러쳐진 풍경일지라도, 아니 그대로 어둠 그 자체일지도 모를 저 차디찬 무덤 속 같은 풍경이라 할지라도, 아주 짧은 한 순간이나마 반짝이며 발화된 한 줄기 가녀린 빛에도 그 두터운 암흑의 밀도를 누그러뜨려 제 어두운 속살의 일부를 드러내 보이지 않을 도리는 없을 것이다. 시인은 이미 이 한 줄기 가녀린 빛의 통로를 《무덤을 맴도는 이유》에서 '유일한 출구'라고 암시한 바 있다. 그리고 사실상 조은의 시 세계를 관통하는 고유한 시적 방법론의 핵심에는 언제나 빛의 작용이 동반하고 있는 것처럼 보인다. 《따뜻한 흙》이 '죽음과 무덤의 시집'임에도 불구하고 거기에서 따뜻하고 빛나는 시선이 도드라져 보이는 이유도 바로 저 압도적인 어둠과 대위법적으로 길항하고 있는 이 빛의 존재 때문이다. 그리하여 시인이 그려낸 세밀한 이 삶의 초상화는 그의 시를 마치 저 바로크적 명암법의 시적 전유로 보이게 할 정도인 것이다. 이 빛의 존재를 증명하기 위해 이제 우리가 해야 할 작업은 저 실존적 고통에 대한 존재론적 해부이다.

> 행려병자들이 웅크리고 잠든 분수대 광장을 걸어 그를 배웅하고 돌아설 때는 비가 내렸다. 그는 지하 세계로 내려가 당장은 그 비를 피했고, 나는 비를 맞으며 그의 고통 속으로 젖어 들어갔다. 아무도 대신 질 수 없는 짐. 속수무책의 짐. 혼자만의 짐. 그것들을 부려놓을 곳은 제 속밖에 없다. 그는 자의식 때문에 날이 밝으면 눈이 더 퀭해질 것이다. 고통의 돌기 같은 그의 육신은 제게도 낯설 것이다.
>
> ─〈고통의 돌기〉 부분

투병 중에 있는 친구와 함께 밥을 먹은 뒤 막 헤어지고 난 이후의 풍경이다. 여기에서 회복 불가능한 상처와 치유 불가능한 고통을 통해 드러나고 있는 것은 주체의 자기동일성의 한계라는 어떤 실존적 사태이다. "고통의 돌기 같은 그의 육신은 제게도 낯설 것이다"라는 구절이 의미하는 바가 바로 그것이리라. 삶의 실존적 상처와 고통은 모든 존재들에게 주체의 자기동일성의 한계를, 그리고 동시에 그 한계의 해체를 지시한다. 주체란 무엇보다도 모든 가능성의 다른 이름이며, 동시에 이 모든 '가능성의 가능성' 자체를 의미한다. 왜냐하면 주체를 구성하는 의식/이성의 빛 속에 들어오지 않는 것은 이 세계 속에 존재하지 않기 때문이다. 역으로 말하자면, 자기의식의 빛으로 조명되지 않는 것은 이 세계 속에 존재하지 않는다고 간주하는 그 의식 자체가 바로 주체이기 때문이다. 그러니, 주체란 사실상 이 세계를 완벽하게 조명하는 절대적인 빛의 다른 이름이었던 셈이다. 그러나 상처와 고통은 모든 절대적 가능성의 다른 이름이었던 이 주체에게 '어찌 할 수 없음'이라는 주체의 불가능성을 지시하는 강력한 기표로 작용한다. 달리 말해서 고통은 이 주체에게 '불가능성의 가능성'을 보여준다고도 말할 수 있다. 자기동일성의 한계에 처한 이 주체의 상황을 시인은 "자의식 때문에 날이 밝으면 눈이 더 퀭해질 것이"라고 보고하고 있다. 그리하여 주체는 고통을 통해서 자신의 한계를, 즉 자신의 모든 가능성이 또한 불가능성의 가능성까지도 포함하고 있음을 발견하게 된다. 이제 주체는 스스로에게도 '낯선' 하나의 물음표이자 마침표로 존재하게 되리라.

의미를 찾지 못한
생생한 고통의 날들 되밀려온다
그녀 앞 신생아들의 몸도
필생의 물음표로
꼬부라져 있다

— 〈新生〉 부분

고통이 한 목숨을 끌고 다니다
춥고 바람 찬 거리에
마침표로 놓는다

— 〈성스러운 밤〉 부분

그리하여 존재의 원형을 훼손 변형시키는 저 상처와 고통의 기억을 통해서 수동적으로 자기동일성의 한계를 겪은 주체는 이제 거꾸로 능동적인 변형과 자기 해체의 모험을 감내하지 않을 수 없게 된 상황에 처할 것이다. 왜냐하면 주체에게 있어서는 어떠한 불가능성도 허용되지 않을 뿐만 아니라 또한 가능하지도 않기 때문이다. 다시 한 번 강조하자면, 주체란 모든 가능성의 다른 이름인 것이다. 그리하여 자기동일성의 한계에 이른 이 주체에게 남아있는 유일하게 가능한 길은 이 한계 자체를 방법론적으로 자기 존재의 새로운 가능성의 토대로 전환하는 일일 뿐이다. 여기에서 주체에게는 이제 긍정적인 자기동일성의 해체라는 길이 열리게 되는 것처럼 보인다. 이처럼 주체의 자기동일성의 한계라는 부정성이 자기동일성의 극복이라는 긍정성으로 전환되는 사태를 지시하기 위해 우리는 이미 '사랑'이라는 말을 가지고 있는 터이다. 그리고, 그렇다! 조은 시 세계의 '유일한 출구'는 바로 이 사랑이었던 것이다. 이 사랑으로 인해 저 무덤 속 어둠에도 이제 한 줄기 희미한 빛이 비춰들게 될 것이다. 그리하여 저 유아론적 이성의 빛과는 전혀 다른 이 사랑이라는 빛은 저 무덤 속의 삶인 '현존하는 죽음'을 무덤 바깥의 '부재하는 삶'과 매개하여 '현존하는 삶'과 '부재하는 죽음'으로 전환시키는 역할을 하게 될 터이다.

저 '유일한 출구'를 통해 비춰드는 빛을 노래할 때, 조은의 시들은 거의 예외 없이 '눈'의 이미지나 '반짝인다'는 동사의 이미지들을 동반한다. 가령, "내 몸에서 번쩍 눈을 뜨는 먼지들"(〈새〉)이나 "앙상한 나뭇가지들 반짝인다"(〈큰산에서의 하루〉), "드문드문 반짝인다"(〈강물을 따라〉), "활짝 열려 어두운 곳에서도 반짝이는"(〈다정한 노인들〉) 등등의 많은 구절들에서 발견되는 이 눈과 빛의 이미지들은 마모되고 소멸해가는 이 삶 속의 존재들이 제 상처와 고통 속에서, 그리고 이 상처와 고통을 통해서 긍정적인 존재의 변화과 생성을 성취한 어떤 빛나는 순간들과 관련되어 있다. 이러한 생성과 소멸, 빛과 어둠의 대위법적 변주 속에서 삶은 제 스스로를 완성해가는 것처럼 보인다. 그리하여 이 모든 소멸과 생성의 모티프들, 무덤과 자궁의 이미지들은《따뜻한 흙》의 핵심 주제라고 할 수 있을 어떤 '존재의 변형'이라는 구조를 완성한다. 여기에서 존재 자체는 자기 변신의 장소이자 무대가 된다.

4.

그러나 사랑을 통한 변신과 자기 해체라는 이 사태를 과장하지 말기로 하자. 왜냐하면 조은 시의 빼어난 미덕은 사실상 이러한 사랑의 관념 자체에 있는 것도 아니고 또 사랑의 완성이라는 어떤 지고의 경지에 있는 것도 아니기 때문이다. 오히려 조은의 시들은 이 사랑을 통한 존재 변형의 어려움과 주체의 자기동일성의 해체의 지난함을, 그리고 무엇보다도 먼저 못다 이룬 사랑에 대한 연민과 슬픔을 노래할 때 훨씬 더 아름다운 가락과 뉘앙스가 풍부한 음색을 드러낸다.

나 힘들게 여기까지 왔다
나를 가두었던 것들을 저 안쪽에 두고

내 뿌리가 어디에 있는지는 생각하지 않겠다
지금도 먼 데서 오는 바람에
내 몸은 뒤집히고, 밤은 무섭고, 달빛은
面刀처럼 나를 긁는다

나는 안다
나를 여기로 이끈 생각은 먼 곳을 보게 하고
어떤 생각은 몸을 굳게 하거나
뒷걸음질치게 한다

아, 겹겹의 내 흔적을 깔고 떨고 있는
여기까지는 수없이 왔었다

— 〈담쟁이〉 전문

시인이 노래하는 이 사랑의 지난함과 슬픔은 곧 우리 존재가 시간과 중력에 지배받는 육신을 구비하고 있다는 사실에 대한 난감함과 연민으로부터 연유한다는 사실에 주목하기로 하자. 왜냐하면 몸이 가담되지 않은, 실천을 수반하지 않은 그 어떤 사랑도 다만 불구의 관념에 지나지 않을 터이므로. 그러므로 조은 시의 바로크적 변신의 욕망의 기저에 몸의 이미지가 중요한 고리 역할을 하고 있음은 무엇보다도 자연스러운 귀결이라고 하겠다. 시인은 이미 시집에서 "존재가 바뀌려는지 몸살을 한다"(〈과거 속으로〉)고 존재의 변형이라는 모티프를 '몸살'이라는 구체적인 이미지를 통해 적시해 놓은 터이다. "지금도 먼 데서 오는 바람"이 날라 온 불면의 밤을 통해 "面刀처럼" 긁히고 있는, "겹겹의 흔적을 깔고 떨고 있는" 이 몸이야말로 저 변신 욕망의 최후 보루이자 궁극적인 지향점이기 때문일 것이다. '고흐의 무덤으로 가는 길'이라는 부제가 붙어 있는 아래의 뛰어난 풍경화가 암시하고 있는 점도 아마 그것일 터이다.

끝없는 밀밭을 짓누르는
하늘로 솟구치며 까마귀 운다
까마귀 간 길이 어두운 하늘 속에서
실꾸리처럼 감긴다

갑자기 나타난 말 한 마리
사납게 발길질을 하자 흙이
번뜩이는 눈을 뜨고 우리에게 달려든다
인광이 미친 말의 몸을 벗어나 물방울에
매달린다 빗방울은 무엇과도

온몸으로 닿으며 존재를 바꾸고
밀밭은 금세 윤기 흐른다

그러나, 말은 미쳐서도
제 무릎 아래께에 있는
울타리의 관념 하나 뛰어넘지 못한다
그것을 알고 있는 우리에게

바람은 먼 먼 곳의 빗방울을 부려놓는다
언덕은 그의 무덤으로
우리를 끌어간다

—〈비의 길〉 전문

초현실주의적 화폭을 연상시키는 이 뛰어난 시는 조은 시 세계의 모든 핵심적인 모티프와 상징들을 함께 아우르고 있는 것으로 보인다. 이 시에서 "미친 말의 몸을 벗어"난 인광은 물방울/빗방울과 결합되어 "무엇과도 온몸으로 닿으며 존재를 바"꿀 수 있는 것으로 상정되어 있다. 이 같은 존재의 변형을 통해서, 무거운 하늘에 의해 짓눌려져 있던 1연의 밀밭은 2연에서 "금세 윤기(가) 흐르"는 변화를 겪게 되는 듯하다. 그러나 미친 말의 몸을 벗어난 인광의 이미지와 더불어 "하늘로 솟구치며" 우는 까마귀의 이미지로 암시되는 이 존재의 변형과 상승의 운동은 3연에 이르러 하나의 관념에 불과한 것이었음이 서술되고 있다. 왜냐하면 그것은 이 고통스러운 몸과 누추한 대지를 '벗어나' 있기 때문이다. 그리하여 "말은 미쳐서도 / 제 무릎 아래께에 있는 / 울타리의 관념 하나 뛰어넘지 못한다".

시집에서 이러한 존재의 변형 모티프들은 일차적으로는 부패, 발효, 소멸, 마모, 죽음이라는 부정적인 존재론적 사건들로 축조되어 있지만, 이 부정적 계기들은 또한 드물지만 존재/주체의 긍정적인 자기동일성의 해체의 토대가 되기도 한다. 조은의 시들은 죽음과 소멸을 향해 가면서도 어느 한 순간 반짝이며 타오르는 생의 기미를 고요하지만 따뜻하게 응시하는 시선의 미학을 완성해낸다.《따뜻한 흙》은 마모되고 소멸해 가는 이 삶 속에서도 반짝이며 빛나는 생의 의지를 읽어내고, 또 그것을 보듬어 안는 따뜻한 눈길을 보여주고 있는 것이다. 그러니 보다 정확하게 말하자면, 저 '따뜻한 흙'은 사실상 이 '따뜻한 시선'이 만들어낸 결과물이라고 해야겠다. 돌이킬 수 없이 이울어가는 이 삶은 시인에게 오로지 지옥이며 저주로만 머물지 않는다. 시인이 보내는 저 눈물겹도록 따스한 시선으로 말미암아 삶은 다시 새로운 생명의 자리이자 은총이 된다.

들어보라
네 몸 깊은 곳에선 아직도
생명이 쇠하지 않은
싱싱한 물방울들 뛰놀고 있다

— 〈아직도 너에겐〉 부분

조은의 시들은 세련된 문체도, 현란한 기교나 세련된 수사도, 번뜩이는 천재의 상상도, 그렇다고 언어를 담금질 하는 능란한 장인의 솜씨나 기발한 재치도 보여주지 않는다. 그럼에도 불구하고《따뜻한 흙》은 우리의 마음 속 깊이에서부터 잔잔한 감동의 파문을 일으키고 또 그 파문이 점점 커져 마침내는 회오리 물살같이 우리의 영혼을 송두리째 휘저을 때, 거기에서 우리 영혼이 대면하게 되는 것은 이 고통스러운 삶의 한 진상이며, 이 누추한 삶을 고요하게 응시하고 있는 시인의 시선인 것이다. 말하자면 조은의 시들은, 시란 단순히 이러저러한 것들도 아니고 또 이러저러한 것들의 결합도 아니라는 점을 말해준다는 것이다. 《따뜻한 흙》은 시의 에스프리, 즉 사랑의 힘을 보여준다. 그리고 마침내는 이 사랑이야말로 곧 모든 개별적인 글쓰기를 하나의 빛나는 시로 만들어준다는 사실을 설득력 있게 보여준다. 시인에게 있어서 시는 어떤 방법론적 기교나 상상이 아니라 이 빛나는 시적 정신 속에 존재한다. 그러나 그것은 또한 이 고통스러운 몸과 누추한 삶을 기반으로 해서만 온전하게 발현되는 어떤 것이리라. 조은의 시는 저 빛나는 정신과 이 누추한 삶의 팽생한 긴장을 눈물겹도록, 온몸으로, 견디고 있다. '몸살'을 앓을 정도로!

저물어 가는 것들에 대한 그리움

— 유하 시집 《세상의 모든 저녁》

1.

《세상의 모든 저녁》의 유하는 이제 자신의 시적 작업의 출발지였던 《무림일기》의 키치적 패러디의 세계와는 또 다른 한 쪽 세계에 이르러 있는 변화된 모습을 보여주고 있다. 물론, 다행스럽게도 이 두 시집을 매개해주는 자리에 《바람부는 날이면 압구정동에 가야 한다》라는 좋은 시집이 있어, 시인은 이미 세 번째 시집에 이르는 길을 미리 마련해두고 있었던 것으로 보인다. 사실상 그러한 매개의 과정이 없었더라면, 독자들은 《무림일기》의 세계와 《세상의 모든 저녁》의 세계 사이에 존재하는 그 현격한 거리에 당혹감을 느끼지 않을 수 없을 것이다.

《세상의 모든 저녁》의 세계는, 단적으로 말하자면, 《바람부는 날이면…》의 제 3부를 이루는 '정글어 가는 하나대를 바라보며'에서 이미 시인 자신이 드러내 보였던 저 '하나대'의 세계에 전적으로 뿌리를 잇고 있는 그런 세계이다. 그 '하나대'의 시편들을 《무림일기》와 《바람부는 날이면…》의 제 1, 2부의 알리바이로서 읽은 적이 있었던 나로서는(〈동음이의, 유희와 긴장〉, 《현대시학》, 1991. 6월), 《세상의 모든 저녁》의 풍경을 꼼꼼하게 들여다보면서 이전의 생각을 더욱 확신하게 되었다. 아마도 시인은 이 시집을 통해서 그러한 알리바이를 명확하게 증거하고 싶었던 지도 모르겠다.

《무림일기》와 '압구정동'의 시편들이 만들어내는 세계는 이 자본주의적 현실과 문명 속에서 뿌리 뽑힌 채 부유하는 인간 군상들에 대한 신랄한 풍자와 아이러니의 세계이며, 오로지 앞만 보고서 질주하는 이 시대의 무서운 속도감에 대한 가열찬 패러디의 세계이다. 저 세상의 거대함과 속도감은 언어로써 세계를 담지하여 자기동일성을 확보하려는 시인에게는 평행하는 철로처럼 영원히 닿을 수 없는 거리감을 만들어내며, 그 거리감에서 시인의 정신은 공포감과 두려움을 경험한다. 그렇게 아이러니와 패러디의 언어들은 세계에 대한 인간 정신의 두려움의 표현으로 자리한다. 그러한 수사들은 저 세계의 거대함에 직면한 왜소한 인간 정신의 한 형식이다. 그것은 세계 속에서 자신의 동일성을 확보하지 못한 공포감의 표현으로서, 그때 외계 현상에 의해 야기되는 시인의 내적 불안의 언어들은 추상화의 길을 걷게 된다. 그럴 수밖에 없는 이유는 시인의 언어가 저 세계의 거대함과 광포함을 담지해낼 수 없기 때문이다. 유하에게 있어서 저 광포한 '압구정동'의 세계는 무엇보다도 현란한 빛의 세계이다.

눈 앞의 저 빛!
찬란한 저 빛!
그러나

저건 죽음이다
의심하라
모오든 광명을!

— 〈오징어〉 전문 (《바람부는 날이면…》)

그러나 《세상의 모든 저녁》의 풍경 속에서 우리가 만나는 것은 그러한 공포감이 아니라 어떤 저물어 가는 것들에 대한 그리움의 감정이며, 또한 그것들에게서 이제는 너무 멀리 떨어져 있다는 외로움의 감정이다. 이 시집에서 시인의 시선은 압도적으로 저 지나가버린 추억의 시간을 향하고 있다. 그 추억의 시간 속에서는 시인과 외계 현상 사이에 행복한 범신론적 친화관계가 자리하고 있어 시인의 정신과 세계는 서로가 서로를 넘나드는 감정이입의 풍경을 만든다. 그러한 감정이입으로 말미암아 정신은 세계 속에서 자신의 동일성을 확인하고, 또 세계는 정신으로부터 생명력을 부여받는 것이다.

《세상의 모든 저녁》의 세계 속에서는 그만큼 앞의 두 시집을 지탱시켰던 아이러니와 패러디의 언어들은 빛을 잃고 사라지게 되지만, 그 대신 삶에 대한 폭넓은 애정과 따뜻한 시선이 두드러져 보이는 미덕을 얻고 있다. 이 시집에 와서 패러디와 아이러니의 현란한 언어들은 진폭이 크고 완만한 회상과 추억의 언어들로 변화된다. 그러나 그 애정의 시선은 "거대한 수정 샹들리에"(〈바람부는 날이면 압구정동에 가야한다 4〉)로 빛나는 이 '압구정동'의 현실 세계에 직면하여 자주 흔들리는 정처 없는 나그네의 시선이다. 사실상, 그 흔들리고 흐려지는 시선이야말로, 그 정처 없음을 정직하게 받아들이는 시인의 마음이야말로 이 세계를 따뜻하게 감싸 안을 수 있는 근거가 되는 것처럼 보인다.

쓸쓸하게 허물어진다는 것
그렇게 이 세상 모든 저녁이 나를 알아보리라
세상의 모든 저녁을 걸으며 사랑 또한 자욱하게 늙어 가리라
하지만 끝내 머물지 않는 마음이여, 이 추억 그치면
세월은 다시 흔적 없는 타오름에 몸을 싣고
이마 하나로 허공을 들어 올리는 물새처럼 나 지금,
다만 견디기 위해 꿈꾸러 간다

— 〈세상의 모든 저녁 1〉 부분

시인은 이렇듯 흐리고 허물어져가는 '모든 저녁'의 풍경 속에 자신의 시적 촉수를 들이밀고서는 그 현실의 미세한 가닥들을 조심스럽게 반추하면서, 또한 그것들을 추억과 사랑의 힘으로 감싸 안으려 한다. 그렇다, 사랑과 추억의 힘으로! 그 힘은 오롯이 과거의 시간 속에만 존재하는 것이 아니라 현재적 힘으로까지 작용하는 그런 힘이다. 시인이 만약 그 힘을 과거 속에만 묻어두고 있다면, 《세상의 모든 저녁》의 시편들은 잃어버린 낙원에로의 도피에 지나지 않게 될 것이다. 그러나 시인은 그 추억의 세계 속에서 이 현실 세계의 현존을 지탱시키는 힘을 끌어내고 있는 것이다. 추억의 시간을 질료로 하여 사랑의 힘을 현재화시키는 연금술적 변환이 '세상의 모든 저녁'의 아름다움을 만든다. 《세상의 모든 저녁》은 놀랍게도 추억이 어떻게 현재화되는지, 그 추억이 어떻게 현재를 추동하는 힘이 되는지를 보여주고 있다.

어쩌면 《무림일기》와 《바람부는 날이면…》의 비판적 야유와 풍자는 《세상의 모든 저녁》의 따뜻한 감싸기의 정신과 서로 다른 것이 아닐지도 모른다. 그것 모두는 공통적으로 삶에 대한 시인의 사

랑이라는 동일한 뿌리에서 나온 것일 터이다. 그 같은 뿌리의 한 측면이 앞의 두 시집에서 두드러졌다면, 《세상의 모든 저녁》에서는 그것의 다른 한 측면이 두드러져 보일 뿐이다. 그러나 《세상의 모든 저녁》의 언어들은 보다 적극적으로 이 세계와 현실을 감싸 안으려는 성숙한 정신의 표현으로 보인다. 시인은 그것을 "다만 견디기 위해 꿈꾸러 간다"고 노래하는 것이다.

2.

《세상의 모든 저녁》의 시간은 '정글어 가는' 추억의 시간이다. 그 시간 속에서 시인은 정처 없는 나그네의 모습을 하고 있다. "시간은 길을 잃고"(〈젖은 노을 속으로 가는 시간〉) 흐려지는데, 나그네는 그 흐린 길 위에서 아직 깃들 곳을 발견하지 못하고 있는 풍경, 그것이 《세상의 모든 저녁》의 풍경이다. 그곳에서는 앞길에 대한 희망보다는 지나온 길에 대한 추억만이 나그네의 현존을 지탱해주는 유일한 힘이 된다. 〈그 옛날의 어린 눈빛〉이나 〈살구나무 있던 자리〉 〈감꽃 피는 옛집으로〉 〈시골 국민학교를 추억함〉 등의 추억을 향해 뿌리내리고 있는 시편들은 바로 그러한 점을 노래하고 있다.

> 내 가슴엔 아직도 사루비아의 달콤함이 살고
> 여선생님 하얀 치아의 눈부심과 새 수련장
> 빨간 색연필로 쓴 참 잘했어요가 산다
>
> — 〈시골 국민학교를 추억함〉 부분

그러나 이 동시와도 같은 맑은 시 속에서 보이는 '달콤함'과 '눈부심'의 '빠알간' 추억의 시간은 이제 이 현실의 세계에서는 더 이상 가능하지 않다. 시인은 "왜 지나온 시간 쪽으로 내 발길은 / 휘몰아쳐 가는가"(〈바람 속에서〉)라고 노래하지만, 우리의 삶은 거기로 되돌아가기엔 / 다다르기엔 이미 "너무 멀리 온 것이다".

> 빗소리에 실려 멀어져 가는 먼 집의 아련한 불빛들, 한 때는 저 불빛의 일원으로 안착하기를… 꿈꾼 적도 있었다 검은 숲속에서의 행복… 사랑 따위들… 나방의 젖은 날개를 빌려 다다르기에 이미 삶이 너무 멀리 온 것이다
>
> — 〈빗줄기 속으로〉 부분

'먼 집의 아련한 불빛들'에 다다르기엔 너무 멀리 흘러온 삶. 그 삶은 앞길은 흐려져 있는, 오로지 과거의 길로서만 길일 수 있는 그런 풍경을 만들어낸다. 그 길은 "끝내 그 어디에도 다다를 순 없"는, "가는 곳까지만 길이었을 뿐"(〈7월의 강〉)인 그런 길이다. 시인은 "길이 있다면, / 저 곤두박질치는 눈의 발길이 너를 인도할 것이다"라고 노래하지만, 사실상 그 길은 눈보라로 끊어진 길이다. 그러나 나그네는, 나그네의 시간은 정처하기까지는 어쨌든 걸어야 할 발을 가진 것으로 자신의 운명을 삼고 있다. 시인은 그 길 끊어진 벼랑을 향해 또다시 발을 내딛지 않을 수 없다. 그것만이 나그네의 의무이므로. 그것만이 이 길 끊어진 삶에 대한 사랑이므로.

시인은 그 사랑의 힘을 아직도 그의 마음 속에 살고 있는 추억 속에서 길어온다. 그 추억은 따라서 시인의 현존을 위한, 아니 더 나아가 이 세계의 현존을 위한 근거가 된다. 왜냐하면 "그래 추억하는 사람이 사라지면 / 살구나무 자리 정령 그 분주한 움직임도 끝내 멈추리라"(〈살구나무 있던 자리〉)는 구절에서 보이듯, 추억하는

시인의 현존이 곧 이 세상의 현존을 가능케 하기 때문이다. 그 추억에서 길어 올린 '사랑의 향기'로 시인은 정처 없는 나그네의 '마음의 길'을 얻고자 한다.

천리 만리
꽃잎의 향기가 내어 준
나비들의 길이여
사랑의 향기도 그렇게
마음의 길을 낼 수는 없는가

그리움의 속살까지 에이면

개나리 꽃강물 흐드러지게 출렁이고
아, 여기가 세상의 끝인 듯
향기의 낭떠러지 아래로 나 절명하고 싶었다

—〈향기의 낭떠러지〉 부분

시인에게 있어서 추억의 시간은 무엇보다도 육체 속에 집적되어 있다. 그러나 추억의 시간으로 집적된 육체는 동시에 아직 오지 않은 저 허공의 시간 속에 있는 육체이기도 하다. 그 둘을 한 몸으로 하고 있는 것은 유하의 시에서 '구름'이다. 시인은 그러한 구름의 운명을 삶의 운명으로 깨닫는다. 그리고 그 깨달음은 바로 사랑에서 나왔다는 사실을 시인은 다음과 같이 노래하고 있다.

육체와 허공이 한 몸인 구름,
사랑이 내 푸른빛을 흔들지 않았다면

난 껍데기 싸인 보리 알갱이처럼
끝내 구름의 운명을 알지 못했으리라

— 〈구름의 운명〉 부분

그렇게 시인 자신의 운명을 구름의 운명으로 깨우치게 한 그 사랑은 사실상 이 길 끊어진 삶의 껴안음에 다름 아닐 것이다. 대단히 아름다운 다음의 시 두 편은 육체와 그 육체를 담고 있는 이 삶에 대한 시인의 사랑을 단적으로 증거하고 있다.

그대여, 내 사랑이란 그런 것이다
나가지도 더는 들어가지도 못하는 사랑
이 지독한 마음의 잉잉거림,
난 지금 그대 황홀의 캄캄한 감옥에 갇혀 운다

— 〈사랑의 지옥〉 부분

저무는 봄날
라일락 꽃그늘 아래
그늘진 마음을 기대면
모든 몸 받은 이들
꽃잎같이 쓸쓸해 보인다

(…중략…)

몸이 저물면
몸이 만든 그늘이여
슬픔이여

자취도 없겠구나

—〈저무는 라일락 꽃그늘 아래〉 부분

3.

시인이 자서에서 밝히고 있듯, "몸을 이끌고 다닌다는 것, 그 자체가 고통이고 더러움이고 또한 사랑이다". 흔히들 90년대를 일러 이념이 무너진 시대라고 진단하지만, 우리는 어쨌든 이 초라한 일상과 지친 육신을 이끌고 나아가지 않으면 안 된다. "끝내 그 어디에도 다다를 순 없"을지도 모르지만, 우리는 가는 곳까지는 길을 만들면서 걸어야 하는 것이다. 유하는《세상의 모든 저녁》을 통해서 이 정처 없는 시대의 아픔을 자신의 아픔으로 육화해내면서 묵묵히 걸어가는 성숙한 정신의 궤적을 보여주고 있다. 우리는 그러한 정신의 성숙을 소중한 성과로 받아들인다. 그 속에는 그래도 이 삶을 견디고 지탱시킬 수 있는 사랑이 숨 쉬고 있기 때문이다. 그러나 시인은 이제 그 사랑에 구체적인 형식을 부여하는 출발선에 서 있을 뿐이다. 그 사랑이 현실 속에서 어떻게 자리해야 하고 또 어떻게 작용할 수 있을지를 탐구하는 일은 시인의 앞으로의 과제가 될 것이다.

한 마디를 덧붙이자. 우리는《세상의 모든 저녁》의 시집 속에서 황지우의 길과 최승호의 깨달음의 흔적들을 본다. 유하의 시세계는 황지우의 길과 어떻게 다른 것이며, 최승호의 깨달음과는 어떤 거리에 있는 것일까?. 그 관계에 대한 성찰과 그러한 관계 속에서의 자기동일성의 확보는 여전히 유하의 시세계에 던져져 있는 숙제로 남는다.

사라진 것들에 대한 그리움

— 이진명의 《밤에 용서라는 말을 들었다》

옛날에 한 마법사를 만났다. 강가에서 고기를 잡고 숲속을 헤치며 神같던 열매를 따먹던 어린 때. 중천에서 불타는 해의 가슴을 따라 달리는 잉어처럼 익어 가던 어린 때. 대낮이 유난히도 요요하던 한여름. 線香처럼 피어나는 피리 소리를 들었다. 숨을 죽이며 사원의 난간을 따라 童子의 얼굴과도 같은 흰 눈송이를 토해 내는 꽃나무의 검은 그늘에 섰다. 毒蛇. 공중에 수직으로 꽂히는 번개. 아니었다. 키 큰 나무 옆에 나무와 똑같은 키의 사내. 검은 마법의 옷을 입고 새의 영혼을 갖고. 순간 모이를 주듯 손을 주었다. 우리는 밤마다 하늘에 빛나는 꽃이파리를 붙여 나갔다. 바라다 볼 수 있는 데까지 낱낱이 세며, 차곡차곡 풀들이 고운 빛깔로 물이 드는 밤낮. 다시 호젓이 고이는 피리 소리를 들었다. 사내는 벗어 두었던 마법의 날개를 찾아 달더니 방울모자를 요령처럼 흔들며 재빨리 말했다. 얘, 너는 이담 아주 고독한 아이로 성숙해 있을거다. 아아, 나는 그의 마법에 걸려 꼼짝없이 잠들었다. 마른 풀들이 땅 위에 눕기 시작하는 계절이었다. 하늘 속 연못을 흔들어 놓고 가버린 새처럼. 사라져 간 새의 향방은 어디. 마법을 푸는 열쇠를 열쇠를. 수억 년. 마법의 사슬은 어느덧 하나 둘 꽃눈이 지고 있었다. 그 꽃눈을 萬象에 흘려 보내며 나는 깊게 누었다. 옛날에 한 마법사를 만났다고. 그리고 그의 마법에 걸려 이렇게 지금.

— 〈마법 이야기〉 전문

〈마법 이야기〉의 전문이다. 다소 긴 인용이 되긴 했지만, 내게는 그럴 만한 이유가 있다. 왜냐하면 이 시는 이진명의 첫 시집을 관통하고 있는 전반적인 분위기라거나 정조를 해명해 줄 수 있는 하나의 단서로 보이기 때문이다. 그리고, 그러한 분위기나 정조가 이 시인이 세계를 바라보는 태도와 욕망의 밑뿌리를 감싸고 있다는 것은 새삼 말할 필요가 없겠다. 다시 말하자면, 이진명은 자신의 시의 뿌리와 시인으로서의 출발점을 이렇듯 신화적 형태의 담론을 빌어 시집의 사이에다 슬그머니 끼워놓았다는 것인데, 그러나 이 신화는 시인 자신의 문학적 뿌리를 밝히고 있는 데에서 끝나는 것이 아니라, 더 확대하자면, 인류의 보편적인 운명을 결정짓는 한 지점으로 우리를 안내해준다는 점에서 주목할 필요가 있을 성싶다. 물론 시인이 그려낸 이 신화는 약간의 변모를 보이고 있지만, 그것의 기본적인 구조에 있어서는 인류의 황금시대, 또는 낙원의 상실이라는 보편적인 주제에다 그 뿌리를 두고 있는 것으로 보인다.

시를 천천히 읽어 보자. 서두에 나타난 "강가에서 고기를 잡고 숲속을 헤치며 神 같은 열매를 따먹던 어린 때. 중천에서 불타는 해의 가슴을 따라 잉어처럼 익어 가던 어린 때"란 언제를 말하는가? 그것은 바로 우리 인류의 시초에 있어서 신 같은 완전성을 구가하던 찬란한 황금시대를 일컫는 표현이 아닌가? 그때란, 달리 말하자면, 이브가 낙원추방을 당하기 이전 저 에덴동산에서의 삶이었을 터이다. 도식화하자면 그것은 '중천에 불타는 해'가 있는 낮의 삶이었던 것이다. 이렇게 한 때는 에덴의 이브였었던 시인은 어느 날 갑자기 나타난 "검은 마법의 옷을 입고" 있는 한 마법사의 "線香처럼 피어나는 피리 소리"에 도취되어, 그녀에게는 금지되었던 사원의 안쪽을 몰래("숨을 죽이며") 엿보게 됨으로써 삶의 운명이 뒤바뀌는 사건을 겪게 된다. 물론 그때까지는 이브가 알지 못했지만, 그 사원의 안쪽 세상 역시 애초부터 에덴의 다른 한 편에 있어 왔던 것이다.

그렇다면 사원의 안쪽에서 이브가 목격한 것은 무엇이었던가? 시인의 진술을 따르자면, 그것은 "童子의 얼굴과도 같은 흰 눈꽃송이를 토해 내는 꽃나무"였다고 한다. 그러나 그 꽃나무는 마냥 희기만 한 것이 아니라 '검은 그늘'을 가지고 있는 나무였는데(이러한 이미지는 〈숲을 통과하다〉라는 시에서도 "깊은 곳에서만 피는 꽃송이가 토해 놓은 어둠, 그 환한 욕망"이라는 표현을 얻어서 반복된다), 말하자면, 그 나무는 흰 눈꽃송이의 '환한 욕망'과 '검은 그늘'이라는 두 개의 머리를 가진 하나의 몸체였던 것이다. 그것은 이어지는 구절인 "毒蛇. 공중에 수직으로 꽂히는 번개"라는 남성적인 것의 상징('뱀'과 '번개'가 남성성의 상징으로 쓰인다는 것은 널리 알려져 있다)과 결합되어 관능적인 사랑의 색채를 띄고 있다. 그렇게 이브는 '검은 마법의 옷을 입은 동자의 얼굴을 한 사내'(이것은 밤으로 둘러싸인 달의 이미지가 아닌가?)의 손에 이끌려 새로운 세계를 경험하게 되는데, 그 새로운 세계란, 도식화하자면, '중천에서 불타는 해'로 표현된 낮의 세계와는 대비되는 밤의 세계였던 것이다.

이러한 밤의 세계가 가져다주는 관능적인 사랑의 즐거움은 이어지는 구절에서 "밤마다 하늘에 빛나는 꽃 이파리를 붙여 나갔다"거나 "풀들이 고운 빛깔로 물이 드는 밤낮"이라고 구체적으로 표현되어 있다. 그러나 그 관능적인 사랑의 즐거움은 잠시, 거기에 뒤따르는 대가는 잔인할 만큼 가혹한 것이었다. 이제 짧은 사랑의 순간이 지나자 이별의 때가 온다. 마법의 사내는 "호젓이 고이는 피리 소리"만을 남겨놓은 채 "방울모자를 요령처럼 흔들며", "하늘 속 연못을 흔들어 놓고 가버린 새처럼" 사라지는 것이 아닌가. 그런데, 요령이라니? 그렇다, 그 이별은 이브를 에덴으로부터 무덤 속으로 밀어내버리는, 낙원의 상실을 의미하는 것이다. 이브에게는 아직 낮의 세계가 남아있지 않느냐고 묻는 것은 어리석은 질문이다. 왜냐하면 이브가 상실한 사랑의, 밤의 세계는 저 환한 낮의 세계와 한 몸을 이루는 다른 쪽 머리인데, 따라서 그들 중 어느 하나의 머리를 잘라내면 다른 쪽 머리도 자연히 죽어버리는 그런 것이기 때문이다.

이제 이브는 낙원에서 추방되어 '고독'이라는 묘혈 속에 "꼼짝없이 잠들"게 된다. 마법의 사내가 그녀를 마법의 사슬에 묶어 놓은 주문이 바로 고독이었던 것이다. "얘, 너는 이담 아주 고독한 아이로 성숙해 있을 거다"라고. 그렇게 마법에 걸린 이브의 세계는 "풀들이 고운 빛깔로 물이 드는 밤낮" 대신에 "마른 풀들이 땅 위에 눕기 시작하는 계절"이 시작된다. 이 마법의 사슬에 묶인 '마른 계절'과 무덤에 든 이브를 풀려나게 하는 열쇠는 어디에 있는가? 그것은 인류를 저 빛나는 황금시대에로 되돌아가게 하는 열쇠일 터인데, 따라서 위의 물음에 대한 답은 쉽게 구해질 수 없음이 분명하다. 우리는 다만 이진명에게 있어서 그 열쇠는 종교적인 분위기를 띤 '사랑'이나' '용서'라는 단어와 무관하지 않다는 것만을 말하고 넘어가기로 하자. 그리고 중요한 것은 그 열쇠를 찾으려는 노력의 과정이 바로 시인의 시적 여정을 이루고 있다는 점일 것이다.

인용된 시의 마지막 부분에 서술되어 있는 "마법의 사슬은 어느

덧 하나 둘 꽃눈이 지고 있었다"라는, 문법적으로 부정확한 문장은 다음과 같은 두 개의 문장 중 하나일 것이다: i) 마법의 사슬에는 어느덧 하나 둘 꽃눈이 지고 있었다. ii) 마법의 사슬은 어느덧 하나 둘 꽃눈으로 지고 있었다. 여기에서 '꽃눈'이란 앞서 이브가 사원의 안쪽에서 보았던 "童子의 얼굴과도 같은 흰 눈꽃송이를 토해내는 꽃나무"라는 이미지에서 분화되어 나온 것임을 안다면, ii)의 문장에서 꽃눈은 마법의 사슬이 풀려진 것으로 해석되므로 그 다음에 나오는 구절 "나는 깊게 누었다"와는 상응할 수 없게 된다. 따라서 위의 부정확한 문장은 i)의 문장으로 보는 것이 옳을 성싶고, 이때의 꽃눈이란 "수억 년"이 지난 후에야 내리는, "마법에 걸려 이렇게 지금" 있는 이브에게 사라져 버린 사랑의 기억을 환기시키는 무늬일 터이다.

이진명의 가장 좋은 시들 중의 하나인 〈청담〉 역시도 그 사랑의 무늬와 기억들로 아름답다. 그것은 이미 너무나 오래된 무늬여서 "물가로 불려가는 풀꽃의 해진 색깔들"을 하고 있는 것이다. 이진명의 시집을 전반적으로 지배하고 있는 색채나 형태들은 거의가 '해진' '여윈' 등의 어휘들을 동반하여 원래의 색깔이 바래고 형태가 짓뭉개져 있기가 십상인데, 그러한 표현들 속에는 저 생생한 에덴 시절의 색채와 형태에 대한 그리움이 스며들어 있다. 그것들은 이미 사라져 버리고 없지만, '무늬'(〈무늬들은 빈집에서〉 〈무늬 남다〉 등의 시를 보라. 그는 "무늬의 삶은 기억뿐이다"고 말한다)처럼 시인의 삶의 곳곳에서 흔적으로 남아있다. 이진명은 그 바랜 색상들 속에서 그것의 원형을, 또는 저 에덴에 있던 사원의 비밀을 다시 보고 싶어 하지만, 이미 그 낙원의 문은 닫혀져 있는 것이다.

저 에덴의 사원은 "한낮에도 그 창문 열지지 않"는 곳이고, "크낙한 목련나무가" "그 온몸을 다 가리"(〈복자수도원〉)고 있는 곳이기 때문이다. 시인에게 낙원의 삶은 마치 '첫 키스'처럼, '첫 슬픔'처럼 "안 돌아오는 것이다". 그래서 시인이 "얼마나 눈부신가 / 안 돌아오는 것들"(〈여행〉)이라고 노래할 때, 거기에는 사라져 버린 황금시대의 찬란함, "푸르렀던 추억"(〈산〉)에 대한 그리움이 간절하게 스며들어 있다. 찬란함이 사라져버린 현재의, 이 지상의 시인에게 남아있는 것은 "어둠까지 합세한 / 혼자 사는 방"의 〈겨울, 일몰시간〉들이다. 그 일몰의 시간들 속에서 시인은 "마음에 오래도록 드리운 / 천 년 전의 왕국 / 樓蘭"(〈逸話〉)을 조용하게 떠올린다. 희미한 무늬 속에서 떠올리는 기억, 그 기억에 대한 그리움이 이진명의 시를 조용하고 관조적인 색채로 물들인다. 신범순은 이미 그러한 이진명 시의 색채에 대해서 "마치 남자의 사랑에 의해서 비로소 살게 되는 한 가녀린 여인의 존재를 노래하"(〈90년대 신세대 시인들의 시적 지평〉, 〈〈현대시학〉〉, 1992, 8월)는 것 같다고 말한 바 있다.

이진명의 시들에서 그토록 자주 등장하는 '눈'의 이미지는 저 황금시대에 대한 그리움과 관계되어 있다. "아아, 눈에는 燈빛 같은 정신이 숨어 있었다"(〈逸話〉)는 표현, 그리고 "눈 내리는 겨울 한낮 / 너무 환했다"(〈눈 내리는 겨울 한낮〉)는 표현은 저 마법의 사내의 얼굴이 환하게 빛나던 기억 때문이 아니겠는가? 이렇게 본다면, 이진명의 시들은 연시일 수도 있다. 동자의 얼굴을 한 저 마법의 사내는 시인을 무덤 속 같은 이 지상으로 밀어내 버렸지만, 그러나 시인은 그 아름다운 첫사랑을 잊을 수 없고 마법의 사내를 미워할 수 없다. 말하자면 저 황금시대의 기억은 무늬로밖에 남지 않은 이 삶의 존재 근거인 것이다. 그러니 어찌 자신의 존재 근거를 부정할 수 있단 말인가? 시인이 '용서'를 말하는 것도 그러한 사태와 무관하지 않을 것이다. 그것은 이 지상에서의 삶에 대한 용서이며 고독의 껴안음이다. 그 껴안음은 한편으로는 낙원에 대한 그리움과 기다림이며, 다른 한편으로는 이 현실에 대한 용서인 것이다. 그러한 점이 이진명의 시를 여성적인 섬세함과 부드러움, 종교적이고 관조적인 태도, 조용하고도 포근한 분위기로 이끌게 되지만, 나는 이진명의 그러한 현실에 대한 용서가 현실의 수락으로 떨어지지 않기를 바라고 있다. 그 둘은 다른 문제인 것이다. 현실의 수락 속에서는 시인의 그리움과 기다림의 대상인 저 황금시대의 도래는, 빛나는 동자의 얼굴의 도래는 영원히 유예되고 말 것이다. 따라서 '용서'의 의미를 묻는 작업은 앞으로도 여전히 이진명의 시적 과제로 남겨져야만 하고, 또 남겨질 것이다.

내재적 초월과 외재적 초월의 긴장

— 박라연의 시세계

1.

2006년 초여름에 낸 《우주 돌아가셨다》는 시인의 다섯 번째 시집이었다. 1990년 등단 이후 매 3년마다 한 권의 시집을 낸 꼴인 셈이다. 또한 그 다섯 권의 시집 가운데 태작으로 꼽을 만한 작품도 거의 없다고 하겠으니, 시작詩作에 있어서 부지런하다면 상당히 부지런한 시인이라고 말해야 하리라. 물론, 그 간에 시적 변화라고 할 만한 것이 없었던 것은 아니다. 첫 시집 《서울에 사는 평강공주》(1990)로부터 시작해 두 번째 시집 《생밤 까주는 사람》(1993)과 세 번째 시집 《너에게 세 들어 사는 동안》(1996)에 이르기까지 박라연의 시 세계는 주로 "섬세하고 정갈한 언어의 서정성"(오생근)을 기반으로 하여 헐벗고 누추한 이웃들에 대한 따뜻하고도 맑은 사랑의 마음의 풍경을 보여주었던 것으로 평가된다. 등단작인 〈서울에 사는 평강공주〉가 이미 잘 보여주었듯이, 눈물과 슬픔이 깃든 비극적인 정조가 따스한 서정적 가락으로 탄주된 이 마음의 풍경은 때로 설화적인 공간을 열어 보이기도 하면서, 이 세계의 온갖 생명들 속에 깃든 우주적 힘과 생동성을 존재의 가장 낮은 자리에서 포착하고 또 보듬기도 했던 것이다. 그리하여 자기 헌신적인 이 마음의 풍경의 노래는 마땅히 '생의 찬가'(《문학과지성사 한국문학선집 1900-2000》, 〈시〉, 1406쪽)로서 이해되었고, 또 그것은 시인의 초기 시 세계를 각인하는 가장 분명한 징표로 간주될 수 있었다. 눈물과 슬픔으로부터 발원한 이 같은 마음의 풍경은 타인이나 세계와의 절대적인 소통을 향한 한 간절한 꿈이 피워 올린 빛나는 결실이었던 셈이다.

이 곡진하고도 유순한 사랑의 마음은 그러나 네 번째 시집 《공중 속의 내 정원》(2000)에 이르러 "죽음의 길과 생명의 길이 만나 충돌하며 불꽃을 일으키"(오형엽)는, 어떤 치열하면서도 긴장에 찬 내면 풍경을 직조하면서 다소의 변화를 보여주기 시작한 것처럼 보인다. 시집의 핵심부에 해당될 〈공중 속의 내 정원〉 연작 5편과 〈질량 보존의 법칙〉 연작 6편은 모두 이러한 죽음과 삶의 강렬하고도 팽팽한 긴장을 보여준다고 할 수 있다. '자기 소멸과 완성의 의지를 열망'(앞의 책, 1407쪽)하는 이 마음의 풍경의 변화는 그럼에도 불구하고 죽음을 앞에 둔 자의 살아있음에 대한 환희로서 간주될 수 있을 터인데, 왜냐하면 평범한 일상 속의 사소하거나 미세한 것들도 죽음과의 대비를 통해 그 살아있음의 가치가 보다 분명해질 수 있기 때문이다. 그렇다면 이러한 세부적인 변화 역시 시인의 초기 시 세계가 견지했던 '삶의 찬가'의 테두리를 그리 크게 벗어나 있지 않다는 데에는 이론의 여지가 있을 수 없겠다. 가장 최근 시집인 《우주 돌아가셨다》 역시 어떤 근원적인 통증을 앓음과 동시에 그것의 해소에 이르는 과정을 대단히 유연하면서도 농익은 서정적 발성법을 통해 선보이고 있다. 거기에서는 무엇보다도 용서의 마음과 죽음을 받아들이는 품이 그 속을 헤아릴 수 없을 만큼 커다란 여운을 만들어내고 있는데, 이 여운은 사람과 사람 사이의 관계에 대한 욕심을 다 내어버린 듯한 시인의 빈 마음의 풍경으로부터 연유한다고 함이 옳다.

그런 의미에서 시인의 시 세계는 그동안 철저하게 내재적 초월을 지향해왔다고 말할 수 있다. 이 내재적 초월의 의미를 우리가 현재적 세계와 삶 속에서 그것을 넘어 보다 고양된 존재와 삶을 확보하려는 정신의 노력의 일환으로 간주할 수 있다면 말이다. 이 같은 내재적 초월의 유일하고도 가장 보편적인 방식이, 내게는, 사랑으로 이해된다. 노발리스나 슐레겔 같은 독일 초기 낭만주의자들이 다른 그 무엇도 아닌 오로지 문학 그 자체를 통해 구현하고자 했던 이 사랑의 개념이야말로 바로 그러한 내재적 초월의 가장 분명한 이정표가 될 수 있을 터이다. 박라연의 시 세계가 펼쳐 보였던 그러한 사랑의 마음의 풍경은 이 같은 내재적 초월의 징표에 다름 아니었던 것이다. 이번에 새로 발표된 최근작 5편 역시 이 같은 마음의 풍경의 테두리 속에 온전히 자리하고 있는 것으로 내게는 보인다. 그러나 여기에서 우리가 눈 여겨 보아야 할 것은 이 커다란 내면 풍경의 테두리 안에서 벌어지고 있는 미세한 몇몇 변화의 국면들이다. 왜냐하면 이 미세한 듯이 보이는 작은 변화야말로 어쩌면 시인의 시 세계를 이전과는 전혀 다른 차원의 세계로 이동시킬 수도 있는 폭발력을 가지고 있는 것으로 보이기 때문이다.

미리 당겨 말하자면, 내게는 이 다른 차원의 세계가 시인의 이전 시 세계가 견지해왔던 내재적 초월성과는 질적으로 다른 어떤 초월성에, 보다 분명하게 말하자면 강력한 종교적 친화성을 갖는 외재적 초월성에 의해 견인되고 있는 것은 아닌가 싶다. 아직은 아주

자그만 단초를 토대로 한 하나의 의혹에 불과하지만(또 그렇기를 바라지만), 시인의 시 세계가 똬리 틀고 있었던 인간적-설화적 공간이 이제 어떤 초인간적-종교적 세계관에게 조심스럽게 자리를 내어주고 있는 것은 아닌가 싶다는 것이다. 물론 이 같은 미세한 변화가 시인 자신의 정신적-내적 삶의 과정에 있어서는 어떤 긍정적인 변화 내지는 발전일 수도 있겠지만, 시 그 자체의 자리를 염두에 두고 말하자면 반드시 바람직한 변화라고만 할 수는 없다는 것이 내 관점이다. 왜냐하면 외재적 초월성에 의해 견인되는 시는 '여기-지금'이라는 구체적인 현실세계의 개별성과 삶의 특수성을 미리 설정된 어떤 관념적인 보편성 아래로 환원하여 희생시킬 것이기 때문이다. 초월을 획득한 시는 그 대가로써 자신의 감각이 촉수를 뻗고 있는 이 몸의 현실을 휘발해 버리기가 쉬울 터이다. 가령, 다음과 같은 구절을 참조하기로 하자.

> 아시아와 유럽 아프리카와 아메리카 촌과 도시
> 빈촌과 부촌의 차별화는 지구의 낮과 밤 같은 것일지도
> 몰라 아무것도 따지지 말자, 에 이르러
> X를 찾아갔을 것이다 아마도
>
> (…중략…)
>
> 보이는 것도 안 믿는 이 세상에서
> 안 보이는 X를 믿는 마음이 고여 이룬 웅덩이에서
>
> — 〈X를 찾아서〉 부분

이 시에서 "빈촌과 부촌의 차별화는 지구의 낮과 밤 같은 것"으

로 간주되면서 "아무것도 따지지 말자"는 시적 화자의 태도는 아마도 저 "안 보이는 X"의 이미지와 필연적인 관계를 맺고 있는 것처럼 보인다. 아니, 어쩌면 이러한 태도야말로 바로 저 외재적 초월성을 띈 'X'의 이미지를 불러들인 원동력일지도 모르겠다. 사정이 그렇다면, 이 'X'는 '아무것도 따지지 말자'는 시적 화자의 태도에 대한 알리바이로 작용하게 될 가능성이 클 터이다. 달리 말해서 이 'X'의 이미지로 인해 시적 화자의 '아무것도 따지지 말자'는 태도는 면죄부를 받게 된다는 뜻이겠다. 물론, 시인의 초기 시 세계에서도 이 같은 종교적인 이미지와 모티프들은 이미 첫 시집에서부터 등장하고 있었다고 말하는 편이 옳다. 그러나 초기 시 세계에서 이 같은 종교적인 모티프들은 언제나 구체적인 현실의 삶에 뿌리를 둔 것이어서 시인의 시 세계를 자기 헌신적인 사랑의 마음으로 향하게 했던 것으로 보인다. 가령, 위에서 인용된 〈X를 찾아서〉와 동일한 종교적 모티프를 취하고 있지만 그럼에도 불구하고 현실의 끈을 놓고 있지 않는 것처럼 보이는, 첫 시집《서울에 사는 평강공주》에 실린 시 한 편을 비교하면서 읽어보기로 하자.

오얏골에 봄이 오면
사람들의 죄 씻어주기 위해
일제히 눈뜨고 팔 벌리는
늙은 고로쇠나무
아무런 생각 없이 예수가 되어
물관부의 오른쪽과 왼쪽에
칼을 꽂고 피 흘린다
우리 아픈 점액질은 밤마다

산을 물어뜯고
더 이상 흘릴 피가 없어서
한 철 내내 속이 쓰린 나무들
전 생애의 옷을 벗는다

— 〈지리산 고로쇠나무〉 부분

여기에서 "사람들의 죄 씻어주기 위해 / 일제히 눈뜨고 팔 벌리는" '늙은 고로쇠나무'의 이미지는 모든 헐벗은 이웃을 향한 사랑을 실천했던 한 사내, 십자가에 매달린 예수의 상징으로 이해된다. 이 같은 예수의 이미지는 자기 헌신적인 사랑의 숭고함을 상징하면서도, 구체적인 이 현실의 삶과 세목들의 일체화를 구현하고 있다 할 터이다. 〈X를 찾아서〉에 등장하는 저 초월적 'X'의 이미지가 '아무것도 따지지 말자'는 태도와 관련이 있다면, 이 예수의 이미지는 또 얼마나 다른 것인가? 이러한 변화를 좀 더 분명히 하기 위해 다음 시 세 편을 마저 읽어보기로 하자.

화관을 쓴 눈에는 보물찾기도 심드렁해 죄와 상처로 십
수년을 연명할 때 내 죄 내 상처들의 다비를 위해( )앞에
서 최면 걸어주신 것 그러니까 붙잡은 땅바닥이 패일 듯
天丁을 뚫어버릴 듯 고래고래, 아픈 시간들을 다 뱉어내
화관을 찢으며 흘려보내주신 것 내 보물찾기의 절정이었을
까 사는 일이 캄캄해 부싯돌인 양 제 몸을 치며 견딜 때
거짓말처럼 수묵화의 벽이 나타나 환한 길을 오려내 주신
것 안 본이들에게 어떻게 전할까 X, 그를 내가 알기 전에
도 함께였다는 것

— 〈X파일〉 부분

붓고 또 붓다보니
넘쳐흐르다가
깊고 넓은 가상육체를 만든 양
이미 노쇠한 그릇인데도
상황에 따라
변하기 시작했다
뻔히 알면서도 모른 척
저줄 때의 형상이 가장 맛, 좋았다
허공에도
마음을 바쳐 머무르니
뿌리 깊은 그릇이 되어
눈부셨다

—〈상황그릇〉 부분

더 이상은 날 수 없다는 듯

고추잠자리 한 마리가

더 이상은 바라봐선 안 될 한계그늘에서

쉬고 있는 내 여윈 손가락에 시뻔히

내려앉는다 옆 사람에게 미안했지만

심장박동수가 비슷해서 굴러온

축복이려니, 하면서 조심조심 잠자리의

지친 숨을 다독였다

— 〈손가락의자〉 부분

먼저 앞부분에 인용된 〈X파일〉에서도 이 'X'의 이미지는 "거짓말처럼 수묵화의 벽이 나타나 환한 길을 오려내 주신 / 것 안 본 이들에게 어떻게 전할까"라는 시적 화자의 의문의 대상으로서 어떤 초월적인 분위기를 암시하고 있는 것처럼 보인다. 이러한 사실은 이어지는 다음 행 "그를 내가 알기 전에도 함께였다는 것" 같은 구절에서 보다 분명하게 드러날 것이다. 다시 말하자면, 이 'X'의 이미지는 어떤 초월성 내지는 초월적인 존재를 지시하고 있다는 것이다. 시적 화자가 이 존재를 'X'라고밖에 명명할 수 없었던 이유도 아마 거기에 있을 터이다. 왜냐하면 우리는 '지금-여기'를 초월한 존재를 명명할 언어를 가지고 있지 않기 때문이다. 그러므로 가운데 인용된 시 〈상황그릇〉에서 드러나듯이 이러한 초월적 존재로부터 '추수한 복'은 그냥 그대로 하나의 '은총'일 수밖에 없는 것이 된다. 이 추수한 복을 받는 '상황그릇'이 "깊고 넓은 가상육체"나 '허공'의 이미지와 결부될 수밖에 없는 이유도 바로 거기에 있다.

마찬가지로 〈손가락의자〉에 등장하는 "내 여윈 손가락"에 내려앉은 '잠자리'의 이미지 역시 이러한 '은총'을 환기시킨다. 시적 화자가 "옆 사람에게 미안했"던 이유도 바로 이러한 축복과 은총이 아무런 매개도 없이, 가령 어떤 현실적인 노력이나 성실성이 동반되지 않고도 불현듯이 찾아들었기 때문이다. 그러한 축복과 은총은 세상에 대해서나 시인에 대해서도 공정하지 않은 것이다. 그럼에도 불구하고 이 시인의 시 세계가 아직은 전적으로 저 초월적 은총의 세계 속으로 휘발해 버리지는 않았음을 보여주는 시가 함께 자리하고 있음을 나는 다행으로 여긴다. "몸과 몸 사이에 얼마나 많은 묘지를 / 파야 비로소 가족이 될 수 있을까"를 자문하고 있는 아래 시는 바로 그 좋은 증거가 될 터이다.

이삿짐을 풀자 오래된 상처의
시신들이 섞여있다
상처도 목숨이었으니
따뜻한 묘지를 만들어줘야 할 텐데
삽과 괭이는 책일까 가슴일까
(…중략…)
미처 실어오지 못한
어느 집에선가의 경쾌한 웃음소리
정겨운 숟가락소리 어디서 찾아올까
가구 사이사이
몸과 몸 사이에 얼마나 많은 묘지를
파야 비로소 가족이 될 수 있을까
생각하는 사이
첫 눈이 내렸다

— 〈이사치료〉 부분

위악과 도발의 상상력, 혹은 그로테스크의 미학

— 전영주의 시세계

> 그로테스크는 낯설어진 혹은 소외된 세계의 표현이다. 즉 새로운 관점에서 봄으로써 친숙한 세계가 갑자기 낯설어진다(그리고 아마도 이러한 낯설음은 희극적이거나 또는 으스스한 것, 아니면 그 둘 모두를 포함하는 것일 수 있다). 그로테스크는 터무니없는 것과 벌이는 게임이다. 다시 말해서, 그로테스크를 추구하는 예술가는 존재의 깊은 부조리들과 반쯤은 우수개로, 반쯤은 겁에 질려 장난을 한다. 그로테스크는 세상의 악마적 요소를 통제해서 쫓아내려는 시도이다.
>
> — 볼프강 카이저W. Kayser, 《예술과 문학에서의 그로테스크》

1.

전영주의 시들은 상징성이 매우 강한 이미지들의 혼합으로 직조된, 어떤 낯선 꿈과도 같은, 초현실주의적 회화의 화폭을 보여주는 듯하다. 《붉은닭이 내려오다》에 실린 거의 모든 시들은 이러한 상징법에 기대어 부조리한 삶의 모순과 무섭도록 섬뜩한 실존의 상처를 풍경화한다. 상징은 그것이 지시하는 실재가 부재하거나 혹은 너무 많은 실재가 존재한다는 것을 표시하는 하나의 암호이다. 말하자면, 상징은 언제나 그것이 지시하는 것의 부재나 잉여를 생산한다는 것이다. 그 부재와 잉여 속에 상징의 본래 의미가 존재한다. 그렇기에 그 부재와 잉여는 우리의 의식과 언어의 나침반으로는 당도할 수 없는 어떤 미지의 세계를 그려놓은 지도처럼 존재한다. 상징적인 것은 의식을 넘어서는 보다 넓은 무의식의 측면을 가지고 있고, 또 그러한 측면은 결코 명확히 정의되거나 완전히 해명될 수 있는 성질의 것이 아니다. 거꾸로 말해서, 의식에 의한 이해의 범주를 초월하는 것들에 대해서 정의할 수도 이해할 수도 없기 때문에, 우리는 이를 표현하기 위하여 늘 상징적인 용어를 사용한다는 것이다. 이러한 상징을 의식적으로 사용하는 것은 지극히 중요한 심리적 현상의 한 측면에 불과하다. 왜냐하면 인간은 또 꿈이라는 형태를 통하여 상징을 무의식적이며 자연 발생적으로 산출하고 있기 때문이다. 분석심리학자 융C. G. Jung에 의하면, 일반적으로 어떤 사태나 사상의 무의식적인 면은 꿈을 통해 어둠 밖으로 모습을 드러내는데, 그것은 합리적인 사고로서가 아니라 상징적인 이미지로서 나타난다는 것이다. 그렇기에 그것은 차라리 해독을 거부하는 암호문에 가깝다고 할 수 있다. 안타깝게도, 꿈은 의식이 이해하기에는 너무 어렵기 때문이다. 전영주의 시들이 바로 그렇다.

> 입 틀어막고 눈을 뜨다, 천장이 움직이다.
> 장미 넝쿨로 목 졸린 붉은닭이 내려오다. 얼굴 가까이까지
> 흔들흔들 내려오다. 축 늘어진 닭의 발톱이
> 내 눈알을 뽑아버리다.
> 바 2시에서 3시 사이
> 붉은닭의 가랑이를 찢다.
>
> —〈붉은닭이 내려오다〉 부분

전영주의 시들에서 사용되는 상징은 그런 의미에서 의식으

로 드러나서 주체 속에 통합되길 거부하는 어떤 심리적 외상들 Traumen의 실재를 지시하는 것인지도 모른다. 라캉J. Lacan의 말을 빌리자면, 그것들은 언어로 구성된 상징계 속으로 들어오길 거부하는 무의식적 실재의 이미지들이다. 프로이트나 라캉에게서, 상징계로 편입되길 끝내 거부하는 저 무의식적 실재들은 다행스럽게도 꿈이나 환상을 통해 – 비록 또 다시 왜곡된 모습으로 자신을 연출한다고 할지라도 – 어느 정도 드러난다고 한다. 융의 경우에도 역시 꿈은 무의식의 고유한 표현의 하나로 간주되는 것이다. 전영주의 시들에서 드러나는 상징적 이미지들도 바로 이러한 무의식의 표현일지도 모른다. 그 시들은 마치 초현실주의 예술가들의 '자동필기술Automatism'을 연상시키듯이, 거의 아무런 의식의 통제 없이 자유연상에 의한 무의식적 이미지들의 나열로 이루어진 듯이 보이기 때문이다. 꿈과 환상의 상징은 대부분 의식의 제어를 초월한 심리의 표출이다. 그것은 꿈을 꾼 본인과 분리하여 생각할 수 없고 또 어떤 꿈이든지 이미 정해진 해석이란 있을 수 없다. 의식이 무의식을 보상하는 방법은 개인에 따라서 현저하게 다르기 때문에 꿈과 그 꿈의 상징이 어느 정도로 분류될 수 있는가를 확정하기는 불가능하다. 전영주의 시를 해독하는 데 난감함을 느끼는 까닭은 바로 이러한 이유 때문일 것이다.

2.

전영주의 시들은 아름답지 않다. 아니, 다시 말해야겠다. 이 시인 역시 아름다움을 추구하긴 하지만, 그 추구의 방식이 아름답지 않다고 말이다. 여기에서 '아름다움'이라는 것은 미적 정신의 요구를 충족시키는 특정한 대상의 질을 의미할 터이다. 물론 전영주의 시들이 추구하는 목표는, 모든 시와 예술이 그렇듯이, 이러한 아름다움에 있을 것이다. 그러나 시인에게서 중요한 것은 아름다움이라는 목표 자체가 아니라 그 목표에 도달하고자 하는 어떤 방법에 있는 듯하다. 우리는 시인의 이러한 시적 방법론을 일러 '그로테스크의 미학'이라고 불러도 무방할 듯싶다. 《붉은 닭이 내려오다》에 실린 거의 모든 시들은 어떤 낯설고도 기괴한 풍경을 연출하고 있으며, 우리는 이 풍경의 배후에서 금기에 도전하고 또 그것을 위반하고자 하는 위악적이고도 도발적인 상상력이 부리는 장난기 어린 표정을 만날 수 있기 때문이다. 시의 화폭에 드러나 있는 이 기괴한 풍경과 그것의 배후에 숨겨져 있는 저 장난스러운 표정 사이에서 만들어지는 긴장과 부조화 속에 전영주 시들의 매력이 존재한다. 그리고, 이 전율적인 풍경과 유희적인 정신의 부조화가 만들어내는 그로테스크의 미학이야말로 전영주의 시들이 지니고 있는 가장 뚜렷한 표지라고 할 수 있다.

비명소리에
일생일대의 수치가 죽다.

여자의 가랑이 사이에서
중량 3Kg의 피범벅이 밀려나오다.

3키로 짜리 토종이이에요.
백숙이요? 도리탕이요?

흰 가운의 정육점 남자가
생닭의 두 다리를 잡아올리다.

축하합니다.

공주예요.

도리탕이요.

—〈생〉 전문

전영주의 시들에서 이 같은 그로테스크의 미학을 만들어내는 시적 정신의 지반은 위악적인 엽기성과 도발적인 에로티즘의 상상력으로 보인다. 이 위악과 도발의 상상력은 우스꽝스러운 것과 기괴한 것을 불가해하도록 연관 짓고 또 전혀 이질적인 요소들을 뒤섞음으로써 어떤 낯설고도 불쾌한 풍경을 연출하여 독자들로 하여금 뒤숭숭하고 불편한 감정의 갈등을 겪게 만든다. 다시 말해서, 그로테스크 미학 속에는 전혀 관련이 없는 듯한 요소들을 한 데 뒤섞는 '놀이'의 특성이 들어있다는 것이다. 이 미학 속에 숨어 있는 이러한 놀이 요소를 처음으로 강조한 이는 독일 낭만주의 이론가 슐레겔F. Schlegel이었다. 그는 그로테스크가 표출되는 풍성한 상상력에 대해 거론하면서 유쾌한 장난기가 모순적인 것, 역설적인 것, 공상적인 것 따위의 중요한 요소라고 언급했던 것이다. 슐레겔에 의하면, 그로테스크는 형식과 내용 사이의 상충적인 대조로 이루어지며 이질적인 요소들의 불안정한 혼합, 우스꽝스러우면서 또한 무시무시한 역설의 폭발적인 힘으로 이루어진다. 사실상 그로테스크에 대한 낭만적 토의가 확고한 지반을 마련한 것은 독일이 아닌 프랑스 문학에서이다. 가령, 위고V. Hugo는 자신의 극 〈크롬웰Cromwell〉(1827) 서문에서 그로테스크를 주로 낭만주의 이전의 예술과는 대척적인 현대의 특징적인 예술 양식으로 논의한다. 그는 이러한 그로테스크의 미학을 예술적 창조의 변두리에서 핵심적인 위치로 옮겨 놓으면서, 아름답고 숭고한 것의 미적 범주가 지니는 옹색한 한계에 비할 때 희극적인 것, 무시무시한 것, 추한 것이 갖는 무한한 다양성을 강조한다. 특히 주목할 점은, 위고가 그로테스크를 단순히 공상적인 것이 아니라 사실적인 것과 관련지음으로써 그것이 단지 하나의 예술 양식이거나 범주가 아니라 자연과 인간의 주변 세계에 존재하는 것임을 분명히 하고 있다는 것이다.

사실상 전영주의 시들이 구축하고 있는 그로테스크의 미학은 서구에서는 이미 로마 문화의 초기 기독교 시대에까지 거슬러 오르는 장구한 역사를 지니고 있는 터이다. 애초에는 회화나 조각, 건축 등 시각예술의 장르로부터 출현한 이 미적 방법론은 고대 그리스 예술이 지녔던 '고귀한 단순성, 고요한 위대성'이라는 고전적 취향의 미와 예술관에 대한 반발로부터 등장한, 표현주의적인 요소가 매우 강한 미학이다. 전영주의 시들에서 소재나 모티프로 자주 등장하는 시각예술가들의 이름, 가령 낭만적 서정시의 분위기를 지닌 풍경화를 주로 그린 카스파 다비드 프리드리히나 강렬한 표현성을 특징으로 하는 반 고흐, 표현주의 화가 게오르그 바젤리츠, 행위 예술가 요셉 보이스나 백남준 등은 이 미학의 역사적 출현이 시각예술로부터 비롯되었다는 점과 결부되어 쉽게 간과될 수 없는 것이다. 출현 당시에는 걷잡을 수 없는 격한 부조화만을 나타내거나 희극적인 것의 보다 조잡한 형태로 치부된 이 미학은, 그러나 낭만주의 이래로 현대에 들어서는 근본적으로 양가성 Ambivalenz을 지닌 것으로, 말하자면 대립적인 것들의 격렬한 충돌로 여겨지면서 존재의 근원적이고도 문제적인 성격에 대한 적절한 표현으로 간주된다. 추醜의 표현 양식으로서 그로테스크의 미학이 시각예술의 영역을 넘어 문학으로 이입된 최초의 예는 아마도 16세기의 프랑스 문학가 라블레F. Rabelais가 될 것이다. 그는 이 용어를 주로 신체 부위를 언급하는 데 사용했던 것으로 알려져 있다. 현대 문학에서 추와 그로테스크의 표현은 낭만주의로부터 영향을 받은 초현실주의 예술가들과 해롤드 핀터나 존 바스, 베케트와 이오네스크, 귄터 그라스와 뒤렌마트 등의 작품들에서 발견된다. 아마도 전영주는 이들의 직접적인 후예가 될 듯하다.

3.

전영주의 이번 시집을 통괄하는 대표적인 상징어는 시집의 제목에서부터 이미 등장하고 있는 '붉은닭'이라고 할 수 있다. 그것은 의식하는 기억의 어떤 잔존물들, 이를테면 말할 수도 없고 언어화되기도 거부하는 그 모든 것의 상징일 수가 있다. 말하자면 그것은 어떤 부조리한 실존의 상흔들인 셈이다. 그 상흔들은 슬픔이라고 하기에는 너무나 치명적이고 압도적이어서 기억에 의해 재구성되길 거부하는 듯하다. 다시 말해 '붉은닭'으로 상징화되는 것은 죽음이나 성, 폭력 등과 같은 원초적인 심리적 외상들의 이미지라는 것이다. 따라서 그것들은 의식하는 주체의 입장에서 재구성하기가 거의 불가능한, 어떤 파편화된 이미지들로만 던져져 있을 뿐이다. 이처럼 "마술에 걸린 기억들"(〈붉은닭을 매장하다〉), 즉 망각이란 기억 자체의 존재 상실을 의미하는 것이 아니다. 그것은 의지에 의해 재생될 수는 없지만, 잠재적인 무의식의 상태로 존재하고 있기 때문에 때를 가리지 않고 자연발생적으로 다시 튀어나오게 될 수도 있다. 때로는 완전히 망각된 것 같았던 기억이 수년 후에 되살아나는 일을 우리는 흔히 경험하는 터이다. 그런 의미에서 저 '마술에 걸린 기억들' 속의 인물과 사건, 사태들은 무엇이든 언어로써 의미화되지 못하고 오로지 '붉은닭'이라는 상징의 외피만을 드러내게 된다.

> 불을 지르고 달려가다. 광견이 불을 뒤쫓아 달리다. 광녀가
> 두 팔을 휘저으며 뒤쫓아가다. 광녀의 우물이 쓰러지다.
> 펄펄 끓는 우물물이 쏟아지다.
> 빠진 두레박이 쏟아지다. 두레박 속의 해골들이 쏟아지다. 배를 움켜쥐
> 고 대굴대굴르면서 지하가 지상으로 쏟아져 흐르다.
> 붉은닭을 처형하기로 하다.
> 홰나무 가지에 붉은닭의 목을 달다.
> 천둥소리를 내며 번개가 부러지다.
> 다시.
> 홰나무에 불을 지르고
> 홰나무가 달려가다.
>
> —〈붉은닭과 닭〉 전문

《붉은닭이 내려오다》에 들어있는 시들의 언어 형식적인 특성을 주목해 보기로 하자. 우선, 이 시집에 실린 거의 모든 시들이 원형 동사를 사용하고 있다는 점이 지적되어야 한다. 그것은 시제를 무화하면서 동작이나 상대의 원형성을 보존하고 있는 동사의 꼴이다. 거기에서 문장의 주어/주체는 시간 부재의 상태 속에서 화석화된다. 왜냐하면 시제를 확보하지 못한 주체란 바로 화석화된 어떤 무규정적 익명의 상태이기 때문이다. 레비나스E. Levinas의 《시간과 타자》를 빌려 말하자면, "자기로부터의 출발이 곧 현재"를 만들어내는 것이기 때문에, 시제를 확보하지 못한 주체란 아직 주체가 되지 못한 익명의 무시간적 존재 상태에 불과한 것이다. 전영주의

시들은 이처럼 일체의 시제를 무화시킴으로써 주체를 시간 부재의 상태 속에서 화석화한다. 이 시제의 무화 내지 원형성의 보존은 이 시인의 시들이 무의식의 드러냄과 밀접한 관련이 있음을 입증해 준다. 왜냐하면 무의식은 일체의 의식할 수 있는 범위의 심적 내용에서 잊혀진 것이나 누락된 것을 신화 유형적 조직 속에 침전시키고 있는 영원한 과거의 상태이기 때문이다. 다시 말해서 무의식은 시간을 묻는 일 없이 활동하고 있다는 것이다. 결국 전영주의 시에서 시제의 무화는 기억의 부정이나 무의식 속에 잠재된 심리적 외상과 관계가 있다고 말할 수 있는 것이다. 원형 동사의 방법론적 사용은 저 심리적 외상이라는 사건의 발생 자체를 무화시키거나 화석화한다. 그렇기에 저 사건들은 언제나 꿈이나 환상의 꼴로 의식의 부면으로 떠오를 수밖에 없다. 꿈이나 환상 속에서의 모든 사건은 "옛날에… 있었다"는 과거 시제의 형태를 취하긴 하지만, 이 과거 시제 자체는 현재의 기억 속에 제자리를 얻지 못하고 미래와의 관련성도 상실한 채 그 나름으로 영원히 완성된 시간의 꼴을 취하기 때문에, 그 자체 시간의 무효화를 주장하는 것이다.

시간의 부재라는 원형의 형태로 드러난 꿈과 환상의 무의식적 이미지들은 무엇보다도 의식하는 자아로서의 주체라는 합리주의적 세계관을 부정한다. 의식적인 사고 속에서 자아는 스스로 제약을 가하여 합리적인 진술의 한계를 넘지 못하게 하는 반면, 무의식과 꿈의 현상은 이러한 합리적인 진술의 한계를 무너뜨리기 때문이다. 융은 이 '합리주의'라는 말을 "빛을 발하는 상징이나 관념에 의해 반응하는 인간의 능력을 파괴하여 버린 것"이라고 정의한 바 있다. 전영주의 시들에서 이러한 합리주의적 세계관의 부정은 흔히 가부장제, 자본주의, 남성 중심주의라는 근대의 틀을 해체하는 기능을 수행하는 것 같다. 《붉은닭이 내려오다》에 실린 시들에서 가부장제와 자본주의라는 기존 질서에 대한 조소와 풍자의 이미지가 자주 등장하는 것은 이런 사태와 무관하지 않다. 그것들은, 라캉의 용어로는 소위 '아버지의 법'이라고 일컬어지는 상징계의 질서를 전복한다는 의미를 지닌다고 할 수 있다. 가령, 아래의 시들에서 보이는 "새파랗게 자리러지며 / 젖꼭지 물어뜯으며 울어 제키는 아버지"나 '켄터키 후라이드 치킨 하우스' 앞에서 미소 잊고 있는 '하얀 할아버지'로 표상되는 '거꾸로 선' 가부장제와 위선적인 자본주의제에 대한 다음과 같은 조소와 경멸을 보라.

새파랗게 자지러지며
젖꼭지 물어뜯으며 울어 제키는 아버지
아우 – 내 아버지
조금만 더
조금만 더 작아지세요.

— 〈고양이 발바닥엔 마우스가 붙어있다〉 부분

붉은닭이 왜 길을 건넜는가.
길 건너편에
켄터키 후라이드 치킨 하우스
문 앞에 미소짓고 서 있는
점잖고 우아하고 돈도 만히 잇어 뵈는
하얀 할아버지 때문에.
아버지의 유령 때문에.

— 〈매혹〉 부분

4.

전영주의 시들이 압도적으로 의지하고 있는 감각적 이미지들은 현란한 색채의 시각 이미지들이다. 게다가 이 시각 이미지들은 주로 푸름과 붉음이라는 보색관계의 색채들로 구성되어 있음도 주목할 만하다. 시집의 표제시이기도 한 〈붉은닭이 내려오다〉는 이러한 색채 이미지의 뛰어난 효과를 보여주는 장인의 손길을 느끼게 한다.

여자가 장미덤불 속으로 뛰어들다, 장미덤불 속에서
장미 꽃잎과 함께 짓이겨지다, 으깨어지다.
밤 2시에서 3시 사이
위층과 아래층 사이
입 틀어막은 비명이 고층아파트 한 동을 흔들다.
침묵의 묵계가 고이다. 고여 썩기 시작하는 핏물 위에
푸른 장미들 떠가다. 여자의 살갗 위에 푸른 장미
사방연속으로 피어나다.

— 〈붉은닭이 내려오다〉 부분

이 시에서 장미 넝쿨에 목 졸린 붉은닭의 이미지와 핏물 위의 푸른 장미 이미지는 동일한 이미지의 연쇄 속에 있다. 그리고, 장미 넝쿨 / 푸른 장미의 푸른 색채 이미지는 붉은닭 / 핏물이라는 붉은 색채 이미지와 대조를 이룬다. 푸름의 이미지는 무엇보다도 타오르는 생명력의 상징일 터이다. 그에 반해 붉음의 색채 이미지는 전영주의 시에서 흔히 불모와 파괴력의 상징으로 쓰이는 듯하다. 왜냐하면 이 시집에서 '붉음'의 이미지는 무엇보다도 '피'의 속성이 되기 때문이다. 그러나 전영주의 시에서 피는 물과 불의 합성물이다. 다시 말해 피의 이미지를 통해서 물과 불은 대극에 있지 않다는 것이다. 이 시집에서 물은 언제나 '끓는' 물이고, 불은 언제나 '타오르는' 불이다. 그것들은 모두 임계에 도달한 어떤 에너지의 억제할 수 없는 분출과 파열이라는 점에서 동일한 이미지 유형을 형성한다. 말하자면 끓는 물은 곧 타오르는 불이며, 타오르는 불은 곧 끓는 물이라는 것이다. 이처럼 물과 불의 대립적 양극이 하나의 꼭짓점으로 수렴하는 피의 이미지야말로 전영주의 그로테스크 미학이 지닌 양가성의 한 결절점이 된다고 말할 수 있다. 거기에서 창조와 파괴는, 죽음과 삶은 서로의 꼬리를 물게 된다.

시인은 〈붉은닭을 가두다〉라는 시에서 "버림을 받다. / 복사꽃 살구꽃이 피기 시작하다"라고 노래했다. 여기에서 '꽃'의 이미지는 '불꽃' 이미지의 변주이며, 그것은 다시 '타오르다'는 이미지를 연상하게 한다. 말하자면, 이 시의 구절에서 '불꽃이 타오른다'는 것은 곧 '버림을 받다'라는 사건과 분리될 수 없다는 것이다. 시인에게 있어서 타오르는 모든 것이 연상시키는 것은 이처럼 '버림받다'라는 사태와 필연적으로 연관된다. 타오른다는 것은, 끓는다는 것은 버려짐의 상처와 이별의 고통을 환기시킨다는 것이다. 시집에 자주 등장하는 고독과 하혈과 불임의 이미지는 이러한 이별의 상처와 고통에서 그리 먼 거리에 있지 않다. 그것은 타자와 조우하지 못한 수체의 고독, 생산과 창조를 불가능하게 하는 불임의 에로스를 만들어낸다. 전영주의 시들에서 피는 주로 '하혈'이나 '생리혈'과 연관되는데, 따라서 그것은 주로 부정적인 뉘앙스를 갖는 이미지가 된다. 왜냐하면 이 피의 이미지들은 대상을 만나지 못한, 따라서 잉태하지 못한 불모의 상징이자 또한 낙태의 이미지와 관련이 있기 때문이다. 비교 문화인류학자 프레이저J. G. Frazer는 《황금 가지》에서 월경과 해산한 여자에 대한 금기Taboo를 말하고 있다. 그는 피에 관한 인류의 타부가 동물의 생명이나 영혼 혹은 정령이 피 속에 있거나 피 그 자체라는 통속적 믿음에서 비롯되었을 것이라고 말하면서, 이 피로 더럽혀진 자에 대한 금기를 다음과 같이 기술하고 있다.

> 원시사회에서 신적인 왕, 촌장, 사제 등에 의해서 지켜진 의례적 목욕재계의 규칙은 살인자, 상중에 있는 자, 산욕 중의 여자, 월경을 맞이한 처녀, 사냥꾼과 어부 등에 의해서 지켜진 규칙과 많은 점에서 일치하고 있다. 우리 눈에는, 그러한 인물들이 그 성격과 상태가 전연 다른 것처럼 보인다. 우리는 신성하다 하고 어떤 자는 오예汚穢 혹은 부정이 끼었다고 말한다. 그러나 원시인은 그러한 계층에 우리처럼 윤리적 차별을 두고 있는 것이 아니다. 신성과 오예의 관념은 원시인의 마음으로는 아직 구분되고 있지 않은 것이다. 그들에게 있어 그러한 인물에 공통된 특징은, 그들이 다른 대상에 위험을 미치게 하며 또 위험한 상태에 있다는 사실인 것이지, 그들을 둘러싼 위험과 그들이 타인에게 주는 위험은 영적 혹은 망령적이라고 할 수 있는 성질의 것이며, 따라서 상상적인 것이다. 그러나 위험이라고 하는 것은 그것이 상상적이었기 때문에 더욱 현실적이었다고 볼 수 있는 것이다. 상상력이 사람에게 끼치는 영향은 인력이 사람에게 주는 영향과 마찬가지로 현실적이며, 청산靑酸과 마찬가지로 확실하게 사람을 죽일 수 있는 것이다.

전영주의 시들에 자주 등장하는 자궁, 배꼽 등 에로티즘과 관련된 이미지들의 잦은 출현 역시 이러한 사태와 무관하지 않다. 인류학자 조셉 캠벨J. Campbell의 말을 빌리자면, 자궁이나 "배꼽은 연속적인 창조의 상징, 모든 사물 안에서 약동하는 소생의 연속적인 기적이 일어나게 하는 세계 보존의 신비"가 된다. 그런 의미에서 하혈이나 생리혈의 이미지는 파괴와 불모와 죽음이라는 부정적 이미지가 됨으로써, 이러한 '세계 보존의 신비'에 대한 모독으로, 좀 더 정확히 말하자면 가부장제와 자본주의적 질서에 대한 모멸로 작용하게 된다. 결국 전영주의 시들은 '금기'와 '위반'이라는 에로티즘의 양극을 지주대로 삼아 기존의 경화된 의식과 질서에 흠집을 내고 그것들을 전복하고자 하는 것이다.

5.

전영주의 시들은, 이를테면 합리화된 세계의 무섭도록 섬뜩한 실상에 대한 진지한 성찰과 이 세계를 향해 '똥침 먹이기'라는 유쾌한 놀이를 통해 기존의 질서를 조롱하고 비판한다. 이 풍자와 비판을 위해 시인이 전략적으로 택한 방법론이 그로테스크 미학이라고 할 수 있다. 그리고, 이러한 그로테스크 미학이 지닌 근본적인 특징은 양립할 수 없는 것들의 해결되지 않은 충돌, 양면성이 공존하는 비정상성이라고 할 수 있다. 이러한 것의 표면적 현상은 부조화, 희극적인 것과 끔찍스러운 것, 왜곡과 과장, 강렬한 육체적 이미지, 긴장과 풀릴 길 없는 뒤얽힘, 장난기와 유희 등이다. 여기에서 우리는 이 모든 현상들이 전영주의 시들에서 뒤섞여 등장하고 있음을 확인할 수 있다. 그 중에서도 특히 강렬한 육체적 이미지와 유희성이라는 측면은 전영주의 시들을 특징짓는 가장 분명한 징표가 된다. 사실상, 강렬한 육체적 이미지란, 그로테스크란 말이 원래 시각예술에 적용되었다는 사실을 상기할 때 당연하다고 할 수 있다. 그로테스크가 언어 예술로까지 확대된 것은 오래 전의 일이지만, 그 말은 늘 순수하게 언어적인 것보다는 시각적인 것에 더 적절한 것으로 인정되어 왔던 터이다. 그로테스크에는 추상적인 것이 전혀 없다. 음악 중에서 그로테스크한 작품은 찾아볼 수 없으며 아주 평범한 의미에서라면 몰라도 그 용어가 음악에 적용되는 것이 타당할 것 같지도 않다. 그러나 모든 예술 형태 중에서 가능한 한 가장 시각적이라고 할 수 있는 영화 속에는 그로테스크의 예가 수없이 많다(가령, 페데리코 펠리니F. Fellini의 〈사티리콘Satyricon〉을 떠올릴 수 있다).

천수관음의 손은
구백 구십 구 개

모자라는 한 개의 손에
나는 매달린다.

수음하는 한 개의 손이
관음하는 천수관음의 눈알을
후벼내고 있다.

아으으…
척추를 깨며 돋아 나오는
일만 개의 자비로운 손가락이여.

— 〈붉은닭을 완성하다〉 전문

그로테스크는 그것이 지닌 특징적인 효과, 즉 그것이 야기하는 돌연한 충격 때문에 종종 공격 무기로 사용된다. 그것은 풍자적이고 조소에 찬 해학적 문맥 속에서나 순전한 악담 속에서 빈번하게 발견된다. 그것의 충격 효과는 평소 익숙한 세계관과는 전혀 다른 과격한 관점을 들이대어 독자로 하여금 당황케 하고 어리둥절하게 하는 데 있다. 그로테스크의 이러한 효과는 '소외'라는 말로 가장 잘 요약될 수 있다. 낯익고 든든했던 어떤 것이 갑자기 이상하고 혼란스러워진다. 이러한 것은 대개 그로테스크의 근본적인 대립, 즉 그것이 특징이랄 수 있는 상반된 요소들의 뒤얽힘과 관련이 있다. 이러한 방법의 가장 간단한 예로 수술대 위에 재봉틀과 우산을 함께 올려 놓은 로트레아몽Lautreamont의 경우를 떠올릴 수 있다. 이 같은 그로테스크의 기능이 문제시되는 것은 그것이 유발하는 웃음은 자유롭지 않다는 점, 기쁨을 맛보는 순간 끔찍하고 역겨운 어떤 것이 슬며시 파고 들어온다는 점, 즉 신나는 웃음이 쓴웃음으로 바뀐다는 사실에 있다. 또한 반대로 끔찍스러움을 느끼는 순간 그것이 유발하는 희극적인 어떤 것이 파고 들어온다고 말할 수도 있다. 이것은 그로테스크가 존재의 끔찍하고 역겨운 면을 표면으로 끌어내어 거기에 희극적인 관점을 도입함으로써 해로움을 덜게 한다는 뜻일 수 있다.

그로테스크의 미학이 지닌 많은 뛰어난 장점에도 불구하고, 이 미학은 그 표면으로 드러난 공포성과 배면에 숨어있는 유희성이 충분한 긴장 관계를 유지하지 못할 때에는 느슨한 공백을 만들어 낸다. 가령, "귀구멍에서 파낸 목구멍으로 쥐구멍을 삼키다"(〈팬티형 종이기저귀〉) 같은 구절처럼 유희성이 지나칠 때 시적 긴장은 떨어지게 되며, 또한 "내게 만약 배꼽이 없다면? / 죽고 싶도록 슬퍼질 것 같다. 진짜."(〈배꼽〉) 같은 구절에서 보이듯 시인의 의도가 문맥 속에 곧바로 돌출될 때에도 감동의 진폭은 감소하게 된다. 비극적 표면과 희극적 내면 사이에서 벌어지는 저 긴장과 갈등이 어느 한쪽으로 지나치게 기울면, 그로테스크의 미학은 자신이 지닌 풍자적이고도 비판적인 시선의 힘을 잃게 되며 그러한 긴장의 상실은 역으로 위악과 도발의 상상력이 지니는 불온성을 약화시키게 된다. 위악과 도발이라는 이 불온한 전복적 상상력이 구축해내는 그로테스크 미학이 바로 전영주 시의 산실이자 본령이다.

소리와 빛의 모자이크, 혹은 유목의 노래
— 서영처의 시세계

피아노 뚜껑을 연다
쩌억, 아가리를 벌리며 악어가 수면 위로 솟구친다
여든여덟 개의 면도날 이빨이 덥석 양팔을 문다
숨이 멎는다
— 〈피아노악어〉 부분, 《피아노악어》

서영처의 시세계는 압도적으로 음악적인 이미지와 모티프들로 가득 차 있다. "수염을 기른 흑염소들이 뿔로 둥근 대기를 긁는다 파랗게 돋아나는 악보"(〈디, 디, 디제이 하는 염소들〉) 같은 표현은 아주 흔한 예에 지나지 않는다. 심지어 첫 시집 《피아노악어》(열림원, 2006)를 포함해 이번에 새로 출간되는 두 번째 시집 《말뚝에 묶인 피아노》(문학과지성사, 2015)라는 제목에서부터 '피아노'가 공통적으로 등장하고 있는 실정이다. 음악을 전공한 바 있는 시인에게 있어서 이 '피아노'는 마땅히 음악과 시의 제유적 표현이리라. 《피아노악어》의 표제시에서 그것은 또한 "여든여덟 개의 면도날 이빨"이라는 유사성의 원리에 의해 '악어'의 은유가 되기도 한다(피아노 건반의 수와 악어 이빨의 수가 여든여덟 개로 동일한가는 문제가 되지 않는다). 이러한 문학적 관련성을 염두에 두고 이번 시집의 제목 '말뚝에 묶인 피아노'라는 어사를 곱씹어보면, 아마도 이 초현실적인 이미지의 피아노가 대단히 의미심장하다는 사실을 눈치챌 수 있을 것이다. 성급한 독자라면 시집의 표제로 쓰인 '말뚝에 묶인 피아노'라는 어사나 이미지를 찾아 곧장 그 의미망을 탐색해보고자 할 테지만, 그가 시집에서 찾아낼 수 있는 것이라곤 잘 해야 '말뚝에 매인 염소들'(〈디, 디, 디제이 하는 염소들〉)일 뿐이다. 그렇다면 우선 《피아노악어》를 단서 삼아 이 '말뚝에 묶인 피아노'의 이미지를 추론해보는 수밖에 달리 방법이 없는 것처럼 보인다.

첫 시집에서와 마찬가지로 피아노라는 어사로 제유된 음악Muse 혹은 시의 세계가 내게는 어떤 절대적인 예술의 경지, 혹은 완성된 삶의 한 양태를 지시하는 것으로 이해된다. 하지만 이 피아노의 이미지를 한정하는 어사들, 가령 첫 시집의 '악어'와 두 번째 시집의 '말뚝에 묶인'이라는 단어들과 관련해서 유추하자면, 그것은 아마도 시인의 시적 자아 내지는 모종의 사회적-현실적 상황과 관련된 어떤 원초적 심상의 알레고리로 읽을 수 있을 듯하다. 나는 《피아노악어》에서 악어의 이미지를 싱싱한 원초적 야생성을 지닌 어떤 심상이나 자연의 상태로 읽고 싶었다. 이번 시집에서도 시인은 "출몰하는 백상아리 추격하는 피아니스트"(〈f홀〉) 같은 은유를 통해 피아노/피아니스트와 악어/상어의 야생성을 두드러지게 강조하고 있기도 하다. 그렇게 읽었을 때, 《말뚝에 묶인 피아노》는 즉각 '말뚝에 묶인 악어'의 다른 표현임이 분명해진다. 그렇다면 이번 시집의 제목이 암시하는 것은, 저 악어의 원초적 생명과 야생성이 '말뚝'에 의해 저당 잡힌 어떤 현실적 사태나 심상의 표현이 될 것임은 분명하다(이제 '말뚝에 매인 염소들'이 '말뚝에 묶인 피아노/악어'의 변주임을 이해할 수 있겠다).

과연, 시인은 이번 시집의 첫 자리를 차지하고 있는 시에서 "강 건너 맹그로브 숲에는 사나운 어미 호랑이가 어슬렁거리고 있는데 내 바이올린 케이스 안에는 젖을 못 뗀 새끼 호랑이가 쿨쿨 잠들어 있는데"(〈한여름 밤의 꿈〉)라고 노래하고 있다. 바이올린 케이스 속에 갇혀 있는 이 '새끼 호랑이'의 이미지는 아마도 '말뚝에 묶인 피아노/악어'의 또 다른 변주가 아닐까 싶은 것이다. 또한 이번 시집의 맨 마지막 자리를 차지하고 있는 다음 시도 어쩌면 그 단서의 일부가 되어 줄 수 있을지도 모르겠다.

> 막대그래프를 그리며 춤추는 도시 OMR카드의 정답과 오답처럼 불 켜진 창과 불 꺼진 창, 강약이 교차하는 거대한 스피커, 뿜어내는 음향이 밤 벚꽃처럼 흐드러진다 칸칸마다 칸타빌레
>
> (…중략…)
>
> 천년 뒤 이 도시를 지나면 검게 벌린 아가리 숭숭한 구멍 사이로 미친 바람은 뛰어다니리 층층마다 수상樹上생활을 하던 사람들 꽃피우고 어디 사라졌다 휘파람소리를 내는 그림자들 이 악기들을 대체 뭐라 부르지?
>
> — 〈뮤직 콘크리트〉 부분

내게는 저 거대한 콘크리트 벽으로 만들어진 도시의 건물들이 뿜어내는 소리들("강약이 교차하는 거대한 스피커, 뿜어내는 음향")이야말로 '말뚝에 묶인 피아노' 이미지의 변주처럼 보인다. "이 악기들을 대체 뭐라 부르지?"라고 시인이 강한 의문과 회의를 품을 수밖에 없도록 만드는 이 소리들의 출처야말로 바로 '말뚝에 묶인 피아노'가 아닐까 싶은 것이다. 그렇다면 이 그로테스크한 피아노의 이미지는 곧장 거대한 도시의 콘크리트 문명에 의해 구속된 예술과 훼손된 삶의 상징으로까지 확장될 것이다.

2.

> 갈라져 타오르는 강바닥, 악어는 상류를 향해 비칠비칠 기어오른다 습한 동굴을 찾아 긴 꼬리 끌고 간다 전봇대 근처 사글세 동굴을 발견하고 기어든다 온 몸이 식용이던 놈 우기의 추억을 쩌업 다시며 진흙에 턱을 묻는다 얕은 잠이 들었다 깼다 누군가 문을 두드리고 묵묵부답 버티는 동굴엔 전단지 같은 햇살만 덕지덕지 붙었다 떨어진다 시간이 증발해버린 강가 악어는 먼 호수의 비린내를 되새김질한다
>
> — 〈눈물〉 부분

《말뚝에 묶인 피아노》의 배면에 어둡게 드리워져 있는 것은 상실된 자연이나 본성, 즉 훼손된 절대적 예술의 경지 혹은 억압된 삶의 어떤 양태들인 것처럼 보인다. "갈라져 타오르는 강바닥"을 피해 "전봇대 근처 사글세 동굴"로 자리를 옮긴 이 악어의 이미지야말로 바로 그러한 상태의 표현이 아니면 또 달리 무엇일 수 있겠는가? "시간이 증발해버린 강가"에서 "먼 호수의 비린내를 되새김질 하"는 이 악어의 눈빛에서 독자는 무엇을 읽을 수 있을까? 내가 〈시인의 말〉을 주목해서 읽은 것도 바로 그러한 까닭이다. 시인은 시집의 서두에서 "오래전 그 빛이 / 다시 비치는 언덕 // 나무 그늘 아래서 / 초원을 내려다본다 / 바람이 얼굴로 불어온다"고 다소 담담하게 적었다. 내게는 "오래전 그 빛이 다시 비치는 언덕 나무 그늘 아래서" 내려다보는 이 '초원'의 이미지가 "먼 호수의 비린내를 되새김질" 하는 악어의 이미지와 정확히 포개지는 것 같다. 시인의 시적 자아가 내려다보는 저 초원과 시간이 증발된 강가에서 그 비린내를 되새김질 하는 악어의 호수는, 어쩌면 이제는 고갈된 자연의 싱싱한 생

명력과 상실된 원초적 고향의 상징으로 자리할 수 있을 터이다. 시인은 또 다른 시에서 "저 별빛은 아직 소식이 전해지고 있는 오래된 과거"(〈삶은 그대를 속인다〉)라고 노래한다. 나는 이처럼 '오래된 과거'가 되고 만 상실된 고향/실낙원lost paradise의 이미지야말로 이번 시집의 핵심적인 모티프라고 생각하는 편이다.

《말뚝에 묶인 피아노》에 실린 시들이 마치 '설화적인 풍경'들로 직조되어 있는 것처럼 보이는 이유도 이런 사정과 무관하지 않을 것이다. 왜냐하면 모든 실낙원의 이미지나 모티프들은 또한 설화적/신화적일 수밖에 없기 때문이다. 신화나 원형 비평의 연구를 빌려 말하자면, 설화/신화적 공간은 그것이 품고 있는 풍경 자체를 영속화시키는 권능을 갖는 것 같다. 설화적 풍경은 변함없는 영원한 고향, 즉 자연과 원초적인 삶의 의미를 축약하고 있는 어떤 원형적 이미지들의 저장소로 보이기 때문이다. 그렇다면 "오래전 그 빛이 다시 비치는" 것은 바로 저 실낙원으로부터 전해져오는 상실의 기억 때문일 터이다. 시인이 "바람이 얼굴로 불어온다"고 고백했을 때, 나는 이 바람을 상실된 고향의 '기억'으로부터 환기된 자연의 원초적 생명력의 상징으로 이해한다. 아래 시에서처럼 "내 이부자리로 기어"올라 "잠 속으로 스며드는" 이 사막과 낙타의 이미지 또한 저 원초적 자연과 고향의 또 다른 상징이 될 터이다.

> 거대한 불가사리 같은 비단지린사막이 스멀스멀 내 이부자리로 기어오른다 쩍쩍 갈라지는 등을 긁는다 타박타박 자판 치듯 낙타 떼가 옆구리를 횡단해 가고 얼룩덜룩한 잠 속으로 스며드는 냄새
>
> —〈불면 II〉 부분

기억의 여신 므네모시네Mnemosyne가 또한 음악Muse의 어미임을 상기하는 것이 이 경우에는 도움이 되겠다. 음악과 노래는, 더 나아가 그것들로 축조되는 시와 예술은 결국 저 상실된 고향의 기억이며, 또한 그것의 보존이어야 한다. 이번 시집이 "그리워라, 당신 흔적을 따라 / 앨라배마 루이지애나를 거쳐 증기선을 타고 헤맨 지 수년"(〈멀고 먼 추억의 스와니〉)이라고 노래할 때, 이 유랑의 길이 또한 귀향의 길이 되는 것도 바로 그러한 까닭이다. 그렇다면 결국 《말뚝에 묶인 피아노》는 '기억/므네모시네'에 의해 저 묶인 말뚝으로부터의 해방과 자유를 성취하여 상실된 고향을 회복하는 수밖에 없을 터이다. 물론 이를 위해 시인의 뮤즈가 우선적으로 해야 할 것은 "표백된 기억들"(〈손수건〉)을 싱싱한 원색의 풍경들로, 시인 자신의 노래를 빌려 보다 정확히 표현하자면, "빛과 향의 길"(〈후미진 굴헝〉)로 되살려내는 일이 되어야 한다. 그렇다, "지금은 깊은 잠을 훔친 구름걸레를 두들겨 빠는 시간 결백을 증명할 때까지 구정물을 헹구는 시간 빛이 번쩍거리고 밥알과 국 건더기 묻은 슬픔이 들썩거리는 지금은"(〈장마전선〉).

> 금요일 밤 f홀에서 콘서트가 열리고 있다 두근거리는 몇 개의 문을 거쳐야 들어갈 수 있는, f홀에서는 깜깜, 자신을 지워야 한다 출몰하는 백상아리 추격하는 피아니스트 아우성치는 바다가 작살을 받는다 피로 흥건해지는 홀, 대리석 기둥에 기대 누가 지난 여름을 흐느끼고 있다
>
> — 〈f홀〉 부분

시인은 저 실낙원의 회복을 위해서는 우선 "두근거리는 몇 개의 문을 거쳐야 들어갈 수 있"을 뿐만 아니라 또한 "자신을 지워야 한

다"고까지 노래한다. 그러한 지난한 역경의 과정을 통과해야만 비로소 "출몰하는 백상아리 추격하는 피아니스트 아우성치는 바다"에 이를 것이고, 또 "피로 흥건해지는" 저 날것의 원초적인 삶의 현장 혹은 야생적-유목적 삶이 환기해낸 '지난 여름'의 '흐느낌'과 마주할 수 있으리라. 그래서 시인은 "자꾸만 근질근질 발굽이 돋아나고 줄 끊어진 바이올린 금간 틈으로 맹그로브 나무들이 무성하게 자라난다"(〈한여름 밤의 꿈〉)고 노래하는 것이다. 시인에게 있어서 시는, 그리고 음악과 노래는 바로 이러한 원초적인 자연의 삶과 고향의 생명력을 환기해내는 마술의 일종에 속하는 것은 아닌지 모르겠다.

3.

방금 공연을 마친 맹인 여자가
천막 뒤에서 밥을 먹는다
바나나 잎사귀에 담긴
날아갈 듯 푸슬푸슬한 안남미와 카레를 섞는다
현을 짚어 소리를 다독이고 흔들 때처럼
촉수 끝에 버무려지는 촉촉한 물기
혀보다 붉은 손가락들이 먼저 요기를 한다

— 〈식사〉 부분

시인의 시적 자아는 이 시에서처럼 '맹인 여자'와 같은 떠돌이 유랑 악사쯤으로 내게는 보인다. 우선, 시인의 시세계가 전반적으로 떠돎과 유랑, 혹은 유목의 이미지들로 직조되어 있다는 점에서 그렇고, 다음으로는, 그 시적 구조가 음악적-유동적 이미지들의 축조라는 점에서 그러하다. 서영처의 시세계에서 유랑과 음악은 따로 떼어놓고 생각할 수 없다. 그런 의미에서 저 유랑 악사는 또한 영락없이 떠돌이 집시의 삶이나 유목적 삶을 연상시키기도 하는 것이다. 독자들이 이미 짐작하고 있듯이, 이러한 유목적 삶은 여지없이 고난과 외로움으로 점철된 신산한 여정(맹그로브 숲이나 아무르 강가의 타이가 숲에 사는 호랑이, 혹은 사막의 낙타 이미지 등)일 테지만, 또한 그만큼 고향/자연을 상실하고 '말뚝에 묶여' 사는 무감각한 '산문적 일상'으로부터의 자유와 해방을 성취한 '시적-음악적 삶' 이기도 할 터이다. "아무렴, 아무것도 묻지 마라 / 난 아무 데서도 아무에게서도 나지 않았다"(〈아무렴 아무르〉) 같은 구절을 보라!

그러니, 무릇 시인에게 있어서 시는 그 자체로 하나의 음악이고 또 삶의 노래여야 한다. 서정시Lyric의 모태가 악기Lyra로 연주하는 노래였으니, 그 태반이 음악과 노래인 것은 너무나 지당한 일이겠다. 그러나 그 음악과 노래는 "어디에도 머물지 못하는"(〈멀고 먼 추억의 스와니〉) 유랑하는 맹인 가수나 "집시 여인"(〈끝없이 음조를 바꾸는〉)의 삶처럼 정처도 기약도 없는 보헤미안적 떠돎의 노래이며, 또한 이 유랑/유목의 과정은 그 자체로 완성된 하나의 삶이 되어야 한다. 왜냐하면 "흥얼거리는 한 자락 노래 같은 길" 위에서도 "당신은 한 번도 길을 잃지 않았"(〈멀고 먼 추억의 스와니〉)고, 또 "당신을 겪고 당신을 이겨 당신이 된"(〈마리아 엘레나〉) 것이기 때문이다. 시인에게 있어서 시는 그렇게 "구릿빛으로 그을은 떠돌이 인생"(〈끝없이 음조를 바꾸는〉), 즉 구름처럼 유랑하는 삶 자체의 노래가 된다. 다소간의 애조를 띤 이 노래가 그러나 비가悲歌나 애가哀歌가 아니라 하나의 경쾌한 목가牧歌가 되는 까닭은 저 유랑의 길이 또한 동시에 귀향의 길이기 때문이다. "광활한 평원에 방랑을 꿈꾸는 시인의 책을 완성한다"고 노래하고 있는 다음과 같은 '구름'의 이미지를 보라! 그 "부족의 기원은 거룩한 날로 거슬러 올라간다".

> 구름부족은 구름 냄새를 피운다 구름부족은 내 이불 속으로 시 속으로 함부로 드나든다 구름부족은 유목민, 국경을 넘나드는 무국적자들, 족장은 부족을 거느리고 바람과 태양이 다스리는 붉은 강의 골짜기에 머문다 천막을 치고 피리를 불고 살찐 양떼구름이 흩어져 풀을 뜯는다 빛살 도끼를 휘두르는 부족의 전설은 강을 따라 흘러내려 늑대들도 얼씬거리지 못한다 부족의 기원은 거룩한 날로 거슬러 올라간다
>
> — 〈구름부족들〉 부분

서영처의 시세계는 위의 시처럼 전반적으로 밝고 경쾌한 음악적 상상력의 가락에 힘찬 음색과 향수가 깃든 애잔한 멜로디를 지니고 있다. 그래서 그 노래는 마치 'THE #'이 붙은 악보처럼 보이기도 한다. 시인의 표현대로라면, "THE #은 반음 높은 지대에 자리 잡는다 THE #은 불 켜진 음표와 불 꺼진 쉼표로 이루어진 불규칙한 악보, THE #은 높은음자리표를 달고 차별화된 소리로 노래한다"(〈THE #〉). "간수에 담긴 말간 구름두부를 파는 / 종을 달고 다니는 새여 / 종인 종을 치는 종지기 새여"(〈누가 종달새 목에 종을 달았나〉) 같은 경쾌한 가락을 보라! 이 종지기 새의 노래가 바로 서영처 시의 노래인 셈이다. 그러므로 시인의 상상력과 감각에서 우세종은 단연 "수직성"(〈경건한 숲 – 입추〉)의 상승과 확장의 이미지들이라고 말할 수 있다. 이 수직성의 상상력 속에서 꽃과 나무 – 새 – 구름 – 하늘 – 태양과 같은 경쾌하고도 활력적인 이미지들은 동종의 계열체를 형성한다. 시인은 "새는 나무가 꾸는 꿈"이라거나 "나

무들을 진작 조류로 분류해야 했다"(〈경건한 숲-숲새〉)고 말하고 있을 정도이다. 다른 한편 사막(열대)-숲(타이가)-평원-강(아무르)과 같은 광대한 외연을 갖는 확산이나 확장의 이미지들 역시 또 다른 동종의 계열체에 속한다고 할 수 있다. 이 확장적 계열체의 이미지들은 시인에게 있어서 원시/고향의 음악적-유목적 삶의 상상력을 작동시키는 것처럼 보인다. 그리고《말뚝에 묶인 피아노》에서 상승과 확장이라는 서로 평행하는 이 두 계열체를 잇는 모티프는 무엇보다도 구름과 나무/숲의 이미지라고 해야 한다. 서영처의 시세계에서 구름과 나무/숲은 위로 자라면서(상승적) 동시에 옆으로도 불어나는(확장적) 양면의 특징을 갖는다. 그것은 또한 다음 시에서처럼 "광채건반"이나 "고음" 같은 음악적 모티프들과 분리되지 않고, 활력적으로 유동하는 음악적-유목적 삶의 집적된 표상이 된다.

타이가 숲, 눈비에 절은 나무들
줄지어 선 사이로 광채건반이 펼쳐지고
산이 갈라지는 틈마다
침엽수림이 파도를 일으켰다
고음 밖 귀 먹은 고요까지
더딘 계절

—〈경건한 숲-악기가 되지 못한〉 부분

4.

상승과 확장의 음악적-유목적 이미지들로 축조된 이 시의 세계는, 예술에 대한 니체적 분류법을 따르자면, 아폴론적 충동의 세계, 즉 꿈Traum의 세계를 드러낸다고 말할 수도 있다. 시인 자신의 표현대로라면, 그 세계는 마치 "화음으로 가득 차는 둥근 하늘"(〈밤의 음악〉)처럼 보인다. 《말뚝에 묶인 피아노》에 등장하는 흰, 구름, 금빛, 태양, 꽃, 새, 나비 등과 같은 경쾌한 이미지들의 목록은 이루 헤아릴 수 없을 정도로 거대한 하나의 박물지를 이루고 있는 터이다(그래서 시인의 시적 자아는 단연 신록의 유월을 선호하는 듯하다. 온갖 감각의 향연을 보여주고 있는 〈유월〉 연작 5편의 시가 탄생한 배경이 아닐까 싶다). 이러한 아폴론적 충동이 추동해낸 꿈의 세계가 바로 "우린 평화를 사랑하는 태양과 장기 계약을 맺고 / 황금빛 시간의 부스러기들을 나눠 먹어요"(〈산꼭대기 수선화 중창단〉) 같은 목가를 만든다. 특히 이번 시집에서 가장 빛나는 성취를 보여주는 6편의 연작 형식의 시 〈경건한 숲〉에 이르면 이러한 특징들은 보다 분명하게 드러난다.

> 우거진 덤불마다 바위틈마다 죄를 숨긴 듯 어둡고 아늑한 곳, 비탈에는 키 큰 나무들 하늘을 향해 뻗어 있다. 시내처럼 반짝거리며 흘러내리는 햇살, 나는 쪼그리고 앉아 두 손으로 떠 마신다 몸 안으로 벌컥벌컥 차오르는 해, 순식간에 갈증이 사라지고 보인다 금빛 지느러미들 먹이를 찾아 헤엄쳐 오는구나 나는 빛의 지느러미를 씹어 먹고 빛처럼 가벼워져서 깔깔거리다가 수상한 계절, 적이 남하하고 있다 나무는 몰락이 두렵다 온 몸에 부적을 붙인다
>
> — 〈경건한 숲 - 단풍〉 전문

"시내처럼 반짝거리며 흘러내리는 햇살" 같은 구절에서 보이는 시내/물과 햇살/불의 확장적 이미지와 상승적 이미지의 결합은 마침내 "금빛 지느러미"라는 더없이 투명하고도 활기찬 상징적 이미지로 수렴된다. 그리하여 시인의 시적 자아는 "빛의 지느러미를 씹

어 먹고 빛처럼 가벼워"지기에 이른다. 서영처의 시들이 직조해내는 이 같은 투명한 풍경 속에는 무엇보다도 우선 온갖 빛("치사량의 별빛", 〈밤의 음악〉)과 소리(특히, 종소리)들로 가득 차 있는 것처럼 보인다.《말뚝에 묶인 피아노》에 있어서 빛은 음악의 다른 표현에 지나지 않는다. 시인은 "힘겹게 눈뜰 때마다 기슭으로 물결치는 음악들"(〈붉은 밤〉)이라고 노래하고 있는 터이다. 또한 "바이올린의 고음 같은 햇살"(〈노란 샤쓰의 사나이〉)이란 표현을 음미해보라!

물론 그렇긴 하다. 음악의 신 아폴론은 동시에 태양/빛의 신이기 때문이다. 아폴론은 소리와 빛으로 모자이크 된 공감각적 신의 이미지이다. 그렇게 서영처의 시세계에 있어서 음악과 태양은, 소리와 빛은 같은 종에 속해 있는 것처럼 보인다. 그래서 가령 슬픔이나 우울, 절망, 체념, 한 같은 부정적 감정들 역시 이 아폴론적 꿈의 세계 속에서는 끈덕진 처연함으로까지 내닫지는 않을 것이다(옛 어른이 '애이불상哀而不傷'이라고 한 경지이리라). 아니, 어쩌면 서영처의 시세계 속에는 그러한 부정적인 감정들이 전혀 존재하지 않는 것처럼 보일 정도로 활력적이고 역동적인 음악적-유목적 이미지들로 가득 차 있다고 말해야 한다.《말뚝에 묶인 피아노》의 시들이 삶의 원초적 자리를 기억하고 환기시킬 때, 거기에서 시는 햇살 가득한 오후의 한낮 같은 동화적-설화적 풍경을 만들어내는 것이다. 그때 이 설화적 풍경 속의 삶은 빛과 소리로 모자이크 된 유목적 삶과 생명의 활력으로 들끓게 된다.

지난 겨울 매설했다
초록의 톱니를 두른

밟히고 밟혀 문들어진
문들레 민들레

잔디밭 가로지르는 발꿈치 뒤로
수백 개 해가 뜬다

째깍, 째깍,
조심해라! 밟으면 터진다, 노란
발목을 날려버리는 대인 지뢰

하늘에도 피었다
흰 구름 폭발하는 곳 꽃,
절름거린다
목발 짚은 봄

—〈경고, 민들레〉 전문

그럼에도 불구하고, 서영처 시세계의 배면은 삶의 활력과 생명의 열기가 절정에 이른 지점에서 잠시 어둠의 그림자 또한 드러낸다는 것도 사실이다. "천년이 하루 같은 고요 속으로 깊어가는 겨울"(〈침묵 수도원〉) 같은 풍경이 그 세계의 배면을 이루고 있다는 뜻이겠다. "온 산 만장 같은 진달래 산벚나무"(〈다시 봄날〉) 같은 구절에서 보이듯, 경쾌하게 타오르는 생명력의 상징일 꽃의 이미지 속에도 죽음('만장')과 같은 어두운 그림자가 동반하고 있는 것이다. 밝음의 절정에 이른 삶은 동시에 죽음과 같은 어둠에 맞닿아 있다는 뜻일까? 어쨌든 아폴론적 꿈의 세계에서 이 어둠의 그림자야말로 오히려 삶과 생명의 활력을 더욱 생생하고 강하게 드러내는 역할을 한다는 것은 분명해 보인다.

사실상 상승과 확장이라는 서로 평행하는 두 계열체의 대위법적 이미지들로 구성된 서영처의 시세계는 어둠이나 죽음 같은 부정적 계열의 이미지들이 들어설 여지를 원천적으로 차단하고 있는 듯하다. 꽃이나 나무, 새, 구름 같은 활력적인 상승의 이미지들이 만들어내는 음악적 풍경과 숲이나 사막, 강, 초원 같은 광대한 확장의 이미지들로 조형된 유목적 풍경은 그런 부정적인 뉘앙스의 에너지들에게는 어떤 자리도 마련하고 있지 않기 때문이다. 거기에서는 오직 경쾌하고도 활력적인, 동시에 거칠고도 야생적인 생명과 삶의 에너지들만이 똬리 틀고 있는 것이다. 어쩌면 시인에게 있어서 시의 노래는 '살아 있는 형식'으로서의 음악이 된 야생적 삶이라고나 해야 할지도 모른다. 서영처의 시세계에서 시는 그 자체로 삶이 된 노래의 다른 이름이기 때문이다. 마치 시인의 노래 속에 등장하는 저 유랑하는 맹인 가수나 집시 여인의 삶처럼 말이다. 그 삶은 아마도 다음과 같은 '매기'의 삶과 다르지 않을 것이다.

세월의 둘레를 흐르는 강, 매기가 살았지
봄 가뭄 든 강처럼 잠은 얕고
슬픔은 늙은이의 등에 들러붙어 떨어지지 않았지
너는 매기의 딸, 풍금을 쳐보렴
페달이 일으키는 바람 속으로 매기를 불러보렴
큰 바다 어디쯤 해바라기하며 빛을 모으는
어미의 시퍼런 운명을 너끈히 받아내렴

—〈옛날의 금잔디〉 부분

슬픔을 가지고 놀다

— 성윤석의 시세계

밤이 온다 밤이 어둠을 받아 온다.
당신의 밤엔 무엇이 많은가.
그러니 모든 이들이여, 대답하라.
살아 있어야 한다.
— 〈밤의 화학식〉 부분

어둠의 카오스가 빛을 가져온다.
— M. 블랑쇼, 《카오스의 글쓰기》

20년 전, 그러니까 1996년 첫 시집 《극장이 너무 많은 우리 동네》가 출간된 이래, 2007년 《공중 묘지》와 2014년 《멍게》에 이어, 이번에 새로 선보이는 《밤의 화학식》은, 그러니, 시인의 네 번째 시집이 되는 셈이다. 무심한 듯 평범을 가장한 일상의 풍경 뒤에 가려져 있는 삶의 미세한 자취와 흔적들, 가령 균열이 나고 마모되어 소멸해 가는 모든 무상한 삶의 이면을 포착하여 그 의미와 무의미를 심문하는 일을 능기로 삼던 시인은 이번 시집 《밤의 화학식》에서도 예의 그 범상치 않은 시선과 안목으로 삶의 현장과 이면을 냉담에 이를 정도로 차분하게, 그리고 무엇보다도 또한 정직하게 응시하고 있다. 그러므로 시인의 시들이 다소 낯설게 느껴지는 이유는 그 시선이 포착한 풍경의 배후가 낯설고 이물스러운 탓도 있거니와 그 배후의 흔적과 자취를 탐사하는, '고고학적 시선'이라고나 해야 할, 그런 시선의 집요함과 엄정함 탓도 있을 것이다. 과연, 시인은 그 시선의 엄정함을 과학의 수준으로까지 지향하고 있는 터이긴 하다. 물론 그 과학이 지난 시집에서는 '생물학'이었던 것으로 보이지만, 이번 시집에서는 존재들이나 삶의 풍경이 가지는 밀도와 환원과 결합 등을 따져보는 '화학'이나 '물리학'이라는 사실 정도의 차이가 있을 뿐이겠다.

그러나 균열이 나고 마모되어 소멸해가는 삶의 구체적인 현장과 생생한 실물적 체험에 뿌리를 둔 그 시선은, 또한 어쩔 수 없이, 아픔과 슬픔과 외로움과 쓸쓸함의 인간적인 정조들을 곡진하게 간직하고 있어서, 그 실사구시의 과학적 정신은 다시 어김없이 '문학/시'와 '인간학'의 품으로 회귀하고 있긴 하다. 왜냐하면 《밤의 화학식》은 "사람이라서 얻은 설움의 끝"(〈최후의 생각〉)에서 쓰인 시집이기 때문이다. 그럼에도 불구하고 그 '문학/시'는 우리에게 익히 잘 알려져 있는 과거의 인간학이 아니라 시인에 의해 새롭게 구상되고 있는 것으로 보이는 어떤 미래의 인간학에 기초를 두고 있다는 점에서, 저 회귀는 실상 회귀가 아니라 하나의 도래라고 해야 할지도 모른다. 왜냐하면 이 인간학은 "귀신같이 슬픔을 가지고 노"(〈눈물의 지형〉)는 문학이며, 또한 "자신의 슬픔에 어떤 화학식이 세워지는지"(〈화학자〉)를 정직하게 따져 묻는 '눈물의 인간학'이기 때문이다.

《밤의 화학식》은 무엇보다도 눈물과 슬픔의 시집이다. 시집에서 이 눈물과 슬픔의 정조는 우선 마모되고 소멸해가는 '먼지' 같은 외로운 존재들과 쓸쓸한 삶의 풍경으로부터 기인한다. "먼지 속에서 살다, 먼지가 되는 세상의 수다들"(〈먼지의 화학식〉)이라고, 또한 "미세먼지로 만든 사막 같은 당신"(〈먼지의 화학식 3〉)이라고 시집은 말한다. 아래의 시가 보여주듯이, 《밤의 화학식》에서 모든 존재들은 "지구에 혼자 있"(〈바늘구멍 안이 만들어낸 상에 대한 광학적 측면〉)으면서 "늘 '사라지려 하는 일'을 몸속에 가둬놓고 있"(〈갈륨Ga〉)는 것처럼 보인다.

그는 밤에 일하고
낮에 잔다.
그가
끝까지 혼자 있다.
그는
이름도 모르는 군대의
포로처럼 군다.
아군은커녕
적들의 명단도 없이
그는
지구에 혼자 있다.

— 〈바늘구멍 안이 만들어낸 상에 대한 광학적 측면〉 부분

내가 아는 한 그녀는 20년째 혼자다.
뜨거워지면 사라지고 없는 사람이다.
가보면 임대 아파트 거실에서 녹아 있다.
갈륨
뜨거운 차를 젓는 티스푼이었는데,
그것은 녹아 사라지고 있었다.
손에 쥐면, 내 체온에도 녹아 액체가 되었다.
견딜 수 있는 온도는 29도.
늘 '사라지려 하는 일'을 몸속에 가둬놓고 있었다.
내가 아는 한 그녀는.

— 〈갈륨Ga〉 전문

"끝까지 혼자 있"는 모든 존재들의 삶은 어김없이 균열이 나고 마모되어 소멸을 향해 치닫고 있다. 먼지처럼 휘날리며 사라지는 "속수무책"(〈먼지의 화학식 3〉)의 세상과 삶은 그러니 '치명적'이라고 해야 한다. 그 삶 속에서는 빛나고 반짝이는 것들조차 항상 소멸의 그림자를 휘장처럼 두르고 있다. 시집은 "사는 것은 죽어가는 것"이며 "빛나는 것은 소멸한 것, 소멸해가는 것"(〈산소O2〉)이라고 노래한다. 《밤의 화학식》에서는 "저녁이 가까울수록 딱딱해지고 / 밤이면 혼자서 깨져버리는" 것이 "인생의 특질들"(〈실험 노트〉)이다. 소멸은 무엇보다도 밤의 작업에 속한다. 모든 것은 밤 속에서 어김없이 사라져버리기 때문이다.

시집에는 이 밤 속에서 무언가를 향해(무언가를 향해? 아마도 허공을 향한 듯한데) 절규하고 있는 한 사내의 모습이 출현한다. 그 사내는, "숫돌로 갈면 혼자서 흰 불꽃을 내는 저 금속처럼 / 녀석은 외톨이로 살았다"(〈티타늄Ti〉)는, 바로 그 외톨이의 모습으로 등장한다. "그는 대부분을 실패"했으며, "그러나 / 그의 실패는 매번 그의 대표적인 실패였"(〈실험 노트〉)던, 그런 삶을 산 사내다. 세상의 온갖 사막의 낮과 얼음의 밤을 거쳐 온 베테랑이지만, 그러나 그가 이번에 마주하고 있는 밤만은 아무래도 전과는 다른, 전혀 낯선 '또 다른 밤'인 듯하다. 시집에서 그 밤은 낮으로 가는 밤이 아니라 또 다른 밤으로 가는 밤처럼 보인다. 그 사내는 "밤은 밤에게로만 가는구나. / 당신이 당신에게로만 갔듯이"(〈종이피로〉)라고 읊조리고 있다. 그 밤은 완벽하게 출구가 봉쇄된 것이어서, 사내는 이 밤 속에서 새벽이라거나 낮이라고 불리는 밤의 '바깥'으로 나갈 수 있는 길을 어쩌면 영영 상실해버린 것처럼 보인다. 그는 이제 "극한으로 내려가는 기온 속에서 회색 가루로 변"(〈주석Sn〉)해가고 있는 중이다. "나도 벌써부터 혼자다."(〈먼지의 화학식 2〉)라고 말하는 사내는 지금, 또 다른 밤을 향해 가는 밤 속에서 홀로, 짐승처럼 처절하게 몸부림치면서 울부짖고 있다. "이건 미친 짓이야. 난 여기서 나가겠어."(〈밤의 화학식〉)

그러니 먼저 '밤'에 대해서 말해야 한다.

사내는 지금 밤을 향해 가고 있고, 또 그 밤 속에서 가고 있기 때문이다. "가고 있는 거니? // 잘 가고 있는 거니, 나에게서? // 너는 낮, 나는 밤인 곳 그곳으로"(〈먼지의 화학식〉)라고 그는 묻고 있다. 물론, 밤 속에서 모든 것은 어김없이 사라진다. 망각, 상실, 슬픔, 외로움, 그리움, 기다림 등의 정조들은 이 밤의 '사라짐'이라는 사태에서 연유하는 인간적 심상의 목록들이다. 이 목록들 가운데서도 《밤의 화학식》에서 압도적인 정조는 외로움과 기다림인 것 같다(외로움이 기다림을 만들어낸 것인지, 아니면 기다림 때문에 외로운 것인지는 중요한 것처럼 보이지 않는다). 사내는 이제 "나는 아무도 없는, 거대한 자연 속에 있는 것 같았습니다."(수소H)라거나 "당신에게 다 가는 것, 그런 길에만, 나는 놓여 있습니다."(은Ag)라고 말하고 있기 때문이다.

> 어둠이 폐쇄한 저자에서 나는 너를 기다렸다. 그 기다림을 아꼈다. 그 기다림마저, 사라질 일이라며, 손해 보는 느낌을 가졌다.
> 네가 오는 동안 그 기다림은 그 무거웠던 질량들을 줄였다. 그때마다 보이지 않는 밤의 경비들이 네온이 주입된 유리관에 전기를 흘려 보냈다. 전기들이 저잣거리를 흘러 다녔다.
> 빛의 당혹, 속에 너는 오고 있었다. 네온이 전기를 기다리듯 나는 최후까지 기다렸다. 기다림을 아꼈다.

네가 오는 동안, 비와 눈과 낙엽과 꽃들이 빛의 당혹으로 명멸했다.

네가 도착하기 전
나는 모두의 저녁을, 모든 기다림을 압도해야만 한다.

—〈네온Ne〉 전문

문학의 원초적 자리를 밤과 죽음의 체험으로 환원했던 M. 블랑쇼에 의하면, 모든 것이 밤('최초의 밤') 속에서 사라졌을 때, "모든 것이 사라졌다"는 어떤 당혹스런 사태가 출현한다고 한다. 모든 것이 사라진 저 최초의 밤이 낮이라는 짝패에 의해 지탱되는 '낮의 밤'이라면("최초의 밤, 그것은 아직 낮의 건축물"이라고 블랑쇼는 말했다), "모든 것이 사라졌다"는 사태의 나타남이라는 이 '또 다른 밤'은 어쩌면 '밤의 밤'이라고 불러야 마땅할 듯싶다. 블랑쇼에게 있어서 최초의 밤은 우리가 맞이하는 밤이지만, 이 또 다른 밤은 우리가 맞이하지 않고 열리지도 않는다. "그 밤 속에서 사람들은 언제나 바깥에 있다. 밤은 더 이상 닫히지 않는다"(《문학의 공간》 제5부 1장 〈바깥, 밤〉). 그렇기 때문에 그 밤은 우리가 더 이상 다가갈 수 있는 어떤 것이 아니다. "밤으로 다가가는 것, 그것은 바깥으로 다가가는 것이고, 그것은 밤 바깥에 머무는 것, 그리고 밤으로부터 빠져나올 가능성을 영원히 잃어버리는 것"이다. 아마도 시인이 이 시집에서 "금속의 밤"(〈백금Pt〉)이라 칭했던 것으로 보이는 그 밤 속에서는, 아래의 시가 노래하고 있듯이, 그 어떤 존재도 바깥으로 빠져나올 가능성은 없어 보인다. 그 밤이 이미 바깥이기 때문이다. 그 밤은 이제까지와는 "다른 속도"와 "다른 언어"(〈티타늄Ti〉)를 갖고 있는 '세계의 바깥, 바깥의 세계'인 것이다.

다시 아침이다. 나는 몇 번째인가.
나는 몇 번째인가. 벽을 치며, 걷고 또 걸어가며
고개를 까딱거리며, 담배를 삐뚜름하게 물어보며
다시 연습에 연습을 둘둘 마는 자세로

Are you there?

도대체 세계에서 몇 번째인가, 이 세계는.

— 〈세계〉 부분

그리고 다시, 그 "바깥은 절벽이다"(〈눈물의 지형〉). 저 사내는 지금 절벽을 걷고 있는 셈이다. 그것도 장님인 채로. 밤은 모든 것을 눈멀게 만들고, 모든 것을 사라지게 하기 때문에. 아니, 역으로 말해서, 밤은 "모든 것이 사라졌다"는 '불가능성의 가능성'으로 출현하기 때문에. 어둠 자체가 어떤 하나의 빛이 되는 밤, 그런 또 다른 밤 속을 사내는 걷고 있는 것이다. 그 사내는 "처자들아, 같은 어둠이라도 / 길고 긴 어둠에는 / 등을 끄고, 등이 되어 가야 하지."(〈칼슘Ca〉)라고 노래하고 있다. 아래 시의 화자가 끊임없이 "가고 있는가"라며 자문하고 있듯이, 그 밤 속에서는 '간다'는 것은 그 어떤 무언가를 향해 가는 것이 아닌 듯하다.

가고 있는가, 내가 묻고,
가고 있는가 내가, 가고 있는가, 다시 묻고
대답을 기다리지 않는다.
나는 너무 걸었다.
눈 밝은 세상과 눈 환한 이들에게 질려

어둠을 찾는다.
나는 떠나고 있다.
항상 아예 가는 것이다.
운명의 신 같은 게 있다면
그는 장님이리.
가는 자는, 언제나 눈이 어두워야 하는 법이다.

— 〈길〉 부분

《밤의 화학식》에 출현하는 이 같은 밤과 어둠이 이미지야말로 블랑쇼가 말한 저 또 다른 밤과 정밀하게 일치하는 것처럼 내게는 보인다. 그 밤은, 바깥으로 빠져나갈 가능성이 영원히 폐쇄된 '밤의 밤'이기 때문이다. 다시 한 번 블랑쇼의 말을 빌리자면, 이 "또 다른 밤은 함께 하나가 될 수 없는 것, 끝나지 않는 반복, 아무것도 가지지 않는 충만, 근거도 깊이도 없는 것의 반짝임"이다. 이 밤은 "침묵과 거의 구별되지 않는 소리, 침묵 속에 흘러내리는 모래 소리일 뿐"이다. 그러므로 "항상 아예 가"고 있는 저 사내가 이 밤 속에서 만나는 것은 언제나 '타자가 된 자기 자신'이라고 블랑쇼는 말했을 것이다. "무한의 반복"(〈눈물의 지형〉)을 읊조리는 사내는 화답이라도 하듯 "여기에 있지만, 여기에 없는 자신을 / 꿈꾸지. 살지."(〈먼지의 화학식 3〉)라고 노래하고 있다.

'시는 추방'이라고 말한 이도 블랑쇼였다. 그는 인용한 위의 책 제7부 3장 〈근원적 경험〉에서 "시는 추방이다. 그리고 시에 속하는 시인은 추방의 불만족에 속하고, 그는 언제나 자신 바깥에, 자신의 고향 바깥에 머물고, 그는 이방인에, 내밀성도 한계도 없는 바깥이라는 것에, 횔덜린이 자신의 광기 속에서 리듬의 무한한 공간을 보면서 이름한 그 간극에 속한다"고 썼다. 이에 덧붙여서 그는 "시라고 하는 이러한 추방은 시인을 떠도는 자, 언제나 길 잃은 자, 확실한 현전과 진정한 거주를 빼앗긴 자로 만든다"고도 말했다. 그러므로 이 추방은, 시인에게 있어서, 저주이자 축복이다. 무엇보다도 이 추방으로 인해 저 사내는 시인이 되었지만, 동시에 그는 영원한 이방인이 되었기 때문이다.

사내는 이제 "거리에서 나는 생각한다. // 거리에서 나는 쓴다."(〈무중력〉)고 말한다. 또한 그는 "그리고 추운 세상이 올 거야. 넌 혼자가 될 거야. / 네가 아닌 사물들이 널 들여다보겠지"(〈먼지의 화학식 2〉)라고도 읊조린다. 그런 의미에서 저 또 다른 밤은 추방된, 세계의 바깥이라고 말해야 한다. 추방당한 그 바깥의 세계에서 사내는 또 속절없이 어딘가로 떠나야 하리라. 그에게 중요한 것은, "버리는 것 / 버림받는 것"(〈탄소C〉)이기 때문에. 그래서 그는 다시금 "슬픔을 방 두 개에 다 채워 넣고 나와"(〈밤의 질량〉) 걷는다. 그 정처 없음이 사내로 하여금 "생이 또 간이역 건널목에 서 있네. / 여긴 어딘가. 지금은 어떤 시대인가"(〈먼지의 화학식 3〉)라고 자문하게 만든다.

여기는 객지다.
언제나 객지의 달은 주머니에 남은
마지막 동전을 튕겨버릴 때의 그 동전 같아서
가난한 자들의 자유란,
산동네 산복 도로를 걷는 그림자에 가 닿는다.

— 〈알루미늄Al〉 부분

다음으로, '화학'에 대해서도 말해야 한다.

《밤의 화학식》에서 규정된 화학의 정의는 다음과 같다: "문학을 현장에 부려놓으면, 화학이 된다. 그것은 화학이다"(〈글자들〉). 그러므로 '문학/시'는 현장에 부려놓아진 과학(?)이다. 이러한 관점에 의하면, '문학/책'이란 "세상의 눈물로 만든 / 얼음 고체"(〈물질의 최종 구조에 대한 무례한 질문〉)에 속한다. 곡진한 삶의 현장에서 '눈물이 직조해낸 얼음'이 바로 시라는 뜻이다. 보다 정확히 말하자면, 시란 "글자들이 환원"(〈글자들〉)되는 삶의 현실을 질료로 삼아 슬픔을 연금하는 과학이라는 것이다. 그렇다면 우리는 이제《밤의 화학식》을 시집에 실린 한 시의 제목을 빌려 다음과 같은 방식으로 규정할 수도 있겠다. 즉《밤의 화학식》은 최종적으로 삶을 구성하는 〈물질의 최종 구조에 대한 무례한 질문〉에 대한 시인 나름의 실험적 연구의 결과물이라고 말이다. 시인은 '시인의 말'에서 이미 시집에 실린 작품들을 "실험실에서 끄적인 메모들"을 시로 옮긴 것이라고 말한 바 있다. 여기에서 '물질의 최종 구조'란 바로 이 세상의 최종 구조이자 삶의 최종 구조를 말하는 것임은 의심의 여지가 없다. 그리고 그 구조를 문제 삼는 일이 '무례한' 것도 바로 같은 이유 때문이다. 누가 감히 그런 것을 물을 수 있단 말인가? 그럼에도 불구하고 삶의 현장에 부려놓아진 과학으로서의 문학은, 화학자로서의 시인은 '물질의 최종 구조에 대한 무례한 질문'을 던질 수밖에 없는 운명을 갖는다. 왜냐하면 그는 이미 세계의 바깥, 바깥의 세계로 추방된 자이기 때문이다.

너와 나를 붙들고 있는 힘은 무엇인가.

친절하거나 적대하도록 만드는
힘은 무엇인가.

수조에 처박힌 나를 구원한 건
언제나 내가 체념한 후였다.

발버둥 치지 않는 것
내 체념이
그들에겐
나의 힘으로 보였다.

처박히며 깊게
숨을 들이마신 건
기포와 나란히 하려는
나만의 태도였던 것.

책이란, 세상의 눈물로 만든
얼음 고체
우리는 서로의 눈물을 깎아내리고
사들인 뒤 부풀리지.

나는 적 없이 쓴 글을 읽지 않는다.

요즈음은 어떤가?
눈썹이 길면, 맺혀 눈물방울이 커지듯
모든 상실이 그러한가?

너와 나를 붙들고 있는 힘은 무엇인가.

— 〈물질의 최종 구조에 대한 무례한 질문〉 전문

《밤의 화학식》은 눈물과 슬픔으로 얼룩진 이 세상과 삶의 최종 구조를 '견딤'이라고 보고하고 있는 것 같다. 밤 속에서 어둠에 눈이 멀어 걷고 또 걷고 걷는 것으로서의 인고의 삶, "사기를 완성하기 위해 굴욕을 참았"(〈화학적 거세〉)던 사마천의 역사 쓰기와 마찬가지로 "시도 그런 것"이어야 한다. "별빛의 이끌림과 달의 당김에 몸을 맡기고 / 희석된 화학 소주에 혈관을 다 내준 뒤, 걸어 걸어 가"(〈최후의 생각〉)고 있는, 밤의 어둠 속에서 스스로 "등어 되어 가야 하"(〈칼슘Ca〉)는 그런 삶 말이다. 이러한 인고의 삶은 "뒤로는 어둠을 제압하고, 앞에서는 우는 사람을 안고 있"(〈텅스텐W〉)는 저 '마산 항구' 선창에 걸려 있는 '백열구'의 빛 같은 삶일 터이다. 비록 "어둠이 폐쇄한 저자"에서 "밤의 경비들이"(〈네온Ne〉) 지키고 있는 신산하고도 누추한 삶이지만, 그럼에도 불구하고 "나는 너를 기다"리고 또 "그 기다림을 아끼"며 "최후까지 기다"리는 그런 인고의 삶이다. 다음과 같이 "사금을 실어 나르며, 반짝이며" 가는 삶이어야 한다.

도요 마을 강 끝

물이 비늘을 얻는다.
물비늘을 반짝이며
사금을 실어 나르며, 반짝이며
강은 흘러간다.

저 큰 물고기는 어디로 가나.

어어, 라는 물고기야. 내가 어느새
어어, 하는 사이 가버리는 물고기야.
물이 길을 얻어, 물길을 가리킨다.

저녁이다.
노을이 떴는데도 자신의 금을 드러내지 못하는
저 물의 배앓이처럼
내가 나에게 말려보고 사정하고 해보는

저녁이다.

—〈금Au〉 전문

서로 떨어져 외롭게 뒹굴고 있는 각각의 입자들을, 존재들을 결합시키는 것은 시 시집에서 눈물이나 눈물방울, 혹은 빗방울 같은 동일한 이미지의 계열체들로 변주되고 있는 '눈/물(방울)'의 이미지로 조형되어 있다. 그렇다면 《밤의 화학식》에서 이 물방울의 이미지는 중의적이라고 해야 한다. 그것은, 한편으로는 외로움과 슬픔으로부터 연유하는 눈물의 변주이지만, 동시에 다른 한편으로는 그 외로움과 슬픔을 녹여 내는 촉매의 상징이 되기도 한다. "나는 믿습니다. 은 단 1그램만으로도 2킬로미터의 선을 뽑아내었듯, 단 한 방울의 비만으로도, 나는 당신에게로, 다 갈 수 있어야 합니다."(〈은Ag〉) 같은 구절을 음미해보라. "당신을 만날 때마다 비가 오는 건지 // 비가 올 때마다 당신을 만나는 건지"(〈실험실〉) 같은 표현도 도움이 되겠다. 《밤의 화학식》에는 이러한 '눈/물'의 이미지를 통하여 서로 분리되었던 입자들의 결합이 비로소 가능하게 되는 것처럼 보인다. 그러므로 그 결합은 또한 내가 당신에게 다가가는 길이기도 할 것이다. 시인은 그 길을 "다 가는 것, 다가가는 것, 다 가서야 가는 것"(〈은Ag〉)이라고 말한다. 이처럼 《밤의 화학식》에서 '눈/물방울'(여기에는 '꽃/잎'의 이미지도 포함된다)은 당신과의 이별인 동시에 결합을 상징한다. 그것은 또한 "벼랑에 선 자만이 볼 수 있는 그 공기 방울"(〈연금술〉) 같은 것이기도 하다.

빗방울 물방울은 신들의 유머다.
빗방울처럼 또렷해지는 당신 생각
어떻게 이렇게 또렷한지, 완벽하게 둥근지,

(…중략…)

빗방울 하나를 자세히 들여다보면
H 수소들이 견고하게 구조물을 세운 채 있다

물방울은 흐름을 건축한다.

— 〈물방울의 화학식〉 부분

밤차 타고 한번 휙 쳐다보는 벚꽃 밤 벚꽃을 위하여
기차와 무한광변 밤하늘과 별들이 낭비되었듯이

꽃잎의 화학식, 이것만은 아무리 수소와 탄소 분자를 낭비해도

세울 수가 없다네, 친구여.

— 〈꽃잎의 화학식〉 부분

이러한 물방울의 이미지 속에서 저 '또 다른 밤'은 이제 밤 속에만 갇히지 않게 될 듯하다. 물론 밤은 또다시 밤으로 이어지겠지만, 적어도 저 '눈/물방울'의 매개로 인해서 '또 다른 밤'은 이제 최소한 견딜 수 있는 밤이 될 것이다. 저 또 다른 밤 속에서 절규하던 사내는 "다시 오롯이 새겨지고 있는 흰 잎 위의 붉음 하나. / 그것이 이 무참한 날을 다시 맞이해야 하는 이유였"(〈꽃잎의 화학식〉)다고 고백하고 있기 때문이다. 그렇다면 밤에서 밤으로 이어지는 저 사내의 삶도 영원한 밤은 아닌 셈이다. 물론 그 밤 속에서 눈물과 슬픔의 뿌리인 외로움은 벗어날 수 없는 숙명이어야 한다. 저 사내는 말한다: "수난을 이기고 아침을 얻으러 가는 나는 / 아무도 다니지 않는 몰락한 공단 도시 / 캄캄한 지하도처럼 외로웠다"(〈화합물의 명명법〉). 그럼에도 불구하고, 세상에는 하염없이 꽃들이 피고 질 것이다. "달빛을 향해 온힘을 다해, 스스로를 피워 올리는 / 밤의 꽃들같이"(〈철Fe〉) 말이다.

그렇다면 아직 이 기다림을, 이 견딤을 더 이어가기로 하자. 아직은 '온힘을 다해 스스로를 피워 올리'기로 하자, 사내여! 당신은 "네가 무엇을 생각하든 // 나는 네가 원하는 대로있을 것"(〈산소O〉)이라고 맹세했던 자가 아니었는가? 수은은 "상온에서는 액체로 있는" "금속으로 된 물방울"(〈수은Hg〉)임을 알려준 이가 당신 아니었던가? 이 금속을 보며 "아직도 펴지지 않고 흘러 다니는 눈물 같"다고, "동그랗고 색도 없고 단단해 보이기까지 하"다고 말한 이가 당신 아니었던가? "생의 전환은 다른 것에 중독된다는 것"이며 "이 중독은 흐르므로, 부패하지 않는다"고, 그래서 "그러나, 다시 영원한 건 한, 어떤, 그 그곳의 시간을 위하여 // 나는 언제라도 수은의 립스틱을 바를 수 있다"고 말한 이가 당신 아니었던가? 그러니 그것 또한 설명할 수 없는 이 속수무책의 세상과 삶이 지닌 마지막 신비라고 말하자. "가자. 나락으로, // 나라가 아닌, 나락으로 // 그 나락도 나라, 라고" 말한 이가, "예상으로부터 달아나는 게 / 미래의 나, 이기를"(〈알루미늄AI〉) 소망했던 이가 당신 아니었는가? 외롭고 쓸쓸한 자는 또한 갈구하고 기다리는 자가 아니겠는가? 그는 이미 다음과 같이 사랑을 믿었던 자, 믿고 있는 자가 또한 아니겠는가?

> 창밖 꽃잎 속 허방들이
> 떨리며 울고 있을 때였단다.
> 벽시계와 형광등과 흰 벽들과 나무들과
> 지붕들과 창문들이 모두 눈동자를 가질 때였지.
>
> 시외버스들이 시외버스 속으로 들어가고
> 버스 속 내부 기관들을 지탱하는 접착제들이
> 미세하게 녹아 벌어지는, 아, 하고 벌어지는
> 소리까지 들릴 때였단다.
>
> 그때 봄비가 내렸단다.
> 봄비의 빗방울 하나하나를 다 세고
> 오! 빗방울은 모두 저마다의 소리를 내고
> 구름과 바닷속 물고기들의 부레가
> 부어
>
> 모두 부풀어 우는 세계가 오고 있었단다.

— 〈사랑〉 전문

불꽃, 혹은 불과 꽃의 시학

— 이응준의 시세계

살아 있으라.

네가 아무것도 아니면,

나는 아무것도 아니다.

— 〈하느님〉 부분

"시는 나의 무기"(〈自序〉)라고, 시인은 말한다. 그는 또한 시가 "차마 내 목숨보다 귀하다고까지는 말하지 못할지라도, / 적어도 내 목숨을 지켜줄 정도로는 귀하다"고 덧붙였다. 그러니 《목화, 어두운 마음의 깊이》(민음사, 2018)는 시인의 삶과 생명을 지키고 지탱해주는 방어용 무기인 셈이다. 어떤 시인에게는 시가 그의 삶과 생명을 탄주해내는 '악기'가 되기도 하지만, 또 다른 시인에게는 그것들을 방어하고 보존해주는 '무기'가 되기도 하는 모양이다. 어원학이 지시하는 바로는 시Lyric는 악기Lyra임에 분명하다. 그런데 똑같이 시라는 이름을 갖는 그 어떤 것이 전자의 시인에게는 생명력을 표출해내는 활력적인 에너지의 통로가 되지만, 후자의 시인에게는 삶을 그나마 지탱케 해주는 눈물겨운 최후의 보루가 되기도 한다. 전자의 시인에게 있어서 시는 삶과 생명 그 자체의 '노래'가 되지만, 후자의 시인에게 있어서는 생명을 보호하는 '칼'이 된다. 시는 후자의 시인에게 있어서 훨씬 더 절박하고 요긴한 수단이 되는 것처럼 보인다. 왜냐하면 그것이 없다면 시인은 이미 이 지상에 존재하지 않을 것이기 때문이다. 그럼에도 불구하고 '시는 무기'라는, "눈보라 없는 북극 속에 서 있는 저 빙벽이 / 노래로는 무너지지 않기 때문이다"(〈불에 탄 옷깃〉)이라는 주장은 아무래도 '시는 악기'라고 간주해온 오랜 전통과 많은 독자들의 마음을 불편하게 하는 것이 사실이다. 그렇다면 《목화, 어두운 마음의 깊이》의 시인에게는 시가 왜 칼이어야만 하고, 또 이 때 시라는 이 방어용 무기가 그의 삶에서 어떤 의미를 획득하고 있는지를 살피는 일이 이 글의 중요한 과제가 되어야겠다.

"세상에서는 이토록 천대받고 무용한 것이"(〈自序〉) 시인에게는 자신의 생명줄을 지탱하고 있는 마지막 보루가 되고 있다면, 그러한 사실은 그 자체로 눈물겹고 안타까운 일이다. 그에게 있어서 삶과 시는 무엇보다도 목적과 수단에 의해 분리되어 있는 것처럼 보이기 때문이다. 그렇다면 먼저 이렇게 물어야 한다. 시라는 칼/무기에 의해서까지 보호되고 지탱되어야 하는 삶 그 자체 실상은 무엇인가라고 말이다. 그리고 같은 문제의식의 자장 속에 있긴 하지만, 시라는 무기로써 방어하고자 하는 삶 그 자체의 목적은 무엇인가라고 말이다. 우선 내가 여기에서 짐작할 수 있는 것은, 시가 악기인 시인에게는 그의 삶과 생명 자체가 문제시 되고 주제화 되고 있다면, 시가 무기인 시인에게는 그 속에서 자신의 삶과 생명을 지키고 지탱해야 할 이 세계와 현실이 문제시 되고 주제화 될 것이라는 사실 정도이다. 그러나 사태가 그렇게 단순하지 않다는 데 이 시집이 지닌 참된 문제성이 존재하는 것 같다. 말하자면 《목화, 어두운 마음의 깊이》는 '변증법'의 관점에서 삶과 시, 주체와 세계의 관계를 살피고 있다는 뜻이다. 그리고 오해를 막기 위해 하는 말이지만, 여기에서의 변증법은 무엇보다도 모순을 사유하는 방법이다 (시인은 〈모독의 변증법〉이라고 말했다).

시집의 말미에 붙은 산문 '무장시론武裝詩論'은 '시는 무기'라는 시론의 들목에 놓인 안내 표지판 같은 것이어서, 그것을 길잡이 삼는 것은 자연스러운 일인 듯하다. 거기에서 시인은 우선 "나는 내 밖이 아니라 내 안에서 종잡을 수 없었고 정처 없었다"고 고백한다. 이 '정처 없음'의 원인에 대해서 '시론'은 "이제껏 나를 사로잡으며 지배했던 이 괴로움이 선과 악의 문제가 아니라 바로 '모순'이라는 사실을 깨달았다"고 덧붙였다. 그리고 "모순은 인간과 인간에 대한 모든 것들, 그 가운데서도 가장 어려운 수수께끼인 나 자신에 대한 해답이 되었던 것이다. 나는 이제 나의 빛이나 어둠을 가리지 않는다"고 보다 상세하게 설명하고 있다. 또한 "나는 노래하는 시인이면서도 논쟁가인 나의 모순이라는 본질이 더 이상은 어색하지 않다"고 덧붙이기까지 한다. 그러니 결국 문제는 '모순'이다. 세상과 나, 나 속의 선과 악, 빛과 어둠, 시인과 논쟁가는 이제 더 이상 분리할 수 있는 것이 아니다. 그것들은 사실은 둘처럼 보이는 하나다. 갈라놓을 수 없는 것을 갈라놓음으로써 삶의 실상을, 아니 '나'의 실상을 오해해서는 안 된다. 서로 다른 방향을 향하고 있는 두 개의 머리를 가진 하나의 몸통이 바로 이 세계이며 '나'인 것이다. 세계와 나는 각각 다른 두 개의 실체처럼 보이는 하나의 실재이고, 선과 악 역시 하나의 뿌리에서 자라나온 두 줄기이다. '시는 무기'라는 '무장시론'의 핵심은 바로 이러한 변증법적 인식론의 태도에서 출현한 '모순의 시학'이라는 점을 강조하기로 하자. 이 시론의 핵심을 시인 자신의 목소리를 통해 직접 경청하기로 하자.

> 문(文)과 무(武)는 다르지 않다. 문(文)이 없는 무(武)는 문(門)이 없는 무(無)와 같고, 무(武)가 없는 문(文)은 무(舞)가 없는 문(紋)과 같다. 문(文)이 없는 무(武)는 어리석기 쉽고, 무(武)가 없는 문(文)은 비겁하기 쉽다.
>
> — 〈무장시론武裝詩論〉 부분

그렇기에 모순은 "내 시의 아름답고 무서운 무장武裝이 될 것"이라고 시인은 말한다. 그러나 세상이, 아니 무엇보다도 나 자신이 모순된 존재라는 그 사실이 선과 악 사이의 '정처 없음'에 대해 시인에게 면책권을 부여하는 것은 아니다. 이 정처 없음이 비록 자연적 사실이라고 하더라도 이 세계에, 그리고 시인의 존재 자체에 정당성을 부여하진 않는다. '시론'은 "나는 칼을 쥐고 꽃을 경멸하는 내가 싫었고, 꽃에 얼굴을 묻은 채 울고 있는 나도 싫었다"고 적고 있다. 그렇기에 이 모순이 《목화, 어두운 마음의 깊이》의 시인에게는 하나의 '죄책감'으로 작용한다는 사실을 강조하는 것이 중요하다. 죄책감은 사실상 이 시집을 관통하는 가장 핵심적인 정조가 된다. 시집에서 그것은 또한 그 이전의 어떤 원인을 갖지 않는다는 점에서 근원적-생래적이라고 할 수 있다. 인류의 역사, 그러니까 이 지상에서의 인간의 삶이 낙원에서의 추방으로부터 기인한다는 한 종교적 믿음의 체계가 있는 것으로 알고 있다. 이 종교적 믿음에 의하면 인간의 삶은 그 자체로 (원)죄에 대한 대가로서의 (형)벌이며, 이 세계는 저 낙원의 동쪽에 있는 버려진 황무지 혹은 사막이라고 한다. 이러한 '실락원lost paradise'의 모티프는 저 종교의 핵심적 가치 체계의 근원적 출발점이 된다. 이후에 펼쳐질 모든 인간사의 드라마가 거기로부터 연출되기 때문이다.

《나무들이 그 숲을 거부했다》(고려원, 1995; 작가정신, 2004), 《낙타와의 장거리 경주》(세계사, 2002), 《애인》(민음사, 2012)에 이은 이응준의 이번 시집 《목화, 어두운 마음의 깊이》는, 실제로 시인이 그 종교의 신도이든 아니든 간에, 분명 이러한 종교적 믿음의 체계 위에 구축되어 있는 것으로 보인다. 시인의 시세계에서 원죄, 실낙원, 구원의 이미지나 모티프들을 발견하기란 그리 어렵지 않은 일이다. 이러한 모티프들로부터 《목화, 어두운 마음의 깊이》에는 또한 천사(천국)/악마(지옥)이라는 대위법적 이미지 계열체들이 존재한다. 별–바람–구름–(불)꽃–소년(소녀)의 이미지들과 짝패를 이루는 이미지들에는 죄–어둠–사막–얼음–짐승(낙타) 같은 계열체가 놓여 있다. 우리는 이 대립된 이미지의 계열체들을, 종교적 색채를 덜어내고 순전히 시적/미적 현상들로 기술하기 위해서, 단순히 '불/빛'과 '어둠/그림자'라는 이미지의 대비에 의해 이 모순의 시학을 조명해 볼 수 있을 것이다. 그런 의미에서 이응준의 시세계는 빛과 그림자의 대위법적 이미지에 의해 구축되어 있다고 말해도 좋다. 그의 시세계에서 실낙원에서의 삶을 사는 인간은 짐승에 불과하고, 이 짐승의 구체적 비유는 대개 '낙타'의 이미지로 등장한다. 시인의 전언에 의하면, 낙타가 사는 세계는 사막과 얼음의 세상이자 또한 별과 구름의 세상이다. 다시 말하자면 낙타의 세계 안에도 천국과 지옥이 있다는 뜻이겠다. 시인은 "인간, 내가 가장 이해할 수 없었던 사막"(〈내 안에 이미 오래 전에〉)이라고 말했다. 인간이라는 짐승, 혹은 사막의 세계 속에 놓인 두 개의 길, 그것이 인간에게 위안과 고통을 동시에 준다. 왜냐하면 그는 이제 선택할 수 있기 때문이다. 그러나 그 선택은 모순이다. 어떤 길을 택하더라도 죄책감을 벗어날 수는 없기 때문이다. 이 모순이 또다시 인간에게 고통을 준다. 고통은 그러므로 인간의 삶에서 필연적이다.

이러한 삶과 존재의 모순을 극단적으로 응축한 핵심 모티프가 이 시집에서는 '불/칼'의 이미지이며, 그것은 '모순의 시론'을 설명하기 위한 키워드가 될 듯하다. 그렇다면 왜 '불'은 '칼'일 수 있으며, '칼'은 어떻게 '불'이 될 수 있는가? 이에 답하기 위해 우리는 다시 인류가 저 에덴동산으로부터 추방된 직후의 상황으로 돌아가야 한다. 저 종교적 믿음에 의하면, 야훼는 낙원으로부터 추방되어 죽음이라는 형벌을 받지 않으면 안 될 운명에 처한 인간으로 하여금 다시는 이 동산의 '생명나무'로 되돌아가지 않게 하려 하였다. '선악과'를 먹은 탓에 선과 악을 분별하게 된 인간이 이제 저 낙원에 있는 '생명나무'의 과실까지 따먹어 신과 같은 영생을 누릴 수 있도록 하지 않기 위해서였다. 야훼는 지식의 천사 '케루빔'에게 '불의 칼'로 무장하게 하여 저 낙원의 동쪽을 지키라고 명했다. 그러므로 '불/칼'은 무엇보다도 신이 인간을 단죄하는 징벌의 상징으로 자리하게 된다. 하지만 역설적이게도, 그것은 또한 '생명나무'로 갈 수 있는 길이, 저 낙원이 여전히 존재하고 있다는 사실을 인간에게 알려주는 징표가 되기도 한다. 왜냐하면 아직 거기에 존재하는 것이 아니라면, 그 낙원을 '불의 칼'로써 지켜야 할 이유는 없을 것이기 때문이다. '불/칼'은 인간에 대한 신의 징벌의 징표이자 동시에 인간에게 돌아가야 할 낙원의 현존에 대한 상징이기도 하다.

《목화, 어두운 마음의 깊이》에서 무기/칼은, 그러므로 역설/모순적인 양면의 의미를 부여받게 된다. 그것은 이제 인류가 저 낙원으로부터 추방당했다는 원죄에 대한 벌의 상징이기도 하지만, 동시에 저 낙원은 여전히 존재하고 있다는 희망의 상징이기도 하다. 시인이 "신이라는 인간의 어둠"(〈어둠은 무엇인가〉)에 대해서 말할 때,

여기에서 신이라는 존재 역시 중의적으로 이해되어야 한다. 그 존재는 한편으로는 짐승으로서의 인간을 단죄하는 '칼'의 의미를 갖기도 하지만, 다른 한편으로는 여전히 낙원의 존재 가능성을 믿게 하는 '불(꽃)'의 의미도 갖기 때문이다. 시인이 시는 무기이고, 무기여야만 한다고 믿는 이유가 아마도 거기에 있을 것이다. 그에게 시는 신과 같은 구세주이기 때문이다. 그것은, 신과 마찬가지로, 인간으로 하여금 자신의 죄와 벌을 일깨우고 징벌하는 무기이지만, 동시에 낙원으로 가는 길이 아직 존재하고 있다는 실낱같은 희망의 표식이기도 하다.

그런 의미에서 시라는 무기는 동시에 희망을 노래하는 악기가 될 수도 있다. "내가 악마이면서 천사"(〈거리〉)인 것처럼 말이다. 나는, 물론, 이 시인의 시가 '짐승으로서의 인간'을 처단하는 무기를 넘어서 '낙원을 사는 인간'의 가능성을 탄주하는 악기라고 믿고 싶어 하는 편이다. 시인의 말대로, '사랑의 수난자'(〈이승〉)로서의 인간은, 그리고 무엇보다도 그 인간의 가능성의 노래로서의 시는 모순 그 자체이기 때문에. 시인의 시세계에서 '(불)꽃'과 '불타다'는 어사는 '아름답다'라는 어사와 동의어이다. 그의 시는 인간됨의 아픔과 슬픔은 동시에 인간됨의 아름다움이라고 말하고 있는 듯하다. 시인이 "사랑이여. 아비규환이여"(〈쓸쓸한 서문을 쓰고 있는 밤〉)라고 쓸 때, 이 사랑이야말로 바로 인간됨의 슬픔과 아름다움의 모순을 동시에 보여주는 것이리라. 이 처절한 모순의 인식과 경험으로서의 사랑은 시집의 제목으로 채택된 다음 시에서 절창을 만들어낸다. 그것은 슬픔과 아름다움이 한 몸이 된 노래, 짐승으로서의 인간의 가능성과 한계를 동시에 노래하는 불가능한 모순의 노래로 들린다.

낙타가 바라보는 사막의 신기루 같은 화요일.
슬픈 내 마음 저기 있네, 햇살과
햇살 그 사이에 막연히.

목화, 내 여인. 나의 이별, 목화.

아름다웠던 사랑도 아름다운 추억 앞에서는 구태의연하구나.
절망과 내가 이견이 없어서 외로웠던 시절은 다 어디로 가서
나는 왜 아직 여기 홀로 서 있나, 막연히.

청춘은 폭풍의 눈 안으로 걸어 들어가는 등불이었지만
재가 되어 사그라지는 내 영혼에
상처로 새겨진 문양이여.

목화, 눈을 감고 있어도 도저히 보고 있지 않을 수 없는 목화.

어쩌면 혐오와 환멸은 인생이 자유로 가는 문이어서
계절이 흐르는 이곳에서는 절망의 규정마저도 바뀌는구나.

낙타가 쓰러져 죽어 있는 사막의 신기루 같은 화요일에
마지막으로 기도하듯
맨 처음 그리운 나의 주님,

목화.

— 〈목화, 어두운 마음의 깊이〉 전문

“눈을 감고 있어도 도저히 보고 있지 않을 수 없는 목화”의 계절

은 바로 "사막의 신기루 같은" 낙원의 시절이었다. 그 시절의 "청춘은 폭풍의 눈 안으로 걸어 들어가는 등불이었지만", 이제 계절은 흘러 "재가 되어 사그라지는 내 영혼에" 그 시절의 사랑은 "상처로 새겨진 문양"으로만 남았다. "아름다운 추억"이라는 이름으로 남은 이 문양 앞에서 "아름다운 사랑"도 구태의연하게 되었다. 마침내 "절망의 규정"이 바뀐 "혐오와 환멸"이라는 실낙원의 시절을 살아야 할 때가 도래한 것이다. 이 사막/실낙원에서의 절망을 사는 낙타/짐승에게 남아 있는 유일한 선택의 길은 무엇이었을까? 시는 아마도 그것이 '기도'라고 말하는 것 같다. 그렇다면 그 '기도'는 어떤 의미를 담고 있을까? 실낙원에서의 낙원에 대한 그리움은 새로운 낙원에 대한 희망으로 전환될 수 있을까? 이 전환에 필요한 유일한 조건이 "맨 처음 그리운 나의 주님"이라는 믿음은 아니었을까? 나는 이 시의 핵심적 모티프인 '목화'를 본문에 등장하는 '등불'이라는 단어와 관련하여 '불/꽃'의 이미지 속에서 그려보고 싶었다. 그렇게 할 때에야 시의 제목으로 쓰인 '어두운 마음의 깊이'가 보다 더 잘 들여다 보인다고 생각했다. 시인이 "밤을 아는 별들의 태생은 사막이다"(《성벽 아래서》)고 노래했듯이 말이다. 비록 이별로 인한 현재적 절망의 삶이 이 '어두운 마음의 깊이'를 만들고 있을지라도, 그 깊이의 심연에서 여전히 빛나고 있을 '불/꽃'으로서의 '목화'를, 모순으로서의 사랑의 아름다움과 슬픔을 이해하고 싶었다. "사랑은, 당신을 바라보는 내 슬픔에 / 우주가 휘어지는 것"(《새로운 나무》)이라는 사실을, 그리고 "신이라는 것은 인간의 슬픔에 새겨져 있는 것"(《춘화春畵》)이라는 사실을 말이다. 그리하여 나는 결국 이 시가 단순히 개인적인 연시나 이별시의 감상적 차원에 머무는 것이 아니라, 가령 릴케R. M. Rilke와 같은 시인이 도달했던 종교적 기도 시의 차원으로까지 상승할 수 있었다고 믿는다. 여기에서 시는, 그리고 사랑은 이미 하나의 예배가 되었다. 그리고 무엇보다도 "사투가 아닌 것은 예배가 아닌 것"(〈소도시에서 사라지다〉)이다.

"나는 나에게서 와서 / 오로지 그대에게로만 가려는, 하지만 문득 사라지게 되는 이 세상"(〈이 세상〉)이라고 시인은 아프게 노래했다. 이 세상에서 나는 언제나 그대를 향해 있다. "나는 너를 위해서 내가 모르는 일이라도 해야 했던 사람", 그런 사람으로서의 그대는 내게는 절대적 존재이다. "그대는 내가 가지고 싶은 천사의 눈"이며 "잃어버린 천사의 책"(〈폭풍우 속에서 깨달은 것들〉)이다. 그렇기에 무엇보다도 "인간의 길은 연인의 길"(〈멀리서 얼굴을 감싸다〉)이다. "그는 그녀의 노래"이며 "그녀는 그의 노래"(〈이별이란 무엇인가〉)이다. 그러나 내가 그대에게 가려고 하면, 그대는 문득 사라지고 없다. 그대는 내가 닿을 수 없는 곳에 존재한다. 나는 오로지 그대를 향해 있지만 그대에게 닿을 수 없다는 이 모순이, 그리고 그로부터 비롯된 '정처 없음'이 바로 삶이라고 시인은 말하고 있는 것이다. 그럼에도 불구하고 나는 그대를 "다시는 만나지 않을 것"(〈해후〉)이라고 다짐을 해도, "아무리 잊었다고 다짐해도 결국 잊지 못한 너를"(〈우리 사랑의 지적 기원〉) 향하게 된다. "이별이여, 이 별에서의 사랑이여"(〈우리 사랑의 지적 기원〉)라고 시인이 노래할 때, 이별은 이 지상의 삶에 있어서는 피할 수 없는 사랑의 방식이 된다. 그렇기에 "첫눈에 나의 사랑임을 알아차리는 것 / 이보다 더 외로운 일은 없다"(〈서시〉). 왜냐하면 그 사랑은 곧 유예된 이별을 의미하기 때문이다. "별과 구름과 바람의 일은 / 사람과 사람의 사랑을 지켜보는 일"이며 "사람과 사람의 이별을 슬퍼하는 일"(〈너에게서 비롯된 말〉)이다. 사랑과 이별은 별과 구름과 바람의 일, 즉 자연에 속한다. 그리고 "인간의 이야기라는 게 결국은 전부 사랑과 이별에 관한 이야기일 뿐"(〈〈벚꽃지옥행성에서 띄우는 강철엽서 전문全文〉〉)이다.

시인은 또 다른 시에서 다음과 같이 기도했다. "우리가 살아 있는 날들 동안 저 낡고 작은 노래상자 안에는 / 어머니의 사랑과 그 빛이 사라지지 않게 하소서"(〈어머니를 잃은 세상 모든 아이들을 위한 시〉). 어머니의 사랑과 빛이 깃들길 바라는 '저 낡고 작은 노래상자'가 시가 아니라면 무엇일 수 있을까? 그러니, '시는 나의 무기'라고 말하는 시인에게 있어서 저 무기는 동시에 '사랑의 노래'여야만 하는 것이리라. 저 사랑이 비록 필연적으로 눈물과 슬픔과 고통과 이별을 동반하는 모순적인 것임에도 불구하고 말이다. 그리고 어쩌면 무기이자 악기로서의 시와 사랑의 위대함은 이 '불구하고'라는 어사 속에 온전히 함축되어 있는지도 모른다. 시인은 이미 "이 세상에는 아름다워서 슬프지 않은 것들이 하나도 없다"(〈피뢰침을 잃어버리다〉)는 사실을 알고 있기 때문에. "나의 상처는 나의 자유 / 옹이는 나의 심장 / 핵심"(〈옹이〉)이기 때문에. "내가 어둠을 무너뜨리는 무기가 되"(〈피뢰침을 잃어버리다〉)기를 바라는 그 마음이 바로 아름다움이고 사랑이며 시의 노래이기 때문에. 《목화, 어두운 마음의 깊이》에서 시는 불/칼로서의 무기이긴 하지만, 이 무기는 다름 아닌 불/꽃으로서의 사랑, 즉 시의 노래이기 때문에. 시인은 "꽃에 불을 질러 불꽃을 만드는 우주 급진 낭만강경파 소년"(〈슬픔〉)을 여전히 꿈꾸고 있기 때문에. 그리고 무엇보다도 시인 자신이 "나에게는 강철처럼 무정한 새로운 노래가 있을 뿐"(〈북쪽 침상〉)이라고 공언하고 있기 때문에. 그렇다면 이 무기는 마땅히 악기라고 해야 할 것이다. '불의 칼'은 '불의 꽃'의 다른 이름에 지나지 않는 것이다.

불이의 세계와 상생의 노래
— 김구용 시집 《九曲》

자네에게 필요한 것은
버리고서 모든 것과
동질이 되는 일이다
— (김구용 전집 2, 246쪽)

1.

인간 존재(주체)를 어떻게 규정할 것인가 하는 문제는 모든 철학적인 쟁점 가운데에서 가장 핵심적인 문제로 자리하고 있다. 그것은 삶과 세계에 관한 모든 성찰들의 뿌리를 이룬다. 말하자면 '나는 누구인가'라는 자기 동일성에 관한 질문이야말로 그 어떤 의문에도 앞서 존재하며 이 의문을 해결하지 않고는 도대체 삶과 세계와 타자에 대한 모든 질문들은 그 토대를 잃고 무의미해진다는 것이다. 그리하여 철학사의 시초에서부터 이 문제는 '뜨거운 감자'로 대두된다. "존재는 의미 없는 허구"라고 말하면서 유전의 사상을 전파했던 헤라클레이토스의 사상을 축소시키고 "생각할 수 있는 것과 존재할 수 있는 것은 동일하다"는 파르메니데스의 존재 개념을 계승한 플라톤으로부터 유래하는 서구의 전통 형이상학은 인간 존재에 대한 규정을 의식 속에서 사고하는 능력, 즉 '이성logos' 속에서 발견한 바 있다. 이 형이상학에 의하면 자기의식 속에서 '사유하는 존재'야말로 유일하게 인간이라는 본질에 합당한 존재가 된다. 이러한 존재와 사유의 동일성이라는 논리야말로 서구 철학사에 나타난 최초의 논리이자 이후 서양 형이상학의 역사를 결정짓는 논리이다.

이 논리가 주장하는 바에 따르면 '나'라는 주체는 의식이라는 빛이 구성하는 사유와 언어에 전적으로 의존하고 있는 '현전적 존재'가 된다. 그러나 의식과 존재의 동일성, 또는 사유와 존재의 동일성을 전제하고 나타나는 이 주체는 사유 바깥의 존재가 아니라 의식 속에 내면화된 존재일 뿐이기에 그것을 담아내는 사유와 의식은 자기의 바깥을 이해하지 못한다. 만일 저 사유와 의식의 빛을 넘어서는 어떤 것이 있다면 그것은 존재라기보다는 무 또는 비-존재라는 이름을 얻게 될 뿐이다. 이 형이상학의 기본 전제는 "존재하지 않는 것은 생각될 수 없다"는 원칙에 입각해 있다. 그것이 펼쳐내는 논리는 사유가 존재를 완전히 규정할 수 있다는 것을 가정하기 때문에 주체는 무엇이 외부에 존재하는가를 살펴보기 위해 바깥으로 눈을 돌릴 필요가 없고 또 관념에 들어오지 않는 외부의 그 어떤 것에도 구애받을 필요가 없게 된다. 다시 말하자면 그러한 논리에 따라 구성된 존재란 오로지 사유에 '현전'하는 존재일 뿐이라는 것이다.

서양 철학에서 순수한 사유 능력으로서 최상의 위치에 놓여졌던 이성은 바로 이러한 존재와 자아의 공속관계를 보증해주는 징표가 된다. 말하자면 이성은 자아를 보호하기 위해 구성된 조작물에 지나지 않는 존재를 마치 객관적이고 절대적으로 타당한 최고 개념이나 실재인양 간주함으로써 그것을 철학의 최종 심급으로 올려놓았던 것이다. 이러한 이성의 기만에 따라서 자아로부터 존재가 따라 나온다. 그리고 이 이성의 지반은 전적으로 언어에 있다. 왜냐하면 의식과 사유는 언어에 구속당할 수밖에 없기 때문이다.

"의식적인 모든 사유는 언어의 도움 없이는 불가능하다"고 말한 것은 니체였던가? 저 형이상학에 있어서 언어의 한계는 곧 이성의 한계가 된다. 이렇게 이성에 의해 구성된 존재를 '나'라는 주체로 간주할 때, 이 세계는 나와 타자들이 공존하는 현실의 세계가 아니라 오로지 나의 사유 속에만 존재하는 관념의 세계, 즉 '나의 세계'가 된다. "이성 자체는 유아론적 구조를 갖추고 있다"는 레비나스의 지적은 이러한 사태의 핵심을 관통한다. 그러나, 그에 따르면, 이성이 유아론적이라는 것은 그것이 결합하는 감각이 주관적 특성을 띠고 있기 때문이 아니라 오히려 그것의 보편성 때문에 그렇다. 다시 말해서 이성의 빛에는 한계가 없으므로 어떤 사물도 그것을 떠나 존재할 수 있는 가능성은 없다는 것이다. 이러한 이유 때문에 이성은 말을 건넬 또 다른 이성을 전혀 찾지 않는다. 그것은 세계 속에 오로지 홀로 존재할 뿐이다.

따라서 이 형이상학은 세계는 의식의 언어로 말해질 수 있다고 한다. 달리 말해서 세계 속에 존재하는 모든 것은 의식의 빛 속에 거주하는 하나의 '눈'으로 포착될 수 있다는 것이다. 그리고 저 눈에 의해 포착되지 않는 것은 이 세계 속에 존재하지 않는 것으로 간주된다. 그런 의미에서 유아론적인 이성의 체계 속에서는 세계 속에 내가 존재하는 것이 아니라 오히려 세계가 내 속에 존재하는 것으로 전도된다고 할 수 있다. 저 이성이 만들어낸 절대적인 동일성의 세계 속에서는 특정한 비동일성들의 차이가 전적으로 하나의 인식 지평 속에서 무화되거나 융합되는 것으로 규정되면서 오로지 절대적인 자기 관련성만이 존재하게 된다. 이러한 동일성은 주체의 바깥에 있는 그 무엇이 아니기 때문에 타자와 아무런 관련도 맺지 않는다. 동일성이란 모든 비동일적인 것들의 완전하고도 절대적인 일치를 말하며 비동일적인 것들이 구성하는 일체의 것에 대한 지양을 의미한다. 이 절대적 동일성 속으로 수렴되지 않는 세계나 타자는 무이며, 그러한 무는 더 이상 존재하지 않는 것으로 상정된다. 그러니, 우리는 다음과 같이 물어야겠다. 과연 내 바깥에는 아무 것도 존재하지 않는 것일까? 자신의 바깥을 무라고 간주하는 이 의식이 과연 나일까? 그렇다면, 진실로 나는 누구인가?

2.

무려 300여 쪽에 이르는 김구용 시인의 장시 〈九曲〉을 이끄는 핵심적인 모티프는 "나는 누구인가"라는 질문으로부터 출발하여 '나'를 찾아가는 험난한 정신적 여정이라고 말할 수 있다. 그것은 시간의 풍화를 겪으며 천변만화하는 무상한 자아를 벗어나 '참된 나'를 발견하기 위한 정신적 구도의 도정을 노래한 시이다. 구곡은 저 구도의 과정에서 넘어야 했던 아홉 개(九)의 험한 언덕과 굽은(曲) 모퉁이를 의미할 수도 있다. 그것은 천신만고 끝에 저 굽이진 모퉁이를 하나씩 돌아설 때마다 얻은 아홉 개(九)의 깨달음의 노래(曲)이다. 물론 여기에서 아홉이라는 숫자는 이 구도의 역정이 얼마나 가파르고 지난한 것인가를 말해주는 하나의 상징에 지나지 않는다. 보다 주목해야 할 것은 이 참된 자아 찾기의 여로가 불교적 정신의 영향 아래에 있는 것처럼 보인다는 것이다. 왜냐하면 시인은 참된 나를 찾아가는 이 도정을 깨달음의 과정이라고 간주하기 때문이다. 시에 등장하는 노승, 불두화, 영산회상, 우담바화, 사월초파일 등의 단편적인 어휘는 이러한 영향의 작은 편린들일 뿐이다. 구곡은 저 불교적인 깨달음을 향해 머나먼 구도의 길을 나선 정신적 편력의 기록으로 자리한다. 시인은 그러한 자신의 작업에 대해 이미 다음과 같이 언급한 바 있다.

나는 나를 찾아다녔다.
모르는 것을 주십시오.
아마 그것은 아름답고 그래야만
나는 깨달을 것입니다. (139)

존재의 무상함은 인류의 위대한 스승들에 의해 거듭 역설되어 온 바지만, 인간 사고의 완고함과 편협함으로 인해 그러한 가르침에 대한 체화는 의식하며 사는 인간의 삶 속에 그리 깊이 뿌리를 내리지 못한 것 같다. 왜냐하면 의식 속에 현전하는 '나'라는 존재는 도대체 자신 이외의 세계가 따로 존재한다는 것을 도저히 받아들일 수 없는 것처럼 보이기 때문이다. 아니, 차라리 자아란 '이 세계는 나의 세계'라고 의식하는 바로 그것이라고 말하는 편이 옳을지도 모른다. 그러한 자아는 세계나 타자로부터 어떠한 도움도 필요로 하지 않을 뿐만 아니라 또한 도움을 빌릴 수도 없다. 왜냐하면 이 자아에게 있어서 세계는 자아 바깥에 따로 존재하지 않고 타자는 오직 자아의 의식 속에만 존재할 뿐이기 때문이다. 그리하여 "도움도 빌릴 수 없는 곳 / 자아는 나와 함께 있다"(1)는 진술이 등장하는 것이다. 그러나 곧이어 시인은 저 유아론적인 자아 존재가

지나가는 일 초와
맞이하는 일 초 사이의
자아 (5)

에 불과하다고 노래한다. 저 자아는 세계와의 일체성으로부터 분리되어 차별화된 자신을 '나'라는 존재가 잠시 빌려 들어선 하나의 일시적인 무대, 존재하는 것들의 순간적인 욕망의 풍경에 지나지 않는다는 것을 알지 못한다. 이 찰나적인 존재의 무상함을 보지 못하는, 관념의 존재에 불과한 자아는 자신이 마주하고 있는 전 세계가 자신의 것이라는 환상을 지닌다. 그러나 그러한 "나는 진정한 가짜이다"(223). 말하자면 사유에 의해 구성된 저 자아는 하나의 허상, 즉 '가면'이라는 것이다. 그러나 이 "가면은 언제나 아름답다"(4). 왜냐하면 이러한 허상의 존재는 세계를 자신이 온전히 소유하고 있다는 전능성을 그 특징으로 지니고 있기 때문이다. 그러한 배타적인 진리 속에서 순간은 영원과, 자아는 자체와 분리되어 있다. 이 유아론적인 가짜 존재의 모습은 마치 자신의 그림자에 놀란 '쥐'의 모습과 흡사하다. 그것은 전능하긴 하지만 그 전능함으로 인해 세계 속에 홀로 존재하는 고독한 자아의 초상이다.

> 쥐는 실내에 부풀어오르는
> 제 그림자에 포위되어
> 구멍을 찾아 미쳐 날뛴다. (10)

'구멍'이라고? 그렇다, 이 구멍으로 인해 존재에게는 이제 하나의 새로운 탈출구가 열린 셈이다. 말하자면 이 구멍은 이제까지는 자아에게 속하지 않았던, 그러나 필연적으로 그것의 본질적인 한 구성성분이었던 타자 존재의 출현을 가져오는 계기가 될 수도 있다는 것이다. "존재는 한 부분에 지나지 않으며 / 죽음도 한 부분에 불과하였다"(84)는 시인의 말씀은 바로 이러한 사태를 상술하는 것으로 보인다. 존재가 한 부분에 지나지 않는다는 것은 '존재 자체'로부터 떨어져 나온 자아란 전체가 아니라 반쪽에 불과하다는 선언이다. 이 자아의 존재가 전혀 알 수도 없고 소유할 수도 없는 세계의 나머지 반쪽 부분이 죽음이다. 그런 의미에서 이 죽음은 존재의 타자이다. 존재는 그것과 동거할 수 없다. 단적으로 말해서 자아라는 존재는 죽음을 배제하고 추방한 대가로서만 스스로의 존립을 확보할 수 있었던 것이다. 그러나 '존재 자체'의 관점에서 보자면 자아와 대립하고 있는 저 죽음 역시도 반쪽에 지나지 않는다. 왜냐하면 그것 역시 자아라는 환상이 꾸며낸 것이기 때문이다. 이처럼 유아론적인 자아 개념에서 도출된 '존재'나 '죽음'은 모두 환상이다. 그것들은 다만 '존재 자체'의 한 부분이었을 뿐이다. 그리하여 이제 자아에게는 몇 개의 겹과 층들이 생겨나게 된다.

> 사람마다가 그 말을
> 다 다르게 풀이한다면
> 그것이 바로 정확한 나[我]다. (114-5)

말하자면 "나 외에도 / 나는 어디에나 있었다"(184)는 것이다. 그러나 자기 바깥을 알지 못하는 유아론적인 이성의 관점에서 보자면 나는 '지금 여기'에 존재할 뿐이다. 그런 의미에서 이 자아는 무엇보다도 '맹목(盲目)의 눈(眼)'이다. 그러나 이 눈은 자아에게 있어서 세계 속에 존재하는 유일한 빛이 된다. 이 눈으로 인해 세계가 자아에게 표상되긴 하지만, 자아는 자신의 빛 속에서 표상된 세계나 타자를 자신의 눈이 만들어낸 세계로 받아들인다. 자아라는 이러한 '눈 먼 눈'이 지어낸 삶은, "한평생은 어려운 일이다"(14).

왜냐하면 이 환상으로부터, 불교적으로 말하자면, 생로병사의 사고가 생겨나기 때문이다. 물론 '사유하는 존재'로서의 자아는 저 빛과 눈의 바깥에 있는 세계나 사태를 감히 상정할 수 없는 법이다. 그에게는 자기 그림자의 포위망을 벗어날 수 있는 '구멍'은 존재하지 않는다. 세계를 소유하고 있다고 확신하는 자아의 전능함이란 오로지 자신의 빛으로만 소유할 수 있는 세계를 소유할 수 있을 뿐인 편협함의 다른 이름이다. 이처럼 사유와 언어로써 구성된 자아를 자신이라고 인식하는 저 자아는 편협한 환상의 부산물이다. 달리 말해서 그것은 오직 "의식하는 무의식"(5)일 뿐이다. 그러니 "나를 생각으로 재는[尺] 짓은 헛수고"라는 말이다(131).

당신의 생각은 나의 생각은
분명 중요하지 않다.
중요한 것은 보기만 하며
스스로를 못 보는 눈[眼] 안에 있었다. (192)

저 의식의 빛으로 구성된 자아는 언제나 '현재'라는 순간만을 소유한다. 존재자의 출현이라는 '홀로서기의 사건'을 가리켜 "이것은 현재"라고 말했던 한 철학자의 언급이 그 점을 지시한다. 거기에서 자아는 자체로부터, 순간은 영원으로부터 소외된다. 그렇기에, 역으로, 시인은 "나를 벗어날 수 있음은 / 언제나 지금인 것이다"(6)라고 노래한다. '나를 벗어날 수 있음', 그것은 환상을 지어내는 저 자아라는 맹목의 눈을 뜨게 하는 일일 것이다. 그 눈은 현상과 현재에 현혹되어 자아로 하여금 자성(自性)을 보지 못하게 하는 장애물이기에 말이다. 시인은 "눈은 책을 오독誤讀하는 버릇이 있"(201)다고 화답한다. 이처럼 자아가 한편으로 눈이라면, 다른 한편으로 그것은 언어이다. 언어는 언제나 의식과 사유를 구성하는 수단으로서만 존재하기 때문에 차별화된 세계만을 드러낼 수 있을 뿐이다. 그것은 철저한 분별의 세계, 즉 차별화를 토대로 해서만 가능한 체계이다. 그러나 언어에 의한 이러한 분별을 만들어 내는 것 역시 자아라는 의식의 활동일 뿐이다. 의식하는 존재로서의 자아가 이미 하나의 눈에 의한 환상이듯이, 이 언어화된 세계 역시 자아에 의한 환상에 불과하다. 다시 말해 눈과 언어에 의한 세계의 차별화란 자아에 의한 세계의 대상화 작용에 불과하다는 것이다. 눈과 언어는 공통적으로 세계나 타자의 존재를 구분하여 차별화하는 자아의 활동을 극명하게 드러내는 상징이 된다. 이러한 차별화가 없다면 자아는 무차별의 상태 속에서 자신의 존립 근거를 상실하게 될 것이다. 그러나 시인의 말씀대로 "중요한 것은 말이 아니다"(233).

평화에 평화라는 낱말은 사라진다.
자유는 자유라는 뜻을 모른다. (227)

3.

〈九曲〉은 사유와 언어에 의해서 구성된 자아에 의한 세계나 타자의 차별화를 벗어나 나와 세계가 일체가 된 상태, 말하자면 어떤 무차별적인 상태를 추구한다. 시인은 그러한 자리를 일러 '본바탕'이라고 말한다. 그것은 눈과 언어에 의한 차별화가 사라진 곳에 자리하는 어떤 장소이다. 시인에게 있어서 이 본바탕의 자리에 위치하고 있는 어떤 상태는 '자체'라는 표현을 얻고 있다. 그것은 유아론적인 자아의 저편에 자리하는 '참된 자아', 또는 불교적인 용어로 말하자면 진여眞如의 자리에 있는 그 어떤 상태를 말하는 것이다. 이 '자체'의 모습은 아직 우리의 의식에는, 그리하여 우리의 언어로는 알려져 있지 않다. "그는 언어가 시작하기 전에서 움직인다 / 그는 언어가 끝난 곳에서 노래한다"(13). 이 '자체'의 자리는 순간이 영원과 다르지 않은, 즉 "천만겁千萬劫이 일순一瞬"이자 "일순一瞬이 영생"(215)인 자리이며, 자아가 그것으로부터 소외되지 않는 상태이다.

본바탕으로 들어서야
도덕과 철면피와
영광과 서약誓約에서 벗어나
움직이는 화원에서
서로는 상대로부터
'자체'와 만날텐데. (15)

그러니 이 '자체'는 온갖 상대적인 것들로부터 벗어나 온전히 절대적인 자신의 본바탕으로 회귀한 자리에서나 만날 수 있는 어떤 것이겠다. 말하자면 그것은 눈과 언어에 의한 자아라는 환상이 사라진 자리에서나 만남이 가능한 어떤 상태라는 것이다. 여기에서 '참된 자아'와 '자체'와 '본바탕'은 의식과 자아와 가면의 타자이다. 그러나 눈과 언어에 의해 차별화된 세계 속에서 일체의 것이 자아의 동일성으로 수렴되는 것과는 달리, 자아의 타자로서의 자체는 자아의 동일성으로 수렴될 수 없는 타자이다. 그런 의미에서 이러한 타자만이 그 이름에 진실로 합당한 타자라고 말할 수 있다. 왜냐하면 자아로 환원될 수 있는 타자는 이미 타자가 아니기 때문이다. 이렇게 '자체'를 찾아 떠난 저 '자아'의 여정을 일러 시인은 "손을 시간에 찔러 넣어 / 미지未知를 잡아 / 본질에 접근하는 과정"(9)이라고 설명한다. 불교에서는 이 과정을 자성自性에 대한 깨우침의 도정이라고 말하는 듯하다. 이 "자성은 항상 밝지만"(32) 티끌이나 먼지가 낀 맹목의 눈은 그것을 보지 못한다. 이 '참된 자아'의 발견은 〈구곡〉에서 '개안開眼'(14)이라는 외투를 걸치고 있다. 이 '새로운 눈뜨기'의 과정은 세속적인, 말하자면 유아론적인 상태에 머물러 온갖 차별을 만들어내는 저 맹목의 눈을 희생할 것을 요구한다. 이 개안의 목적은 자아와 세계의 절대적인 무차별성을 깨우친 상태, 즉 해탈일 것이다. 시인은 이 상태를 획득하기 위해서는 일체의 관심關心으로부터 떠나서 자신의 마음을 조용히 들여다보는 관심觀心이 필요하다고 말한다.

그는 좀더 관심觀心을 확인하기 위해서
관심 關心에서 물러선다.
바닷고기가
그물 밖으로 넘어가듯이
높이 떠서 굽어보면
문제는 물에 비끌어 매여 있어도
쇠사슬은 그림자에 무능하였다. (188)

이러한 관심關心을 떠난 '무관심無關心적 관심觀心'으로부터 스스로의 마음, 즉 맑은 자성을 들여다 볼 때 자아를 고통스럽게 옭아매고 있던 저 차별의 쇠사슬은 마치 그림자를 묶고 있는 쇠사슬에 지나지 않게 될 것이다. 말하자면 개안이란 눈과 언어에 의한 차별화의 환상을 지워버린 깨달음의 과정을 의미한다고 할 것이다. 이 열려진 눈은 “자기 눈을 보는 눈”(150)이다. 그것은 “눈을 감아도 보이”(239)는 눈이며 “사실은 없는 가치를 보는 눈”(278)이다. 이 열려진 눈이 보는 세계에서 자아는 자체와 조우하고 찰나는 영겁과 포개진다. 시인이 다음과 같이 노래할 때, 이제 저 ‘나’는 순간이자 영원 속에 동시에 존재하는 ‘참된 나’가 된다. 역으로, 그러한 ‘나’에게 있어서 이전과 이후는, 자아와 자체는 둘이 아니다.

시간 이전에도
시간 이후에도
나는 있었다. (221)

그렇다면 저 ‘자체’라는 것은 이미 ‘자아’의 본바탕 속에 존재하고 있었던 것이라고 해야겠다. 자아는 스스로를 차별화하는 맹목의 눈 때문에 그러한 자신의 본바탕을 미처 들여다 볼 수 없었을 뿐이다. 그러니 ‘자아’가 저 ‘자체’를 찾아서 무엇을 기다리거나 어떤 새로운 것을 찾아 떠날 필요는 애초에 없었던 셈이다. 시인은 그러한 사태를 다음과 같이 노래한다. “무엇을 기다리는가 / 이미 있는 것을“(26-7)! 그렇다, ‘자체’를 향한 저 ‘자아’의 도정은 오로지 ‘자아’의 ‘눈뜨기’ 과정이었던 것이다. 저 자아는 이제 자신 속에서, 그 본바탕에서 자체를 찾지 않고서는 세계의 어느 곳에서도 그것을 찾아낼 수 없을 것이다. 이 시집에서 이러한 본바탕의 모습은 ‘돌’이라는 구체적인 물질의 이미지로 등장한다. “천년도 일순인 돌”(195)은 시간과 언어의 구속을 넘어 현상에 구애받지 않고 편재하는 ‘존재 자체’의 상징이 된다. 더 나아가 이러한 돌의 이미지는 시인에게 있어서 '보살의 미소'(226)를 환기시킨다. 〈九曲〉에서 이 '보살의 미소'는 유년시절의 고향이나 어머니와 일체화된 상태의 은유이다. 정확히 말하자면 "고향은 이제 없는 / 내 어머님의 가슴"(216)이라는 것이다. 그러므로 저러한 개안의 상태에서 자아가 자신의 밑바탕에서 보게 되는 것은 '엄마의 얼굴'인 것이다.

> 온 세상이 엄마의 얼굴일세.
> 세상에 없는 엄마의 얼굴일세. (89)

저 어머니는 또한, 관념의 층위에서 말하자면, '조선 자기'로 상징되는 어떤 소박하고도 자연스러운 상태를 의미하기도 한다. 왜냐하면 시인에게 있어서 어머니는 조선 백자(232)와 분리될 수 없기 때문이다. 이 시집의 서두를 여는 제1곡의 첫 행, 즉 "조선 자기磁器를 눈[眼]으로 쓰다듬으면 / 어머님의 검버섯 핀 손이었네"(1)라는 표현은 이미 이 시의 행로를 밝혀주고 있었던 셈이다. 시인의 '참된 자아' 찾기의 여정은 바로 저 유년의 고향과 어머니를 향한, 조선 자기의 소박함과 자연성을 향한 도정이었던 것이다. 저 '어머님의 가슴'이야말로 바로 시인의 자아 찾기가 도달한 최종 목적지였던 셈이다. 그러나 그 세계는 현실 속에서는 이미 상실된 세계, 다시 말해 '바퀴 자국'(175)으로서 흔적으로만 남아있는 세계이다. 이 고향과 어머니의 세계는, 불교적인 용어로 말하자면, 불이不二의 세계이다. 말하자면 그것은 분별지를 버린 개안을 통해서만, 무차별의 진리에 대한 깨달음을 통해서만 도달할 수 있는 세계라는 것이다. 이러한 관점에서 시인은 "삶과 죽음은 다르지 않"(189)다고 말하는 것이다. 그렇다면 너와 나 역시 다를 리가 있겠는가?

출발과 도착은 다르지 않다
흐름은 어디서나
강이듯이
너와 나는 다르지 않다. (206)

4.

눈과 언어가 꾸며낸 자아에 의한 세계의 대상화 작용이 역사적으로나 사회적으로 집단화된 꼴을 시인은 문명이라고 하는 것 같다. 이 시집에서 네온사인과 기계와 건축 공사장과 감옥으로 이루어진 저 문명은 '자체'인 고향과 자연으로부터 소외된 세계를 의미한다. 〈九曲〉은 이처럼 '자체'로부터 자아가 소외된 세계, 말하자면 문명 세계의 누추함과 빈곤한 풍경을 비판적으로 노래한다. 저 무상한 자아와 그것의 사회, 역사적인 모습으로서의 병든 문명에 대한 비판적 시선이 〈구곡〉의 한 측면을 이룬다. 저 문명 세계는 단적으로 말해, '포만'과 "수면과 권태가 어디서나 / 유리 한 장으로 내외內外하"(76)는 세계이다. "각광을 받고도 / (…중략…) 체온이 없"(93)는 이 세계는 성과 속, 선과 악이 혼재되어 가치가 전도된 곳으로서 "성聖스러운 천치天痴의 윤곽을 / 뒤집어쓴 백치白痴의 얼굴"(64)을 구비하고 있는 세계이다. 단적으로 말해 그것은 병든 세계라는 말이다. 시인은 "가면과 계산의 문명을 / 계율에 갇힌 다혈증의 복음을"(30) 넘어 그 본바탕에서 자연과 자유의 회복을 꿈꾼다. 그러한 자아와 문명의 병을 치유할 수 있는 장소가 '요양소'이다.

우리의 꿈은
문명병文明病 환자들의 요양소였다. (240)

이 요양소야말로 아마도 자아가 자체와, 문명이 자연과 구별되지 않는 절대적 무차별성의 세계를 상징하는 것이리라. 〈九曲〉에서 이러한 절대적인 무차별성의 세계에 대한 '눈뜨기'는 세계에 대한 존중과 타자에 대한 사랑의 다른 이름이 된다. 이 사랑은 저 사유하는 의식으로서의 자아가 더 이상 볼 수 없고 말할 수도 없는 '자체'의 세계를 구성하는 제일의 원리가 된다. 달리 말해서 자아의 본바탕에 자리하고 있는 밝은 자성으로서의 '자체'의 상태는 이 사랑의 원리에 의해 나남이 서로를 '상생'시키는 세계라는 것이다. 왜냐하면 사랑이란 창조와 생성의 원리 이외의 다른 것이 아니기 때문이다. 자아의 관점에서 보자면 그것은 아직은 이 지상에 존재하지 않는 "부재不在의 시詩"(158)로 존재한다. 그러나 동시에 저 '자체'의 관점에서 보자면 "그는 기존의 노래 / 찾기 전에 와서 있었"(27)던, 이미 오래도록 존재해왔던 노래이다. 그렇다면 "제 그림자에 포위되어" "미쳐 날뛰"던 저 '쥐'의 꼴을 하고 있는 고독한 자아에게 이제 진짜 '구멍'이 하나 생긴 셈이다. 그 구멍을 통해 사랑이라는 이름의 빛의 스며든다. 그러나 이 빛은 사유와 언어에 구속된 자아라는 환상이 꾸며낸 관념의 빛이 아니라 저 구멍 바깥으로부터 비쳐드는 현실의 빛이다. 그리하여 이제 〈九曲〉에서 가장 빛나고 감동적인 장면을 연출하고 있는 구절들이 등장하게 된다. 그것은 사랑에 의해 서로가 서로를 기다리며 도움을 주고받는, 저 '구멍' 바깥의 아름다운 풍경들을 노래하는 '상생'의 시이다. 비록 저 사랑의 공간이 하나의 '작은 터전'(279)에 지나지 않을지는 몰라도 그곳은 진실로 나남이 차별 없이 어우러져 서로가 서로에게 따스한 빛이 되는 공간이다. 그곳이야말로 바로 시인이 당도하고자 했던 고향과 어머니의 세계가 아니겠는가?

우리가 기다리는 일은
우리를 기다리는 일이다. (248)

아내여, 자기 손이 닿지 않는
등[背]의 일부분은
서로를 필요로 하는 도움,
그 작은 터전이 우리인 것이다. (279)

'우리는 우리를 기다린다'라는 문장의 시적 수사인 앞의 구절은 〈九曲〉의 주제를 포괄하고 있다. 여기에서 주어로 사용되는 '우리'는 나와 너의 구별이 있는, 자아라는 의식에 의해 타자와 차별화된 상태의 우리일 것이고, 목적어로 사용되는 '우리'는 그러한 차별을 넘어선 절대적으로 무차별한 상태의 우리일 것이다. 그러니, 그것을 달리 말하자면, '나는 나(너)를 기다린다'라는 것이다. 주어의 나와 목적어의 나(너)가 만날 수 있는 '작은 터전'을 지시하고 있는 것이 뒤의 인용문이다. 저 "자기 손이 닿지 않는 등의 일부분"이야말로 자아가 타자와 만나는 공간인 것이다. 자아로서는 그곳 역시도 자신의 일부분이라고 생각하겠지만, 그러나 이 생각이 저 공간을 소유할 수 있는 것은 아니다. 그곳은 내 눈과 손이 닿지 않는, 그리하여 타자의 눈과 손이 필요한 '나 바깥의 나'의 공간이다. 그리하여 그곳은 수면과 권태가 "유리 한 장으로 내외內外하"(76)는, 그러한 나남의 구별을 허물어뜨리는 장소가 된다.

내외여,
안 보이는 데를 긁어주는
못 보는 곳에 약을 바르는

그녀의 손은

그의 눈[眼]이로세. (283)

'나 바깥의 나'의 공간, 그곳은 너의 '손'이 나의 '눈'이 되는 공간이다. 그러한 '작은 터전'으로 인해 나는 더 이상 나가 아니고 너는 더 이상 너가 아니다. 아, 그러니, 이제야 알 것 같다. 저 사랑의 길은 내가 '나' 바깥으로 나가야 하는 멀고 험한 길이지만 찾아 나서지 않으면 안 되는 길인 것이다. 그것은 아직은 당도하지 않았지만 그렇다고 도달할 수 없는 것도 아닌 길이다. "언제나 만족하기는 아직 이르며 / 언제나 절망하기는 너무 빠르다"(33). 〈九曲〉에 있어서 저 불이의 세계, 말하자면 고향과 어머니의 세계는 만물이 상생하는 세계이다. 불이와 상생의 세계는 나와 너가, 서로가 서로를 기리고 기다리는 사랑이라는 이름의 외피였던 셈이다. 이러한 사랑 속에서 눈은 더 이상 나의 눈이 아니라 타자의 손으로 변화된다. 저 구도의 역정의 종국에서 시인이 발견한 것은 서로가 서로에게 눈과 손이 되어주는 것, 서로가 서로를 기다리고 돕는 일이었던 것이다. 자신을 "버리고서 모든 것과 / 동질이 되는 일"(246)이다. 그러할 때 나와 너의 구별은 더 이상 가능하지 않다. "장벽은 원래가 없었던 것이다"(281).

그래서 우리는 한 몸이다. (279)